国家社科基金一般项目
"'古文运动'叙述与中国文学现代转型研究"（15BZW144）结项成果

国家社科基金重大项目
"中国现当代文学思潮中的古典传统重释重构及其互动关系史研究"（21&ZD267）阶段性成果

"古文运动"叙述
与中国文学现代转型

赵　鲲◎著

社会科学文献出版社
SOCIAL SCIENCES ACADEMIC PRESS (CHINA)

序

邵宁宁

赵鲲的专著《"古文运动"叙述与中国文学现代转型》要出版了，这真是一件让人高兴的事。赵鲲从 2010 年开始跟我读博士，三年后毕业，论文就是这部书的初稿。经九年修订，终于定稿，自然十分可喜可贺！有关它的选题缘起和写作过程，作者在自序中已经说得很清楚了，这里无须多言。可说的，便只有对这样一种学术路径的一点看法，和对赵鲲多年来为学甘苦的一点理解。

就如赵鲲在自序中所说，他的学术兴趣，和我颇有一些相似。当初招生时，我之所以选择以"古今文学演变"为方向，有部分原因和我招生时挂靠在古代文学，而国内已有大学率先设立了这一招生方向有关。不过更根本的，还在我自己的学术兴趣，一向也在一些兼及今古的问题。就像赵鲲所回忆的，当初他来找我，我就告诉他，我们所要做的工作，更准确地说是"古今文学通变"。这似乎很让他有几分兴奋，然而，对于究竟什么是"通变"，它和时人关注的"演变"有何不同，当时的我，似乎也没能用一两句话就解释得完全清楚。好在赵鲲和我相熟较久，比较了解我读书、思考的习惯，因而很快也就对我的意思有了相当的理解。

博士学位论文选题时，赵鲲以"'古文运动'叙述与中国文学现代转型"为研究对象，固然首先考虑的是研究方向的要求，但也和他自己的知识积累有很大关系。他硕士阶段读的是唐宋文学，平常也爱讨论现当代文学中的问题，同时又喜爱写作新诗、旧诗，做这样的题目，因为合其兴趣，做起来也就更显得心应手。论文写成后，颇得一些专家的称赞。对他，对我，这都可以说是完成了在这个方向上的一次有益实践。

在赵鲲论文的写作过程中，我们就"古今文学通变"这一问题进行过许多讨论。记得我一再提醒他，这项研究的真正旨趣，并不是要再做一次有关"古文运动"研究的现代学术清理，而是要从文学思潮发展的角度，弄清"古文运动"叙事参与现代文化构建的理路和方式，透过对特定时期人们所作的评说、描绘的检讨，梳理现代文学发展与传统"血脉"之间的联系，以及"古典文学"作为一种知识谱系的现代建构性及其复杂意义。说得更明白一点，虽然这项研究的对象是"古文运动"，但赵鲲所从事的并不是一般意义上的古典文学研究，而是一种完全意义上的现当代文学思潮探究。从这样的意义上说，还原事实当然是必要的，但比之更重要的，却在彰显背景、理解意义、梳理逻辑。

赵鲲是一位相当有个性的学者，既超脱淡远，又率性逞才。庸常的生活似乎总也不能全然蚀去他的孤傲，磨平他的棱角。明人张岱说："人无癖不可与之交，以其无深情也。人无疵不可与之交，以其无真气也。"大致说来，赵鲲算是那种有"癖"与"疵"的艺术型的人。他对古典有足够的重视，但又对现代的一切有种强烈的呼应，尤其是对现实社会文化的关切（这也是他诗歌创作的重要源泉），其可爱在这里，可期也在这里。我深知像他这样一种性格、这样一种学识结构的人，在当代学术环境中所可能面临的压力和困难，但对他的学术成就总还是抱有一份更大的期待。

人们常说近代以来的中国，面对的是"三千年未有之变局"。在这样的变化中，如何使其发展，如鲁迅所期待的"外之既不后于世界之思潮，内之仍弗失固有之血脉"，的确是一桩需要多方面探求的事。对这一切的研究，以往多注意外来因素的影响，而较少讨论其中的血脉延续问题。就文学思潮的讨论而言，有关古今文学之变中的贯通性研究，较之另一些领域，所得到的重视，至今仍然还很不够。好在近一段时期以来，随着人们对中国传统文化兴趣的不断提升，有关问题的讨论已日渐多了起来，虽然其中有真有假，有虚有实，但总的趋势是，在经历过一段长长的"走向世界"之后，中国的学者文人终于开始能以更为平和的心态，回望自己的传统，试图从不同的方面进行"文化血脉还原"，或寻找"千载文脉的接续与转化"之道。这无疑是令人鼓舞的。

就我自己来说，在经历了一段长时期的摸索之后，我对中国文学古今之变问题的探讨，也终于找到了一条更具系统性也更易着手的路径。2021 年，"中国现当代文学思潮中的古典传统重释重构及其互动关系史研究"课题获得国家社科基金重大项目的立项，为这一研究的全面展开，提供了一个新的契机，也促使我对自己多年来的研究与思考进行更自觉的整理与反思。赵鲲的这项研究，顺理成章地也就成了这个项目的一项重要成果。这是我要致谢于他，同时也想借之激励于他的。希望能借着这样一个机会，凝聚更大共识，让我们的研究，能在一种更具全局性、系统性的视野中，进一步深入下去。

2022 年 6 月 19 日，杭州

自　序

2010年9月，工作七年之后，我来到母校西北师范大学攻读博士学位，师从邵宁宁教授。我硕士时的专业方向是唐宋文学，导师是尹占华教授。毕业后，任教于天水师范学院，学院分配给我的课程主要是宋元文学、大学语文之类。我的兴趣广泛，从不以文学自限，大学时考研本想考中国思想史方向，学习哲学，后来发现学哲学让原本就孤独痛苦的我更加痛苦孤独了，于是放弃了哲学，转而报考了我更加擅长的古典文学专业。然而从读研起，我深切地意识到：学古典文学，如果了解现代文学，就会有更深的理解，因为古代和现代本是一个不可分割的整体。从此，我更加有意识地阅读现代文学作品——当然也读外国文学作品，一方面是兴之所至；一方面，我知道：不了解外国，就很难透彻理解中国。读研，选择一个方向，只是为了学业的方便，我的最终目的是研究和创作文学作品，只是相对而言，我对古典文学更加偏爱而已。

读研时，由于阅读的激发，我写诗以旧体诗为主。毕业工作之后，我开始大量阅读外国现代诗歌。我创作现代诗的冲动和灵感被激发出来了，于是彻底停止了旧体诗创作，专意于现代诗创作。因为对中国传统文化的基本面貌已大体了解，我对古典文学的好奇已不复存在。于是，工作几年之后，我考博选择了中国现代文学方向，以期拓宽学术视野，进一步提高自己的现代意识。

邵宁宁教授是我大学时当代文学课的老师。邵老师的课，是我大学时认真听过的极少数课程之一。不是因为我喜欢当代文学，而是邵老师的课讲得很精彩，展现出很高的学术水平。我在本科时，时常去邵老师家中拜访他，和邵老师有过不少交流，获益匪浅。邵老师主攻现当代文学，但他古典文学修养也很深，并做一些古典文学研究，这是我很欣赏的一种读书、治学风格。试图打通中国古典文学和现代文学研究，这大约是我和邵老师共同的学术理想。邵老师在西北师大获得博导资格时，那里尚没有现当代文学博士点，于是，西北师大文学院在古代文学专业下面增设了"中国文学古今演变"这一专业方向，以便于邵老师招生。"中国文学古今演变"是复旦大学章培恒等学者倡导的一个学术方向，于 2005 年获批为复旦大学文学院的一个博士招生专业，成为与中国古代文学、中国现代文学并列的二级学科。因有成例在先，故西北师大沿用"中国文学古今演变"这一名称。其实，邵老师告诉我，他想做的是"中国文学古今通变"，而非"演变"，"古今通变"是研究古代文学和现代文学之间的内在关系，尤其是现代文学对古代文学的重释、重构。"古今演变"在语义上，似乎暗示着其侧重点是从古代文学到现代文学的发展演变。其实有志于贯通古代文学和现代文学研究的学者，都有探寻两者内在关系的自觉意识，只是"古今演变"这个词语不太准确。

就读博而言，"中国文学古今通变"这个方向最适合我，因为我不想纯做古代文学研究，或现代文学研究，我认为把古代文学和现代文学贯通起来，我们的文学研究乃至创作，才会产生更重要的觉悟。邵宁宁师 2008 年开始招收"中国文学古今演变"方向的博士研究生，我是他的第二个博士研究生。2013 年，我博士毕业之后，邵老师就去海南师范大学任教了（现任教于杭州师范大学），并招收中国现代文学的博士研究生，我成了邵老师"中国文学古今演变"方向的关门弟子。我不敢说已经领略到了邵宁宁师的学术旨趣，我们的侧重点也有所不同，但邵老师让我对"中国文学古今通变"研究有了更多的自觉思考，尤其是所谓古典文学是被现代学者以现代的观念重释、重构出来的这一核心理念，让我对古典文学有了一些新的认知。博一第二学期，我开始思考博士学位论文的选题。很快，想到一个题目，我发现，如果把古代文学和现代文学通而观之，唐宋古文运动和五四新文学运动是中国文学史上最大的两次文学变革运动，两者之间看似相隔千载，其实有着微妙的关联——五四新文学运动所反对的古文、文以载道等文体、语言、观念不正是唐宋古文运动所提倡并确立的吗？所谓"桐城谬种"只是一个靶子、符号，五四新文学运动所反叛的正是"桐城谬种"背后的古代文学尤其是古文运动所树立的文学传统。因而，五四新文学运动是唐宋古文运动的"逆子"。但吊诡的是，五四新文学运动一方面反对"文以载道"，另一方面又以现代文学的形式装载着各式各样的主义、思想，这分明是规模更大的、更深入的"文以载道"，只不过古代的"道"被替换成了现代的思想，这说明五四新文学运动与唐宋古文运动之间是相悖又相承的复杂关系。而且，"唐宋古文运动"本身就是由胡适等人建构出的古代文学叙事、话语——所谓"文学运动"压根就是现代文学的一个建构。而为什么在"五四"之后，出现了"唐宋古文运动"这一建构，并且很快流行开来？"五四"前后，对唐宋古文的认识有哪些类型的观点？它们反映出怎样的文学观、文学生态？经过考索，我发现，透过对"五四"前后激进、保守以及超越保守与激进的不同的文学立场的唐宋古文观的梳理，可以对中国文学观的现代转型有更加清晰的认识，譬如反对唐宋古文者都持进化论的文学观，以及所谓"纯文学"观，而尊奉唐宋古文者皆持尊古或保守的文学观，甚或传统的"杂文学观"；至于"文以载道"，更是传统文学与现代文学之间剪不断、理还乱的一个文学理论问题。以上几种观念可以说是中国文学观念现代转型的重要节点。倘若从阐释学以及古今通变的视野、方法入手，研究"古文运动"的阐释史（建构史），正好可以沟通古代文学与现代文学。

这个选题得到了邵老师的认可，博二第一学期期末开题时，我把题目定为《阐释与通变：现代视野中的"古文运动"》。阐释学理论来自西方的伽达默尔等哲学家，"古今通变"是中国的学术传统，两者可以相结合去分析具体问题。我的目标是把从中唐至宋元明清，到现当代的古文运动叙述加以彻底的梳理及阐释，重点是"五四"前后到 20 世纪30 年代，即中国文学现代转型期的古文运动叙述状况，所以本论文可以说是文学史的研究。开题答辩时，兰州大学的程金城教授说："这是一个非常好的题目。"这给了我研究和写作的信心。历来对古文运动的研究几乎都是在唐宋文学的范围内，其成果已积箧盈藏（如今已趋饱和）。其实，自北宋"古文大兴"之后，所谓"唐宋古文"一直在被建构，于是南宋、金、元便建立了所谓"唐宋文章"的体统，明代的"唐宋派"与"秦汉派"争胜，"唐宋八大家"的观念正式确定，进一步推高了唐宋文章的地位，清代桐城派更是奉唐宋古文为圭臬；"五四"以后，彻底反转，古文被推翻，白话文派发明了"古文运动"这一话语及叙事方式，以便于重新叙述中国文学史，为现代文学建构新的观念。所以，虽然"古文运动"是一个老话题，可是当我们把古文运动的叙述史从唐代一直贯通到当代时（放置在一个更大的系统中），便会对古文运动有新的观照，其意义不在于对唐宋古文运动本身有多少新发现，而在于从古至今的古文运动叙述映射出的文章学以及文学观念的演变，因此拙著是从某个角度出发的跨越千年的文学史研究，并且是古今贯通的。这大约就是本书的学术创新或者价值所在。

唐代到北宋的古文运动叙述史，成果累累，梳理出来并不难。难的是对"五四"前后古文运动叙述状况的梳理，这是一个全新的工作，需要阅读大量的文献，并加以分类、分析。经过一番努力之后，我大致厘清了眉目。可贵的是，我发现五四时期主张文白并行的人比我们想象的要多，通常的现代文学史都过于凸显白话文派与古文派之间的观念之争，以至于某种程度上遮蔽了超越激进与保守的文白并行派的观点。其实，古文、古诗词在五四新文学运动落潮之后，一直活跃于现代文学的大家庭之中，并与现代文学相融合，产生出古今融汇的奇丽的现代文学艺术，民国时期的文学大家无不如此，这种打不倒的传统一直延续到当代。古文运动主要生发出了两个问题：一个是改革文风、文体的问题，一是"道统"的问题。这两个问题至今仍是重大的文化命题，古文或儒道只是表面，根本问题是我们需要什么样的文风以及思想之根。故此，"古文运动"从学术的角度看，是一个过去时的问题，但从文化的深层角度看，它仍是一个尚未结束的现实，甚至是未来的问题。我想，好的学术著作，不仅在于它研究了什么问题，而且还在于它激活或激发了什么问题——这是我的目标。

由于需要搜集梳理的文献量很大，涉及问题繁多，在博士毕业前，我只写完了唐至北宋的古文运动叙述史，以及"五四"前后至当代的古文运动叙述史部分，已得 28 万字。南宋至清代部分也搜集了不少材料，并列出了大致纲目，但未及完成。因为大体框架和重点写出来了，所以论文通过了答辩。2015 年，在领导的催促之下，我以博士学位论文为基础，以"'古文运动'叙述与中国文学现代转型研究"为题申报了国家社科基金项目，没想到获批了。这是我第一次申报项目。因为打算把重点放在"古文运动"叙述与中国文学现代转型部分，古代部分只作为一个必要的铺垫，但必须完整；1949 年以后的"古文运动"研究大体没有出龚书炽 1945 年出版的《韩愈及其古文运动》一书的框架，因而尽皆删去。我对唐至北宋的古文运动叙述史做了压缩，以概括的方式写完了南宋至清代的"古文运动"叙述史，又对"五四"以后的"古文运动"叙述做了新的补充和论述，于是"古文运动"叙述之于现代文学转型的意义便被凸显了出来。与其大而全面，不如详略得当。其实我对古文运动叙述史的叙述，也是一种建构。

关于中国文学现代转型的研究，学界已有诸多成果，有从语言角度（白话与文言）出发的，有从文学观念角度出发的，有从文体角度出发的，我所选择的"古文运动"叙述角度是一个新的角度，但并不是一个大的角度。就我所见，海南师范大学单正平教授的《晚清民族主义与文学转型》一书是研究中国文学现代转型的一部力作。单教授选择"民族主义"这个貌似和文学无关的思潮角度来观察中国文学的转型，涵盖了文学转型的社会文化背景及其对文学的渗透等多层面、多角度，可以说是抓住了关键。而且，单教授此书阐发的意蕴超出了文学范畴，而指向中国文化的古今之变。就中国文化的转型而言，民族主义恐怕也是关键之一，所谓"救亡"与"启蒙"皆在民族主义的场域之内。故此，拙著对中国文学转型来说，只是一个新的补充，并非关键。将来，我想选择一个能够贯通古典文学与现代文学的更大的、新的问题加以阐发。

其实，就中国文学而言，打通古今并不是最好方法或终极目的，因为文学除了古、今的维度，还有东、西、中、外等维度，它们全都联系在一起。我欣赏金克木先生的文化观，他认为所谓东、西、中、外、古、今，虽有很大差别，却又是走同一条路，有同一个方向，甚至有惊人的相似；他想打破这种时空分别，而以"显、隐"重分（见《用艺术眼光看世界》《探古新痕》）。我认为这是一种更加全面、深刻的文化观。时空的区分是机械的、表面的，关键是发现内隐的文化的深相。譬如，正因为我们把相隔千年的古代的文章变革运动与现代所谓"古文运动"的建构关联起来，才发现了两者之间的微妙联系，及其背后丰富的意蕴。所谓比较文化学，就是对不同时空的文化进行比较，比较只是手段，发掘显在现象背后的深隐"实质"才是目的。

本书是我的第一部章节体学术著作。章节体是从西方传来的著述体例，以某一问题为纲，以逐层推进的逻辑为章节顺序，这便是系统性的著作。博士学位论文是标准的系统性的著作。拙著自然有不可避免的博士学位论文腔。章节体著作可能会逻辑严谨，但也不尽然。章节体、学报体有不可避免的呆板。形式刻板时，灵动减少；逻辑严谨时，情韵不足。章节体著作有其优点，作为议论文，其关键不在体例，而在是否有真知灼见，以及文章的魅力。文章的魅力因素众多，至少就语言而言，最好的语言应该是有弹性的，甚至是情理兼融的。难道我们的学术著作不能像李健吾的《咀华集》、梁宗岱的《屈原》、李长之的《司马迁之人格与风格》、李泽厚的《美的历程》那样既深刻，又优美？在偏于文艺批评的著作中，这应该是一种高境吧？不必模仿，但可以借鉴吧？我所谓学术著作中的"情"不一定是"抒情"（像李长之、闻一多的文章那样），而是潜涵在思辨背后的对人之命运与意义的"关切之情"（这是人最根本的"深情"）。目前学界流行的学术文体，并不是我心目中理想的学术文体。没有一个时代的文章充满如此之多的引文、注释，仿佛戴了很多首饰的头脸，但很显然，半个多世纪以来，我们的人文著作的创造力并不出色。《论语》是语录体，《老子》是箴言体，《庄子》是寓言诗化散文体，朱熹的《四书集注》是注疏体，柏拉图的《理想国》是对话体，尼采的《查拉图斯特拉如是说》是诗体散文……究竟什么才是理想的"学术"文体？应该说没有标准答案，但至少应该是多样的吧。进而言之，所谓"学术"也只是"术"，李耳（《道德经》的托名作者）、庄周绝对没把他们的著作当学术，他们所表达的是"道"。我们做学术的是不是应该在"道"面前保持谦逊？

"周虽旧邦，其命维新"，现代中国早已是"新邦"了。但我们的文化，新的不够旧，旧的不够新，中的不够西，西的不够中。张之洞所谓"中学为体，西学为用"固属浅见，但李泽厚所谓"西学为体，中学为用"也是妄言——文化的中外、体用之间的关系哪能那么简单处理？但愿拙著能为新文化观的建设提供一点启示。

　　　　　　　　　　　2021 年 12 月 18 日，写于天水

目　录

绪　论

一　"古文运动"概念的由来

在"五四"以来有关唐宋文学的叙述中，有一个非常流行的名词——"古文运动"，可以说已成为中国文学史知识中的一个常识。一般而言，"古文运动"意指中唐以韩愈（768—824）、柳宗元（773—819）为主要代表的旨在反对六朝以来浮靡文风，提倡"古文"，至北宋欧阳修（1007—1072）、苏轼（1037—1101）时代而古文大兴的贯穿两个朝代的文章改革潮流。所以，分而言之，则为"唐代古文运动"（中唐古文运动、韩柳古文运动）和"宋代古文运动"（北宋古文运动、第二次古文运动）；合而言之，则可统称为"唐宋古文运动"或"古文运动"（有些著作中，"古文运动"特指唐代古文运动）。总之，"古文运动"这一概念，在现代以来的中国文学史叙述中已成习惯。

然而，倘若对"古文运动"概念做发生学的考察，便可发现，所谓"古文运动"其实是被现代中国文学研究建构（Construct）出来的一个概念——现代以前，并无"古文运动"之说。

首先，且不论文学——对某种旗帜鲜明的大规模的集体行为冠以"运动"之名，本就是传自西方的新概念。"运动"是一个极具标志性的现代概念。它涵盖了政治、经济、文化等现代生活的所有方面；它是对具有一定规模的主流事件的描述。可以说，现代以来的世界历史都被我们"运动化"了。文学运动，只是社会运动之一端而已。归根结底，"运动"都是社会性的，属于社会学的概念。中国的社会学意义上的"运动"概念的产生、发展，内涵以及外延的历史演变，非本书之探讨范围——这里特加提示，是为了说明，作为文学概念的"古文运动"是"社会运动"这一大的文化语境下的产物。

"古文运动"概念究竟产生于何时？台湾学者罗联添（1927—2015）在《论唐代古文运动》一文中说：

> 至"古文运动"名称，清代以前不曾有。所谓运动，必有一个团体作有计划的活动，如文字、口头宣传等。唐代古文家对古文只是个别倡导而已，顶多有若干人响应附和，实在不成什么运动。"古文运动"是近代人受时风潮流的影响而产生的一个名词。
>
> 中国文学史上，最先用"运动"这个名词的是民国十七年（1928年）出版的胡适《白话文学史》。例如他称天宝以前诗人"只能做那个新文学运动里的无名英雄而已"，认为"白居易元稹都是有意做文学革新运动的人"。类此甚多，不一一举。三年后，到民国二十年（1931年）胡云翼《中国文学史》，第十一章标题是"唐代的文学运动"，称"古文运动有韩柳二氏的努力而达于最高的发展"。到民国二十一年（1932年）郑振铎《中国文学史》，第二十八章"古文运动"为题，讨论唐代"古文运动"的发展与成就，此后"古文运动"成为一个普遍使用的名称。①

日本学者东英寿在《复古与创新——欧阳修散文与古文复兴》一书中也对"古文运动"概念提出质疑。② 他引用了罗联添上述说法，认为罗联添是最早质疑"古文运动"概念的人，并认可罗联添所谓胡适的《白话文学史》最先将"运动"这一概念用于中国文学史的叙述。

莫道才发表于《福州大学学报》2010年第5期的《唐代"古文运动"概念平质》一文对"古文运动"概念进行了较为系统的追溯。据莫道才考察，从1905年黄人（1866—1913）的《中国文学史》到1910年林传甲（1877—1922）的《中国文学史》，到1914年王梦曾（1873—1959）的《中国文学史》、1918年谢无量（1884—1964）的《中国大文学史》都未出现"古文运动"这一词语。他认为"古文运动"一名，初见于胡适（1891—1962）1927年出版的《国语文学史》，1928年出版的

---

① 罗联添：《唐代文学论集》（上册），台湾学生书局，1989，第16页。
② 〔日〕东英寿：《复古与创新——欧阳修散文与古文复兴》，上海古籍出版社，2006，第109~110页。

《白话文学史》。

胡适在《国语文学史》里这样说：

> 这一派文学（笔者按：骈偶文和古典诗）的兴盛，引起了一种大反动；产生了北宋古文运动。①

《国语文学史》是胡适 1921～1922 年在教育部主办的第三、四届国语讲习所及南开大学讲课时所编的讲义，1927 年由北京文化学社正式出版。这说明，胡适早在 1921～1922 年就形成了"古文运动"这一概念。

那么，胡适在公开发表的文章中使用"古文运动"一词始于何时呢？通过文献检索，笔者发现胡适在 1923 年 2 月 24 日致顾颉刚（1893—1980）的信中曾使用了"古文运动"这一名称，他说：

> 大运动是有意的，如穆修、尹洙、石介、欧阳修们的古文运动是对于杨亿派的一种有意的革命。

这虽是私信，但发表在《小说月报》14 卷 4 号（1923 年 4 月）上，可以被视为胡适严肃的观点，因而在未发现更早的材料之前，我们可以认为：最早正式提出"古文运动"概念的是胡适，时间是 1923 年。

需要注意的是，胡适明确使用"古文运动"一词时，所指都是"北宋古文运动"，而非唐代古文运动。韩、柳的倡导古文，胡适也多次提及，但通常都说是"革命"（参见《国语文学史》等）。考诸早期的文学史，最早将唐、宋两代的古文改革潮流与"运动"相联系的，是 1931 年出版的吕思勉（1884—1957）的《宋代文学》，吕思勉说：

> 古文运动，始于南北朝之末，历隋及唐，而告成于韩、柳，然其风犹未盛。能为此种文字者，寥寥可数。普通文字，仍皆沿前此骈俪之旧者也。至宋世而古文之学乃大昌。欧、曾、苏、王，各极

---

① 姜义华主编《胡适学术文集·中国文学史》上，中华书局，1998，第 73 页。

所至。普通应用文字，亦多用散文。而散文始与骈文，成中分之
势矣。①

把"古文运动"的时间上推到南北朝之末，范围更大，但吕思勉没有对
"古文运动"进行比较明确的内涵界定。

之后，1932 年出版的刘麟生（1894—1980）的《中国文学史》、郑
振铎（1898—1958）的《插图本中国文学史》、胡云翼（1906—1965）
的《新著中国文学史》、陈子展（1898—1990）的《中国文学史讲话》、
谭丕模（1899—1958）的《中国文学史》，在论述唐宋古文时，都使用
了"古文运动"这一概念，此后，"古文运动"一名被广泛使用。可见，
"古文运动"是在 20 世纪 30 年代前期成为一个流行语的。

那么，胡适为何会发明"古文运动"这一概念？"古文运动"概念
产生的文化背景是什么？"古文运动"为什么在 30 年代前期成为一个流
行语？这些有关"古文运动"概念发生学的问题，将在本书第二章"古
文运动与中国文学的现代转型"与第三章"五四文学运动之后的古文运
动观"中进行探究。

二　现代视野：古文运动的阐释与古今通变

虽然，"古文运动"是 20 世纪二三十年代建构出来的一个概念，并
且目前已遭质疑，但既然这一概念已成习惯用语，历时近百年，我们现
在就不必将"古文运动"概念彻底推翻。原因有二：第一，推翻"古文运
动"概念后，很难有更恰当而公认的命名，我们将很难叙述"古文运
动"所指的文学现象；第二，虽然能否用"运动"这一现代术语来指称
唐宋古文改革潮流，尚有讨论的必要，但"古文运动"概念及由其引申
出的论述，已然成为现代学术史的组成部分，且与现代的"文学运动"
观念、叙事有深刻的关联——理所当然，它也就应当成为学术史研究的
对象。所以，"古文运动"概念可以继续沿用。

---

① 吕思勉：《宋代文学》（1931 年 8 月由上海商务印书馆收入"百科小丛书"出版），载
《吕思勉文集·文学与文选四种》，上海古籍出版社，2010，第 1 页。

现在要阐明的，是本书的学术目标和学理方法。

本书对"古文运动"的研究，基于现代的视野。[①] 所谓"现代视野"，首先指阐释学的视野。"古文运动"是现代中国人发明的一个概念，但对于它所指涉的文学现象——唐宋时期那场旷日持久的文章改革潮流的叙述（narrate）与阐释（explain），自其兴起之日起就在发生，一直延续至今。即唐宋古文变革潮流有两种历史存在：一是唐宋古文变革本身，一是对唐宋古文变革的叙述和阐释。现代以来对"古文运动"的研究，多集中于对唐宋古文运动本身状况的考察，而极少有人从阐释学的角度去追索所谓"唐宋古文""唐宋古文运动"这一文学史叙事是如何被建构出来的？这一叙事在一千多年的历史中呈现出怎样的纷繁绵延的面貌？其叙述与阐释背后的原因是什么？这种不断的阐释，对不断涌现的新的文学以及文学批评产生了怎样的影响？"古文运动"实际上是一个千年神话，一个宏大叙事，只不过在不同的历史阶段有不同的方式、原因与结果而已；它是自我建构，被建构，并不断流衍、叠加、错综的过程。如果我们

①　视野（horizon），又译为"地平线""视域""视界"等，最初由尼采（Friedrich Wilhelm Nietzsche）和胡塞尔（Edmund Husserl）引入哲学，以表示思维受到特定条件束缚的有限性和规定性。在解释学中，视野"是用来描述解释的处境特征或受语境约束的特征的"（大卫·库森斯·霍埃《批评的循环》）。"视野"是解释学，尤其是伽达默尔（Hans-Georg Gadame）的一个非常重要的哲学范畴。在后来的接受美学和读者反应理论中，"视野"这一术语被许多批评家广泛使用。按照解释学的观点，视野具有敞开运动的特点，人的前理解发生了变化，视野也会产生变化，反之亦然。叙述、解释，之所以会与其对象产生差异（这里所谓"差异"其实也是假定性的，因为我们并不能确知解释对象的"本原"情况），产生建构性，就是因为叙述者与叙述对象的视野不同，用伽达默尔的术语，前者为"现今视野"，后者为"原初视野"，二者既有距离，又相互敞开，从而使理解和解释活动成为可能，理解和解释就是现今视野和原初视野的融合。譬如，欧阳修之所以同情、推崇韩愈，是因为他和韩愈尊儒排佛的哲学视野，及以古文为文章正宗的文学视野是一致的；但欧阳修在文风上崇尚平易淡雅，所以他更强调韩愈文从字顺的一面，而相对忽视其追求怪奇艰涩的作风，他所塑造的韩愈的文章家形象是文从字顺的韩愈，这便体现出欧阳修与韩愈文学视野的差异，及其导致的特定的理解。另外，拥有不同视野的评论者，对同一对象，其理解和解释也不同。譬如，石介、孙复、欧阳修对韩愈的"道"评价甚高；程颐则认为韩愈根本不懂"道"，韩愈之学为"倒学"；朱熹认为韩愈只是文章高，其重文轻道则"全无要学古人底意思"［《沧州精舍谕学者》，载（宋）黎靖德编《朱子语类》（八）卷一百三十七，中华书局，1994，第3270页］——评价之所以如此悬殊，当缘于其哲学视野的不同。

以"古文运动"为纲,去追索其阐释史,从中唐、北宋古文运动的自我阐释开始,一直追索到南宋、元、明、清,以及现代以来对古文运动的形形色色且相互关联的阐释,我们就会超越唐、北宋两代这个相对封闭的历史视域,在更宏大的历史维度上去观察古文运动。"古文运动"好比一个复杂的"物",不同的阐释,如同映照这个"物"的不同的镜子,它们有不同的角度、清晰度,我们可以通过这些镜子的映现来反观这个"物"。更为重要的是,通过对古文运动阐释史的深层分析,我们就会获得对与古文运动相关的中唐以来中国文学与文化的复杂状况的认识,因为古文运动问题牵涉中国文章、文学观、思想学术、科举、政治等诸多方面。只有当我们对这些相关背景有深刻的洞察时,才能对古文运动的各种阐释有较合理的理解。倘若做到这一步,"古文运动"研究的学术意义便被放置到了一个更加宏阔的场域。以上,便是本书的基本学术目标。

那么,为什么我们要重视古文运动的阐释史?这牵涉如何看待历史的问题。

黑格尔(1770—1831)认为历史"这一名词固然包括发生的事情,也同样包括对发生的事情的叙述"。[①] 事情与叙述是相互依存的,自某一部分可以反观另一部分,并共同构成一个更高秩序的历史整体。意大利哲学家克罗齐(Benedetto Croce,1866-1952)说:不存在叙事的地方就不存在历史。真的是这样吗?难道那些默默流逝的存在,就不是历史吗?历史的"实在"必须与历史的"叙事"合一,才能构成"真实"的历史吗?从同情的角度理解,克罗齐的真正意图也许是:如果没有叙事,就无法察明历史。所谓"还原历史"是一个假想的虚悬境界,不存在绝对真实的历史。历史都是被叙述出来的,即使单纯的历史材料的罗列,也隐含着叙述和阐释。但历史叙事也不是获得历史实在的充分保障,因为两者永远无法相等,"历史实在"不可企及。历史叙事不是我们获得历史实在的最高工具,但却是最低工具——如果完全抛弃对历史叙事的依赖,面对过去,我们将无所归依。我们所获知的历史,大多是书写的历史,书写的历史都

---

① 〔德〕黑格尔:《历史哲学》,王造时译,上海书店出版社,2006,第56页。

是叙述、阐释的结果。所以，从这一意义上说，历史就是叙述史、阐释史。阐释比所谓"还原"更重要。譬如孔子，有人奉为圣人，有人视为没落贵族反动派，而孔子则自视为"斯文"的传承者以及丧家狗。这些他人的、自我的评价，都是阐释性的意图赋予行为。那么，"真实的孔子是怎样的？"说到底，这是一个虚妄的问题，因为"真实"不可追踪，只有相对真实。这个相对真实很难找。我们自以为是的对孔子的许多"还原"，其实是对孔子的主观阐释。所以，更重要的问题是——所有这些对孔子的阐释，反映了阐释者怎样的意识、意图？对阐释本身的研究，是对阐释对象研究的衍生。在对阐释所蕴含的复杂动因的探寻中，阐释对象以及阐释者所对应的历史真实也就逐渐被"逼近"了。这是一种比单纯寻找阐释对象的"真实性"的自然科学式的实证主义更深刻，也更有效用的历史观。它促使我们寻求更加多维、更加深广的历史真实的根基。

本书涉及几个相互关联的概念，需要辨明——叙述、阐释、建构。

历史是被叙述的，叙述就意味着阐释，阐释则包括叙述与评论，阐释是建构性的。叙述、阐释与建构，是同一种事物不同维度的所指——叙述、阐释，侧重于动作及内容；建构，则侧重于内在方式、功能、结果。那么，何谓"建构"呢？建构是从自身世界观出发的对事物的描述和判断，是"建设性"的"构造"（文本）。叙述与阐释相加，就是建构。而建构，是由阐释者的"前理解"决定的，即它总是主观的、局限的，因而就理解活动而言，它是有缺陷的（这里所说的"建构"是阐释活动中的建构，而不是虚构行为中的建构，那是另一种建构）。但历史的建构性无可避免。所以，与其在寻求历史真实和历史叙述的建构性的悖论中挣扎（当然这也是有意义的工作），不如首先承认历史叙述的建构性，并追溯建构本身的历史，它的发生、变化，它的一切历史动态的表象与背后错综复杂的动因，以及建构本身产生的反应。如果说某种历史事件是一个"物"，那么借用物理学的术语，围绕事件的所有叙述与阐释则是它的"场"，没有"场"，"物"就不存在。虽然，没有叙述与阐释，未必等于现象不存在，但现象的意义是有赖于阐释的（故笔者这里所说的"场"

是心理学意义上的"场")。①

本书所依据的阐释学这一学术视野，尤其指伽达默尔以来的阐释学理论。阐释学是一种哲学，一种世界观，我们将其应用于文学研究。文学史研究，比社会学意义上的历史研究更依赖人的主观性。所以，无论就作为历史的文学"史"而言，还是就"文学"本身的特质而言，对古文运动的阐释，都比"还原"更真实、更重要。

基于这种现代的文学史哲学，我们发现：自韩愈等人提倡并写作古文之始，他们就在进行自我建构、自我阐释——在文风上要恢复"三代两汉之古"，思想上要继承并发扬尧、舜、禹、周公、孔、孟、荀以来的"道统"，并以正统自居，这就是典型的建构。宋代古文家将韩愈、柳宗元作为唐代古文家的最突出代表，以更加明确的理念推举古文之价值，以唐代树立的道统和文统的继承者自居；明代所谓"唐宋派""唐宋八大家"的说法；清代桐城派以唐宋古文为圭臬，以归有光（1507—1571）为唐宋文章与桐城派文章的中介，并总结出了更加完备的古文理论——这些，无不是对唐宋古文的建构行为。即文人不断对唐宋的古文家进行选择、评价、定位，对他们的理论进行阐释、修改、发挥，从而滚雪球般地把"唐宋古文传统"越阐释越丰富，它已不是"唐宋古文"本身，而是自身与唐宋古文家的对话。在这种阐释与对话的行为背后，潜藏着非常丰富的时代的、个人的复杂动因。譬如，中唐的古文家本是

---

① 　此处用物理学术语"场"借指对事件的叙述与阐释，是笔者2012年写作此段文章时想到的，自以为略有新意，但未做深思。2021年6月，笔者阅读常乃惪《历史的本质及其构成的程序》（作于1941年）一文时，发现他也有一段关于历史事件的"场"的论说，比笔者的精确多了，他说："常人每以为原始发生之事实为一封闭的体系（Closed system），即自足自立，可与其他事实划然分开，实际上任何事件并无如此严格的独立性。所谓一个事件，不过吾人为言说便利起见，于杂多之事象中，以某种意义为中心，而抽出其间与此意义有关之活动，组成一种面向，而强名之为一件事而已。每一事件无不与其他事件相互渗入，不能严格分开。以现代物理学上的术语借譬之，即每一事件并非原子式的完整个体，而不过一种电磁式的力场（Field）；彼此并无严格的划然界限，故不能为原子式的孤立宇宙。抑且所谓原始存在的事实一语，实际上意义颇为含混，因吾人不能严格指定某一事件之最远界限至某处为止也。历史上之事实因其加入时间的要素，故其为'事之力场'又由三度空间化为四度空间，遂使问题益形复杂。"［黄欣周编，沈云龙校《常燕生先生遗集》（一）专著一，台北文海出版社，1967，第255页］常乃惪把事件存在其中的场称为"事场"，笔者所说的事件的叙述与阐释即常先生所谓事场的时间要素，事件首先存在于一个三维空间里，但事件结束之后，时间（后来的追叙与阐释）则成为最重要的要素。

一个群体，为什么宋代古文家选择韩愈、柳宗元作为唐代文章家的代表？为什么在古代，对韩愈的评价普遍高于柳宗元？为什么程颐（1033—1107）、朱熹（1130—1200）对韩愈、欧阳修、苏轼之所谓"道"持否定态度？"唐宋八大家"人选的确定依据及取得广泛认同的原因是什么？桐城派为什么以唐宋古文的正统自居？为什么把归有光视为唐宋古文的嫡传？曾巩（1019—1083）的地位为什么在南宋以后被抬得很高，至现代又跌得很低？古文的地位与理学、与科举的关系是什么？为什么很多人误以为古文运动是为了压倒骈文？……诸如此类的问题，就是对古文运动建构史深层原因的追索。

　　古文运动所牵涉的问题包含两个向度：一是建构，一是反应。所谓"建构"，是从"自我"到"他者"的角度，其中介是叙述、阐释。从"他者"到"自我"的角度，则是"反应"。反应（response，又译"响应"）是读者反应批评（读者反应批评即借鉴了阐释学）的主要术语。一般说来，"反应"在这一批评流派中指文本对读者、社会及历史所产生的影响，以及读者对文本所作的回应。可见，"反应"主要关注"影响"问题，但又大于"影响"问题。而当我们"回应"时，"建构"就发生了。从时间向度说，"建构"与以影响为主体的"反应"是相反的角度，但它们只是两种互有交集的不同的观察历史的视角。历史本身，既是建构的，又是反应的；既是被动者，也是施动者。历史是发生、反应与阐释双向对应的不可分过程。因而，唐宋古文运动及其阐释，也既是建构的，又是反应的。如朱熹批评唐宋古文，说明他受到了唐宋古文的影响，在影响的基础上，他做出回应、阐释、建构——而他对唐宋古文的反应，又对后世产生了深远的影响。胡适发明"古文运动"概念，是对古文变革潮流的现代建构，这一建构对于现代的"唐宋古文观"及"文学运动"观产生了重要影响。① 我们研究古文运动的阐释史，必须观察建构与反应的双向效应，因为这两者是交织、融合，并相互转化的。

　　在历史的上下关系中，历史因素相互之间的作用与反作用，以及这种角色的流转，其实就是中国史学理论所讲的"通变"。中国古人所言

---

①　当我们分析朱熹、胡适的"古文运动"观时，便构成了"阐释的再阐释"。阐释是可以不断累加的过程。顾颉刚所谓"层累地造成的古史"，其实就是"阐释的再阐释"的过程。

"通变",主要指当下对传统的继承,及其转化——所谓"以复古为通变""通变无方,要必酌于新声"。在对传统的继承中,我们就会对传统做出阐释、扬弃。因而,中国的通变观与西方的阐释学可以进行学理融合。笔者观察古文运动的所谓"现代视野",即指阐释学与中国通变观相结合的"新通变观"。历史,就是通变史。以上所举的关于古文运动自上而下的影响,与自下而上的阐释、建构的事例,无不是"通变"的体现。

在古文运动的通变史中,更为复杂的,是古文运动与现代文学之间的关系,尤其是古文运动与中国文学现代转型之间的关系。因为处于一个基本稳固的文学与文化格局中,在唐至清的历史中,唐宋古文大体是被肯定的,且作为一种文学传统,流风不坠。而自五四新文学运动始,包括唐宋古文在内的古代文学遭到了激烈的否定,以及在各种程度的否定与肯定之间的争论,其剧烈冲突的社会文化背景也远比古代复杂。"选学妖孽与桐城谬种"的骂名、"文以载道"的是与非、"文白之争"、尊古与创新、守旧与革命等,在五四新文学运动之后一片混战——中国现代文学的发轫,正是在对唐宋之后以古文传统为核心的古典文学的批判、思辨中产生的。唐宋古文运动作为古典时代最大的一次文学变革,在五四时期就被拿来与新文学运动相参照。而新文学运动之后的文学观,又深刻影响了我们对古文运动乃至整个古代文学的认识。譬如,因为曾将古文运动看成现实主义的文学运动,而片面轻视骈文,视骈文为形式主义,便造成了至今犹然的对骈文的歧视和遮蔽(骈文的被遮蔽,并不完全取决于对古文运动的现代建构);再如对尊重传统的"尊古"意识的片面否定、对"文以载道"的片面批判,乃至对古代散文研究的冷落等,都与追求进化、独立、通俗的现代文学精神有关。而同为现代人物,对唐宋古文的评价却极为斑驳殊异,如林纾(1852—1924)以存亡绝续的心态固守古文传统,视唐宋古文为天地至文,胡适、钱玄同(1887—1939)则斥古文为文学的下乘;学衡派人物西学精湛,对中国古典文学则尊奉如仪;周作人(1885—1967)厌恶八股,痛恨载道文章,视韩愈为载道文章之祖宗而激烈批判,终生不改;陈寅恪(1890—1969)、钱穆(1895—1990)则对韩愈推崇备至,1974年的"评法批儒"运动却又掀起了崇柳贬韩的风潮;80年代以来,对唐宋八大家及其后嗣八股文、桐城派的评价又趋于平正。有时，同一人物在不同时代，对古文运动的评价反复变换，如刘大杰（1904—1977）即是。中国现代学术的历史虽短，但其对古文运动的叙述与阐释却比古代更为多变、复杂。其种种评价，都与斯人、斯时、斯地特定的个人及社会的情境有关。而且，古典文学、古典学术传统与现代文学、现代学术传统交织在一起，更增加了现代以来古文运动阐释的复杂性。

就是说，在历史的通变中，古、今通变比古代格局内的通变更复杂。本书在研究中唐至清末的古文运动阐释史的基础上，试图进一步研究阐释学视野中的古文运动的古今通变，因为这是一个能够沟通古代文学与现代文学研究的重要议题。"古文运动"这个概念，本身就是古代视野和现代视野结合的产物。最后，本书将在书末初步提出"中国文学古今通变"这一学术方向的基本理路和学术意义，这是本书更高的一个学术目标。

第一章　古文运动叙述的古典脉络

第一节　古文运动的自我叙述——唐代至北宋

一　唐代古文运动的自我叙述

胡适所谓"古文运动"指北宋古文运动，东英寿不认可"古文运动"这个词，他所谓的"古文复兴"也指北宋而言，即他们都不认为有所谓"唐代古文运动"。此一观点，这里暂不辨析。在笔者看来，中唐的古文复兴，即使当不起"运动"之名，也确乎是一股有相当势力的文学变革潮流。这种变革的潮流，当时就被确认并加以叙述，即在中唐古文家的自我叙述中，阐释与建构就已经发生了，只不过，他们未曾使用"运动"一词——而我们这里主要关心的，是对于古文复兴的叙述与建构。所以，首先要梳理、探究的是唐代以及北宋对于古文运动的"自我叙述"及其背后的动因。①

在唐人关于"古文运动"的自我叙述中，主要有"古文"概念、古文振兴、"文统"这三方面的问题。

首先，关于"古文运动"，无论古代、现代，所有的叙述和建构都起始于"古文"的命名，而这一建构发源于古代。所谓"古文"，在古代有四种含义：（1）指古代字体；（2）指先秦典籍文献；（3）指经学中与"今文"相对的学派，即"古文"学派；（4）指与"今文"即骈文相对的散体文章。其中，前三种含义皆产生于西汉，第四种含义产生于

---

① 这里所谓"叙述"，并不侧重对古文运动故事性的讲述。古文运动并非一个以故事为主体的历史内容，而是一个以文学运动、作家、文本、文学观为主要指涉物，进行叙事、阐释、评价和意义分析的一系列综合活动。所以，本书所谓"叙述"在很大程度上相当于"言说"，但由于"叙述"比"言说"别具一层历史性的意味，因而便与"建构"的本质更为关联，故而，在此采用"叙述"一词。这里所谓"自我"，是指唐代及北宋对古文运动言说的一切文本。尽管，这个"自我"是有限的，但它却是个不可穷究的群体，我们透过文献所能考察的文本，更是这有限群体中的一部分。

隋朝，盛行自唐代，绵延至清末。这里要讨论的是第四种，即文学意义上的"古文"概念的产生。

清代学者包世臣（1775—1855）说："唐以前无'古文'之名。"① 可是，隋代大儒王通（584—617）《文中子·君道篇》有云：

古之文也，约以达；今之文也，繁以塞。

这里，"今之文"当指骈文，"古之文"当指散文，与后来古文含义相合。罗联添认为"这是现今所能见到的最早的'古文'名称"。② 严格来说，"古之文"作为名称、词语，与"古文"尚有一字之差，但作为概念，其内涵是相同的。所以，应当说，文学意义上"古文"概念最早的提出者为王通。③

然而，王通关于"古文"的说法是零星的，其"古文意识"并不强。六朝有所谓"文""笔"之分，有韵为"文"，无韵为"笔"。韩、柳之前，萧颖士（717—760）、李华（？—774）、元结（719—772）、独孤及（725—777）、梁肃（753—793）、柳冕（730—804）等古文家在说及"笔"时多以"文""文章"称之（但其"文""文章"的概念又大于"笔"），只有到了韩愈及其弟子，才开始频繁使用"古文"一词。综览韩愈文集，

① （清）包世臣：《零都宋月台古文钞序》，载包世臣《艺舟双楫·论文三》，北京图书馆出版社，2004。
② 罗联添：《论唐代古文运动》，载《唐代文学论集》上册，台湾学生书局，1989，第9页。
③ 谭家健在《中国古代散文史稿》中说："最早提出'古文'和'今文'概念并发现其间矛盾对立关系的是梁简文帝萧纲。其《与湘东王书》说道：'若以今文为是，则古文为非；若昔贤可称，则今体宜弃。'他讲的'古文'是指散体文；'今文'是指骈体文（也包括格律诗）。他是站在肯定'今文'一边的。"（重庆出版社，2006，第305页）按照谭家健的说法，文学意义上古文概念最早的提出者为梁简文帝萧纲（503—551）。但是，萧纲所谓"古文"是指散体文吗？在谭家健所引萧纲语之前，有这样几句上文："吾既拙于为文，不敢轻有捃摭，但以当世之作，历方古之才人，远则扬、马、曹、王，近则潘、陆、颜、谢，而观其遣词用心，了不相似。"可知，萧纲所举"扬、马、曹、王""潘、陆、颜、谢"诸人皆是"古之才人"。其中，除司马迁（马）外，几乎都是骈文作者。至于扬雄，萧纲是说他的《太玄》《法言》呢，还是《甘泉》《羽猎》？这里，其实是笼统言之的。总之，萧纲列出的八位或"远"或"近"的"古之才人""昔贤"，大多为骈文作者，故其所谓"古之文"是指"古之才人"的文，而非"散体文"；其所谓"今文"指当代人的骈俪文。所以，萧纲所谓"古文"并非"古文运动"之所谓"古文"，而王通所谓"古之文"，则指先秦两汉的散体文。

他只在4篇文章中6次使用了"古文"一词。对于"古文运动"的开山大师韩愈而言，这实在不算多。除此之外，韩愈都是用"文"或"文章"来指单行散体的"笔"①，其数量远多于"古文"一词，兹不详举。

据罗联添《论唐代古文运动》一文考证可见：第一，齐梁所谓"文""笔"之分（诗之辨），在隋唐已产生混同。唐代所谓"文""文章"可指"笔"，也可指"诗"（如"李杜文章在，光焰万丈长"），也可泛指"文学"（如"国朝盛文章，子昂始高蹈"）；第二，"古文"概念在中唐时凸显，韩愈尤有强烈自觉，但就时代话语而言，"古文"一词在中唐并不盛行；第三，"古文"就形式而言，指单行散体的"笔"（按："笔"未必相当于"古文"，如刘禹锡《祭韩吏部文》云："子长在笔，予长在论。""论"即属古文，故此处所谓"笔"大约指叙事文与抒情文）。

虽然，"文"与"文章"的泛文学概念使"文""笔"之分产生了融合，但从"笔"到"古文"名称的变化，却呈现出文学意识的某种新变——所谓"笔"，主要指不对偶的散体文形式，而与"今文""时文"相对的"古文"，则不仅指散体文形式，而且也包含内容方面对古代儒家思想的继承，以及古代经典作品典雅深厚的风格（其所谓"古"，特谓先秦两汉。就风格而言，"古"有古朴、高古、古雅之意）。可见，中唐所谓"古文"的基质是"笔"，但在这个概念的使用中，其内涵已较"笔"丰富了许多，它同时具备语言形式、文章内容及风格三方面的规范。尤其"古文"内容的以先秦两汉儒家之道为宗，风格的以古雅典正为范，这都是"笔"所不具备的意涵。"笔"作为一种文体概念，在南朝时，本就谈不上盛行，故而唐以后便渐告消歇。况且，唐人之所谓"笔"与南朝之所谓"笔"不尽一致。

应当说，与文字学、文献学、经学相区别的"古文"概念，是一个文学概念。而在中国古代文学中，"古文"则是一个文类概念，古文、骈文、今文，乃是文类之分，而非"文体"之分。②而且，古文的内涵和外延不是一成不变的。宋代的古文，虽然在经典意义上仍然标榜三代两汉之文，但在实际创作中，其外延却宽泛了许多，几乎无施不可，古

① 以上统计，参见罗联添《论唐代古文运动》。
② "文类"包含"文体"。"文体"主要指向文学形式，"文类"则既包括文学形式，也包括内容、风格。

文成为一种极具弹性和自由的文类。至于明清两代的古文概念，更是越过了三代两汉的界限，将唐宋散体文也一并纳入了古文的范畴。古文在内容上的规定性逐渐弱化，而文体意义却越来越强。回想北周苏绰（498—546）模仿《尚书》所写的《大诰》的古奥，更是从反面证明了古文在唐以后内容和形式的不断延展。及至现代，"古文"和骈文统统被当作文言文而称为"古文"，延续千余年的古文概念彻底改变。

以现今的角度来看，我们很想知道的是：在中唐时代，是否出现了可以称为"运动"的大规模的、深刻的古文复兴呢？中唐时代，古文在数量上、在价值等级上，与骈文、律赋等"时文"相比，到底处于何种地位？

韩愈的前辈独孤及有所谓"文章中兴"① 之说，梁肃有所谓"文章三变"② 之说，其所谓"中兴""三变"，主要指雅正古风在当时文章领域的兴起，其所谓"文章"包括古文和骈文辞赋在内的所有文章，是"大文章"的概念，而这种文章风气的转变，就已包含了韩、柳之前古文上升势头的消息。

但是，韩愈刻意创作的古文并不完全被视为雅正③，其提倡儒道，

---

① 独孤及在《检校尚书史部员外郎赵郡李公中集序》一文中说："帝唐以文德勷祐于下，民被王风，俗稍丕变。至则天太后时，陈子昂以雅易郑，学者浸而向方。天宝中，公（李华）与兰陵萧茂挺、长乐贾幼几勃焉复起，振中古之风，以宏文德……于时文士驰骛，飘扇波委，二十年间，学者稍厌折杨、皇荂而窥咸池之音者什五六。识者谓之文章中兴。"载（清）董诰等《全唐文》卷三八八，中华书局，1983，第3945页。独孤及所谓"文章中兴"，非韩、柳的"古文运动"。其所谓"文章中兴"，发端于天宝年间，李华、萧颖士、贾至都是提倡、写作古文的先驱，其"振中古之风"之所谓"中古"，主要指周公、孔子代表的周朝，有时也兼及汉代。

② 独孤及的弟子梁肃在《补阙李君前集序》中说："唐有天下几二百载，而文章三变。初则广汉陈子昂以风雅革浮侈；次则燕国张公说以宏茂广波澜；天宝已还，则李员外、萧功曹、贾常侍、独孤常州比肩而出，故其道益炽。"载任继愈主编（宋）姚铉编《中华传世文选·唐文粹》，吉林人民出版社，1998，第935页。梁肃对唐初至天宝文风演变的描述与独孤及大体一致。他标举的陈子昂、张说，皆以写作骈文为主。

③ 当时，对韩愈文章批评质疑者，不乏文坛名士，如韩愈的恩公裴度、朋友张籍。裴度在《寄李翱书》中批评李翱的古文，指责韩愈"以文为戏"，对于其古文的"磔裂章句，隳废声韵"，故意"高之、下之、详之、略之"不以为然。张籍则批评韩愈"曷可俯仰于俗，嚣嚣为多言之徒哉"，"多尚驳杂无实之说，使人陈之于前以为欢，此有以累令德也"。载（清）董诰等《全唐文》，卷五三八，中华书局，1983，第5462页。裴度、张籍与韩愈皆是师友关系，而其批评则不可谓不严厉。另，由柳宗元《读韩愈所著〈毛颖传〉后题》，可知《毛颖传》为时人怪笑之状。裴度指责韩愈"以文为戏"，正指此类"不正经"的文章。应当说，裴度对韩愈的批评，堪称时人批评韩愈者的代表。其批评主要指向两个方面：一是内容上的不正经、不严肃，如其《毛颖传》《送穷文》之类。但是裴度的传奇集《玄怪录》不也是谈玄说怪的不经之谈吗？二是古文本身刻意对骈文章句、声韵的破坏。

也颇遭质疑，韩愈虽不无追随者，但却不及怀疑浪潮之强大。

另外，我们也能看到时人对韩愈、柳宗元的高度评价，及古文创作的兴盛。韩愈的弟子——李翱、李汉（韩愈的女婿）的评价或不无夸饰，但韩愈为当时文坛盟主当无疑焉，这在相当程度上体现的正是对"古文"的肯定。柳宗元的文学地位虽不及韩愈，但当时也影响颇大，即使被远谪永州、柳州，仍有许多士子向其求教为文之道，且柳宗元晚年所传授者以古文为主。晚唐时，以韩愈、柳宗元为唐代文章两大家，已成普遍意见。韩、柳并称，至此奠定。至于中唐古文的整体实力，李汉描述时人对韩愈的态度——"时人始而惊，中而笑且排，先生志益坚，其终人亦翕然而随以定"① 一语，颇能折射出古文在中唐起初被怀疑，终于被接纳的接受过程。

从概念的角度说，既然说"文章中兴""古文大兴""文章特盛"，那么它必然包含了一个前提——"文章衰弊"。这是"古文运动"叙述的另一面。关于文章衰弊的叙述自北魏以来便持续不断，只不过它是一个由减弱到渐强的声音。唐代以后，对文风的不满之声渐有浩大之势。当这种不满的力量积聚到相当程度时，"古文运动"便发生了。而所谓"文章中兴""古文大兴"，便是在"文章衰弊"前提下的叙述。

综合以上唐人自述可知：在唐代，"古文"概念虽不盛行，古文创作也遭到种种质疑和批评，但古文在中唐出现了前所未有的兴盛，是可以肯定的事实。

需要注意的是，中唐古文的兴盛，并不意味着骈文的衰落，更没有出现古文压倒骈文的局面——一个简单的事实是，唐代科举应试之文，始终是诗赋骈文，此点从未改变。其实，当时很多人向韩、柳学习文章，都是为了应试。如果说，写作古文是一种"理想原则"的话，那么，为科举取士而追求骈俪之文就是一种"现实原则"。

韩愈、柳宗元都没有很明确反对骈文。"骈文"这一名称在唐代尚未真正形成。柳宗元《乞巧文》中说"骈四俪六，锦心绣口"，第一次把"骈俪"和"四六"相对举，但也未有"骈文"之称。晚唐以后，骈文最流行的名称是"四六"。"骈文"之名，至清代出现，迄于民国时

---

① （唐）李汉：《唐吏部侍郎昌黎先生韩愈文集序》，载《唐文粹》卷九二，《四库全书》本。

期，始成定名。初唐至中唐时代，所谓"骈文"的名称是"今文""今体"，此二名称，自六朝而来（但我们叙述时，可用"骈文"这一通用名称）。明乎此，我们才能知道"古文"实乃源于其与"今文""今体"的对应关系而发；否则，与"骈文"相对的是"散文"，所谓"骈散之争"也是现代人建构的话语。所以，韩愈、柳宗元他们所反对的，毋宁说是空洞浮华的文风——这才是重点，骈文的形式只是这种不良文风的载体。韩、柳的古文，本身也吸取了骈文的精华。① 因为目光过于聚焦于古文的振兴，韩、柳等人对古文、骈文的融合，往往被我们忽略。所以，"古文运动"之后的情势是：一方面，古文批评骈文并吸收骈文的精华；另一方面，骈文自身也在调节、演变，在受到古文的挤压之后，骈文反而获得了新的生机，六朝那种过分雕饰板滞的骈文被吹进了适度的疏朗流动的清新之风，骈文的题材也不断扩展。韩、柳古文运动之前的陆贽（754—805），就是以骈文写应用文的大家。所以，中唐既是"古文"转变的一大关键，也是骈文演变的分水岭。骈文在唐宋古文运动之后虽然失去了往日的荣光，但自此之后，它与古文可说是双溪并流。

就唐代古文运动的发展历史看，古文在韩、柳去世之后便渐告衰落。此前的盛唐与此后之晚唐，古文势力皆不及骈文辞赋。因此，我们对古文在韩、柳时代的势力，既不可小视，也不宜高估。对此古文兴盛的潮流，称为"古文振兴"，当是较为恰切的。但古文在中唐的振兴，一经在历史中出现，就在文学的土地上埋下了蓬勃的种子，只不过，直到北宋中叶这种子才再一次破土而出，并长成了参天大树。

与"古文运动"叙述相关的一个重要问题是"文统观"的建立。"文统"是贯穿古文运动始终的问题。古文运动的产生、发展、蜕变，它的叙述史，它的历史影响，皆与"文统"密切相关。在韩愈之前，古文运动的重要理论家柳冕就隐然有文统的观念，但其"文统"与"道统"并未分离。韩愈通过《原道》一文建构了一个完整的从尧到扬雄的

---

① 韩、柳等古文家所共同推重的陈子昂，其文章以骈文为主，而其文风却风雅遒劲。如果韩、柳一味否定骈文的话，其推重陈子昂便无法解释。清代刘熙载说"韩文起八代之衰，实集八代之成"，即认为韩愈吸收了六朝骈文的精华，而这是韩文成功的关键之一。柳宗元对骈文精华的吸收，更甚于韩愈。这既表现于其古文的骈俪化，又表现于其骈俪文的散文化，柳宗元以散文笔法、笔意运之于骈文，成就尤高。

"道统"谱系（pedigree），并以道统的继承人自居。其所谓"道统"即"文统"，因为韩愈的文学观是道文合一的，且"文"从属于"道"，"道统"产生"文统"。可以说，中国所谓"道统""文统"，经古文运动在唐代奠基，至宋代而成熟，对后世的文学、哲学影响深远。

唐代古文家对"古文运动"进行了某种建构，这些建构包括对文章史、古文家的传承脉络、文章宗师、作家成就以及对古文大势的描述等。这是中国文学第一次将当代文学与推溯至三代时期的古代文学，甚至古代文化的源头相联通的一个"宏大叙事"，后世无数文学史的宏大叙事莫不受其影响。唐代古文家所叙述的道统与文统，是从历史源头出发的宏大叙事，但其目的不是总结历史，而是立足当下和未来，开辟新的文学时代。"古文运动"虽然以散文为主要革新对象，但其精神却是从文学整体，乃至人文教化的大文明的背景出发的。这种划时代的历史意识，以及由文学出发而进行文明改造的精神，是古文运动伟大之所在。正是在这种大背景下，20世纪的新文学运动与唐宋古文运动，构成了中国文学两大文学运动景观。

二 北宋古文运动的自我叙述

对于北宋古文运动的历史进程，许多学者都已做过深细的研究和描述，这里，着重从建构的角度阐明两个问题：第一，北宋对唐代古文的评价与选择；第二，北宋古文运动的自我评述。

北宋并不存在类似现代所谓"唐代古文运动"的概念，但综合姚铉、穆修、欧阳修、宋祁、苏辙、苏轼等人对唐代文章的整体叙述，可知他们有个共识——唐代文章于大历、贞元、元和年间，经韩愈等人的创造而大变其风，改变了东汉以来"道丧文弊"的局面。所谓韩愈"首倡古文""韩愈倡之"的"倡"；其他人"和之"的"和"；"大吐古人之言""变而复古"；"阏其颓波，东注之海"——对文学潮流的比喻，这些已经含有现代所谓文学运动"领袖、集团、共同理念、规模，文学影响"等要素。因而，从某种意义上讲，北宋人对中唐文章大变的定位，已具备"唐代古文运动"的意识。"唐代古文运动"这一叙事，至北宋之后才体现出一种强烈的建构性。即北宋古文家对唐代古文运动进行了大幅度的塑造，从而形成了某种较为固定的唐代古文运动的面目。北宋后期至南宋，"北宋古文运动"的叙述者又将其与唐代古文运动加以整合，从而形成了一个更大的"古文运动"叙事，并最终产生了所谓"唐宋文章"的新文统。

如果将北宋人对唐代文章的总体叙述和唐人的自我叙述相比，就会发现：唐人对韩愈、对中唐古文振兴的叙述，大多是放在彼时的历史语境中评说的，而北宋人则往往从周代、孔子以来的文章史的大背景说起，及至对韩愈，以及中唐文章推崇备至的时候，也就赋予了其叙述对象更为重大的历史意义。中唐古文运动开启了一种从文章史的源头出发迄于当下的宏大叙事意识，但这种宏大叙事更多地表现在唐人对"道统"的叙述中，在"文统"叙述中尚不明显，而这种意识及其叙事模式在北宋人的文章史叙述中却大为凸显，这是北宋"文统"意识发展的结果。"文统"意识的强化，使北宋文人赋予唐代古文振兴以伟大的历史意义，提升了"以宋继唐"的自觉的历史使命感，这种自觉意识同时表现于其对文统与道统的继承。虽然，在文统与道统之间有复杂的分歧，对于道统本身，也有不同的视角，但至少在文统一脉，北宋人对唐代古文建构性的叙述与历史意义的赋予，为北宋的文章革新提供了某种历史动力，并将自身的文学变革与唐代文章连接成了一个历史统一体。这一点，在北宋人对唐代古文家的具体选择与评价，以及唐宋文统的建构中，有更鲜明的体现。

中国古代的文学史叙述，更多的是对个别作家的评论，而非对时代文学的整体叙述。如果对比唐人自身，以及北宋人对唐代文章家的选择与评价，不难发现：北宋人对唐代文章家进行了筛选，并有不同于唐人的再评价。韩、柳之前的古文先驱萧颖士、李华、独孤及、梁肃、元结等人在北宋已很少被提及，即使提及，其地位与唐人的评价也相去甚远。前文已说，在北宋人的叙述中，中唐文章之盛被进一步强化，而唐人建构的中唐的古文家的谱系，至北宋除韩愈、柳宗元外，刘禹锡、吕温（771—811）及韩门弟子的地位都被弱化了——中唐古文家的群英图，逐渐只剩下了韩愈、柳宗元两大主角。"韩、柳并列"，虽在晚唐即已出现，但并未成为压倒性的共识，所以五代的刘昫还能够突出元、白而压抑韩、柳。北宋，推尊韩、柳于其他唐代古文家之上，成为压倒性的固定观念。即使有贬抑韩、柳者，也是出于对韩、柳巨大历史影响的某种抗拒。

　　然而，在弱化其他唐代古文家，突出韩、柳的同时，还存在一个问题，即"尊韩抑柳"——北宋古文家对韩愈的推崇远在柳宗元之上，所谓"尊韩"从此被定下基调，韩愈被塑造成了唐以后最大的文章家——"抑柳"是"尊韩"的必然结果。但是，北宋人对韩愈的怀疑批评也是前所未有的，尤以佛教徒为甚。北宋的古文运动由经世致用、尊王攘夷的思想背景出发，故而韩愈虽然受到释子的攻击，也受到一些古文家对其儒学修养的批评，但他的地位始终高于尊崇佛教的柳宗元——尽管，作为文章家的柳宗元与韩愈并列在北宋已成普遍观念，且也有"尊柳抑韩"者，由此反映出北宋是一个儒学复兴并占据思想史正统地位的时代。

　　可以看出，北宋人对韩愈、柳宗元的评价更加多元、更深入，无论推崇或批评，其程度皆超越了唐代。即韩愈、柳宗元在北宋被赋予了更丰富的意义，这种意义的丰富性，随着历史的延续不断增加。说到底，阐释都是自我理解。北宋古文家正是由于对唐代古文进行了建构，才生发出自己的古文观念、儒学观念，从而在新的历史维度上继承唐代古文运动的成果并进行了新的古文运动。

　　北宋人认为"北宋古文运动"是与"唐代古文运动"一脉相承的，他们把韩愈塑造成唐代古文运动的领袖，那么，必然要有与韩愈相对应的宋代古文的领袖人物——当北宋古文运动发展至高潮时，这个领袖人物应运而出，他就是欧阳修。

　　苏轼说"欧阳子，今之韩愈也"，"此非余言，天下之言也"，以欧阳修为韩愈之后第一文豪——"以欧继韩"[①]，确为当时普遍评价。欧阳修既然被视为与韩愈并列的新一代文豪，那么他也就如同韩愈一样被置于孔子、司马迁、扬雄之后的文统之中。韩、柳并列是共时性的，韩、欧并列则是历时性的。"以欧继韩"论者，不仅把欧阳修凌驾于北宋以

---

　　① 其实，北宋最早被拿来作为韩愈继承人的不是欧阳修，而是柳开，提出这一说法的是石介。石介以柳开继韩愈，也是宋代以宋贤继承古之圣贤的第一例。石介和欧阳修作为朋友虽都倡导古文，但由石介激起的怪奇险僻的"太学体"深为欧阳修厌恶，他们二人在文风上是相抵触的，故石介不可能推崇欧阳修。柳开在宋代虽然首倡古文，但成就不大，石介所谓以柳开继韩愈的论调，也只是别调独弹，"以欧继韩"才是当时天下之言。不过，所谓"天下之言"是相对的——誉满天下，谤亦随之，欧阳修绝不是没有反对派。

来所有文章家之上，也凌驾于与韩愈相并列的柳宗元、李翱等人之上。"韩、柳并列"仅是就唐代文章而论，"以欧继韩"则是从"以宋继唐"这样一个新的文章视域出发的，即把宋代古文视为唐代古文的继承者。作为唐代古文大家，"韩、柳并列"从未被消解，但事实上"以欧继韩"造成了"韩、柳并列"某种程度的弱化。

欧阳修作为北宋以来地位最高的文学宗师，提携了一批文学家，形成所谓"欧门"。后来被列入"唐宋八大家"的王安石、曾巩、三苏，皆出于欧阳修门下。就影响力而论，王安石和苏轼后来皆继欧阳修而成为天下学术文章之宗师，有所谓"王门""苏门"之称。就文章而言，王安石、苏轼、曾巩当时就与欧阳修并论，而有"欧王""欧苏""欧曾"之称。但三种说法，最为普遍的是"欧苏"，即"以苏继欧"。

欧阳修去世后，天下文士多以文章盟主推许苏轼，而苏轼也一向以欧公继承人自居，不遑多让，如其《祭欧阳文忠公夫人文》曰："文忠之薨，十有八年。士无所归，散而自贤。我是用惧，日登师门……何以嗣之，使世不忘?"[1]《颖州祭欧阳文忠公文》述欧公语曰："我老将休，付子斯文。"[2] 皆是。李廌《师友谈记》载有苏轼以"文章盟主"自许的私下言论[3]，不仅韩愈未曾有，欧阳修亦不曾有。这不仅缘于苏轼高度的自信，似也透露出宋代文士比唐代文士的文学集团意识、文章盟主意识更为自觉、强烈，如石介、欧阳修都有很鲜明的文学集团意识、盟主意识——只不过不曾如苏轼这样不客气地自许盟主。这与唐代古文运动作为一种文学现象对宋代文士的启示有关，与宋代空前浓厚的朋党政治氛围也不无关系——朋党政治造成了集团意识的强化，政治集团与文学集团相互渗透，形成更加强烈的宗派意识。宗派意识，并非宋代的新情况，但此种情形在北宋得到了发展，如若观察南宋、明、清宗派意识的愈演愈烈，当不难明了此点。

既然，韩柳并论、以欧继韩、以苏继欧，这些观念成为北宋中后期

---

① 孔凡礼点校《苏轼文集》第五册卷六十三，中华书局，1986，第1956页。
② 孔凡礼点校《苏轼文集》第五册卷六十三，中华书局，1986，第1956页。
③ （宋）李廌《师友谈记》："东坡尝言：文章之任，亦在名世之士，相与主盟，则其道不坠。方今太平之盛，文士辈出，要使一时之文有所宗主。昔欧阳文忠常以是任付与某，故不敢不勉。异时文章盟主，责在诸君，亦如文忠之付授也。"中华书局，2002，第44页。

压倒性的共识，那么"韩、柳、欧、苏"相并列的说法也就水到渠成
了。① 北宋自柳开、穆修倡导韩、柳文，王禹偁以韩、柳比孙何、丁谓，
便自觉将自身的古文事业纳入唐代古文运动的传统中，从而构成一个具
有更大的历史框架的"唐宋古文运动"传统。欧阳修、苏轼等北宋中后
期文章家，将宋代古文提高到了与唐代古文相等的高度，古文创作在北
宋中后期出现了前所未有的繁盛，"唐宋古文运动"的整合也就成为一
种应运而生的历史意识。

范仲淹《尹师鲁河南集序》《神宗旧史·欧阳修传》，苏辙《欧阳文
忠公神道碑》等文都对北宋文风演变做了总体叙述，且有一个共同点，
即认为北宋文章至欧阳修而大变，他们分别使用了"天下文章，一变而
古""一时文章大变""文章废而复兴"这样的话语来形容。

欧阳修的后学吴充、苏辙、沈括等人，是北宋中后期文风的见证者，他
们对文风之变说得更具体：时间系宋仁宗嘉祐二年（或曰"嘉祐初""嘉祐
中"），原因则在于欧阳修知贡举，将文风险怪（当时甚为风行）的士子，
尽皆黜落，于是文章为之大变。文风大变，欧阳修文章的成就、魅力的引导
是一方面原因，但如果没有欧阳修通过知贡举的权力对时文的强硬的制度性
改变，文风之变是难以一时见效的。吴充、沈括在政治上都属于王安石新党，
与欧阳修并不相近，他们对欧阳修改变文风之功如此推崇，当为公论。

需要注意的是，欧阳修知贡举，打击的对象不是骈俪文，而是"太
学体"。欧阳修对太学体的厌恶，最重要的尚不在文章，而在于对太学体
作者故作奇僻，以求虚誉，不切实际的德行和学风，即士风的担忧。

那么，欧阳修自己又是怎样叙述和评价北宋文章之变的呢？欧公曾
在《苏氏四六》一文中讲到了"文章变体""学者变革为文"，把苏氏父
子的四六文成就也归入文章变体的范围，说明他眼中北宋的文风变革，

---

① 笔者目前检索到的最早将"韩、柳、欧、苏"四家并列的，是南宋吕祖谦《古文关
键》中"学文须熟看韩、柳、欧、苏"的说法；稍后，邵博《邵氏闻见后录》云：
"韩退之文，自经中来；柳子厚文，自史中来。欧阳公之文，和气多，英气少；苏公
之文，英气多，和气少。"（宋）邵伯温、邵博撰，王根林校点《邵氏闻见录　邵氏闻
见后录》卷十四，上海古籍出版社，2012，第192页。王十朋《读苏文》三条曰：
"唐宋文章，未可优劣。唐之韩柳，宋之欧苏，使四子并驾而驰，未知孰后而孰先，
必有能辨之者。"（宋）王十朋著，梅溪集重刊委员会编《王十朋全集》文集卷十四，
上海古籍出版社，1998。

并不仅是古文的振兴，也包括四六文的改革和成就。

现代以来对古文运动的叙述，乃至对唐宋两代文章史的叙述，有一个很大的缺失，即有意忽略了骈文的状况。其实，骈文从来没有因古文的兴盛而衰落，晚唐、五代至宋初，骈文始终是占据上风的。骈文在宋代称为"四六"。四六在宋代的繁荣，更甚于唐代的偶俪文。其实，四六在宋代的大变，也是以欧阳修为转捩点的。北宋中后期，古文势力大盛，但骈文依然强劲。我们常说所谓北宋古文运动的"成功""胜利"，然这绝不意味着四六文一蹶不振。只是古文从此真正有了与骈文相抗衡的势力，在元、明两代，古文的势力超过骈文；清代，骈文曾一度复兴。总之，古文和骈文始终是共存、互补的。

北宋后期，四六日益繁荣，南宋四六之繁荣更甚于北宋。这里之所以要展现北宋四六的状况，是为了给北宋古文运动的历史定位提供更全面的背景。中唐古文运动使古文得到了复兴，但古文只是短时期内有凌驾骈俪文之势，晚唐五代，古文衰落。北宋古文运动再一次让衰落的古文复兴起来，并且取得了与四六相抗衡的势力和地位。而唐人和宋人除单言"古文复兴"外，其所谓"文章变体""文风大变"往往也包含骈文、赋，以及科举文（如律赋）的变化。古人通常讲"文章""文"，"古文"只是一个特指的说法①，是局部之"文章"。"古文"这一名词，是在南宋古文选、文评著作大量出现之后成为一个热门词语的。现代以来，由于我们对骈文的忽视，便相应地放大了"古文"通过"古文运动"而取得的效应；而且，"古文运动"是我们从唐宋两代的文学变革大潮中单独抽离出的一个脉络、分支，它容易使我们忽略中唐以及北宋与文章变革同时进行的诗、词、赋、传奇等文体的重大变革与文章变体之间的整体关系及其意义。当我们对唐宋人的"古文运动"自我叙述有了某种"还原"之后，便会对古文运动叙述史的建构性有更清晰的认识。

---

① 欧阳修、王安石、苏轼等文豪，除政治家、学者、诗人、词人等身份外，准确地说，应该是"文章家"，称其为"古文家"，容易遮蔽他们"骈文家"的身份。

第二节　唐宋古文传统的建立与流变——南宋至清代

一　唐宋文统的建立：南宋、金代、元代的唐宋古文观

（一）南宋

北宋古文大兴，从欧阳修到苏轼，古文已无施不可，即使有对欧、苏的批评，也力量微弱。南宋之后，各种古文选本纷纷问世，如吕祖谦（1137—1181）编选的《古文关键》《宋文鉴》、奉孝宗之命编辑的诗文总集《皇朝文鉴》、楼昉的《崇古文诀》、真德秀（1178—1235）的《文章正宗》、谢枋德（1226—1289）的《古文集成》《文章轨范》等。文章学在南宋更为自觉兴盛。[①] 其兴盛与北宋文章的高度繁荣有关，与南宋科举经术、文章并重的政策关系也甚大——"考而优则仕"的实用目的，始终不可轻忽。陆游（1125—1210）《老学庵笔记》所载"苏文熟，吃羊肉；苏文生，吃菜羹"的流行语，即证明古文在南宋举业中的重要性，此种情形为前代所无。[②]

南宋文章家普遍将宋文视为唐文的接续，或不分轩轾，或认为宋文成就超越了唐文甚至汉文，为古今文章之集大成。[③] 要之，"唐宋文统"的意识在南宋完全建立。而且与北宋不同的是，北宋文章家把自己看作

---

① 祝尚书《论中国文章学正式成立的时限：南宋孝宗朝》（载《文学遗产》2012 年第 1 期）认为中国的文章学正式成立于南宋孝宗朝。此观点仍有争议，或以为北宋即有文章学，或以为魏晋南北朝已有文章学，如曹丕的《典论·论文》、刘勰的《文心雕龙》中关于"文"的理论，都已颇为自觉而深刻。按，北宋徽宗时王铚有《四六话》，他在序中说"其诗话、文话、赋话，各别见云"，可见他还有专门的《文话》，但只传下《四六话》。因此若说文章学正式成立于南宋孝宗朝，未免有些武断。若说文章评点学成立于南宋，则无疑焉。另，南宋文章学的兴盛，与南宋出版业的发达也有关系。

② （宋）刘克庄《徐先辈集序》（《后村先生大全集》卷九六）曰："及韩、柳出，而后天下知有古文。然韩、柳能变文字之体制，而不能变科举之程度。上以此（骈文）取，下以此应，虽贤豪之士不能自拔。"此语即说明没有科举制度的支撑，古文很难流行。

③ （宋）王十朋《策文》称宋文："远出于开元、元和之上"（《梅溪文集》前集卷一四，《四库全书》本）；陆游《尤延之尚书哀辞》认为宋文"抗汉唐而出其上"（《渭南文集》卷四一，《四部丛刊初编》本）；杨万里《杉溪集后序》"古今文章，至我宋集大成矣。"（《诚斋集》卷八四，《四库全书》本）；王称《国朝二百家名贤文粹序》"文章至唐而盛，至国朝而尤盛也"（《国朝二百家名贤文粹》卷首，宋庆元眉州书隐斋刊本）；倪朴《筠州投雷教授书》"宋之文超汉轶唐，粹然为一王法"。（《倪石陵书》，《四库全书》本）

韩柳的继承者，并不高自位置，王禹偁所谓宋文"追还唐风"、欧阳修所谓宋文"追三代之隆"① 的"追"字，都是企慕的姿态，南宋文章家则认为北宋文业已超越汉唐。不过，南宋对北宋文的隆誉并不限于文章之学，其所谓"文"是包含了"文明""文治""学术""学问议论文章"② 等含义的文化概念，即现代所谓"文化"。陈寅恪所谓"中国文化造极于赵宋之世"的感觉，南宋人实先已得之。周必大（1126—1204）在《皇朝文鉴序》中提出"我宋之文"的说法③，学者曾枣庄认为所谓"我宋之文"就是北宋古文革新完成的标志④，即在观念上，至孝宗朝"唐宋古文革新"业已完成，"唐宋文统"正式建立。

北宋时期，道学家偏于道，文学家偏于文，虽大儒辈出，但却不能压倒以欧、苏为代表的文学家的势力。南宋前期，苏轼文章的影响甚巨。一者因为苏轼是距离南宋最近的一位文章大师；再者，苏轼的策论对科举士子而言，堪为典范。编辑《皇朝文鉴》《宋文鉴》的吕祖谦是一位大理学家，却很推崇苏轼，这是北宋理学家没有的姿态。可是，理学大师朱熹（1130—1200）对苏轼就颇有微词了。朱熹承认韩、柳、欧、苏之文皆有高妙处，但未得大本，他认为欧阳修见道不及韩愈，东坡不及欧公，东坡的病根在于"文自文而道自道"。⑤ 曾巩的文章地位在北宋远不及苏轼，朱熹却格外推崇曾巩，以为曾文"确实"，即平实不作空言。

---

① （宋）欧阳修：《范文度摹本兰亭序二》，《集古录跋尾》卷四，《四库全书》本。

② （宋）朱熹《楚辞后语》卷六《服胡麻赋》："国朝文明之盛，前世莫及，自欧阳文忠公、南丰曾公巩与公（苏轼）三人，相继迭起，各以其文擅名当世，然皆杰然为一代之文。"（《楚辞集注》，上海古籍出版社，1979）史尧弼《策问》："惟吾宋二百余年，文物之盛跨绝百代。……文采述作，论议术学，众多繁夥，又非汉唐之所可儿大矣。"（《莲峰集》卷三，《四库全书》本）；刘克庄《平湖文集》："本朝五星聚奎，文治比汉唐尤盛。"（《后村先生大全集》卷九八）；洪咨夔《豫章外集诗注序》说："我列圣以人文陶天下，学问议论文章之士莫盛于熙（宁）、元（丰）、元（祐）、绍（圣）间。"（《平斋文集》卷一〇，《四部丛刊续编》本）

③ （宋）周必大《皇朝文鉴序》曰："嗟乎！此非唐之文也，非汉之文也，实我宋之文也，不其盛哉！"（见刘方喜编著《中华古文论释林·南宋金元卷》，北京大学出版社，2011，第44页）而且，周必大所谓"文"并未区分古文与骈文。

④ 参见曾枣庄《宋文通论》，上海人民出版社，2008。

⑤ （宋）黎靖德编《朱子语类》卷一百三十九，王星贤点校，中华书局，1994，第3319页。朱熹《沧洲精舍谕学者》谓"老苏但为欲学古人说话声响，极为细事，乃肯用功如此"，所谓"学古人说话声响"从反面点出了唐宋古文运动的个中三昧，后来清代桐城派所鼓吹的"因声求气"也不外此法。此观点参见刘方喜编著《中华古文论释林·南宋金元卷》"前言"。

由于朱熹的巨大影响，历元、明、清三代，曾巩的地位不断上升。清代桐城派古文家以曾巩为欧阳修嫡传，假如曾巩见此评价，恐怕也会有些失措吧。现代以后，唐宋八大家中，曾巩的地位一落千丈，韩、柳、欧、苏却如日月之恒，盖因失去了理学文学观的支撑，曾巩的文学价值就缩水了。曾巩文学地位的戏剧性变化，是古文运动建构性的好例。

朱熹对苏轼的严厉批评，对曾巩的推崇，显示出南宋理学对文学的排斥。朱熹对唐宋古文的批评尚留有余地，其再传弟子真德秀编选的《文章正宗》大意主于论理而不主论文，对道学之儒与文章之士的分判更为严苛，并且将魏晋以下骈偶之作尽予摈弃。古文、骈文，何者才是文章正统，至此发端。这与北宋古文、四六并行不悖的观念已相去甚远。《文章正宗》这一书名即透露着不容置疑的权威感。真德秀曾为参知政事，其文学观之影响不容小觑。宋末元初的文章大家戴表元（1244—1310）称"后宋百五十年理学兴而文艺绝"①，可谓对南宋文章弊病的高度概括。

关于古文革新，朱熹以为"到尹师鲁欧公几人出来，一向变了。其间亦有欲变而不能者，然大概都要变。所以做古文自是古文，四六自是四六，却不滚杂"。②即尹洙、欧阳修让古文大变了，但没有侵夺四六的地盘。而朱熹对欧文的评价其实很高，认为欧阳修是能服人的，否则不能变文体。欧阳修对古文变革厥功甚伟，可谓人所共知。③南宋初的张戒在《岁寒堂诗话》卷二中说："韩退之之文，得欧公而后发明。"此语极佳。所谓"发明"，即通过推广、阐释甚至提高，后代作家使得前代作家获得新的意义与价值。

（二）金代、元代

金代文士对唐宋古文的看法，虽有宗唐与宗宋的分歧，但推崇宋文者影响更大，而在宋文中，他们最推崇的是苏文。最典型的是王若虚

---

① （元）袁桷：《戴先生墓志铭》，载《袁桷集校注》，杨亮校注，中华书局，2012。
② （宋）黎靖德编《朱子语类》卷一百三十九，王星贤点校，中华书局，1994，第3298页。
③ "可学问：'欧阳公当时变文体，亦是上之人主张？'曰：'渠是变其诡怪。但此等事，亦须平日先有服人，方可。'"（宋）黎靖德编《朱子语类》卷一百零九，王星贤点校，中华书局，1994，第2698页。此语道出文学改革中文学领袖个人因素之重要。

（1174—1243）的评语，他在《滹南遗老集》卷三十七中说："杨雄之经，宋祁之史，江西诸子之诗，皆斯文之蠹也。散一文至宋人始是真文字，诗则反是矣。"① 这显露出王若虚对宋文的由衷喜爱，但话却说得未留余地——就像宋以前的散文都还不成熟似的。有趣的是，王若虚一面推崇宋文，一面反感以江西诗派为代表的宋诗，可见诗、文之道，有所不同。除王若虚外，党怀英（1134—1211）、赵秉文（1159—1232）、元好问（1190—1257）等几位金代文豪都崇尚宋文，推崇苏轼。而且，他们在尊崇苏轼的同时，对韩愈、欧阳修还有一点贬低。②

唐宋古文运动在元代的影响是，元初，古文家内部主要是宗唐和宗宋（实际是宗欧阳修）的分歧，但到了元末，许多文章家都对唐宋文章一视同仁了，如王祎、朱右（1314—1376）、宋濂（1310—1381）、戴良（1317—1383）等皆是。尤可瞩目的是朱右以唐宋文为宗，编选韩愈、柳宗元、欧阳修、曾巩、王安石、苏洵、苏轼、苏辙的文章为《六先生文集》（三苏合为一家。今无传），可以看作有元一代宗唐、宗宋两种倾向的调和结局。"如果说，金末元初出现的以李纯甫、卢挚为代表轻视唐、宋古文，而主张返回秦、汉的观点，为明代前后七子的'文必秦汉'主张开了先河，那么，元末朱右等人惟以唐、宋为宗的主张，实际上也开了明代'唐宋派'先声，'唐宋派'的得名也就是由于他们推崇唐、宋散文，并且有意识地把它们当作典范来学习。"③

二　唐宋古文的经典化与反叛：明代、清代的唐宋古文观

（一）明代

金、元两代对于古文，主要是宗唐、宗宋的分歧，明代古文观的主线则演变为更大的宗派分歧，即前七子截断众流的所谓"文必秦汉"的主张，继之而起的推崇唐宋八大家的"唐宋派"，接踵而至的崇尚秦汉文的"后七子"，以及明代后期李贽、公安派、竟陵派等对拟古文学观的反叛与超越。各种文学观的盛行，都有特定的文化背景，而宗派的形

---

① （金）王若虚：《滹南遗老集·文辩》，《四部丛刊》本。
② 钱基博《中国文学史》（中）："然党怀英、赵秉文，名曰宗欧祖韩而实为苏。而王若虚，则更排韩轻欧以言宗苏。"上海古籍出版社，2011，第681页。
③ 此段观点参见邓绍基主编《元代文学史》第十七章第三节，人民文学出版社，1991。

成，彼此的争论，皆有鲜明的现实针对性，其宗派意识之强烈，以及由之推动的文学理论的深化，在中国文学批评史上可谓空前。

明初，宋濂及其弟子方孝孺（1357—1402）等人持宗经复古、文以载道的文学观。① 宋濂推崇三代两汉之文，有厚古薄今的倾向。方孝孺认为唐宋文士文胜者道不至，道胜者文不至，但他对宋文多有肯定，对韩愈颇为不满，以为其不知"道"。② 然而，古代文学史上，任何时期都未曾有一种文学观统领天下的局面，而是黄茅白苇杂然并陈的。在宋濂、方孝孺之前，推崇唐宋文学大家者也颇不乏人。其中，最重要的就是朱右在元代开始编选的《六先生文集》（于明初刊刻），这是文学史上对唐宋八大家的首次标举，后来显示出了里程碑的意义。

对唐宋散文大家的称赏，明代之前即已发端，至明进一步发展。明初台阁体代表"三杨"杨士奇（1366—1444）、杨荣（1372—1440）、杨溥（1372—1446）推崇唐宋文章。尤其是欧阳修，其朝臣身份与温文雅致的文章风格，极易博得明代阁臣的青睐。史载，明仁宗为太子时即对欧阳修文深有好感。台阁体诸人的哲学思想，与宋濂、方孝孺并无二致。但"三杨"等人出降燕王朱棣的政治选择，则与方孝孺完全相反。永乐帝拿方孝孺开刀，杀戮上万名"逆反者"之后，转身又采取重视士人和开展文化建设的政策。在这种政治背景下，台阁诸公的诗文，"感情上则少有真挚之呈露，少有激昂慷慨，动地歌呼。永乐以至宣德，心境和平为士林之共同趋势"。③

然而，平和规矩，缺乏个性的台阁文风，渐渐引起后学的不满。明弘历年间，"前七子"提出"文必秦汉"④ 的主张，后七子继续倡扬此说，成为明中期影响极盛的文学思潮。前七子主要针对的就是此前馆阁诸臣为文宗宋宗欧，以至众相应和，风气浮靡的情势。批评宋文之不足，

---

① 宋濂主持《元史》编纂，断然将传统正史的儒林、文苑二传合而为一，名《儒学传》。可见其强烈的文道合一的观念。《明史》又将《儒林传》与《文苑传》分开。

② （明）方孝孺《答王秀才书》，参见郭绍虞主编《中国历代文论选》第三册，上海古籍出版社，2003，第11~12页。

③ 罗宗强：《明代文学思想史》上册，中华书局，2019，第131页。

④ "文必秦汉"一说既出，后多视作前后七子的话柄，此说其实出于后人归纳，虽然《明史·文苑传》将之作为李梦阳的主张，但李梦阳并未明确提及此语。参见慈波《文话流变研究》，复旦大学出版社，2020，第136页。按，即便李梦阳没有直说过"文必秦汉"的话，但后人此归纳，确是李梦阳意思。

乃成一时风气。其批评主要集中在两方面：一是针对宋文温婉平易的风格，以柔弱不振责之；二是指斥宋人受道学影响而形成的不良文字习气。

李梦阳（1473—1530）《论学上篇》云："宋儒兴而古之文废矣。非宋儒废之也，文者自废之也。古之文，文其人如其人便了……而今之文，文其人无美恶，皆欲合道传志，其甚矣。"① 即由宋儒文章而来的今文，总是用道来掩饰人的真实性，这样的文是不成立的。另，李梦阳对宋文一味以简约为尚也颇有微词。应当说，他对宋文的批评不无卓见，却失之偏激。在这种逻辑之下，李梦阳自然迈入尚古的传统观念中。前七子中的何景明（1483—1521）则倾向于突破法古观念的束缚。他有"宋无诗"之说，但就文章而论，他对汉、宋两代反复权衡，并未简单化地扬此抑彼。何景明《与李空同论诗书》云："夫文靡于隋，韩力振之，然古文之法亡于韩。"② 可见他对韩愈倡导的"古文运动"是否定的。大体而言，前七子倡导"文必秦汉"的复古观念，但他们对唐宋文的评价未必一致，而且，康海（1475—1540）、徐祯卿（1479—1511）、崔铣（1478—1541）都曾批评假好古以剽窃的文风为"好古之过"——在复古的同时，就有反复古者。

不属于秦汉派的祝枝山（1461—1527），对唐宋文章有极为严苛的批评，他曾全面评价唐宋文章之变以及八大家，其观点不容忽略。首先，祝枝山认为唐文有变革之功，但只是六经之后的"流"，不能抹杀其对前代的继承性，此观点倒与唐宋派诸人区别不大。但重要的是，祝枝山并不认同韩文"起八代之衰"，而是认为韩文矫枉过正，他说："夫其所谓三变，则诚变矣，然非前已历变，至唐而又三也。自有文字以来，上昉六籍，下薄五代（此五代谓晋宋齐梁陈），大抵一貌，少有优劣高卑尔。直自韩而后，乃一变之，遂至于今，改形易度。虽其所斥韩前未变之作，亦自古昔相承，渐偏而靡，非若后之顿别而悬殊也。且就其说而究之，其所以病之者，谓其比偶也，谓其绮丽也，谓其缛积也，谓其故实也，谓其奥涩也，谓其迂顿也，谓其艳冶也。噫！斯见也，亦可知其迷昧伦类也已。凡是目者，若不善也，然而文之本体所具者也。如据而

① （明）李梦阳：《空同集》卷六十六，《文渊阁四库全书》本。
② （明）何景明：《与李空同论诗书》，参见郭绍虞主编《中国历代文论选》第三册，上海古籍出版社，2003，第38页。

反之，若反对以散，反丽以朴，积以疏，实以虚，奥以浅，顿以经，艳以素，若善也，然以文之本体所具也。由其为不善者，以偏重而过，偏重而过，而堕于不善。假令从其所反，偏重而过，则又宁能以独尽善乎？夫文之为物，本末偕建，华质双形，并苞而不遗，并用而不悖，踞中以揽边，握要以延博，时质而质，时华而华，理欲其质，词欲其华，骨欲其质，貌欲其华，是岂余之私哉？"① 即他认为"文之本体"是文与质的合体，唐代古文革新所反对的只是文学的一种偏颇之风，却走向了另一种偏颇。同时，他认为韩柳古文变革在理论上的不健全，导致其并不能尽服时人之心。这种观点，不像秦汉派以极端的态度将秦汉以后文斥而不论，而是以理论探讨的姿态对唐文加以批评，没有前后七子与唐宋派意气相争的幼稚病。

但祝枝山对宋文的苛刻批评，不无偏激意气。他本就认为韩柳所变之文"矫之少过"，宋文在其眼中就矫之更过了，所谓"过"即变华为质，过了头。祝枝山认为欧、苏、曾、王之文"坠偏枯瘠刻削而弗准于中庸矣"。② 祝枝山对韩、欧、苏、曾、王的具体评语非常不堪，几乎无甚是处。其观点显然偏激，但至少没有贩卖假古董的虚庸之气，这是与秦汉派不同的。祝枝山对唐宋文的严厉批评，其主要动因来自他对当时风靡一时，声随景从，所谓四大家、八大家，乃至秦汉派截断后代的狭隘文学史观的反感，他认为这是一种把文学史简单化、粗浅化的误人子弟的文学思潮。③ 这种批评，已经孕育着明后期对秦汉派、唐宋派宗派之争总体批判的先声。另，倘从个人角度看，祝枝山之所以对举世滔滔的文章俗学加以痛诋，大约与他七次会试不第不无关系，因为八大家论调或秦汉派的俗学，与当时的应举之文息息相通。

---

① （明）祝枝山：《祝子罪知录》卷八，明刻本。
② （明）祝枝山：《祝子罪知录》卷八，明刻本。
③ （明）祝枝山：《祝子罪知录》卷八曰："今称文韩柳欧苏四大家，又益曾巩、王安石作六家者，甚谬误人。""自苏轼言韩文起八代之衰，赞唐史者亦谓三变而文极，从是耳学胶怀，高下一流矣。士号知文者，其所选辑无虑数家，莫不随声逐景，无复寻索。村塾书坊，亦复纷纭。至于兹辰八龄，三尺之蒙，父师诏之，此子承之，未识世间有何典籍，话及文章，辄已能道韩柳欧苏之目。略上者即称六家，已咎言四家之寡陋矣。比及少长，目未接萧之《选》、姚之《粹》，闻评古作，便赞秦汉之高古，斥六代之绮靡。其意已为前人论定，何更权量。四家六氏，无复加尚。犹五岳四渎与，三变而来，无复迁易；犹三纲五典与，只应千古守辙，终生服膺而已。呜呼！兹吾所谓误人也。"

古文运动在明代结出的最大的果实自然是唐宋派。但唐宋派并非直接为继承唐宋古文而萌发的，而是在对前七子中"秦汉派"的批判、纠弊中孕育出来的。金元时期，尚有宗唐、宗宋的分歧，明代的唐宋派则把唐宋文章总体上奉为一种典范加以尊崇，南宋形成的"唐宋文统"观念至此得到强化，但明代唐宋派并没有南宋文士刻意强调宋文伟大成就的自我意识，而只是推崇唐宋文章，虚心向学。并且，众所周知，唐顺之（1507—1560）、茅坤（1512—1601）在朱右的基础上完成了"唐宋八大家"经典化的建构，茅坤的《唐宋八大家文钞》家传户诵，自此，唐宋古文作为古典散文的一个经典文脉，经清代桐城派的传承，一直延续到五四白话文运动兴起。

值得注意的是，除归有光外，王慎中、唐顺之、茅坤早年都曾追随秦汉派，后由主秦汉转为主唐宋，故其主张充满反思，有一定现实针对性。唐宋派文人的转变与王阳明心学的影响有很大关系。他们认为文章本于道心，文由心生，直抒胸臆方为文章本色。唐顺之本身即为穷理尽性的思想家，所以他视心性为文章本源，而非支离破碎的拟古。唐宋派推崇唐宋文章，虽为学古，其目的却是舍筏登岸，超越学古——"我既得其神而御之矣，何津筏之有？"①

唐宋文章在明代的经典化，贡献最大的，便是唐顺之、茅坤编选评点的文章学著作。编选于元末，刊刻于明初的朱右的《六先生文集》是对唐宋散文，也是对所谓"唐宋八大家"的首次经典化建构，但此文集并不带有对抗其他文学思潮的目的。在前七子文学思想盛行之后，唐顺之为了表达自己的文章观，撰成《文编》64卷。选文1400余篇，唐宋文章占七成以上，且几乎全为八大家作品。唐顺之的文章观念可谓宗法唐宋，不废秦汉，溯本清源。紧接着，茅坤受唐顺之影响，又编成《唐宋八大家文钞》，在观念上，进一步与秦汉派排斥唐宋文章的思想对抗；在艺术上，对八大家文章进行了更为细致的评点。《唐宋八大家文钞》此后盛行不衰，"唐宋八大家"的观念牢不可破，甚至一直延续到现代以后。然而，茅坤的《唐宋八大家文钞》可谓功过相兼——功是让唐宋文章的地位得到了空前的巩固，过是把唐宋文章家简化为"八大家"之

---

① （明）唐顺之：《答陈人中论文书》，载《新刻天佣子全集》卷五。

后，其他许多杰出的文章家乃渐被遗忘，于是后世对唐宋文章的真貌也就不易窥解了。另外，《唐宋八大家文钞》本就不及唐顺之《文编》视野阔大，且其理论阐发少于技法分析，故清代四库馆臣以为 "唐宋文之有窠臼，则自坤始"。①

从 "唐宋古文运动" 的角度看，本来此 "文学运动" 至北宋中期业已结束，但是后世对它的叙述、建构却从未中断，而且不断演变。南宋对 "唐宋文章" 进行了完备的观念建构。金、元两代时有宗唐、宗宋之争，可谓 "家庭内部矛盾"。明代中期唐宋派的出现，是唐宋文统经典化最关键的一步。此文学现象最大的动因，来自明前期秦汉派对唐宋文章的偏激的排斥，偏激必然引起反弹，于是遵岩、荆川、鹿门诸人起而推扬唐宋文章，蔚为大观。唐宋古文运动像一脉水流一样，一经涌现，便顺着历史的地表蜿蜒前进，时而分流，时而汇聚，时而遇阻，至明中期又掀起了大的浪潮。

然而，一波未平，一波又起。唐宋派风生水起之时，嘉靖后期，所谓 "后七子" 又起而与唐宋派争斗。代表人物是李攀龙 (1514—1570)、王世贞 (1526—1590)、屠隆 (1543—1605)。前七子所批判的台阁体文风的影响，其实不及后来的秦汉派及唐宋派大，唐宋派影响尤巨，因为唐宋派把古文和科举文加以融通，加之唐顺之的文章理论中贯注了心性之学，故其力道更大。后七子复又标举秦汉文，与唐宋派相对抗。个性狂荡的李攀龙话说得不留余地，曰："秦汉以后无文矣。"② 王世贞对此表示认同。李攀龙对唐宋派文章的批评拘泥于语词，无甚新意，而且他对王慎中、唐顺之指名道姓地抨击。后七子中影响最大的是王世贞，他曾说："西京之文实，东京之文弱"，"六朝之文浮"，"唐之文庸"，"宋之文陋"，"元无文"。③ 此等文学退化论早不新鲜，而如是之偏激狂妄，却不多见。王世贞对唐宋派诸家，尤其是归有光的文章颇有讥评。可知，后七子对唐宋派的批判颇含意气之争，但也并非尽是意气，王世贞对宋文的贬低，也因他不喜平易的文风。有趣的是，王世贞晚年逐渐对唐宋派的文章及一些主张开始认同，甚至对早年互有訾议的归有光真诚地表示赞赏——他看到了唐宋派的优点和后七子的缺陷。这种自我反省，让

---

① （明）茅坤：《白华楼藏稿提要》，载《四库全书总目》卷一百七十七，第 1592 页。
② （明）李攀龙：《答冯通府》，载《沧溟集》卷二十八，文渊阁《四库全书》本。
③ （明）王世贞：《艺苑卮言三》，载《弇州四部稿》卷一四六。

王世贞的文学创作和理论见识，都远远超越了本与他齐名的李攀龙。

值得深思的是，为何明中期以前后七子为代表的文学家对唐宋文，尤其是对宋文如此不屑？其对宋文的主要批评是"庸弱"，这显然是一个偏激的情绪化的判断。那么，前后七子对宋文的反感仅仅出于美学风格的评判吗？是否与当时的哲学思潮有关？是。《明史》载李攀龙贬斥唐宋文，"诸子翕然和之，非是，则诋为宋学"。①

大约是后期的王世贞鉴于后七子与唐宋派的辩难，演为意气用事，互相倾轧，甚觉无谓，乃发出"而各持其门户以相轧，卒胜卒负，而莫有竟"②的感叹，企图超越门户之争。而真正发出超越宗派，直指文心呼声的是晚明的一大批文学家。首先，思想家李贽（1527—1602）否定六经，直指心源，标举"童心"的学说，为晚明性灵派的思想解放导夫先路。晚明很多文学家都对派别意识深表不满，如汤显祖（1550—1616）说："汉文则宋文也"，"而精气满劲，行其法而通其机，一也"。③于慎行（1545—1616）谓："一以为赵宋，一以为先秦、西京，徒皮相尔。"④焦竑（1546—1620）斥责"非是族也，摈为非文"的门户之见"何其狭也"。⑤明末复社的吴应箕（1594—1645）对明代文章尤其不满，对各个文学派别皆持批评态度。中国古代文学的宗派之争，从未像明中期秦汉派与唐宋派之如此激烈，而物极必反，极端狭隘的门户之见引起了许多文士的强烈不满，于是，晚明出现了大量的宗派解构说。然而，宗派意识在清代照样盛行不衰，甚至在现代文学中，宗派之争比之古代有过之而无不及，所以晚明的宗派解构说，尤为可贵。

古代的宗派之争，是断代历史观的某种狭隘表现，无论秦汉派，还是唐宋派，孰是孰非，他们的共同底色都是复古、崇古意识。以公安三袁为代表的性灵派不仅不屑于宗派之争，而且他们从根本上反对唯古是从，提倡超越古今分判，一空依傍的文学精神。袁宏道（1568—1610）指出"古有古之时，今有今之时"，"以后视今，今犹古也"。"人事物态，有时而

① 《李攀龙传》，载（清）张廷玉等《明史》卷二百八十七。
② （明）王世贞：《五岳山房文稿序》，载《弇州四部稿》卷六十七。
③ （明）汤显祖：《与陆景邺》，载《汤显祖诗文集》卷四十七。
④ （明）于慎行：《宗伯冯先生文集序》，载《明文海》卷二三七。
⑤ （明）焦竑：《文坛列俎序》，载《焦氏澹园续集》卷二。

更，乡语方言，有时而易，事今日之事，则亦文今日之文而已"。① "优于汉谓之文，不文矣；奴于唐谓之诗，不诗矣。……大约愈古愈近，愈似愈赝，天地间真文渐灭。"② 此等见解，比前后七子真是高明多了。陶望龄（1562—1609）曰："凡文有优劣，而无古今，非文之无古今，而其作者不可为古今，其善古者不必尊古，而善尊古者不必卑今。"③ 此言通达之极。竟陵派的钟惺（1574—1642）说："近时所反之古，及笑人所泥之古，皆与古人原不相蒙。而古人精神别自有在也。"④ 整个明代文学被复古意识所笼罩。拟古与反拟古，乃至对崇古与反崇古的反思与超越，成为明代文学理论的核心议题，此实由古文运动生发而来。中国文学中大规模的复古意识，正是从韩愈倡导古文开始的。这种意识的根源，出自中国文化崇古的历史观，文学复古特其一端耳。明清两代，文学复古愈演愈烈，虽有晚明对复古意识的反叛，却终究难抵复古的主流思潮。在中国古典社会的格局之内，对复古思潮的反抗只能是一阵浪潮，只有到了进化论风靡的五四时期，文学复古论这面屹立千年的大旗才轰然倒塌。

从理论上说，公安派、竟陵派对崇古意识、宗派意识的解构，也是对古文运动的某种超越，因为他们站在打破古今对立的更为广大融通的立场上。公安派对唐宋文是推崇的，尤其推崇苏轼，但反对门户之见。虽然袁中道（1570—1623）曾以韩愈比其兄袁宗道对时文弊端的整刷之功，但那只是一种自我欣赏，其实公安派的宗旨与古文运动可谓大不同，甚至背道而驰。古文运动的文学观是重道的，而公安派则以抒发个人性灵为要旨。⑤ 不仅公安派，随着晚明反传统思潮的盛行，很多文人都不再信奉"文以载道"的观念，甚至视文章为娱乐怡情之物，如李贽尝直

---

① （明）袁宏道：《答江进之》，载《袁宏道集笺校》卷十一，钱伯城笺校，上海古籍出版社，1981。
② （明）袁宏道：《诸大家时文序》，载《袁宏道集笺校》卷四，钱伯城笺校，上海古籍出版社，1981。
③ （明）陶望龄：《拟与友人论文书》，载《歇庵集》卷二十，海豚出版社，2018。
④ （明）钟惺：《隐秀集自序》，载《隐秀轩集》卷七，《续修四库全书》第一三八八册。
⑤ 公安三袁可说是性灵文学代表，但更早提出性灵说的，则是比三袁年长二十余岁的屠隆。他说："夫文者华也，有根焉，则性灵是也。士务养性灵而为文，有不巨丽者否也，是根固华茂者也。"（屠隆：《文章》，载王水照主编《历代文话》第三册，复旦大学出版社，2007，第2308页）且其所谓养性灵为文，包含儒、佛、道诸家典籍，已越出儒学性理范畴。公安三袁的思想也是反叛儒学的。

言："大凡我书，皆是求以快乐自己，非为人也。"① 汤显祖自称"间作小文，所谓白云自怡悦耳"②，其时，文坛出现了大量以"小品""自怡""文娱"为名的文集，小品文盛行一时——这是对"文以载道"观念的颠覆。晚明文学思潮的主流是反复古、重情、重个人，在思想上，必然是反叛儒学束缚的。这些都与古文运动的精神相反。如果说，古文运动的影响力在北宋之后波动起伏，那么，晚明就是其变化的波谷。

对七子复古主张的批驳，一直延续至明末，如艾南英（1583—1646）、钱谦益（1582—1664）等，钱谦益直斥七子所倡是伪古文。如何学古？何为古文？此问题从中唐正式发端，历经五百年，仍争论不休，并将在清代继续争论下去。这貌似荒诞，但却合理，盖因尚古观念始终是中国人历史意识的核心，此一观念又衍生出如何学古的种种纠缠，乃至不胜其烦，最终出现对复古的反叛。然而，崇尚自我，纵情书写的文学观缺乏强大的反传统、个人主义哲学思潮的支撑，在新的专制王朝的催逼之下，古文的命运在清代便走向了以桐城派为代表的新古典主义。

（二）清代

南宋之后，神州山河反复易主，但大体不变的，是程朱理学的奉行不辍。明末清初的剧烈政治对抗，又一次激发出许多文人志士的勇毅之气，诗文风骨由之一雄。然自康熙奉行程朱理学，钳制舆论，文学渐入平顺规矩之轨，桐城文派形成。清代古文大体以桐城派为主流，赓续两百多年，迄至五四新文化运动兴起，乃告消歇，两千多年的古文退出了历史的前台。所以，清代古文发展脉络大体比较清晰。秦汉派与唐宋派之争，在清代不复存在。桐城派基本就是唐宋古文的后裔，桐城派的命运即是唐宋古文运动的终曲。

清初，统治尚未完全安定，思想激荡的余波犹在，"文章不成一统，这正是清初之文的时代特征"。③ 由于抗清斗争的激发，清初文人文章主经世致用，前后七子的迂腐拟古和晚明小品的风雅情趣，已然不合时宜。清初之人，普遍尊尚雅正的唐宋文章。钱谦益、黄宗羲（1610—1695）、

---

① （明）李贽：《与袁石浦》，载《续焚书》卷一。
② （明）汤显祖：《答邹尔瞻》，载《汤显祖诗文集》卷四十九。
③ 郭预衡：《中国散文史》下册，上海古籍出版社，2000，第340页。

侯方域（1618—1655）、归庄（1613—1673），王士禛（1634—1711）等
人为尊尚唐宋古文的代表。

　　清初大家，黄宗羲、顾炎武（1613—1682）、王夫之（1619—1692）
等，主要是思想家、学人，并不以文章家自居，他们的格局、气魄，非
后来桐城诸人可比。黄宗羲为人、为文，有横绝一世之概。他对七子贬
抑唐宋古文极为不满，其《明文案序下》云："夫唐承徐、庾之汩没，
故昌黎以六经之文变之；宋承西昆之陷溺，故庐陵以昌黎之文变之；当
空同之时，韩、欧之道如日中天，人方企仰之不暇，而空同矫为秦、汉
之说，凭陵韩、欧，是以旁出唐子窜居正统，适以衰之弊之也。"① 这种
对秦汉派的否定，可以说是清人的共识——不破不立，这也是尊尚唐宋
古文的前提之一。黄宗羲这段话中对昌黎、庐陵改变文风的肯定，也即
对古文运动的肯定。但他对茅坤评点唐宋八家文章极为不满，盖因他注
重的是文章的学问器识，而不是神理、波澜、意度之类的文法，这是清
初文人、学人普遍的文章观。

　　朱彝尊（1629—1709）有段话，更接近对唐宋古文运动的完整叙述和
肯定，曰："魏晋以降，学者不本经术，惟浮夸是务，文运之厄数百年。
赖昌黎韩氏始倡圣贤之学，而欧阳氏、王氏、曾氏继之，二刘氏、三苏氏
羽翼之，莫不原本经术，故能横绝一世。盖文章之坏，至唐始反其正，至
宋而始醇。"② 他既不赞成标榜秦、汉，也不赞成标榜唐、宋，他讲"文
源"，但他是推崇唐宋文章的，对"唐宋古文运动"高度肯定。由"圣贤
之学""原本经术"等语可知，其所谓"文源"是体现道统与文统的六经
之文。"彝尊论文，虽说不自标榜，而实际上仍是沿袭了唐宋以来的文
统。……又承袭了金、元以来儒者的道统和文统。"③ 那么，明代以李梦阳
为代表的七子派被否定之后，继承唐宋文统的又当是谁呢？归庄以宋濂、
归有光为明代文章之正宗，而以前后七子、公安、竟陵为明文之弊。"这
看法是和钱谦益以及此后方苞等人一致的。"④ 尤其是归有光，自方苞以

---

① （清）黄宗羲：《明文案序下》，载《黄宗羲全集》第十册，浙江古籍出版社，2012，
　　第 20 页。
② （清）朱彝尊：《与李武曾论文书》，载《曝书亭集》卷三十一。
③ 郭预衡：《中国散文史》下册，上海古籍出版社，2000，第 452 页。
④ 郭预衡：《中国散文史》下册，上海古籍出版社，2000，第 381 页。

后，被桐城派诸人推为明代文章第一人，这又是一个典型的古文史建构。

朱彝尊在叙述宋代古文大家时，还列入"二刘"，即刘敞、刘敞兄弟，且置于三苏之前，可见其对二刘的推崇。二刘是经学大家，其经学造诣实在欧阳修、三苏、曾巩之上，文章深明古雅，可惜被后人忽略。朱彝尊没有局限于"唐宋八大家"观念。钱谦益更明确表示认同诗人、史学家李楷（字叔则）的观点"唐、宋之文，不尽于八家"①，此乃通达之见。虽不拘泥于唐宋八大家的观念，但钱谦益、侯方域、王士祯等清初文章大家大抵以韩、欧为宗。福建人林云铭（1628—1697）对韩文推崇备至，著《韩文起》12 卷，收录韩文 159 篇。

虽然清初文章家大抵皆崇尚唐宋文章，但他们却反对乃至蔑视门户之见，如邵长蘅（1637—1704）就有"伪秦汉""伪唐宋"之说。② 也有不买唐宋文章账的，如傅山（1607—1684）。他对韩、柳、欧、苏都不甚满意，对道学气重的曾巩最不喜，因为傅山论文不讲道统，而讲"性情"。然而，即便如此，对唐宋文章之普遍尊奉，清代以降历久不衰。清初学者、顾炎武弟子潘耒（1646—1708）《朴学斋稿序》云："五十年来，家诵欧、曾，人说归、王，文体浸趋于正，然而空疏浅薄之弊百出，惟求波澜，意度仿佛古人，而按其中枵然无有，是可以为古文乎？"③ 这段话把清初唐宋文章的盛行及其弊端都揭示出来了。潘耒对崇尚欧、曾、归、王导致文风空疏的批评，显露出学者对某种文人之文的不满。所谓"学者之文"与"文人之文"的分疏，在清初已然显露，至乾嘉时期，朴学学者与文章之士的分判日益加剧，导致其文章观之分歧。不过，所谓"学者之文"和"文人之文"并不是一对严格的概念，因为古代很多"学者"和"文人"不存在严格的界限，其文章亦然，这些说法都是相对的，不可拘泥。

康、雍、乾之世，政治安定，国力强盛，康熙、乾隆一面尊奉程朱理学，一面编纂各种钦定诗文选。内阁学士方苞（1668—1749）奉敕编选了《钦定四书文》，又以所谓"义法"为标准编选《古文约选》，"阐

① 钱谦益：《复李叔则书》，载钱谦益《牧斋有学集》，上海古籍出版社，1996，第 1344 页。
② （清）邵长蘅《与彭子》："古文辞一道，曩学秦汉，流而为伪秦汉；近日学八家，又流而为伪八家。变症虽殊，病源则一。总是文无根柢，从古人面目上寻讨耳。"载《四库全书总目丛书》集部第 247 册，齐鲁书社，1997，第 788 页。
③ 任继愈主编《中华传世文选》，（清）吴翌凤编《清朝文征》上，吉林人民出版社，1998，第 500 页。

道翼教","助流政教",不遗余力,这对一代文章影响颇巨。康熙五十年（1711），《南山集》案发，文字狱震慑士林。乾隆完成了从康熙朝开始编纂的《皇朝文颖》，还完成了"御定""御选"的历代诗文多种。同时，文字狱变本加厉，登峰造极。乾隆朝又编订了《四库全书》。由《四库全书总目》看，其所谓"古文""文章正脉"，"清真雅驯"之文，无非是不出格的文学而已。

以方苞为开山祖师的桐城派，自始便在思想上规规矩矩，不敢越程朱理学一步。方苞、姚鼐（1732—1815）之文，大抵乃顺民之文也，于是只好大讲所谓"义法"，以及"神、理、气、味、格、律、声、色"等无关痛痒，甚或不无玄虚的文章理论。另外，明代有所淡化的道统说和文统说，在桐城派这里却进一步集中和强化。方苞对程朱的崇拜无以复加，自谓"学行继程朱之后，文章在韩欧之间"①，该观念后来大抵为桐城派所遵守。其实，方苞出于儒家经学观念，对唐宋八家除韩愈、曾巩外，皆少所许可，盖因其囿于儒家正统思想。清末民初的刘师培（1884—1919）在论及刘大櫆（1698—1779）时说："凡桐城古文家，无不治宋儒之学以欺世盗名，惟海峰稍有思想。"② 刘师培为骈文派，蔑视桐城派，但桐城正统派在思想上的庸弱确为事实。在这种思想底色上，桐城派的古文能有多大创造？回望唐宋之韩、柳、王、苏辈之直言政教，以唐宋古文后裔自居的桐城派，与唐宋古文实有云泥之别。

桐城派三大家，方苞文章、理论、文选皆备，又曾为内阁学士，且为时文大家，以古文为时文，以时文为古文，故影响颇大；刘大櫆文章、理论俱佳，思想比方苞深刻，但却功名未达，也未曾编文选；刘大櫆弟子姚鼐曾为四库馆纂修，后掌教多地著名书院，交游广阔，他编选的《古文辞类纂》所选以唐宋八大家为主，包括历代知名文章家的作品，因其为书院教学之用，故流布颇广，后成为桐城派文选的代表作。姚鼐在文学史上最大的贡献，是他构建了所谓"桐城派"的文统、文脉。姚鼐在为刘大櫆八十寿辰所作的《刘海峰先生八十寿序》中假四库编修程

---

① 参见（清）王兆符《方望溪先生集序》，载（清）《方望溪全集》，中国书店出版社，1991，第2页。
② 刘师培：《论文杂记》附注，见郭预衡《中国散文史》下册，上海古籍出版社，2000，第504页。

晋芳（1718—1784）、周书昌（1730—1791）之口，道出"昔有方侍郎，今有刘先生，天下文章，其出于桐城乎？"的名言，巧妙地推桐城派文章为清代第一。他还叙述了从方苞到刘大櫆，再到姚鼐的师承关系，于是所谓"桐城文派""桐城三祖"的文统被姚鼐建构了出来。那么，所谓"桐城古文"与唐宋古文之间的关系是什么呢？姚鼐除了直接推崇唐宋八大家（尤其是韩愈）以外，还把归有光奉为明代继承唐宋古文的代表，然后再把推崇归有光的方苞作为归有光的继承者——于是，姚鼐便建构出了从唐宋八大家到归有光，再到所谓桐城派的文统。这是中国文学史上最大的一个宗派建构叙述，其深度与规模远超所谓"江西诗派"。所谓"桐城派"的文脉叙述及其理论，经姚鼐弟子的广泛传播，遍及南北。后又经曾国藩（1811—1872）这位大人物的推扬，桐城派的势力日益光大。然而，及至曾氏弟子吴汝纶（1840—1903）主讲保定莲池书院及京师大学堂，马其昶（1855—1930）、姚永朴（1861—1939）等桐城派殿军任教北京大学时，白话文正在悄然兴起，传统儒家社会及其典雅的古文面临即将到来的革命性的风雨。

桐城派的文论中，姚鼐所谓"义理、考据、词章"兼备的观点颇负盛名。了解清代学术史的人知道，清代考证学极为发达，尤其是乾嘉时期。以考证为根柢的多数经学家、史学家对文章之士都不大瞧得起。姚鼐所谓"义理、考据、词章"的说法，显示出清代古文之学与经学、考据学之间的紧张关系。前文曾述及清初学人的古文观，清初学人除顾炎武外，大抵皆是文人本色，很重文章。至乾嘉之世，学人与文人隔阂渐深。清中期经学家对于宋儒与宋文普遍持否定态度，经学家、考据学家多视文章为末事。钱大昕（1728—1804）不赞成方苞的"义法"，对其以古文为时文，以时文为古文也颇不以为然；戴震（1724—1777）说，"古今学问之途，其大致有三：或事于理义，或事于制数，或事于文章。事于文章者，等而末者也"。① 章学诚（1738—1801）以史至上，把《唐文粹》《宋文鉴》等历代著名文选的作用都归为"与史相辅"，还称唐宋其他诸人对"'比事属辞'宗旨则概未有闻也"②，等于把唐宋文章家都

---

① （清）戴震：《与方希原书》，《戴震集》，上海古籍出版社，1980，第189页。
② （清）章学诚：《与汪龙庄书》，《章氏遗书·文史通义》外编三，嘉叶堂本。参见郭绍虞主编《中国历代文论选》第三册，上海古籍出版社，2003，第43页。

否定了。虽然，学者普遍轻视文人，但他们却未必都否定唐宋古文，如钱大昕作古文以欧阳修、曾巩、归有光为宗，段玉裁（1735—1815）、焦循（1763—1820）对唐宋大家古文持肯定态度。可见，姚鼐所谓"义理、考据、词章"的观点是对时代挑战的一种回应，企图调和学统与文统。而且，如陈平原所言，"之所以强调义理、考证、文章三结合，不是平均用力，而是纳'义理'与'考证'于'文章'"。① 姚鼐曾为四库纂修，致力于学问，又曾受戴震在学问上的刺激，虽终身以文章为鹄的，但毕竟摆脱不掉义理与考据之学的影响的焦虑，因此他的文章只能做到平淡、简洁，而不能成江海之势。比姚鼐年长 16 岁的袁枚（1716—1798）就没有姚鼐的这种作茧自缚——或曰小心翼翼，他认为文章与考据截然为两事，曰："古文之道形而上，纯以神行，虽多读书，不得妄有摭拾，韩、柳所言功苦尽之矣。考据之学形而下，专引载籍，非博不详，非杂不备，辞达而已，无所为文，更无所为古也。"② 把古文之道和考据之学的本质的不同，说得极为透彻。既然如此，在古文和考据学之间强做轩轾，就是不对的。而且，袁枚把古文看得比考据之学更高，他把古文家比作水，发自本源，即可跌宕纵逸，"放为波澜，自与江海争奇"；而考据家似火，"非附丽于物不能有所表见"，即使成燎原之势，"卒其所自得者，皆灰烬也"——此乃高见。准此，则古文的境界高于考据之学。应当说，这是对考据学的有力反击。袁枚又说："故文人而不说经可也，说经而不能为文不可也。"③ 文章在经学面前也不遑多让，这也是古文运动以来不多见的文化观——以身为文人而自豪。另，袁枚对古文看得很高，对骈文也充分肯定，不做轩轾，堪称洒脱之见。

清代文章除桐城派之外，另一个突出的势力是骈文派的崛起。桐城派把骈文排除于古文之外，轻视骈文，但袁枚则充分肯定骈文，认为文章本无所谓骈与散，只是根据表达需要，产生了不同的体制而已。经学家阮元也认为文章是独立于经学的，他说凡经、子、史皆不可专名之为

---

① 陈平原：《从文人之文到学者之文》，三联书店，2004，第 218 页。
② （清）袁枚：《与程蕺园书》，载《小仓山房文集》卷三十。
③ （清）袁枚：《虞东先生文集序》，载《小仓山房文集》卷十。

文，"专名之文，必沉思翰藻而后可也"。① 这相当于对"文"重新定义——文之本质在于构思和辞彩，尤其是对偶藻饰。依此，阮元认为骈文才是文章正宗，而单行散体的文"乃古之笔，非古之文"，即他一面把骈文推为文统之正，一面把所谓"古文"从定义上加以否定了。所以，阮元的文章观是中国骈文派的最高代表。把散体文排斥于文之外的观点显然是偏谬的，但我们需要理解的是：阮元的骈文至上论是古文发展至清代桐城派，势力极盛，反激出来的一种观点。唐代古文运动所批判的徒饰藻丽，远离经史，在阮元的理论中却成为"文"之本质，看似是旧话题，却反映出了文学思想的新变。

以恽敬（1757—1817）、张惠言（1761—1802）、陆继辂（1772—1834）等人为代表的所谓"阳湖派"（阳湖县，属常州）完全是被后人建构出来的一个文章流派。之所以被文学史认可，是因为这些作家的文章风格与桐城派迥异，拔戟自成一队。他们兼善骈、散，主张骈体与古文并存。但他们不像阮元那样独尊骈文，而是对桐城之学既有不满，也有尊重，不持门户之见，所以倘称其为"骈文派"，也不恰当，不如称之为"常州文派"，因骈文大家李兆洛为阳湖人，张惠言是武进人，统属常州。嘉庆年间，涌现出多部优质的骈文选本，如《国朝八家四六文抄》《国朝骈体正宗》《骈体文抄》等。其中，李兆洛编选的《骈体文抄》是清代骈文选本的最高成就。乾嘉之间，甚至有"骈文八大家"之称，这似乎是对"唐宋八大家"的一种挑战。南宋以后，古文陷入各种自我复制、内部纷争，以及与八股文的趋同化，这大约与古文的对手骈文的衰落不无关系。清代骈文的复兴，给古文创作带来了新的血液和刺激。清代骈文家，尤其是常州文士，多是今文经学家。今文经学的创始人庄存与（1719—1788）治公羊学，其学超越汉学与宋学的樊篱，重义理而非训诂，隐含政治批评，格局气象比桐城派方苞、姚鼐等人大多了。常州派作家多重经世致用之学，而不是做程朱理学的奴隶。其为文，博采周秦诸子、《史记》，乃至六朝文、唐宋文之长，故而气骨雄劲，文采斐然。庄存与的学术著作《春秋正辞》甚至是用韵文写的。这实际是对

---

① （清）阮元：《书昭明太子文选序后》，见《揅经室集》三集卷二，《续修四库全书》第一四七九册。

先秦散文的某种复归。李兆洛编《骈体文抄》，虽号曰骈文选，但却选入一些汉代的散体文，如《过秦论》等，因为他的目的是"欲合骈散为一"，他认为所谓古文、骈俪只是唐人的偏见，先秦两汉之文本不分骈散，其源为一。所以，以常州作家为代表的骈文家，虽有与桐城派古文抗衡之意，但其实他们的理念和创作才接近古文运动所谓恢复先秦两汉之文的旨意，甚至，在某种角度超越了古文运动对骈文的客观上的抑制，其经世致用之学，也超越了古文运动正统派对儒道的拘守。

道光年间，鸦片战争爆发，列强入侵，古文家所面对的不再是一个可以风雅自娱的盛世。整日以抽象的道统和古老的文统自居的桐城派，开始在思想上受到深刻的质疑（朴学家对桐城派的质疑主要针对其艺术以及学术），如深通经世之学，曾为林则徐的禁烟以及抗英活动提出过很多高见的包世臣（包世臣是清代书法大家，但书法特其余事耳），其古文观就与桐城派迥异。包世臣思想、学术皆不同于乾嘉以来一般学人。其论文贯穿经世之旨，与当时古文家、经学家异趣。他反对脱离民事，将道抽象化，批评韩愈、柳宗元以来古文家抽象的载道之文是"离事与礼而虚言道以张其军"[1]；讥刺"近世治古文者，一若非言道则无以自尊其文"；提出"道附于事而统于礼"，"事无大小，苟能明其始卒，究其义类，皆足以成至文，固不必悉本忠孝，攸关家国"，提倡"言事之文""记事之文"。[2]这是与明代归有光、唐顺之以来的古文派及当时的桐城派针锋相对的，反映了清中期以后文章与经世相结合的潮流。包世臣的文章大都关切时务政事，不侈言道统与文统，他说："唐以前无'古文'之名。"他并没有将古文神圣化。文变染乎世情，道光年间的龚自珍（1792—1841）虽出身于朴学家庭，但其为文重经世致用之学，且多反传统的思想、批判精神，文风瑰丽恣肆。龚自珍的同道，思想家魏源（1794—1857），其文章与龚自珍类似。古文即便尚未在形式上突破，在思想上，业已出现从古典向现代蜕变的趋势。

及至太平天国运动爆发，儒家的道统与大清的政权一样，显然已危

① （清）包世臣：《与杨季子论文书》，光绪十年羊城翠琅玕馆校刊本《艺舟双楫》卷一。参见郭绍虞主编《中国历代文论选》第四册，上海古籍出版社，2003，第22页。
② （清）包世臣：《与杨季子论文书》，光绪十年羊城翠琅玕馆校刊本《艺舟双楫》卷一。参见郭绍虞主编《中国历代文论选》第四册，上海古籍出版社，2003，第23页。

机四伏——值此世道，古文还能凭八大家的传统以及所谓"义法"之类行之久远吗？凭借与太平天国的对抗而崛起的大政治家曾国藩，势必要高举儒家道统的大旗作为其信念。曾国藩的学问原以理学为本，后来才浸入经世之学。太平天国运动后，他大约有种"道济天下之溺"的自我感觉，也有以文统自任之意。曾国藩极尊桐城派，甚至夸诞地把姚鼐与周公、孔子并列。但曾国藩在姚鼐所谓"义理、考据、词章"之外，又加上一个"经济"，即经世之学，而其所谓"经世之学"即包含洋务等新学。这是一种现代性的新思想。曾国藩效姚鼐《古文辞类纂》而编《经史百家杂钞》，虽仍是古文家法，但规模阔大过之。他有意为一代人师，注重其学问文章的传扬，善蓄声势，有所谓黎庶昌（1837—1897）、张裕钊（1823—1894）、吴汝纶、薛福成（1938—1894）等"曾门四弟子"。其中，黎庶昌、薛福成二人皆出使欧洲，深通西学，干办洋务，其所为古文虽是古文之形，内容则包揽世务，杂涉中外，远非桐城旧学所能梦见。换言之，中国传统古文行至晚清，面临即将脱胎换骨的命运。

　　古文在晚清，实已难承载日趋崩坏的传统社会及其文化，一如停留于洋务的新学无法挽救晚清的危局，一种新的变动的文化势力势必推动文学的变革。晚清思想运动的领袖梁启超（1873—1929）之所以能成为舆论巨子，关键尚不在其思想，而在其条理明晰，笔锋常带情感，对读者别具一种魔力的"新文体"。实则，"新文体"即一种较浅近之古文，但绝非传统古文的语言与气息，而是"务为平易畅达，时杂以俚语韵语及外国语法，纵笔所至不检束"①的，力求启蒙大众、鼓动大众的文章，不是拿腔拿调或规行矩步的古文。梁启超的新文体一出，学者竞效之，其作用于当时社会思想界之威力，可想而知。

　　能够产生如此社会影响力的文章，当然不可能是古文的鲁殿灵光——桐城派古文。梁启超在作于1920年的《清代学术概论》中有对桐城派的评论，虽为"五四"翌年的言论，但实为梁启超夙见，我们不妨在此叙述。梁启超自述其别具魔力的"新文体"之前，先说"启超夙不喜桐城古文"，这是态度；他对桐城派的评价是：

---

　　①　梁启超撰，朱维铮导读《清代学术概论》，上海古籍出版社，1998，第85～86页。

> 平心而论之,"桐城"开派诸人,本狷洁自好、当"汉学"全盛时而奋然与抗,亦可谓有勇。不能以其末流之堕落归罪于作始。然此派者,以文而论,因袭矫揉,无所取材;以学而论,则奖空疏,阏创获,无益于社会。且其在清代学界,始终未尝占重要位置,今后亦断不复能自存,置之不论焉可耳。①

梁启超讲这番话时,白话文运动已起,桐城派乃至古文在一部分文化先锋那里遭遇了前所未有的攻击。古文当然不是"白话文运动"能够断然打倒的,即便是 20 世纪三四十年代,无论官方、民间,古文仍有不小的领地,但作为中国古文最后的一个宗派——桐城派却在"五四"之后消失了。

桐城派、古文当然有其最后的"护法",其余波一直延续至 20 世纪 30 年代,但文坛已属于晚清的思想、舆论巨子梁启超、严复 (1854—1921) 等。1895 年,严复在天津《直报》发表《辟韩》一文,直接针对韩愈《原道》一文而作。他批评韩愈以民治于君为道之本原的观点,而对历代专制君主之权力加以否定,并提倡君主"与民共治"。这是君主立宪思想的借题发挥。唐宋古文运动树立起来的偶像韩愈地位不再神圣,甚至在"五四"之后还遭到了从思想到文章,及人格的全面质疑。古文运动高倡的道统和文统,在"五四"之后全面崩塌。古文的命运,某种程度上似乎象征着中国传统文化的命运。

---

① 梁启超撰,朱维铮导读《清代学术概论》,上海古籍出版社,1998,第 69 页。

第二章 古文运动与中国文学的现代转型

第一节 "五四"前后对古文运动的叙述

由古文运动形成的唐宋古文传统，在千余年的历史中，虽然处于不断被经典化、神圣化，同时被质疑、批评的复杂境遇中，但古文在唐以后中国文学中的崇高地位始终稳固，因为它始终处于一个未曾改变的古典的文化格局以及文学传统中。然而，降及晚清，古文的"合法性"则隐约受到根本性的威胁。五四文学革命之前，白话文业已出现，白话报大量印行，注音字母也产生了，经学与科举制度的根基已然松动——这一切，都酿成了古文大势将去的阴云。五四文学革命对古文传统的反叛，实有赖于晚清以降新旧文学此长彼消的历史脉动。1905 年，科举制度的废除，对古文、旧文人，及整个社会造成巨大冲击。1911 年，清帝国覆灭，使得新与旧的分离逼近了前所未有的历史关口。1917 年"文学革命"导致的新旧文学观的激烈冲突，实为蓄积已久的文化裂变。新文学发端于对传统文学大规模的反叛，其中，尤以古雅的诗文为标的。对于诗歌，胡适等人尚且抽出乐府诗、词、曲等所谓"白话文学"加以肯定，而古代之文章，则因更具庙堂与"载道"的性质，遭到了最猛烈的抨击。"五四"白话文派对"古文"的批判，通常以攻击当时仍占势力的桐城派为出发点，进而至于对明代复古文派、唐宋八大家、文选派，乃至整个文言文系统的否定，其目的是以白话代文言。在文言文谱系中，唐宋古文是承前启后的关键。尤其是由唐宋古文所加强的"文以载道"的文章观（文学观），更是五四新文学极力批判的传统文学的核心观念。正是在对以"文言文"为新内涵的"古文"，以及"文以载道"文学观的反叛中，具有现代思想的白话文学才得以产生。因而，考察"五四"前后对唐宋古文，以及承续唐宋古文传统的明代唐宋派、清代桐城派的见解、论争，对于现代文学发生与传统文学之间的关系、新旧文学转型之际的文学样态，以及"古文运动"现代学术史的开端，就具有重要的意义。

所谓"五四"前后，指自"文学革命"爆发前的辛亥，至五四新文学运动落潮，白话文盛行，中国文学与学术研究产生新、旧两方面的积淀，以及文学趋向大规模政治化的 20 世纪二三十年代之交。这里所谓"五四"，指广义的新文化运动的"五四"。文白之争，肇端于晚清；古文运动名称与叙述，流行于 30 年代之后。故本章把现代文学发轫期的古文运动叙述限定在辛亥与 30 年代之间。而所谓"中国文学的现代转型"也是一个富有弹性的概念。事实上，在现代文学已步入繁荣之境的三四十年代，仍然存在各种新旧文学之间不同程度的并峙、转化与融合，所谓"中国文学的现代转型"绝不是随"五四"而终结的。但倘若从文学观、文学语言由古典文学渡向现代文学这一大的历史"转折"（转折是狭义的转型）而言，30 年代之前，中国文学的现代转型就已经实现了。

对于唐宋古文传统，乃至整个文言文传统，"五四"前后，有固守者如林纾、章太炎（1869—1936）、章士钊（1881—1973）、学衡派；有反对派，如陈独秀（1879—1942）、钱玄同、胡适。胡适对韩柳古文，认为其有历史积极意义，但此肯定是相对的，他的大前提仍然是以白话文学否定古文传统。而傅斯年（1896—1950）、刘半农（1891—1934）、朱希祖（1879—1944）、周作人（1885—1967）等虽然是白话文运动坚决的拥护者，但他们并不排斥文言，认为白话、文言可以并行。然而，对唐宋古文及桐城派，周作人、鲁迅等则持贬斥态度。尤其是周作人，他对以韩愈为首的唐宋文章、八股文、桐城派始终是激烈批判的。旧文学谱系中，章太炎、林纾、刘师培等人也各执己见，他们对于骈散之争、对于唐宋古文的态度各不相同。同样主张文、白并存，刘师培以古文为主体，傅斯年、刘半农、朱希祖、周作人等则以白话文为主体。所以，如果按照当时人对唐宋古文的态度划分立场来论述，便会因其背景与种类过于纷乱而难以缕述——他们在语言观、文学观、审美观、意识形态、私人关系等层面，有着各种不同框架之下的或同或异，或敌对或友好的错综交织的立场，很难简单划分。我们要对任何一个时代的人物进行某种角度的分类论述，都必须限定在某一层面、某一角度上来说，否则，当其层面或角度稍微变化时，他们又会呈现出别样的面貌。故本节按照

"五四"前后对于"古文"的态度这一更大的立场的不同,分三类来论述其"古文运动"观:一为主张白话文而排斥文言文的"古文的反对派";二为不反对白话或鄙视白话,而反对白话文运动,固守文言文的"古文的尊崇派";三为提倡白话文,或不反对白话文运动,主张古文与白话并行的"文白并行派"。每一派中,选取最有代表性的人物,对其"古文运动"观加以论述。

在论述这三种派别的唐宋古文观之前,首先要说明"古文"这一概念在"五四"前后所发生的根本性转变。

一 "古文"概念的古今转变

提及所谓"古文",我们最直接的概念反映就是——"古代的文章",即所谓"文言文",而这一观念是五四文学革命之后产生的。现代所谓"古文",是与"现代文""白话文"相对的概念。对于中国古代文学而言,"古文"则是与"骈文"相对的概念。所以,"古文"一词经历了由古典语境向现代语境转换之后的语义演变,它是我们在考察中国文学现代转型期唐宋古文观之前需要辨析的一个概念。

清代阮元以俪词韵语为"文言",现代所谓"文言",则与"白话"概念相对。胡适早期以"白话"与"文言"相对,如作于1916年的《白话文言优劣比较》。[①] 废文言而用白话,是胡适文学革命的理论根基。在发表于《新青年》第二卷第二号《寄陈独秀》一文中,胡适对林纾的《论古文之不当废》[②] 一文进行了批驳,并说:"古文之当废也,不亦既明且显耶?"[③] 林纾其实深知白话文的时代已然不可阻挡,只是他无论如何不能接受胡适、陈独秀等因提倡白话而废除古文的主张,林纾此文所谓"古文"是指整个古代文章大统(《论古文白话文之消长》观点亦然),其中以"马班韩柳"类的文章为主。胡适与林纾针锋相对,曰"古文当废",其所谓"古文"即指文言文。胡适在《历史的文学观念论》[④] 一文中多次使用了"古文家"一词,并说"古文家则以为今人作

---

① 参见胡适《藏晖室札记》卷十三,亚东书馆,1939。
② 《民国日报》,1917年2月8日。
③ 姜义华主编《胡适学术文集·新文学运动》,中华书局,1993,第30页。
④ 载1917年5月1日《新青年》第三卷第三号。

文必法马班韩柳",可见其所谓"古文"是马、班、韩、柳式的文言文。从此之后,胡适在其《新文学运动之意义》《五十年来中国之文学》《逼上梁山》《白话文学史》等作品中通常都以"古文"来指称"文言文"。文字革命与文学革命对胡适来说是一体的,"古文"可以包含"文言"和"古文学"两义,故而胡适大约自 1917 年起,就一直使用"古文"一词作为白话文的对立面。

　　文学革命的其他代表人物,陈独秀、钱玄同、傅斯年等都以"古文"来指称"文言文",但皆不如胡适这么明确而一贯。胡适其实在三个层面上使用"古文"概念:(1)传统意义上与骈文相对的"古文",如唐宋八家的古文、古文运动、桐城派的古文等;(2)包括骈文、散文在内的所有文言文;(3)"古文的文学"。《国语文学史》《白话文学史》第一章标题便是"古文是何时死的?"这里所谓"古文",是他为提倡白话文学而树立的靶子,泛指与所谓"白话文学"相对的"古文的文学"。以上三个层面都侧重文学的角度。若从语言角度讲,胡适便会以"文言"与"白话"相对,如所谓"文、言一致"。

　　然而,以"古文"来泛指所有与白话文学(包括乐府诗、词、曲、杂剧、小说等)相对的古文学,毕竟有些宽泛。无论白话文派,还是古文派,"古文"一词最通常的含义便是"文言文"。曾经的骈散之争、古文与时文之争、魏晋文派与桐城派之争,在白话文兴起之后,都失去了往日的意义,它们统统都被白话文派视为不合时宜的"死文学"而归入扫荡之列。沈藻墀(1899—1941)说得最明白,曰:"惟墀常见有一二学者,分古代之文为二种,一曰辞章,'如四六之文',一曰古文,'如桐城派之文'。墀顾名思义,觉其界限既不明白,而在名义则又全然不通。夫辞章古文,同为古人所作,则统称之曰古文可也。"① 这是将骈文及狭义的"古文"统合为广义的"古文"。而唐钺(1891—1987)在《文言文的优胜》一文中进一步主张用"文言文"概念取代广义的"古文"概念。

---

① 沈藻墀:《与新青年记者书》,载《中国新文学大系·文学论争集》,上海良友图书印刷公司,1935,第 19 页。

　　"文言文"三个字似乎是累赘不通的名词。但既有所谓白话文，又有与他对待的东西。这对待的，与其说是"古文"，不如说是文言文。上"文"取狭义，下"文"取广义，也未尝不可通。①

沈藻墀、唐钺持白话文的立场，故而整合"古文"与"文言文"概念，以与白话文相对。文言派人士则反对以白话对古文，如甲寅派的瞿宣颖（1894—1973）说：

　　夫白话可与文言为对文，而不可与古文为对文。盖文言自有时代，白话亦非无古今。……然则今之所谓白话文者，不过举今日较通行之一种而言，更越百年，又当别谥之曰古白话也。……由此以谈，甲寅之文字，自是民国十四年之文字，其所标举，乃是文言，以对今日通行之白话，非古文也，岂独不侔于古文？②

瞿宣颖的要义是：他们所写的是富有时代性的"文言"，而非"古文"。但是，"文言"与"古文"的语义融合，终究是不可挡的趋势。虽然，广义的"古文"概念并未被"文言文"概念取代，但"古文"在内涵上与"文言文"一致了——这根本上是"白话文"兴起的结果。但在名称上，古文与文言文并存下来。无论对"古文"持固守的或反对的立场，"古文/文言文"这一概念，已是"五四"之后论争各方的"共同话语"，这一概念一直延续至今。

　　在"古文"的内涵演变为"文言文"之时，还有一个与原有的狭义的"古文"概念相等的概念——古文辞，仍然存在于许多人的著述中，但也遭到某些学者的质疑和否定。

　　"古文辞"，是明清以来较流行的一个概念，姚鼐编成《古文辞类纂》一书后影响尤大。姚鼐的《古文辞类纂》包含辞赋，但其所谓"古文辞"以狭义的"古文"为主，这是古文辞较为稳定的内涵。严复在作

---

① 唐钺：《文言文的优胜》，载《中国新文学大系·文学论争集》，上海良友图书印刷公司，1935，第253页。
② 瞿宣颖：《文体说》，载《中国新文学大系·文学论争集》，上海良友图书印刷公司，1935，第202页。

于1910年的《古今文钞序》中两次使用了"古文辞"一语，如"然而自宋历明，以至于今，彼古文辞，未尝亡也"。① 其所谓"古文辞"，在概念上是包括骈文、散文在内的所有古代文章，与"文言文"相当，这大概是已经受到"文言文"概念的影响了，但这种用法属于较特别的情况。"五四"前后，桐城派后人马其昶等人仍沿用"古文辞"一语。清末民初体量最大的文章学巨著，王葆心（1867—1944）的《古文辞通义》② 就以"古文辞"为古文名，此"古文辞"仍是狭义的与骈文相对的"古文"概念。但是，章太炎基于其"文、辞""骈、散""文、笔"等几组概念不可分的文学观，认为"古文辞"一语不成立。③ 刘师培则从训诂的角度，认为"古文辞"之"辞"当为"词"，"辞"系传写妄更之字。④ 然而，这些都是旧文学谱系内部的文章概念分歧，对于新文学谱系而言，他们只需将"古文"与"文言文"概念相融合，并与"白话文"相对，就可以构成其话语基础了。故而，"古文辞"概念也渐被淘汰。

除以"古文"称文言文外，五四文学革命初期的论争文章中，还有其他一些术语，现举三种。

文理。反对尽废文言的余元濬在《读胡适先生〈文学改良刍议〉》一文中说："从文理入者，虽亦不无有害，而有益者亦多。从白话入者，有害者实多，而有益者盖寡。"⑤ 此处，"文理"与"白话"相对，指文

① 舒芜、陈迩冬、周绍良、王利器编选《中国近代文论选》（上），人民文学出版社，1999，第183页。

② 《古文辞通义》初刊于1906年。重订本由湖南官书报局于1916年刊入《晦堂丛书》，作者称"此订补一书出，而前编都可废"（"例目"）。故此书当以1916年重订本为据。《古文辞通义》1906年初刊时名《高等文学讲义》，经学部审定，作为中学堂以上参考书。后更名为《古文辞通义》。王先谦、马其昶、姚永朴、陈衍、陈澹然、胡玉缙等学界名流对《古文辞通义》都赞赏有加，林纾誉之为"百年无此作"。这部书体系周备，极旁征博引之能事，可以说是中国古代文章理论的集大成之作。但总体而言，其知识构成中的现代性成分很少，转型色彩不突出，故本书未将其列入"古文运动与中国文学的现代转型"一章的考察对象。《古文辞通义》1916年再版后在古文界的美誉，可谓昙花一现。随着文言文的衰落，这部书的影响很快归于沉寂。百年来，除台湾中华书局1965年曾影印再版，大陆未见再版，学界亦鲜有提及者。直至2005年出版的《历代文话》，根据原版重订录入，见《历代文话》第八册。

③ 参见章太炎《文学总略》《文学说例》，《中国近代文论选》（下）。

④ 参见刘师培《古文辞辩》，载刘师培著、陈引驰编校《刘师培中古文学论集》，中国社会科学出版社，1997，第188页。

⑤ 余元濬：《读胡适先生〈文学改良刍议〉》，载《中国新文学大系·文学论争集》，上海良友图书印刷公司，1935，第18页。

言文。

古体文。《新青年》第三卷第五号沈藻墀《与新青年记者书》一文的记者按语说："世之所谓辞章者，乃兼韵文及骈文而言。所谓古文者，其实以时代比论今古，六经诸子之文有韵而兼骈，犹在左国史汉韩柳欧曾之前。若由今日世界文学眼光观之，无论今人古人所作，凡用当时国语所造之文章以外，皆谓之'古体文'，固无分有韵无韵骈与散也。今人模仿古人文体而为文，称曰'古文'，固是不通，称曰'古体文'似无不可。"这里所谓"古体文"指文言文，现代人所作"文言文"亦可称为"古体文"。所谓"由今日世界文学眼光观之"一语值得注意，"世界文学眼光"即"现代文学眼光"。

文词。傅斯年《文言合一草议》一文将"文词"与"白话"对举，如"废文词而用白话""以白话为本，而取文词所特有者"等共六处。①

要之，五四文学革命初期，论争始兴，言语淆乱，在"文、白之争"中，各种派别、个人所使用的术语，颇为纷杂。与白话相对的指称"文言"的词语虽不尽一致，但"文理""古体文""文词"等术语只是零星出现，"古文辞"概念偏于一隅，"古文"则是最通行的一种。新文学和旧文学两大领域，同时给"古文"赋予了"文言文"这一内涵，并且在双方的辩难中，不断取得基本概念的共识（否则对话无从谈起）。以"文言文"为内涵的"古文"概念，是现代语境的产物，"古文"一词在现代具备了更为复杂的层面与含义。②

二　古文的反对派

通常，五四时期提倡白话文、新文学者都可归之于"白话文派"。在提倡白话的前提下，胡适、陈独秀、钱玄同等人主张废除文言，而傅斯年、蔡元培、周作人等则主张以白话为正宗，但不排斥吸收文言的有益成分，即主张"文、白并行"。以上诸人对传统文学都持较为激进的

---

① 傅斯年：《文言合一草议》，载《中国新文学大系·建设理论集》，上海良友图书印刷公司，1935，第121页。

② 倘若我们把眼光从"五四"延伸至当下，可以发现，与"古文""文言文"相对的"白话""白话文"后来退出了历史舞台，而"古文""文言文"概念仍然使用——当下中学和大学的语文教育，以及高考语文试题当中，与文言文相对的是"现代文"这一概念。这一名称，从反面映衬着"古文""文言文"的"古典性"。

反叛态度，但对文言的态度却有所分疏。钱玄同与傅斯年，虽一主张废除文言，一不排斥文言，似乎有激进程度的差别，但他们二人却又都提倡废除汉字，实行汉字字母化。真是同中有异，异中有同。五四文学革命领袖在语言立场、文学立场上的具体主张，有着颇为多面的同与异之间的"杂色"，实难一概而论。以文言为正宗的"古文派"，也同样有"大同"之下的各种"小异"。然而，就对待文言文（古文）的态度而言，以"古文的反对派""古文的尊崇派""文白并行派"来划分当时的各种意见倾向，则较为判然而易于论述，对唐宋古文传统的评价，即包含于他们对"古文"的整体态度中。

　　明确主张废文言而用白话的代表人物是胡适、陈独秀和钱玄同。以下依次论述胡、陈、钱的"古文运动"观。

　　1. 胡适

　　胡适是现代白话文运动提倡最力、影响最大的人物。胡适的策略是：一方面提倡白话文，一方面批判古文，借打倒古文来为白话扫清道路，甚至，他还借用古文中的一些理论作为其白话文理论的资源，如提倡言之有物、反对模拟、提倡文学的适用性以及平易的文风，都和唐宋"古文运动"的理论有某种一致性，只不过，胡适没有明言其所谓"八事"等主张与古代文论之间的继承关系。胡适把古文树立为白话文的对立面，但与此对立面之间却是"你中有我，我中有你"的吊诡关系。

　　本书"绪论"已指出"古文运动"概念为胡适于1923年最早提出，在1927年出版的《国语文学史》和1928年出版的《白话文学史》中较正式地论及了"古文运动"。胡适的"古文运动"[①]观是从属于他的文化/文学理想的；其古文运动观的背后，是根源于实用主义和进化论的"白话文学"及"时代文学"观。胡适对古文运动的论述，不但为他的

---

　　① 胡适所谓"古文运动"指北宋古文运动，但后来的文学史中所谓"古文运动"大都指从中唐韩、柳到北宋柳开、欧阳修等人倡导古文的潮流。故而，本书把胡适对韩柳古文，以及北宋古文运动的评论都视为其"古文运动"观而加以考察。此外，胡适认为从韩愈到曾国藩这一古文脉络是一个大的传统，明清的古文家都是唐宋古文的"肖子"，因此本书把胡适对明清古文的评论视为其"唐宋古文运动"观的延伸而加以论述。五四文学革命的领袖通常会将唐宋派、桐城派等明清古文与唐宋古文视为一个连贯的整体（唐宋古文传统）加以评论，故现代以来凡涉及与唐宋古文密切相关的唐宋派、桐城派的论述，也一并纳入对"古文运动"的考察之中。

文学改良主张提供了历史的支持，而且也为从"运动"（思潮）的角度研究中国文学史，提供了成功的范例。以"运动"或思潮看待文学发展的这一新的文学史叙事模式，从根本上打破了传统文学叙述的"文苑传"或"诗文评"的模式，为中国文学史研究提供了更为宽阔的视野，产生了深远的影响。

表面看来，胡适对唐宋古文运动的评说并不多，因为这不是其文学研究的价值重心所在。胡适对唐宋古文运动的评论都是在他叙述"白话文学史"，及其"历史的文学观念"时作为白话文学进化史的对立面，或者说组成部分来加以阐释的。

我们知道，胡适在新文学运动时期，是极力反对"古文"（文言文）的，他认为古文是"死文学"，白话文学是"活文学"，其所谓死文学与活文学的标准是"文""言"是否一致，他以此衡量，认为"古文"至迟在汉武帝时代就已是死文学。若循此理路，则胡适心目中的韩柳古文当都是无价值的了。实则不然。胡适在《国语文学史》第三章"中唐的白话散文"中说：

> 这个时代又是"古文"体中兴的时代。韩愈、柳宗元的"古文"自然是一千多年以来的一件很有势力的东西。但我们从历史上看起来，古文体的改革，虽然不是改成白话，却也是和白话诗同一个趋向的。……第二条是周秦诸子和《史记》、《汉书》以来那种文从字顺，略近语言的自然的"古文"。……到了唐朝，经学也发达了，史学也发达了，故这条古文的支路上，走的人也多起来了（参看《唐文粹》里选的初唐盛唐诸人的古文）。到了盛唐中唐时代，元结、陆贽、独孤及等都是走古文的路的。到了韩愈、柳宗元的古文出来，这条支路丁就成为散文的正路。……韩、柳的古文乃是一大进化。我们又可以知道"古文"乃是散文白话化以前的一个必不少的过渡时期。平民的韵文早就发生了，故唐朝的韵文不知不觉的就白话化了。平民的散文此时还不曾发达，故散文不能不经过这一个过渡时代。比起那禅宗的白话来，韩、柳的古文自然不能不算是保守的文派。但是比起那骈俪对偶的"选体"文来，韩、柳的古文

运动真是"起八代之衰"的一种革命了。①

这段文字包含两个基本观点。第一，韩柳的"古文"是周秦诸子和《史记》《汉书》以来那种文从字顺，略近语言的自然的"古文"（与骈俪文相对）。第二，韩柳的"古文"是趋向于白话的，只不过它处于散文白话化以前的"过渡时期"；韩柳"古文"非白话散文，但相比于骈俪文，它是一种"革命"，一种进步。

作为白话的对立面，胡适整体上是否定"古文"的，这是他的大前提。但在"古文传统史"内部，胡适又相对肯定韩柳古文的价值。陈独秀、周作人对韩愈，对唐宋古文都攻击得很严厉。陈独秀主要攻击其载道、庙堂文学等性质。周作人对古文不排斥，但他一生攻击最苛酷的就是韩愈，症结是韩愈代圣贤立言式的拿大腔的文风。五四文学革命的提倡者对"古文"的攻击，与他们对八股，对以古文为载体的古代专制思想、贵族文化的厌恶有关，与他们对大众、通俗、平民的文学与文化社会的热切向往有关——胡适何尝不如是？为何胡适对韩柳古文却持相对肯定的态度？这是由其"文学的白话化"这一进化论文学史观决定的。胡适以草船借箭的方式，巧妙地把韩柳古文的性质转化到散文白话化这一历史进程中，从而为其白话文学进化史增添了一个古代的例证。由《国语文学史》第三章标题"中唐的白话散文"及其内容看，在胡适的观念中，韩柳的古文是文章之革命，但在当时整体的文学格局中，并不具备特别重要的意义，其重要性远不及中唐乐府诗的兴起及禅宗白话文的兴盛。② 为了建构自己的"白话文学史"，胡适不惜对文学史实进行削足适履、改头换面式的处理，以顺应他的逻辑，其"古文运动"观带有极强的文学史建构性质。

对于北宋古文运动，胡适在《国语文学史》第三编"两宋的白话文学史"第一章"绪论"中说"这一派文学的兴盛，引起了一种大反动；

① 姜义华主编《胡适学术文集·中国文学史》（上），中华书局，1998，第48~51页。
② 1962年7月，在华盛顿大学举办的中美学术合作会议上，胡适以"中国传统与未来"为题所作的演说中，对"五四"之前的中国历史区分出三次文艺复兴。第一次是八九世纪中国文学的复兴。他说那时白话开始出现在禅僧的诗与语录中，具有重大的意义。按，八九世纪的中国文学，正是"古文运动"兴起的时代，而胡适始终认为这一时代最重大的文学事件是白话的兴起，而非古文的复兴。

产生了北宋古文运动"①；又说："古文运动是反对骈文的，是要革骈文的命的。当日骈文的首领是杨亿……古文的'八大家'之中，六大家都出在这一时代。古文运动从此成功；虽不曾完全推翻骈文，但古文根基从此更稳固了，势力也从此扩大了。"② 胡适所谓"这一派文学"，指的是以杨亿为代表的骈俪文和古典诗（贵族文学）。事实上，北宋古文运动的产生，除出于对西昆体的反动之外，还有对"太学体"的矫正。此外，中唐古文运动对北宋古文运动的影响、儒学在北宋的复兴，以及庆历以后北宋社会持续的改革力量对古文运动的推动，这些复杂的文学以及社会思想文化背景，胡适都未曾论及，但其所谓古文从此站稳了脚跟，成为中国散文主流的判断是正确的。

既然胡适对唐宋古文，对韩柳欧苏都持肯定的态度，那么他要攻击的古文是什么呢？在作于 1917 年的《历史的文学观念论》中，胡适说韩柳的所谓"古文"当时并不是"古文"，而是"新文学""今文"。③ 因为他们的文体更接近自然的文言，是对古典化的骈俪文的革命。因而，韩柳等人，在胡适看来，并不能称为"古文家"，他所谓"古文家"是明代主张文必秦汉，复古模拟的前后七子，他们是真正的复古派，其文章是"假古董"。胡适说：

> 惟元以后之古文家，则居心在于复古，居心在于过抑通俗文学
> 而以汉魏唐宋代之。此种人乃可谓"古文家"！吾辈所攻击者，亦
> 仅限于此一种"生于今之世反古之道"之真正"古文家"耳!④

"生于今之世反古之道"（语出《中庸》）——这是胡适要攻击的关键所在。他之所以要打倒这种背时的古文家，他的《国语文学史》《白话文学史》从西汉即已成为"死文学"的"古文"讲起，都是为了给白话文以历史地位，为实行白话文运动提供历史以及理论的依据。他认为韩柳古文是"新文学"，这显然是在为五四新文学张本。

---

① 姜义华主编《胡适学术文集·中国文学史》（上），中华书局，1998，第 73 页。
② 姜义华主编《胡适学术文集·中国文学史》（上），中华书局，1998，第 73 页。
③ 姜义华主编《胡适学术文集·新文学运动》，中华书局，1993，第 34 页。
④ 姜义华主编《胡适学术文集·新文学运动》，中华书局，1993，第 35 页。

　　要了解胡适的"古文运动"观，势不能不了解他对桐城派的认识，因为胡适把唐宋古文和桐城派看成一个连贯的整体，他认为古文学中，自韩愈至曾国藩以下的古文是"最正当最有用的文体"①，"唐宋八家的古文和桐城派的古文的长处只是他们甘心做通顺清淡的文章，不妄想做假古董。学桐城古文的人，大多数还可以做到一个'通'字；再进一步的，还可以做到应用的文字。故桐城派的中兴，虽然没有什么大贡献，却也没有什么大害处……但桐城派的影响，使古文做通顺了，为后来二三十年勉强应用的预备，这一点功劳是不可埋没的"②，他甚至认为"宋之欧苏，明之归有光钱谦益，清之方苞姚鼐，都比之唐之韩柳更通顺明白了"。③ 总之，古文早就死了，但仍勉强应用，除明代前后七子的假古董外，从唐宋八家到桐城派的古文是越做越通顺了——古文即使早已衰败，却仍然朝着进化的方向发展。与钱玄同、陈独秀以"谬种""妖魔"攻击桐城派的激进相比，胡适对唐宋古文，对桐城派的评价可谓相当温和了。胡适之所以对唐宋古文及桐城派能有一个比较肯定与理解的态度，乃因他是以是否顺应时代为标准去判断文学的价值的，如他认为"马班自作汉人之文，韩柳自作唐代之文"，这无可厚非。这是一种"时代文学"观。然而，桐城派以唐宋古文为法，岂不也是"生于今之世反古之道"？为什么胡适对桐城派与对明七子的态度不同？因为他们复古的程度不同——明七子是要做周秦汉魏式的文章，其复古的程度远大于桐城派。且明七子主张"文必秦汉"，秦汉以后的文章都不取法，这就是机械的拟古、复古了。桐城派其实是"守古"。桐城派历史颇长，作为文言文，它本身也在随时代演变，尤其曾国藩以后的古文家多能吸收新学，胡适在《五十年来中国之文学》中对此有清晰的描述。胡适心目中最糟糕的古文家是明代的前后七子，认为他们是假古董。那么，与胡适同时代的固守古文的林纾、章太炎、黄侃、章士钊辈就更是"生于今之世反古之道"的假古董了。

---

① 胡适：《五十年来中国之文学》，载姜义华主编《胡适学术文集·新文学运动》，中华书局，1993，第100页。
② 胡适：《五十年来中国之文学》，载姜义华主编《胡适学术文集·新文学运动》，中华书局，1993，第100页。
③ 参见胡适《中国新文学大系·建设理论集》导言，上海良友图书印刷公司，1935，第2页。

然而，既然"古文"在西汉时即已是"死文学"，为何它还会延续两千余年呢？胡适认为其原因在于科举。汉代虽无科举制，但当时选官都要"通经"，即懂得"古文"。唐宋以后，科举制越来越强大稳固，那个背反文学的白话化的"古文"便借以维系保存下来，所以胡适说科举一日不倒，古文的势力便一日不倒。①

以今日之眼光视之，即使"文言不一"如胡适所云，早在战国时就已出现，那个与"言"不一致的"文"也未必是"死文学"。就学理而言，胡适把文学史模式化、简单化了，他把文学史看成非白话文学和白话文学此消彼长的过程。但既然文学史就是朝着白话文学不断进化的历史，为什么非白话文学、古文在那么长的时间里还有那么大的势力呢？这是胡适的逻辑矛盾。他用两个理由来解释这一现象：其一，古文的长期存在靠科举的维系；其二，古文虽长期存在，但它却在不断"没落"，只不过这是一个缓慢的过程。显然，胡适忽略了文学本身内在的存在理由——任何文学本身都是高雅文学与通俗文学（文人文学与平民文学）并存的，它们都属于自己的时代，而且在古代，高雅文学通常都是以较为古典的形式存在的，所谓文学生命的"死"与"活"，一般而言，不在于形式，而在于内在精神，或者说艺术品质，而且，作为经典的古典文学形式具有极大的历史惯性。胡适最大的问题是，他把文学问题简单化为语言问题，以语言是否接近当时的口语作为文学"死""活"的最终标准，其所谓"活文学"也只能是通俗文学了。再反过来说，胡适所标榜的乐府诗、词曲、杂剧、通俗小说等文体也绝不是与"文言"无涉的"白话"，事实上，无论是思想，还是语言，通俗文学的成就都离不开高雅文学的滋养。所以，即使后来"文""言"之间的距离越来越大，古文依赖科举而存续，古文的历史也非江河日下勉强维系的没落史，它得以存在的原因也远比靠科举维系复杂。

如前所言，胡适在大前提上认为"古文"早就是"死文学"，他对唐宋古文即使再肯定，其地位也不及乐府诗、白话语录、戏曲、小说等通俗文学的价值。他认为中国文学史就是"古文文学的末路史""白话

---

① 参阅胡适《国语文学史》，安徽教育出版社，2006。

文学的发达史"①，古文只是在缓慢地走向没落，一个光明的结局——白话文，在遥远的现代的地平线上等待着它，最终"古文"（文言文）必然，也必须被白话文代替，"古文运动"最终只是"古文"（文言文）与白话之间的一个过渡而已，这便是胡适对"古文运动"的表述。然而，这些只是胡适"显在"的"古文运动"观。当我们把胡适的文学观与唐宋古文运动的基本观念加以对照，便会发现：胡适的文学观与古文运动的理论有颇多相通之处。譬如，胡适提出的作为文学革命"入手之处"的所谓"八事"中的"不用典""不讲对仗"，正是韩愈、石介等人反对过分的骈词俪语，反对西昆派的主张；"不用陈套语""不作无病之呻吟""不摹仿古人，语语须有个我在""须言之有物"，与韩愈所谓"唯陈言之务去""辞必己出""有诸其中"如出一辙；"言之有物"更是桐城派的基本"义法"；"须讲求文法之结构"，也与桐城派所谓"言有序"，欧阳修所谓"简而有法"声气相通。当然，胡适所谓"言之有物"的"物"绝非古文家的"道"，但其重"质"，即重内容的精神是相同的；"八事"第四条为"不避俗字俗语"，而韩愈的文章正可说是"不避俗字俗语"的。统而观之，胡适所谓"八事"，没有一项不与唐宋古文运动的基本理论有某种相通——当然，此相通非表面的一致，而是基本精神的一致。此一致性主要体现在两点上。

其一，在文学功能上，注重文学的"实用性"。唐宋古文运动的基本精神之一就是反对空洞的文风，而注重实用、适用的精神。胡适的白话文学观，以及"八事"等主张隐含着一个核心的文学价值取向，即重"实用"。唐宋古文家的"实用"文学观源自儒家文学思想。胡适当然不会标榜其重实用的文学观与儒家思想有关，但他潜意识中受儒家实用文学观的影响，当是可以肯定的。此外，杜威注重改造世界的"实验主义"哲学，也是胡适重实用的文学观的来源之一。而所谓"实用"之"用"的对象，或者说"场域"是什么呢？其实就是"现实"。古文运动与五四文学革命的一个重要的相通之处，就是他们要让文学更好地服务于现实。这本质上属于"文学工具论"。"文学工具论"其实古已有之，但古代的文学工具论并没有现代文学工具论的"启蒙"意识。古代的文

① 参见胡适《白话文学史·引子》，上海古籍出版社，1999。

学工具论是为了"教化""王道"，现代的文学工具论是为了"启蒙""政治"等。教化是为了让"民"接受，并得以提升；启蒙是为了唤醒民众的自觉，获得提升，并进而参与现实的改造。但现代所谓"启蒙"与"政治"，也未尝不包含"教化"的意识。胡适的"古文运动"观从属于他的白话文学观，而他的白话文学观又是从属于其普及教育、文艺复兴、再造文明以及建立统一的现代民主国家等大的文化、社会理想的。胡适毕生标榜的"文艺复兴"与"再造文明"，就是他认为文学所要载的"道"，实用之"用"的目的。凡实用主义、功利主义的文学观，都是载道的文学。只不过，古代与现代所载之"道"不同而已。

其二，追求文风的平易。韩愈的文章比之骈文虽更质朴，他也说过"文从字顺各识职"，但韩愈并未特别提倡平易的文风，反而更加"好奇"。而北宋王禹偁则明确提出"句之易道，义之易晓"追求，这已含有"通俗化"（"通俗"是现代词语）的意味；欧阳修为文以"平易"为宗，一方面有"切于事实"的目的，一方面则是为了追求自然的艺术境界。胡适所标榜的"文学的三个条件"中的第一条就是"要明白清楚"，理由是文学首先要使人懂得，使人容易懂得。① 尽管胡适的目的是文艺复兴，王禹偁、欧阳修是为了王道，但在追求文章"明白清楚"的表达效果上，他们是一致的。而追求平易、明白，根本上还是由重"用"、重"质"的文学观决定的。

以上两点，是胡适虽未曾明言，却内在地与古文运动的精神相一致处。也许，胡适对其文学观与古文运动之间的继承性有明确认识，而故意将其掩饰了；也许，他以为自己是反古文的，他与古文运动的理论没有关系，却不自觉地接受，并宣扬、改造了古文运动的理论。无论胡适对其文学观与古文运动理论之间的继承性有怎样的自觉，它们二者之间内在的呼应与传承却是事实，只不过它是"潜在"的。胡适一面有意识地将"古文运动"的性质和历程纳入中国文学不断向着白话、通俗方向进化的历史进程中，一面又接受、借用了古文运动的理论。总之，胡适把"古文运动"作为现代"文学革命"的历史依据和理论资源，纳入其

---

① 参见胡适《什么是文学——答钱玄同》，载《中国新文学大系·建设理论集》，上海良友图书印刷公司，1935，第214页。

文学史以及文学理论当中，这是一个典型的文学史建构行为，其学理矛盾与现实的合理性，以及历史影响，皆由建构产生。

胡适当年使用"古文运动"一词时，一定没有料到这一名称后来可能产生的影响。胡适最早将"运动"与宋代古文联系起来。而考诸早期的文学史，最早将唐代古文与"运动"相联系的，是出版于 1932 年的胡云翼的《新著中国文学史》；之后，1932 年出版的刘麟生的《中国文学史》、郑振铎的《插图本中国文学史》，1933 年出版的陈子展的《中国文学史讲话》在论述唐宋古文时，都使用了"古文运动"这一概念。"古文运动"在 30 年代前期成为一个流行语。我们可以推断：这些文学史以"运动"来描述唐宋文章变革，都曾受到胡适的启发。

有意思的是，如果考察早期的新文学史，可以发现：最早一批将"运动"与"新文学"联系起来的著作，也是在 30 年代前期，如楚丝的《中国新文学运动一瞥》（1930），王哲甫的《中国新文学运动史》（1933），伍启元的《中国新文学运动概观》（1934），王丰园的《中国新文学运动述评》（1935）等。不过，"新文学运动"这一概念，早在文学革命之后的 20 年代前期就已出现——如沈雁冰的《新文学研究者的责任与努力》、郑振铎的《新文学之建设与国故新研究》都使用了"新文学运动"① 一词——这一时间恰好与胡适发表"古文运动"概念同年。

"运动"在古代文学史中只是描述个别文学潮流的一个概念——"古文运动"是其中最显著的一种，而早期的新文学史则径直以"运动"这一概念来命名新文学的整体实践。专著性的"新文学史"出现之前，1925 年，胡适就在为"新文学运动"四处演说，同年，章士钊写有反对"新文学运动"的《评新文学运动》一文。这种文学史的"运动化"，作为一种观念和叙述模式，在后来的现代文学史中持续不断，其渗透的规模远胜于在古代文学史中的叙述。30 年代以后，中国文学产生了前所未有的从古典到现代的转型，文学界出现了"整理国故"思潮之下对古代文学的重新审视，以及对新文学的反思，现代文学观念与古代文学视野融合，因而"古文运动"与"新文学运动"皆于 30 年代之后成为流行

---

① 参见《中国新文学大系·文学论争集》，上海良友图书印刷公司，1935，第 146、161 页。

话语，说明当时形成了一种"文学运动"的普遍观念。"文学运动"是现代性的文学观念。现代文学一开始，就与"运动"观念有深刻的关联，甚至可以说，现代文学就是以"运动"的方式出现在历史舞台上的。"运动"在现代文学当中占据了重要的位置，现代文学实践本身也深刻地"运动化"了。胡适之所以能够敏锐地发明"古文运动"这个概念，最重要的原因在于他本身就是中国新文学运动基本观念最早的自觉者以及提出者之一，是他先有了现代性的"文学运动"观念——这一观念来自其"新文学运动"的实践，然后他把这一观念移用到古代文学中，从而发明了"古文运动"概念。"古文运动"概念的发明，典型地体现了现代以来古代文学研究中的诸多概念，如新乐府运动、复古运动等，都是现代文学观念在古代文学研究中的应用（建构）。也就是说，"古文运动"概念的发明有赖于"文学运动"观念的产生，而"文学运动"这一现代文学观念，又是现代性的具有巨大社会文化背景的"运动"观念自西方传入中国之后的一个派生物。"运动"一词，在中国古代并没有大规模的社会活动的意义。现代性的社会学意义上的"运动"概念，是在19世纪末从欧美经日语转译而来的外来词。它首先被应用于"政治运动"概念域；1917年，胡适等人发起"白话文运动"，将"运动"引入文学与文化领域。之后，"国语运动""白话诗运动""新文化运动"等概念应运而生。"运动"在当时实已是一种大的"社会观念"，涵盖政治、经济、文化等一切领域，并在后来中国历史（世界范围内亦如是）中产生了越来越重大的影响。中国的"运动"观念的深刻普及，有一个重要的历史契机，即五四运动。1919年五四运动发生后不久——5月，"五四运动"这个概念就应运而生了。[①] 不难发现，"五四"之前，胡适、陈独秀多以"文学革命"为旗帜；"五四"之后，"新文学运动"概念逐渐兴起。从"文学革命"到"文学运动"的话语转变，应当与五四运动的影响有关。虽然，在"五四"之前，中国已经有一些零星的"运动"概念，但20世纪中国异常纷纭的"运动史"及"运动叙事"，则是由五四运动正式开启的。五四运动以其巨大的社会影响力将中国人的"运动"意识推到了一个新的高度。经过轰轰烈烈的五四文学革命之

---

① 参阅〔美〕周策纵《五四运动史》第一章"导言"，岳麓书社，1999。

后，"古文运动""新文学运动"等概念的产生，实为水到渠成之事。

就显的古文运动叙事而言，胡适对"古文运动"的具体研究很少，评说也很简略，他也没有对"古文运动"做深入的概念性思辨，但他提出的"古文运动"这一概念，本身指涉了一个重要的文学现象，并进而催生出后来古代文学史中的"古文运动"叙事，尽管它们与胡适之间的联系可能是间接的或部分的，但其源头却在胡适那里。虽然，"古文运动"概念后来也遭到质疑和否定，如罗联添认为唐代古文只是个别人倡导而已，顶多有些人附和，实在不符合现代所谓"运动"的定义——其所谓"运动"是有计划、有组织、大规模的活动。莫道才认为"古文运动"概念，在性质上易使人误解为是反骈文的，"古文运动"把唐代古文变革的范围、时间、作用都夸大了，这不符合事实；他认为"古文运动"概念宜改作"古文思潮"①，然而，这并不意味着胡适建构的"古文运动"概念毫无意义。因为即使胡适发明的"古文运动"名称不准确，但胡适之后，"古文运动"成为中国古代文学研究中一个重要的学术课题，并不断彰显着古代文学研究与现代文学观念、社会思潮之间的复杂关系。"古文运动"概念是中国现代以来"文学运动叙事"最早的源头之一，而"文学运动"在中国现代文学中是一个占有相当比重的问题。胡适的"古文运动"观最大的意义，便是他借用了古文运动的一些理论作为其"文学革命"的历史支持，并开创了以"运动"为观念的文学史叙述模式，从而对现代文学产生了深远影响，其影响主要在于以下几点。

第一，对"白话"及隐含的实用的文学观的加强。胡适提倡白话文，但文学革命初期，现代的白话文学尚未展开，胡适只有从古代文学史中寻找"古已有之"的白话文学脉络，从而证明白话文学天然的"合法性"，并且以"古文传统史"与"白话文学史"的此消彼长证明白话文学的"正宗性"。胡适不仅把乐府诗、语录文、杂剧、小说等文体作为白话文学的表现，他甚至将韩柳古文也视为文言向白话的过渡文体，这便更加强了以"白话"为正宗的文学观。另外，前文已述，胡适所谓

_____

① 莫道才：《唐代"古文运动"概念平质》，《福州大学学报》（哲学社会科学版）2010年第5期。

"八事""明白清楚"等具体主张，无不包含着重"实用"的文学功能观，而古文运动重"实用"的理论，正是胡适"实用"文学观的重要资源之一。重实用，便是载道派。现代文学以及文学史叙述中饱含着深刻而复杂的载道（主义、思想、政治、现实等）意识，胡适便是这种"新载道文学"的重要开启者之一。

第二，对"进化"的文学观的加强。以语言的白话化、通俗化为文学发展目标的文学进化论，是胡适一切文学观的基本出发点。他把"古文运动"看作中国文学白话化的"过渡阶段"，目的也只在证明其文学进化论。虽然后来的"古文运动"观未必持进化论观点，但胡适的"古文运动"观却对五四时期的文学进化论影响颇大。

第三，作为中国文学"运动叙事"最早的源头之一，胡适通过"运动"一词，暗示了文学活动的群体性、自觉性，以及必然性等特质。譬如，他说"大的运动是有意的"，便是对自觉性的强调；他把"古文运动"看作文言与白话之间的过渡阶段，便是对文学发展、文学活动的必然性的暗示。文学进化论，即是以必然性为哲学根基的文学史观；同时，进化也是"运动"的过程。胡适的白话文学进化史观，其实就是他最大的"文学运动"观。中国传统文学的"文学史"意识相对薄弱。胡适的"古文运动"观及其文学运动叙述，打破了传统文学叙述"文苑传""文艺传""诗文评"那种相对孤立的文学史观及叙述模式，胡适给中国文学史赋予了一种更具历史纵深感的"运动"意识。现代以来盛行的"思潮"意识，其实也是一种运动意识，只不过思潮更侧重内在的思想运动。胡适虽很少使用"思潮"概念，但其"文学运动"叙事，就包含着"文学思潮"意识。"文学运动"是具有深度的自觉，横向的规模，以及纵向的历史性等更为深刻复杂的文学史哲学。正是从胡适开始，"文学运动"的现代性内涵，在后来的历史中对文学实践活动产生了深刻的影响。

胡适的"古文运动"观，不仅是现代古文运动建构史的一个重要起点，它对中国现代文学观念的影响，也值得我们重视和探索。

2. 陈独秀

新文化运动的另一位主将陈独秀，并没有像胡适一样毕生以学术的姿态和著述方式研究文学。作为"文学革命"的领袖之一，陈独秀的"古文运动"观，主要呈现于他在 1917 年 2 月 1 日《新青年》第二卷第六号上发表的《文学革命论》一文。该篇文章对胡适的白话文学正宗论表示完全赞同和支持，其中论及唐宋以后古文者如下：

> 东晋而后，即细事陈启，亦尚骈丽。演至有唐，遂成骈体。诗之有律，文之有骈，皆发源于南北朝，大成于唐代。更进而为排律，为四六。此等雕琢的阿谀的铺张的空泛的贵族古典文学，极其长技，不过如涂脂抹粉之泥塑美人，以视八股试帖之价值，未必能高几何，可谓为文学之末运矣！韩、柳崛起，一洗前人纤巧堆朵之习，风会所趋，乃南北朝贵族古典文学，变而为宋、元国民通俗文学之过渡时代。韩、柳、元、白应运而出，为之中枢。俗论谓昌黎文章起八代之衰，虽非确论，然变八代之法，开宋、元之先，自是文界豪杰之士。吾人今日不满于昌黎者二事。一曰，文犹师古。虽非典文，然不脱贵族气派，寻其内容，远不若唐代诸小说家之丰富，其结果乃造成一新贵族文学。二曰，误于"文以载道"之谬见。文学本非为载道而设，而自昌黎以讫曾国藩所谓载道之文，不过抄袭孔孟以来极肤浅极空泛之门面语而已。余尝谓唐宋八家文之所谓"文以载道"，直与八股家之所谓"代圣贤立言"，同一鼻孔出气。以此二事推之，昌黎之变古，乃时代使然，于文学史上，其自身并无十分特色可观也。元、明剧本，明、清小说，乃近代文学之粲然可观者。惜为妖魔所厄，未及出胎，竟尔流产，以至今日中国之文学，委琐陈腐，远不能与欧、美比肩。此妖魔为何？即明之前后七子及八家文派之归、方、刘、姚是也。此十八妖魔辈，尊古蔑今，咬文嚼字，称霸文坛，反使盖代文豪若马东篱，若施耐庵，若曹雪芹诸人之姓名，几不为国人所识。若夫七子之诗，刻意模古，直谓之抄袭可也。归、方、刘、姚之文，或希荣慕誉，或无病而呻，满纸之乎者也矣焉哉。每有长篇大作，摇头摆尾，说来说去，不知说些什么。此等文学，作者既非创造才，胸中又无物，其伎俩惟在仿古欺人，直无一字有存在之价值。虽著作等身，与其时之社会文明进化无丝毫关系。
>
> 今日吾国文学，悉承前代之敝：所谓"桐城派"者，八家与八股之混合体也；所谓骈体文者，思绮堂与随园之四六也；所谓"西

江派"者，山谷之偶像也。求夫目无古人，赤裸裸的抒情写世，所谓代表时代之文豪者，不独全国无其人，而且举世无此想。

和胡适一样，对于韩柳的文章，陈独秀认为是"过渡时代"之文学，即"贵族古典文学"向"国民通俗文学"之过渡，是从文学的阶层、精神着眼的，而胡适是从文言到白话的语言角度着眼的。

就对文言与白话的语言立场而言，陈独秀和胡适一样，都坚决主张白话文学正宗论，甚至赞成废除汉字，使用拼音文字，所以他们都反文言文。陈独秀认为韩愈是"变八代之法，开宋、元之先"的豪杰之士，这是他从文学史地位的角度对韩愈，也即对"古文运动"的肯定。① 但总体上，陈独秀对韩愈还是持批判与不满态度，理由有二。

其一，虽然韩愈文章有从贵族古典文学向国民通俗文学过渡的趋向，但其文章仍然是"师古"的，"革命性"不够彻底，所以未能脱贵族文学之窠臼，而成为"新贵族文学"。既是贵族文学，则仍当否定。

其二，误于"文以载道"之谬见。胡适虽然说他所谓"言之有物"的"物"，并非古人"文以载道"的"道"，但他并没有旗帜鲜明地向"文以载道"发难，而陈独秀则是较早对"文以载道"明确予以否定者。"文以载道"是延续千余年的大话题。"五四"之前，吴汝纶、严复等反对白话文运动的古文家，其终极的文化理念就是"文以载道"，因为他们认为在精神层面，中国文化优于西方文化，而中国文化（道）的载体就是古文，古文若被废除，中国的文脉也就断绝了。1917 年之前，古文家就已经感到"文以载道"所面临的危机。作为思想革命的领袖，陈独秀以"伦理之觉悟"为"吾人最终之觉悟"，但他并没有把对"文以载道"的批判局限在"道"，即思想的批判上，而是认为"文学本非为载道而设"，这是从文学的本质上着眼的。但在《文学革命论》中，陈独秀未对这一观点展开论述，而只是声明"文学本非为载道而设"的观点，并对韩愈至曾国藩的所谓载道之文以"门面语"一语加以否定。既是"门面语"，则所谓载道之文，直与八股家之所谓"代圣贤立言"同

---

① 陈独秀《答胡适之》也说："诗中之杜，文中之韩，均为变古开今之一大枢纽。"载《中国新文学大系·建设理论集》，上海良友图书印刷公司，1935，第 56 页。

一鼻孔出气，即它们都是不真实的说大话的文学。陈独秀在给曾毅《与陈独秀书》的复信中对"文以载道"进行了进一步的分析，他说："惟古人之所谓'文以载道'之'道'，实谓天经地义神圣不可非议之孔道，故文章家必依附六经以自矜重，此'道'字之狭义的解释，其流弊去八股家之所谓代圣贤立言不远矣。……何谓文学之本义耶？窃以为文以代语而已。达意状物，为其本义，文学之文，特其描写美妙动人者耳。其本义原非为载道有物而设，更无所谓限制作用，及正当的条件也。状物达意之外，倘加以他种作用，附以别项条件，则文学之为物，其自身独立存在之价值，不已破坏无余乎？故不独代圣贤立言为八股文之陋习，即载道与否、有物与否，亦非文学根本作用存在与否之理由。"① 陈独秀认为文学的本意是"达意状物"——表达，表达动人者即为文学。故而，载什么样的"道"，载道不载道，甚至是否言之有物，都不是文学存在与否的理由。即陈独秀认为文学的价值无关内容，而只在于表达的效果。这便在根本上解构了"文以载道"。但是《文学革命论》中所提倡的国民、写实、社会文学，何尝不关乎内容？陈独秀以上言论的要点在于文学"无所谓限制作用，及正当的条件也"，即文学的独立性。

《文学革命论》中还提出了"文学之文"与"应用之文"的说法。陈独秀认为文学"原非为载道有物而设"，并不是要取消内容，而是在区别"文学之文"与"应用之文"的前提下对"文学之文"的独立性的强调，其所谓"文学之文"即"纯文学"。纯文学是一个重要的现代文学观念。中国古代正统的文学观，是一种无所不包的杂文学观。因为"道"无所不包，所以"载道"之文也无所不包。且文是用来载道的，因而"文"便附属于"道"，而非独立的。当现代文学追求更加自由的、反载道的文学观时，独立文学观/纯文学观就产生了；反之，纯文学观也成了反杂文学、反载道文学的理论依据。五四文学革命之后，对应用文的讨论成为热门话题，如钱玄同的《论应用之文亟宜改良》、刘半农的《应用文之教授》，都是有了纯文学观之后的产物。对应用文的重视，是对文学承担"载道"功能的新策略。

基于以上两点理由，陈独秀认为"昌黎之变古，乃时代使然，于文

---

① 参见《新青年》第三卷第二号（1917年4月）。

学史上，其自身并无十分特色可观也"。

对于元明清文学，陈独秀认为戏剧、小说等通俗文学的价值远在古典文学之上，这一观点与胡适相同。但陈独秀对明清古文的评价比胡适低得多。胡适认为归有光、桐城派的古文尚且清通，而陈独秀以为明清刻意仿古的古文"直无一字有存在之价值"，并且把明前后七子及八家文派之归、方、刘、姚称为"十八妖魔"。后来钱玄同著名的"选学妖孽与桐城谬种"的谩骂口气及对古文家的妖魔化，即自陈独秀始。①

3. 钱玄同

《新青年》同人中，态度与言辞最激烈的是钱玄同。钱玄同攻击古文的名言"选学妖孽与桐城谬种"，出自1917年7月2日他给胡适的信，原句为"彼等选学妖孽与桐城谬种方欲以不通之典故与肉麻之句调戏贼

---

① 陈独秀所谓"十八妖魔"、钱玄同所谓"选学妖孽与桐城谬种"体现出五四时期言论中的弊端之一——"暴戾气"。1918年7月出版的《新青年》第五卷第一号中，有篇汪懋祖的《读新青年》，汪氏在文中对当时的报章杂志，尤其是他所喜爱的《新青年》中的"妖孽""恶魔"之类的咒骂语言提出批评。他说："文也者，含有无上之美感作用，贵报方事革新耳大阐扬之；开卷一读，乃如村妪泼骂，似不容人以讨论者，其何以折服人心？此虽异乎文学之文，而贵报固宜提倡新文学自任者，死不宜以'妖孽'、'恶魔'等名词输入青年之脑筋，以长其暴戾之习也。"（《中国新文学大系·文学论争集》，上海良友图书印刷公司，1935，第45~46页）他认为这类"暴戾"语言会使白话文变得"意俗"，意俗则不能美。汪懋祖在批评《新青年》的暴戾气之前，首先说："今日甲党与乙党相剖击，动曰'妖魔丑类'，曰'寝皮食肉'，其他凶暴之语，见于函电报章者尤比比。"可见凶暴之语、暴戾气弥漫于当时社会。这种时代氛围，具有悠久的历史传统，尤其在朝代鼎革、兵政交攻的乱世尤其突出——"寝皮食肉"就是中国古人的老把戏和古语。鲁迅在1925年写的《忽然想到》一文中说："试将记五代，南宋，明末的事情的，和现今的状况一比较，就当惊心动魄于何其相似之甚，仿佛时间的流驶，独与我们中国无关。现在的中华民国还是五代，是宋末，是明季。"鲁迅认为，这几个时代，首先可比的即"凶酷残虐"。关于明清之际的凶酷残虐，赵园的《说"戾气"——明清之际士人对一种文化现象的批判》（《中国文化》1984年8月第10期）有深入的论述。所谓"暴戾气"的根本来源，是政治。暴政造就了暴戾的文化心理和暴力语言。暴力与反暴力，共同将暴力放大。后来，有人将"文革"时期的戾气委因于"五四"的暴戾气，这其实是对"五四"不公正的看法——中国的暴戾气实在渊源悠久，差不多自先秦就有。然而，文化心理以及语言中的暴戾气，似乎是逐渐加深、加重的。这点与暴力政治的不断增强以及暴政对人性的破坏有关。汪懋祖和鲁迅敏锐地捕捉到了现代的暴戾气，并提出批评，而后来的历史却可悲地再次证实了暴戾气的无孔不入。胡适在给汪懋祖《读新青年》写的编辑按语中，对汪氏的批评表示接受，并说："所以本报将来的政策，主张尽管趋于极端，议论定须平心静气。"这实在是可贵的雅量和理智。

吾青年"。① 此信在《新青年》发表之后，便成为白话文派攻击、嘲弄古
文的著名"典故"。钱玄同坚决主张废除文言文，提倡白话文，但其所
谓废除主要指写作——至于阅读，他认为学校国文一科"可选读古人之
文章"。② 另，"选学妖孽与桐城谬种"并不代表钱氏否定所有古文，而
是有其重点所指的，他在《论应用之文亟宜改良》中说：

> 即国文一科，虽可选读古人之文章，亦必取其说理精粹，行文
> 平易者。彼古奥之周秦文，堂皇之两汉文，（"堂皇"二字，用得不
> 切。两汉文章，动辄引经，或抬出孔夫子来吓人，正可称为"摆架
> 子"而已）淫靡之六朝文，以及摇头摆尾之唐宋八大家文，当然不
> 必选读。此不过言其大概，其实所谓"说理精粹行文平易"者，固
> 未尝不在周秦两汉六朝唐宋八大家文中也。惟选学妖孽尊崇之六朝
> 文，桐城谬种所尊崇之唐宋文，则实在不必选读。（学周秦两汉者，
> 其人尚少。间或有之，亦尚无选学妖孽桐城谬种之臭架子，故尚不
> 甚讨厌）③

《尝试集序》云：

> 唐朝的韩愈柳宗元，矫正"文选派"的弊害，所作的文章，却
> 很有近于语言之自然的。加入继起的人能够认定韩柳矫弊的宗旨，
> 渐渐的回到白话路上来，岂不甚好。无如宋朝的欧阳修苏洵这些人，
> 名为学韩学柳，却不知道韩柳的矫弊，但会学韩柳的句调间架，无
> 论什么文章，那"起承转合"都有一定的部位。这种可笑的文章，
> 和那"文选派"相比，真如二五和一十，半斤和八两的比例。明清
> 以来，归有光方苞姚鼐曾国藩这些人拼命做韩柳欧苏那些人的死奴
> 隶，立了什么"桐城派"的名目，还有什么"义法"的话，搅得昏

---

① 钱玄同：《寄胡适之》，载《中国新文学大系·建设理论集》，上海良友图书印刷公司，
　1935，第78页。
② 钱玄同：《论应用之文亟宜改良》，载《中国新文学大系·建设理论集》，上海良友图
　书印刷公司，1935，第93页。
③ 钱玄同：《论应用之文亟宜改良》，载《中国新文学大系·建设理论集》，上海良友图
　书印刷公司，1935，第93页。

天黑地。全不想想，做文章是为的什么？也不看看秦汉以前的文章是什么样子？分明是自己做的，偏要叫做"古文"，但看这两个字的名目，便可知其人一窍不通，毫无常识。那曾国藩说得更妙，他道："古文无施不宜，但不宜说理耳"，这真是自画供招，表明这种"古文"是最没有价值的文章了。①

由"其实所谓'说理精粹行文平易'者，固未尝不在周秦两汉六朝唐宋八大家文中也"一语可知，钱玄同对古文并非一概否定。另，他认为韩柳的文章矫正了"文选派"的弊害，较近于自然，但宋以后那些韩柳的模仿者则"死于句下"而糟糕了。该观点与陈独秀同。陈独秀把明清以后的古文"妖魔化"，钱玄同则在"妖魔化"的基础上更明确了现实的针对性——所谓"选学妖孽与桐城谬种"，主要针对民国以后仍在"垂死挣扎"的"选学派"（骈文派）和"桐城派"，所谓"谬种"即指桐城派的后代。选学派崇尚的是六朝文，桐城派之圭臬乃唐宋文，故钱玄同对六朝文和唐宋文以"淫靡"和"摇头摆尾"称之。而在选学派与桐城派之间，钱玄同主要攻击的是桐城派。这牵涉民初至"五四"，中国文坛尤其是北京大学的新旧文学势力之争的现实背景。当时，在古文派内部，有以刘师培为代表的文选派与以林纾为代表的桐城派之争，也有桐城派与魏晋文派（以章太炎为代表）之争。文选派的刘师培、黄侃（1886—1935）与桐城派的姚永朴、姚永概（1866—1923）、马其昶、林纾等曾同时执教北京大学。刘师培是汉学派，桐城派是宋学派，汉学与宋学两大学术传统，自清代乾嘉以来就势不两立。文选派与桐城派的对峙，是学术传统与文学趣味的全面对立。相对而言，这种旧文学内部的斗争毕竟没有新文学与旧文学的对立更加尖锐。1913 年 11 月之后，因与新校长旨趣不合，姚永概、马其昶、姚永朴和林纾等人先后离开北京大学。1914 年 6 月，章太炎的弟子马裕藻（1878—1945）、钱玄同、沈兼士（1887—1947）、朱希祖等人入北大执教。这些"章门弟子"几乎成了以《新青年》杂志为代表的新文学派的主力军。姚永概、姚永朴、林纾被

① 钱玄同：《尝试集序》，载《中国新文学大系·建设理论集》，上海良友图书印刷公司，1935，第 108~109 页。

迫离开北大之后，就职于北洋军阀徐树铮（1880—1925）创建的正志学校，栖栖遑遑，悲愤无已。林纾多次在文章中不能自已地痛骂章太炎为"妄庸巨子"，即因作为桐城派的对立面，魏晋文派和新文学派都与章太炎的势力有关。所以，钱玄同所谓"选学妖孽与桐城谬种"一语有非常现实的话语权之争的背景，不仅是文学观点问题。至于钱玄同对唐宋古文的看法，则不是他的重点，而只是他批判桐城派的一个论述背景。

三　古文的尊崇派

虽然"五四"前后固守文言文的旧文人，共同面临白话文的威胁，但古文派内部本身却自有分歧，各有家法。前文已言，五四时期的古文家主要有桐城派、文选派等。所谓"文选派"，即以骈文为中国文章正宗者。清代以后骈文复兴，骈文与以桐城派为代表的散文派的争执更加严峻，此潮流一直延续至清末，因骈文派主要推崇《文选》，故被称为"文选派"，其代表人物为刘师培、黄侃、李祥（1858—1931）、孙德谦（1873—1935）等。而古文界影响甚大的章太炎，蔑视唐宋文章、桐城派，却也并不大欣赏《文选》之类的文人之文，而是以魏晋时期玄学、史学领域的论学、述史之文为文章上乘。文选派代表人物刘师培是章太炎的弟子，他与章氏虽有学术分歧，但其以汉学、朴学为宗的学术背景是一致的。刘师培、李祥虽更推崇骈文，却并不排斥魏晋论学文章。总体而言，文选派以魏晋六朝文为正宗，而与唐宋以后古文对峙。所以，"五四"前后，古文派内部，主要是文选派与桐城派的对立。这两种派别的学术及其文学趣味的不同，导致了他们对唐宋古文观点的差异。

文选派与桐城派都属于旧文学系统。五四时期，反对以白话代替文言文的还有新旧兼容的学衡派与甲寅派。吴宓（1894—1978）、梅光迪（1890—1945）、胡先骕（1894—1968）、章士钊等人都有现代的西学背景，然而，就对古文的维护而言，也可被归入古文派。

1. 林纾

古文派的中心人物是林纾。林纾不仅是推崇唐宋文最力者，而且是五四时期"文、白之争"中古文派的最大代表。

陈独秀、钱玄同等人批判桐城派，批判古文，马其昶、姚永朴等桐城宗师倒没有直接与之交锋。林纾本非桐城派人，但出于对古文地位的维护，他挺身而出，与白话文派争论，于是被历史的浪潮所裹挟，迅速成为白话文派的众矢之的。林纾其实并不反对白话文，他所反对的，是提倡白话文而废除文言文的"白话文运动"。"古文不当废"——这才是林纾最根本的意思。中国数千年的古文传统，在"五四"以后文学革命者的打倒声中，面临存亡绝续的危机。语言、文学的古今转换，比孔孟之道等传统思想的转换来得更迅疾。林纾《春觉斋论文》有言：

> 虽然，当此风雅销沉之后，吾辈措大，无益于国，然能存此国粹，为斯文一线之延，则文章、经济，虽分二途，于世亦无所梗。是在好古之君子加之意耳。①

民国之后，林纾之类的文人早已断绝了经济之途，只能以文章事业安身立命。他们所受的传统教育，使其对古文的感情深入血液，古文承载了他们对传统文化的最大深情。有心报国，却无意做政治家，唯有固守古文，"为斯文一线之延"，以尽其士人君子之使命——林纾对古文，实以宗教般的态度待之。明乎此，也许我们对林纾死守古文的立场就能有更同情的理解。②

林纾著名的《论古文白话之相消长》一文，有对自唐文至清代桐城派的简要评述，其论唐宋文曰：

> 文之盛，莫如唐，然《全唐文》，余已阅至大半……其中昌黎一出，觉日光霞彩照耀四隅。柳州则珠玉琳琅，不能与之论价，于是废其下不观。以鄙意论之，晚唐罗江东及皮陆尚有作法，视初唐之陈子昂张曲江滋味尚多。至宋文则学派典兴而说理之文夥，以陈同甫之豪，叶冰心之高，亦稍染习气，苏氏父子张文潜晁无咎黄鲁直陆务观秦淮海诸人，似人家分筑小园，一草一木各有位置，谓之包罗万有，余亦不敢信其诣力即能至是也。欧公不主博而主精。读

---

① 林纾：《春觉斋论文·流别论·二》，载王水照主编《历代文话》第七册，复旦大学出版社，2007，第 6339~6340 页。
② 林纾对白话文的贬低，与他在争论中所遭受的讥刺有关，因而与白话文派一样，双方都有意气用事之处。

书不如原父兄弟，而起讫作止得韩之真，且一改其壁垒与荆公相较，荆公肖韩处多，犹杨西亭之坠石谷，终身不脱石谷窠臼矣。故宋文以欧为上，而独不近柳，曾子固是发源于更生，有时骨干坚卓处，乃能为柳。读此三数家文，以渊潜之眼力观之，脉络筋节精细处，均似遵左氏史公之法程，有时能变化而脱去之，斯真有本领矣。①

林纾另有在中央孔教会讲演的《论古文虽为艺学然纯正者乃可载道》一文。此文有些文不对题——并未谈"文以载道"，而是对唐宋八家文进行了较为细致的评论，原文较长，此不具引。现结合此文与《论古文白话之相消长》中论唐宋文部分，及林纾其他相关文评，就其中几点分述如下。

（1）尊唐宋文，而不局限于唐宋文

林纾曾说："周秦两汉之文，其曲折皆内转，犹浑天仪，机关中藏，只可意会。唐宋以来文字，筋骨都露，如铜人图。"② 此言并非在周秦两汉之文与唐宋以来文字间分高下。或许，正因唐宋以来文字有迹可循、有法可依，林纾才特别重视唐宋文。由"文之盛，莫如唐"一句，即可知唐文在林纾心中地位之高。

《论古文虽为艺学然纯正者乃可载道》中有一段自问自答——何以唐宋文家如许，而独尊八家？曰：

> 虽然《全唐文》一部浩如渊海，何以后人不宗燕、许，而宗韩、柳？南北宋中，文家亦人人各有所长，何以后人但称欧、曾、王、苏六家？讵上下数千年，仅有此八家能文耶？正以此八家者有义法……惟其有义法，则文字始谨严，不至有傀佻伧俗诸弊；惟有意境，则文字始饫衍，不至有险恶怪诞诸弊。夫文体之坏，岂但伧佻傀俗险恶怪诞而止，盖一染此病，则终身不药矣。③

① 林纾：《论古文白话之相消长》，载《中国新文学大系·文学论争集》，上海良友图书印刷公司，1935，第78~79页。

② 林纾：《文微》，载王水照编《历代文话》第七册，复旦大学出版社，2007，第6555页。

③ 林纾著，李家骥等整理《林纾诗文选》，商务印书馆，1993，第77页。

这一段自问自答，已具备文学史建构的追溯意识。林纾显然是尊奉唐宋八家的。但他并不一味尊古文、唐宋文而轻视六朝骈文，他在《文微》中说："六朝骈体文雅，唐文庄，宋文活"①，将六朝骈文与唐宋古文同等看待。《春觉斋论文·流别论·二》说："齐梁多小赋，固有是病，然丽词雅意，亦不可尽没。……今日科举一变，乃并此区区者亦绝响矣。"② 可见其并不狭隘自大。林纾肯定唐宋八家文的理由是："有义法，有意境，入手者正，不至迷惑失次耳"。我们当注意，林纾虽然也提"义法"，但他所谓"义法"只是对写文章最基本的要求——"惟其有义法，则文字始谨严"，"义法"是文章的入手处。在林纾看来，文章有意境，始入佳境，文章的最高境界是"神味"，所谓"论文而至于神味，文之能事毕矣"。③ 桐城派也讲"神、理、气、味"，但此四项与"格、律、声、色"统摄于"义法"之内。林纾所谓的"义法"只是文章有法度的意思。《春觉斋论文·应知八则》始于"意境"，终于"神味"，并无"义法"，可见"义法"不是林纾文论的重点。这是他和桐城派在文章理论方面的内在差异。

唐文中，林纾极重韩愈，所谓"昌黎一出，觉日光霞彩照耀四隅"，便是比喻韩愈划时代的意义。他说："古今这支笔，惟昌黎把持得住，故无物无景无情不可状也"④，其着眼点在韩愈的文章艺术，视韩愈为文事之集大成者。他反复说及的对韩愈文的评论是"韩氏之文，能详人之所略，又能略人之所详。常人恒设樊篱，学韩则障碍为之空；常人流滑之口吻，学韩则结习为之除。蔽掩乃昌黎之长技。然能于蔽掩之中，有渊然之光，著苍然之色，斯则昌黎之所以为昌黎，非人之所能及也"。⑤ 这段评论不易理解。大约指韩文能伸缩自如，不涩不滑，健气内敛而精力弥漫。这仍是就其"文气"而言。林纾还有一句经常用来评韩文的话，

① 林纾：《文微》，载王水照编《历代文话》第七册，复旦大学出版社，2007，第6556页。
② 林纾：《春觉斋论文·流别论·二》，载王水照编《历代文话》第七册，复旦大学出版社，2007，第6339页。
③ 林纾：《春觉斋论文·应知八则》，载王水照编《历代文话》第七册，复旦大学出版社，2007，第6380页。
④ 林纾：《文微》，载王水照编《历代文话》第七册，复旦大学出版社，2007，第6549页。
⑤ 林纾：《论文》，载林纾著，李家骥等整理《林纾诗文选》，商务印书馆，1993，第85页。《论古文虽为艺学然纯正者乃可载道》也有类似之语。

即所谓"吞言咽理之文"，尤指韩愈的赠序文。所谓"吞言咽理之文"，大约指一种尺幅千里、跌宕感慨的风格吧，如《送董邵南序》。总之，林纾对韩愈文极为沉迷，有些文章读过近万遍。但他对韩愈也并非全盘接受，他曾批评韩愈不知佛，《楞严》《华严》并未寓目，而一味痛骂，遂遭后人咒骂，乃报应也①，可见林纾并不是一个认死理的人。

　　不过，与桐城派轻视柳宗元不同，林纾对柳宗元的评价甚高。② 他的《韩柳文研究法》对韩、柳不分轩轾，并认为柳宗元非李翱、刘禹锡可比，其山水游记千古独步，韩愈亦不可及。③ 他评柳文曰："柳氏之文，学骚处当与宋玉抗席，幽思苦语，悠悠然若傍瘴花密箐而飞，读之几不知其在何境也。而柳氏尤精小学，熟于《文选》，用字新特，然未尝近纤。选材宏富，然未尝近滥，丽而能古，博而能精，生峭壁立，棱棱然使人望之生畏，柳氏之所独到也。"④ 其重点，在柳文宏富而精丽的特色。另，林纾对柳宗元的赋评价也甚高。⑤ 前人之贬低柳宗元者，多基于正统的儒家立场，对柳宗元思想的"非正统"和政治改革不以为然，即使不明言此意识形态心理而批评柳宗元文章者，如桐城派方苞诸人，在根本上也是从所谓儒家的正统立场出发而先入为主地贬低柳宗元的。而林纾虽然也以孔孟之徒自居，但他并没有桐城派那种以儒家正统自居的保守意识，他的头脑中甚至还融入了某些西方思想（林纾翻译了那么多外国小说，不可能不受西方思想的濡染）。林纾是一个比较纯粹的文人，他没有桐城派乃至韩愈那样强烈的道统意识⑥，但他有极强的文统意识，对于文统的使命感似乎比马其昶、姚氏兄弟还强烈。故林纾的文论多从文学本位出发，他对柳宗元的评价就是例证。

---

① 参见林纾《论古文白话之相消长》，载《中国新文学大系·文学论争集》，上海良友图书印刷公司，1935，第78~81页。
② "柳州则珠玉琳琅，不能与之论价，于是废其下不观。"
③ 参见林纾《韩柳文研究法》，载王水照编《历代文话》第七册，复旦大学出版社，2007，第6439~6521页。
④ 林纾：《论文》，载林纾著，李家骥等整理《林纾诗文选》，商务印书馆，1993，第85页。
⑤ 参见林纾《论古文虽为艺学然纯正者乃可载道》，载林纾著，李家骥等整理《林纾诗文选》，商务印书馆，1993，第76~84页。
⑥ 如果说道统于韩愈而言，是自觉的选择，那么对于桐城派而言，则更多地来自传统重压之下的被动选择——此被动选择往往表现为主动选择的姿态，如方苞。人通常意识不到自己受意识形态和传统支配的那种"被塑造"的作用、成分、程度，即人的思想中那种幽暗的来源。实际上，人的被塑造是无所逃于天地之间的。

宋代文章，林纾最尊欧、曾两家。他说"宋文以欧为上"。他将韩、欧并列，评曰："唐宋以来文章，惟韩欧两家为最善。韩善变化，欧阳内变而外平妥"①；他评欧文曰："文章至欧阳永叔，匠心灵笔遂不可及"②；林纾评曾巩文曰："曾子固为文，能学更生、江都、韩、柳而各有所获"③；他不喜东坡文，曰："吾平生不嗜读苏东坡文，以其为文往往不能极意经营。然善随自救弊，则由东坡天才聪敏"④；他认为东坡文失之率易，其精严尚不及荆公，但荆公的问题是一望而知乃学韩者，自家面目不够突出。故林纾以曾巩继韩、欧之后，而曰"读此三数家文……斯真有本领矣"。

（2）对于元、明文章家，无特别推崇者

由《论古文白话之相消长》一文，可知林纾对元代姚燧、虞伯生（虞集），明代汪伯玉（汪道昆）、王凤洲（王世贞）、李沧海（当为"李沧溟"之误，即李攀龙）、归有光等人皆不满意。林氏对"弃掷八家如刍狗"的前后七子尤不满，说他们是模仿《红楼梦》之《品花宝鉴》作者。此点与他的反对派胡适、陈独秀等人的评价相同，即认为明七子是"假古董"⑤，但其背后的潜话语是有差异的。胡适、陈独秀等人对明七子的批评，首先是把古文都视为"死文学"，死文学的要害是模仿，明七子是更为极端的模仿者（复古），所以它们是死文学中的死文学；林纾对明七子的严厉批评，有一个潜在的批判对象——章太炎。在林纾看来，章太炎是以所谓"古"的表象来虚张声势，其实内里空洞——所谓"虚枵"，没有真性情。由此可知，林纾其实也有对"复古"的某种程度的不认可，以及对"活文学"的精髓——文学的真性情的强调，这是林纾与其对立面胡适、陈独秀等人的相通之处。

林纾较为推崇的明代古文家唐荆川（唐顺之）、宋文宪（宋濂）、方正学（方孝孺）、归震川（归有光），都是尊奉唐宋文的。这仍然显示了他尊崇唐宋古文的立场，但他并不崇尚这些明代古文家，即使对归有光，

---

① 林纾：《文微》，载王水照编《历代文话》第七册，复旦大学出版社，2007，第6549页。
② 林纾：《文微》，载王水照编《历代文话》第七册，复旦大学出版社，2007，第6551页。
③ 林纾：《文微》，载王水照编《历代文话》第七册，复旦大学出版社，2007，第6553页。
④ 林纾：《文微》，载王水照编《历代文话》第七册，复旦大学出版社，2007，第6553页。
⑤ 《文微》："有明前后七子，皆学汉魏而响枵色荧。"载王水照编《历代文话》第七册，复旦大学出版社，2007，第6554页。

其批评也相当不客气，曰："震川穷老尽气，但抱一《史记》，而于《史记》中尤精于《外戚传》，所以叙家庭琐事，入细入微，而赠序则无一篇可读者。由作寿序多，手腕过滑，故赠序近流走而不凝敛。"① 这与桐城派夸诞地捧归有光不同。笔者读归氏文章的感受与林纾完全一致，除了脍炙人口的那几篇写家庭琐事的文章外，真没读出几篇好文来。

（3）清代文章，较推崇姚鼐，而不承认"桐城派"

更有意味的，是林纾对桐城派的态度。新文化运动时期，林纾被许多人视为桐城派中人，如康有为、梁启超都视林纾为桐城派。康、梁皆不喜桐城派，故对林纾有不屑之意，且他们对林纾的文章学并不真正了解。其实，林纾在50岁（1901）入北京之前，与桐城派人并无交往，后在北京与吴汝纶、马其昶先后结识，并获其赞赏，才与桐城派作家亲密起来。毕竟，林纾对左、马、班、韩、欧的推崇与桐城派有所契合，桐城派之所谓"义法"，林纾也颇认同。前文已述，林纾与马其昶、姚氏兄弟等曾共事于北大，延续文统的共同使命，把他们维系在一起。② 不久，这些古文家皆被迫辞职，同是天涯沦落人，让林纾与桐城派更像是同伙了。

其实，林纾与桐城派的契合多是浅表的。林纾始终不认自己是桐城派中人。第一，林纾压根就不认可"文派"之说。③ 他说："古文无所谓派，犹之方言不能定何者为正音，亦唯求其近与是而已。"在此前提下，他不认可"桐城派"一说——"韩、欧之法程自在，何必桐城？即桐城一派，亦岂能超乎韩、欧而独立也？"④ "惜抱之文，非有意立派也"⑤，

---

① 参见林纾《论古文白话之相消长》，载《中国新文学大系·文学论争集》，上海良友图书印刷公司，1935，第79页。另《文微》："归文有变化而不能大。"载王水照编《历代文话》第七册，复旦大学出版社，2007，第6554页。

② 马其昶在《韩柳文研究法序》中说："同类之相感相成，其殆根于性情，亦有弗能自已者乎？"（载王水照编《历代文话》第七册，复旦大学出版社，2007，第6440页）可见其与林纾惺惺相惜之意。

③ 林纾：《桐城派古文说》，载舒芜等编选《中国近代文论选》（下），人民文学出版社，1999，第716页。

④ 林纾：《春觉斋论文·述旨·五》，载王水照编《历代文话》第七册，复旦大学出版社，2007，第6334页。

⑤ 林纾：《春觉斋论文·述旨·五》，载王水照编《历代文话》第七册，复旦大学出版社，2007，第6334页。

立派的弊端是"一沉溺其中，便成薄弱"。① 此类见解，从根本上否定了桐城派作为文派的合理性和权威性。第二，林纾对桐城派文章本身也有批评。他说："然论文不能不取法乎上。须知桐城之文不弱也，以柔筋脆骨者效之，则弱矣。"② 指出其弱点在柔弱。即使桐城派能超乎姚鼐而宗法归有光、欧阳修，也不能救其弊，"欧阳文章学韩而能淡永，故外枯中膏；桐城诸文学欧阳，而仅得其淡，故气息柔弱"③，林纾一言以蔽之曰："桐城之短在专学归欧"④，即取径太狭。他说："桐城诸家即奉震川为圭臬，惜抱能脱身自拔，望溪质而不灵，故木然有死气。"⑤ 对姚鼐评价较高⑥，对方苞的批评则相当尖锐。第三，林纾治古文，取径比桐城派广泛。起初，林纾并不专于唐宋文，自从与桐城派人交往后，乃偏于唐宋文。更重要的是，他对骈文并不轻视，原本也不贬抑魏晋文，后与章门弟子交恶后，才贬抑魏晋文。⑦ 第四，林纾的古文在内容、文法和语言方面都比桐城派更为自由，非讲究清规戒律、画地为牢的桐城派可限。⑧ 由以上四点可证：林纾实非桐城派中人。正因如此，林纾才能既尊重桐城派古文家，又对其有所批评。他对桐城派的批评，是古文家内部的文学批评，与新文学家以打倒古文为目标之批评桐城派不同。

前文说到林纾因与桐城派有对古文共同的信仰，才会成为"同路人"，但林纾并不刻意强调所谓"文统"，他有"文统"的意识，此"文

---

① 林纾：《桐城派古文说》，载舒芜等编选《中国近代文论选》（下），人民文学出版社，1999，第716页。

② 林纾：《春觉斋论文·述旨·五》，载王水照编《历代文话》第七册，复旦大学出版社，2007，第6335页。

③ 林纾：《文微》，载王水照编《历代文话》第七册，复旦大学出版社，2007，第6554页。

④ 林纾：《文微》，载王水照编《历代文话》第七册，复旦大学出版社，2007，第6554页。后期桐城派大家吴汝纶自己也批评桐城派文章失之薄弱，他在《与姚仲实》中说："桐城诸老，气清体洁，海内所宗，独雄奇瑰玮之境尚少。盖韩公得扬、马之长，字字造出奇崛。欧阳公变为平易，而奇崛乃在平易之中。后儒但能平易，不能奇崛，则才气薄弱，不能复振，此一失也。"参见舒芜等编选《中国近代文论选》（上），人民文学出版社，1999，第307页。

⑤ 林纾：《论古文白话之相消长》，载《中国新文学大系·文学论争集》，上海良友图书印刷公司，1935，第79页。

⑥ 林纾认为姚文的好处在"严净"，参见《桐城派古文说》，载舒芜等编选《中国近代文论选》（下），人民文学出版社，1999，第716页。

⑦ 参见钱基博《现代中国文学史》，上海古籍出版社，2011。

⑧ 参见蒋英豪《林纾与桐城派、改良派及新文学的关系》，《文史哲》1997年第1期。

统"之所指是广大的"古文传统",而非桐城派所谓韩、欧以来的文统。马其昶的《濂亭集序》先是承认"古无所谓宗派之说"①,最后重心落在张裕钊、吴汝纶二人身上,曰:"由二先生之言,以上溯文正及姚、方、归氏,又上而至宋、唐大家,而至两汉,由循庭阶入宗庙而禘昭穆也"②,他画了一个文统线索图,并进而解释宗派成立的理由道:"世固有能审雅宴之声,而别淄、渑之味者。宗派之说,即由此起焉。曾公序欧阳生文集详矣。学问之渊源渐被,诚未可诬"③,这显然在维护其"文统"。总之,认可宗派即尊奉"文统"。文统是桐城派的护身符。林纾不认可宗派,故他不提倡狭义的文统。林纾对科举废除后骈文衰落的慨叹,表明他所悲哀的是整个古代文章传统的失落。这或许可以部分解释为何五四文学革命文、白之争中,为维护古文之存续,挺身而出与白话文派奋战的最大代表是林纾,而非桐城派诸老(陈独秀、钱玄同等最直接针对的是桐城派)。于是,这便给人一个错觉——林纾是桐城派的维护者。其实,林纾是为维护古文的大传统(Grand tradition)而战,却成了桐城派的挡箭牌。

　　林纾是一个悲剧人物,其悲剧在于陷入了历史的诡谲旋涡中,他的本相、本意与他的言行及其获得的历史评价产生了错位。林纾并不反对白话与新文学,他的翻译文学恰恰是催生新文学的重要力量,但他却因坚守古文的立场,成了五四文学革命新旧之争中新文学派最大的靶子。林纾在当时,同时受到新、旧文学两方面的伤害,其所受旧文学家的攻击来自章太炎,而与林纾对立的新文学家钱玄同等北大教授也多是章门弟子。阅读林纾文集,便会发现:他最痛恨的不是陈独秀、钱玄同、傅斯年辈,而是章太炎。所以,有必要回溯一下章太炎的唐宋古文观及其在当时文坛所处的微妙位置与影响。

　　2. 章太炎

　　章太炎虽然对西学有所涉猎,但他的文学观是相当传统的。章太炎

---

① 马其昶:《濂亭集序》,载舒芜等编选《中国近代文论选》(下),人民文学出版社,1999,第 729 页。

② 马其昶:《濂亭集序》,载舒芜等编选《中国近代文论选》(下),人民文学出版社,1999,第 730 页。

③ 马其昶:《濂亭集序》,载舒芜等编选《中国近代文论选》(下),人民文学出版社,1999,第 730 页。

的文学观是典型的"泛文学观"（杂文学观），他说："文学者，以有文字箸于竹帛，故谓之文。论其法式，谓之文学。凡文理、文字、文辞，皆言文。"① 这一观点，不仅包括传统的涵盖经史子集在内的"文章"观念，也包括"法式"范畴内的修辞学和文字学，可以说把传统的"泛文学观"推向了极致。

就语言观而言，章太炎在《文学说例》② 一文中，引用日本人武岛又次郎《修辞学》中的概念"废弃语"（"千百年以上所用而今亡佚者"）、"外来语"、"新铸造语"，认为外来语"不得过用"③；新语为时势所逼，有待铸造，但并非如卢仝、樊宗师辈喜为险怪；但重要的是，废弃语多可用为新语者——所谓废弃之古语不可废。要之，"废弃语之待用，亦与外来、新造无殊，特戒其过滥耳。若夫三者所施，各于其党……"④ 所谓"废弃语""外来语""新铸造语"是就词汇而言。"新铸造语"与"外来语"并不等于"白话"概念，但不反对新铸造语和外来语，则说明不反对白话。事实上，民国以后，很少有在语言层面完全反对白话者，但在文学层面反对白话文、鄙视白话文的大有人在。章太炎即如此，他并没有大张旗鼓地反对白话文运动，但对白话文学却是不以为然的。⑤ 章太炎的文学立场是古文学的立场。

清末民初，风靡一时的梁启超的"新民体"已不是纯粹的"古文"了，章太炎则以标准的古文在思想上、文学上与梁启超对立。当时文坛，同属古文谱系的主要有桐城派、骈文派以及特立独行的章太炎和林纾。桐城派、林纾、章太炎，都未接受"纯文学"观念，即他们都有一定的

---

① 章太炎：《文学总略》，收入章太炎《国故论衡》（1910 年初在日本刊行）中，载舒芜等编选《中国近代文论选》（下），人民文学出版社，1999，第 420 页。

② 《新民丛报》第五、九、十五号，1902 年。下文引用的《文学论略》，发表于 1906 年的《国粹学报》第二十一至第二十三期。章太炎几篇重要的文论虽然都写作并发表于辛亥之前，但因为他的文论以及学术传承与中国文学的现代转型关系较密，所以笔者把章太炎置于"五四"前后的时段中来论述。下文即将涉及的刘师培，也以类似情形处理。

③ 章太炎：《文学说例》，载舒芜等编选《中国近代文论选》（下），人民文学出版社，1999，第 418 页。

④ 章太炎：《文学说例》，载舒芜等编选《中国近代文论选》（下），人民文学出版社，1999，第 419 页。

⑤ 参阅章太炎讲演，曹聚仁整理，汤志钧导读《国学概论》第四章"国学之派别（三）——文学之派别"，上海古籍出版社，1997。

"泛文学观",而在把泛文学观推到极致的章太炎看来,古文派与骈文派都失之狭隘。章太炎所谓"文",是以无所不包的文化为内容的文章,既不局限于儒家思想,更不局限于"集部"之文,其所谓"文",根本上指的是"学者之文",他把"学"看作文的根底和前提,而其所谓"学"的根底则是"小学"(治故训,言引申),故小学根底是文学的前提——章氏很肯定地说道:"世有精练小学而拙于文辞者矣,未有不知小学而可言文者也。"① 他甚至说: "尔雅以观于古,无取小辩,谓之文学"②,这里,文学几乎成了追求文字本义的学问。③ 章太炎的文学观毫无现代性可言,即使置于传统文学观中,也是一种夸诞离谱的倒退的文学观。

在以"小学"为根本的文学观下,章太炎看不起唐宋以后的文章,认为它们缺乏小学根底。章太炎是一个有坚定语言观的人,其文学观皆从语言观推演而出。他认为"文、笔""文、辞"皆不可强分,理由是文学的应用功能(奏记、口说)与艺术功能不可分离的上古的语言/文学观。④ 所以,章太炎是站在远古的骈散未分的历史角度(他认为这是"文"的本源和本义)否定"文、笔之分"的,准此,他认为骈文与散文之争,实乃无谓之争。骈散、文笔之分,是从文章的奇、偶与有韵、无韵区分的,尚嫌表面,章太炎否定骈、散与文、笔之分更深入的理由是"质言"与"文言"的不可分,他说:"言语不能无病,然则文辞愈工者,病亦愈剧。是其分际,则在文言、质言而已。文辞虽以存质为本

---

① 章太炎:《文学说例》,载舒芜等编选《中国近代文论选》(下),人民文学出版社,1999,第403页。

② 章太炎:《文学说例》,载舒芜等编选《中国近代文论选》(下),人民文学出版社,1999,第403页。按,此语自《大戴礼记·小辩》"尔雅以观于古,足以辩言矣"化出。

③ 把训诂识字看作学文的基础,不仅是汉学家的观点,尊崇宋学的桐城派,如姚永朴也认为"欲由今溯古,以通其训诂,必自识字始"(姚永朴:《文学研究法》,载王水照编《历代文话》第七册,复旦大学出版社,2007,第6837页),重视《说文》与《尔雅》的研究,并总结道:"欲文章之工,未有可不用力于小学者"(姚永朴:《文学研究法》,载王水照编《历代文话》第七册,复旦大学出版社,2007,第6837页)。平心而论,欲工文章,必先精熟文字,这是一个常识,因为从来没有不通文字而能文章的情形。但桐城派只是把小学当作学文的一个基础,韩愈所谓"凡为文辞,宜略识字"(《科斗书后记》),即是此意;而不是如章太炎把"小学"视为"文"之"本"。

④ 参见章太炎《文学总略》,收入章太炎《国故论衡》(1910年初在日本刊行)中,载舒芜等编选《中国近代文论选》(下),人民文学出版社,1999,第420~428页。

干，然业曰文矣，其不能一从质言可知也。文益离质，则表象益多，而病亦益甚。"① 所谓"质言"，是质朴的言语，"文言"是修饰的言语。这是就语言的修辞状态而言。由言语构成的"文"，既然是"文"（而非其他名称），就不可能只是"质言"，而是在质言的基础上（以质言为本干）质言与文言的合成物——尽管，章太炎的文辞观是"以存质为本干"的。在这种逻辑下，质言与文言根本就不可分。而骈、散之分，文、笔之分，文、辞之分，按章太炎的意思，都是"文、质"之分，这些分际都是不可能、不存在的。虽然，章太炎否定了"文"当中的质言与文言的可分，但就言语而言，分离出所谓"质言"与"文言"两个概念，也仍然是一个理想的状态，因为"质言"——无修饰的言语是不存在的，所有的言语都是修饰性的"文言"。但章太炎从言语文字的角度解构骈、散之分，具有某种颠覆性（他想解构，并不等于真的解构了骈、散之分）。于是，章太炎同时否定了古代文章的两大传统——古文传统与骈文传统。

那么，章太炎既否定"古文辞"概念，又否定"骈文"概念，他如何来命名文章呢？我们注意到章太炎在讲文章之学时，用的概念是"文"，即一个无所不包的大文章的概念。这其实是比韩愈更彻底的文章复古意识，章太炎所谓"文"的概念的内涵和外延最晚在唐代所谓"古文"概念以前。了解章太炎基本的文章观，是我们理解他对唐宋古文传统看法的必要前提。

接下来，就章太炎对唐宋古文及宋以后古文的批评，分论如下。

（1）鄙视唐宋古文

章太炎《与人论文书》曰：

> 陵夷至唐世，常文蒙杂，而短书蝶慢，中间亦数改化，稍稍复古，以有韩、吕、刘、柳，自任虽夸，顾其意岂诚薄齐、梁邪？有所陷于徐、庾，而深悼北人之效法者，失其轶丽，而只党莽，不就报章，欲因素功以为绚乎，自知虽规陆机，摹傅亮，终已不能得其什一，故便旋以趋彼耳。北方流势，本臃肿也，削而砻之，大分不出后汉，碑

---

① 章太炎：《文学说例》，载舒芜等编选《中国近代文论选》（下），人民文学出版社，1999，第405页。

课尤近，造辞窘句，犹兼晋、宋。赋颂之流，宋世能似续者，其言稍约，亦独祁、光诸子。今夫韩、吕、刘、柳所为，自以为古文辞，纵材薄不能攀姬、汉，其愈隋、唐末流猥文固远（如《毛颖》、《黔驴》诸篇，荒谬过甚，故是唐人小说之体，当分别观之）。宋世吴、蜀六士，志不师古，乃自以当时浚科献书之文为体，是岂可并哉?①

"蒙杂""媟慢""党莽""陵夷"，章太炎对唐文的这些评语已是惨不忍睹；而宋文，则更等而下之，他说："宋又愈不及唐，济以哗贵"②，"是岂可并哉?"——宋文连惨不忍睹的唐文都不堪并列。

为什么章太炎对唐宋文评价如此之低呢? 以下这段话，说得更为具体：

自唐以降，缀文者在彼不在此，观其流势，洋洋洒洒，即实不过数语。又其持论，不本名家，外方陷敌，内则亦以自偾，惟刘秩、沈既济、杜佑，差无盈辞。持理者，读刘、柳论天为胜，其余并广居自恣之言也。……夫李翱、韩愈，局促儒言之间，未能自遂。权德舆、吕温及宋司马光辈，略能推论成败而已。欧阳修、曾巩，好为大言，汗漫无以应敌，斯持论取短者也。若乃苏轼父子，则佞人之笺笺者。……廉而不节，近于强钳，肆而不制，近于流荡，清而不根，近于草野，唐、宋之过也。③

综观章太炎对唐宋文的批评，他认为唐宋文的主要弊病在于华而不实，大言欺世。即使是他认为较好的司马光等人，也只是"略能推论成败而已"。当年，韩愈、欧阳修等人不满于时文、骈文的华而不实，谁料却又被章太炎贴上了华而不实的标签。韩、欧以为时文的华而不实在于辞藻繁丽而内容空虚，章太炎认为唐宋文的华而不实在于议论空疏，哗众取宠。

不难发现，章太炎有种重"实"的文学观。其所谓"实"，与韩愈、

---

① 章太炎：《与人论文书》，载舒芜等编选《中国近代文论选》（下），人民文学出版社，1999，第447~448 页。

② 章太炎：《论式》，载舒芜等编选《中国近代文论选》（下），人民文学出版社，1999，第405 页。

③ 章太炎：《论式》，载舒芜等编选《中国近代文论选》（下），人民文学出版社，1999，第430~432 页。

欧阳修、王安石等人重内容充实、重实用的观念，与胡适所谓"须言之有物"的文学观皆有所不同。章太炎在质疑文笔之分时说："准此，文与笔非异途，所谓文者，皆以善作奏记为主。自是以上，乃有鸿儒，鸿儒之文，有经、传、解故、诸子，彼方目以上第。非若后人摈此于文学外，沾粘焉惟华辞之守，或以论说记序碑志传状为文也。"① 他认为能涵括经史子集内容的文学才是文学上品，才算得上"实"（"实"的对立面是"华辞"），即章太炎所谓"实"的文学首先在于泛文化的内容，尤其是学术性的内容。而更令人惊异的是，章太炎甚至因为极端重视"实"，而否定重视文气、文德之类的传统文学观，他说："然则文本以代言，其用则有独至，凡无句读文，皆文字所专属也，以是为主。故论文学者，不得以兴会神旨为上。昔者文气之论，发诸魏文帝《典论》，而韩愈、苏辙窃焉；文德之论，发诸王充《论衡》，杨遵彦依用之，而章学诚窃焉。气非窜突如鹿豕，德非委蛇如羔羊，知文辞始于表谱簿录，则修辞立诚其首也，气乎德乎，亦末务而已矣。"② "文本以代言，其用则有独至"，意谓口语是书面语的本源；"文辞始于表谱簿录，则修辞立诚其首也"，即文学之文本于应用之文，言语表达清晰合理（修辞）才是文辞的首务，而不是被古代文论奉为目标的"兴会神旨"。应当说，在艺术的起源阶段，实用功能和审美功能的确浑然一体，且实用功能先于审美功能。但章太炎犯了一个认识论的错误——他以艺术的起源论替代了艺术的本体论，并且抹杀了艺术的审美功能从实用功能中独立而出，不断发展的历史合理性。文学、艺术，是历史性的动态的存在，艺术的起源阶段只是其萌芽，而不是其实质的全部。一切艺术都脱胎于实用，而所谓"艺术"，乃是人类经过实用意识形成审美意识之后的一种观念，即原始阶段的被后人视为艺术的对象本不是"艺术"。按黑格尔的说法，文明意识的起源阶段是"自在"状态，后来则进入"自为"状态，以及自在与自为之间更复杂的混合。章太炎把文学的本质框定在文学起源的实用状态，此实用文本并非文学，且切断了文学审美意识发展的历史性，以静止的起源论代替了历

---

① 章太炎：《文学总略》，载舒芜等编选《中国近代文论选》（下），人民文学出版社，1999，第 421 页。

② 章太炎：《文学总略》，载舒芜等编选《中国近代文论选》（下），人民文学出版社，1999，第 426~427 页。

史性的本体论。就历史哲学而言，章太炎的立论，往往将对象推到其历史的原点，以对象的后来状态与本源的差异来否定对象的合理性，在他看来，这也许是一种更为真确的历史主义，但这种思维的错误在于它是一种静止的历史观，而非动态的历史观，忽略了动态与过程的历史，也就不是历史了；再进一步，一切真理，包括艺术的真理，都是在动态历史中形成并演变的，起源不等于本体，譬如我们不能把原始人的状态当作人的本质。

因为重"实"，所以章太炎看重的文章是有实学、实事、实理的文章。他说："余以为持诵《文选》，不如取《三国志》、《晋书》、《宋书》、《弘明集》、《通典》观之，纵不能上窥九流，犹胜于滑泽者。"① 这句话针对如何取法六代而言（"近世或欲上法六代"）。他不赞成骈文派取法《文选》，以为其"上不窥六代学术之本"。② 章太炎也推崇六代文，但他推崇的是《三国志》等史书和《弘明集》《通典》等佛书、政书。他既以学术性为内容之本，也以学术性为审美之本（不滑泽）；他认为文的根本是"小学"和"玄言"，小学为形名之分，"名之所稽者理"，理之表现为玄言，"分理明察，谓之知文"。③ 章太炎以为秦汉的议论文也不及魏晋之说理文④，理由是秦始皇以后的议论文内容已经狭隘了，汉代的记事文虽佳，但不长于议论。可见，章太炎最看重议论文，或曰说理能力，在他心目中，这类文章的最高典范是魏晋的玄言说理文。此说理，非普通的议政论史，而是哲学性的说理。正因如此，章太炎对"持论之文"的要求才格外苛刻。宋代文章的一大特色，是议论文的大量增加，而章太炎最看不上的便是宋文。他认为北宋文不及唐文，南宋更差。而我们知道，南宋恰恰是策论和性命说理之文兴盛的时代。章氏批评宋文最苛，因为宋文是他不喜欢的持论之文的负面代表。

---

① 章太炎：《论式》，载舒芜等编选《中国近代文论选》（下），人民文学出版社，1999，第430页。

② 章太炎：《论式》，载舒芜等编选《中国近代文论选》（下），人民文学出版社，1999，第430页。

③ 章太炎：《论式》，载舒芜等编选《中国近代文论选》（下），人民文学出版社，1999，第430页。

④ 章太炎《论式》："今谓持论以魏、晋为法，上遗秦、汉，敢问所安？曰：夫言矣各有所当矣。秦世先有《韩非》、《黄公》之伦，持论信善，及始皇并六国，其道已隘。自尔及汉，记事韵文，后世莫与比隆，然非所于持论也。"参见舒芜等编选《中国近代文论选》（下），人民文学出版社，1999，第431页。

　　然而，遗憾的是，章太炎没有进一步阐明——同样是持论之文，为何魏晋文比唐宋文好？这不仅关乎文章的体制、法度，也关乎文章的内容。由"夫李翱、韩愈，局促儒言之间，未能自遂"一句，便可知章太炎对李翱、韩愈局限于儒家思想不满。这是很关键的一句话，因为整个古文运动，乃至宋以后直至桐城派尊奉唐宋古文者，皆以儒家为其思想范围。章太炎在思想上虽称不上多么现代，但却是激烈反传统的。他并不把儒家经典视为神圣，且猛烈批判儒家思想的专制。在哲学层面，他更推崇佛法；在社会层面，他反对所有政府及组织。相对于康有为、梁启超，章太炎在思想上更为反传统。就思想史而言，章太炎是五四时期激烈反传统立场的一个重要先驱（但他的反传统主要是一种叛逆精神，至于社会与文化的发展方向应该是什么，他并未提出多少有价值的建设性的思想，甚至不无荒唐与混乱。章门弟子也多虚无与偏激之气）。知晓了章太炎的反儒立场①，便会明白他鄙视唐宋古文实有深刻的思想背景。

　　与章太炎的思想背景相关的，是我们在其文论中，发现他没有讲"文以载道"问题。"文以载道"几乎是所有论及古文的人都会涉及的话题，章太炎对此却采取了沉默态度。而这无言之言，再一次证明了章太炎的文学观——他认为文的根本在于"学"，学是无所不包的，而不是所谓形而上的道，更不是狭隘的儒道。他有自己尊奉的哲学，即佛学和印度哲学。但在他看来，文章非哲学思想所能限，故"文以载道"不成立。章太炎的本质不是文人、思想家，而是学人。所谓"道统"，在他的观念中并不占据大的意义。理所当然，标榜"道统"的唐宋古文的意义也就减弱了。

　　再就章太炎的学术来观察，他格外鄙视宋文，也存在微妙的学术背景。其一，作为经学家的章太炎是古文经学的立场（虽然他已非纯正的汉代的古文经学家法），他激烈反对今文经学家好作引申发挥的学术做派，譬如，章太炎最为不满的清代的龚自珍就是今文经学家。龚自珍、魏源，在章太炎之前影响甚大。整个晚清，今文经学的势力颇为煊赫。清代的今古文之争甚烈。与章氏在思想以及政治立场上对立的康有为是今文经学大师。倘若再就经学史上溯，宋代的欧阳修、曾巩、王安石，

———————————

①　章太炎一生思想反覆多变。他一向激烈反儒，民国 2 年（1912）被袁世凯软禁之后，在狱中重读《论语》《易经》，对孔子思想学说渐予肯定。

都有今文经学的背景。准此，则可知章太炎蔑视宋文，与其古文经学的立场有关。其二，章太炎最看不起宋文，且格外鄙薄南宋文，以为"南宋文调甚俗，开科举文之端"。①　这里，矛头指向"科举文"，因为章太炎一向鄙视制举之文，以为其乃俗调。明代八股充斥，故章太炎对明文的评价比宋文还低——他几乎很少提及明文。不过，就章太炎的总体思想学术来看，他对宋文的不满，应当还有汉学与宋学之争的背景在。所谓"科举文"只是南宋文的一端，南宋文的另一大特色是理学家语录文的兴盛，即使是科举文，以及应科举而生的许多古文选和古文评点著作，如《古文关键》《文章正宗》等，其作者也多是理学家——理学是南宋文章最大的思想背景。章太炎在哲学上不尊奉程朱理学，他在骨子里是以小学为本的"汉学"传统。梁启超《清代学术概论》称章太炎为"清学正统派的殿军"。所谓"清学"是"汉学"的流脉，清学的正统则为"朴学"，朴学以小学为根基。章太炎的学问非清学所能限，但终究属于清学的正统派，而清学正统派与宋学是对立的。虽然，章太炎约在 1908年之后信奉庄子的"齐物"思想，逐渐对程、朱、陆、王的宋学有所包容，认为汉学与宋学各有价值②，而《国学概论》是 1922 年章氏的讲录，其中潜在的对宋学的轻视依然存在，且文章别为一事，章太炎重魏晋文而轻唐宋文的立场，与其消解汉宋之争的学术观点并不具备内在统一的必然理由。总之，章太炎的汉学背景是他贬低宋文的一个潜在的学术背景。

宋代文章好发议论，论史、论兵、论政、论天道性命，章太炎批评欧阳修、曾巩"好为大言，汗漫无以应敌，斯持论取短者也"，可反讽的是，他本人一向以为自己最高明的是政见，并极好议论政治，而时人，包括黄侃、周作人等章氏弟子都认为章太炎的政论并不高明。

虽然，章太炎对唐宋文批评苛刻，但也并非完全否定，他在《与邓实书》中说："燕、许诸公，方欲上攀秦、汉。逮及韩、柳、吕、权、独孤、皇甫诸家，劣能自振"③；《国学概论》则谓："中唐以后，文体大变，变化推张燕公、苏许公为最先，他的行文不同于庾也不同于陆，大

①　章太炎讲演，曹聚仁整理，汤志钧导读《国学概论》，上海古籍出版社，1997，第 56 页。
②　参见章太炎《菿汉微言》，载《章氏丛书》，（台北）世界书局，1958。
③　章太炎：《与邓实书》，载舒芜等编选《中国近代文论选》（下），人民文学出版社，1999，第 450~451 页。

有仿司马相如的气象……韩、柳的文，虽是别开生面，却也从燕、许出来，这是桐城派不肯说的……唐人常称孟子、荀卿，也推尊贾谊、太史公，把晋人的柔曼气度扫除净尽，返于汉代的'刚'了。"① "别开生面"是对韩柳古文运动的肯定，他承认"中唐以后，文体大变"，但这只是很保守的肯定——"劣能自振"而已。章太炎认为唐文返于汉代的"刚"，这既是对晋人柔曼气度的扫除，也是唐文与宋文的区别。通常我们多强调宋文与唐文的一致性，章太炎则以为"唐文主刚，宋文主柔，极不相同"②，他认为"唐宋八大家"的说法，会"使一般人以为唐宋文体相同"。③ 可以看出，章太炎更欣赏"刚"的文风。他最看重文章的议论说理，议论说理正是刚性的。

那么，对于韩、柳革新文章的动机，章太炎是怎样看的呢？他在《与人论文书》中指出：韩、柳并非真的鄙薄齐梁骈文，而是"自知虽规陆机，摹傅亮，终已不能得其什一，故便旋以趋彼耳"，"欲因素以为绚乎？"④ 我们知道，章太炎认为骈散之争是无谓的，骈、散各有专用，不能偏废。这既是他认为骈、散本不可分的文学观的结果，也是其哲学观的体现，即他以《楞伽》、《华严》与《庄子·齐物论》相融会，而信奉庄子"齐物论"思想（约在 1908 年之后），以为只有"齐不齐以为齐"，破执着，才能达到睹全象，"无物不然，无物不可"⑤ 的境界。章太炎显然有偏袒骈文的意思，认为韩、柳对骈文是"吃不着葡萄说葡萄酸"，只好去吃樱桃了。所谓韩、柳并非真的鄙薄齐梁文，是真确的观

① 章太炎讲演，曹聚仁整理，汤志钧导读《国学概论》，上海古籍出版社，1997，第54~55 页。

② 章太炎讲演，曹聚仁整理，汤志钧导读《国学概论》，上海古籍出版社，1997，第55 页。

③ 章太炎讲演，曹聚仁整理，汤志钧导读《国学概论》，上海古籍出版社，1997，第55 页。章太炎对"唐宋八大家"有如下评论，他说："韩才气大，我们没见他的雕琢气；柳才小，就不难掩饰。……欧阳和韩，更格格不相人。韩喜造词，所以对于樊宗师、李观的文很同情。欧阳极反对造词，所以'黈纩塞耳，前旒蔽明'二语，见与《大戴礼》，欧阳未曾读过，就不以为然，它无论矣。三苏东坡最博，洵、辙不过尔尔。王介甫才高，读书多，造就也较多。曾子固读书亦多，但所作《乐记》，只以大话笼罩，比《原道》还要空泛。有人把他比刘原甫，一浮一实，拟于无伦乎。"参见章太炎讲演，曹聚仁整理，汤志钧导读《国学概论》，上海古籍出版社，1997，第54~55 页。

④ 章太炎：《与人论文书》，载舒芜等编选《中国近代文论选》（下），人民文学出版社，1999，第448 页。

⑤ 章太炎：《菿汉微言》，载《章氏丛书》，（台北）世界书局，1958，第961 页。

察；可他们倡导古文，也绝非因为觉得自己达不到陆机、傅亮的水平才转而推崇散体文，而主要是基于对"古文"的正面肯定。章太炎此言进行了概念偷换（把对古文的态度换成了对骈文的态度），且绕过了韩、柳倡导古文的现实针对性，从而得出了偏颇的结论。

应当说，章太炎对自己所持的文学观，以及与之相关的思想学术立场过于执拗，再加之其个性的偏激自负，导致其对唐宋文评价过低。我们完全可以不同意章太炎对唐宋古文的看法，但作为学术研究，则当探察其观点的来源及其历史效应。

（2）轻视桐城派

对于"五四"前后的人来说，如何评价桐城派，既是一个古老的文学史问题，也是现实的"当代文学"问题——桐城派仍是当时文坛的重镇。章太炎对桐城派的评论不多，态度是毫不含糊的轻视，其《清儒》一文曰：

> 江、淮间治文辞者，故有方苞、姚鼐、刘大櫆，皆产桐城，以效法曾巩、归有光相高，亦愿尸程、朱为后世，谓之桐城义法。震为《孟子字义疏正》，以明材性，学者自是疑程、朱。桐城诸家，本未得程、朱要领，徒援引肤末，大言自壮，故犹被轻蔑。从子姚鼐，欲从震学，震谢之，犹亟以微言匡饬，鼐不平，数持论诋朴学残碎。①

他认为桐城派根本未得理学要义，于小学也不甚精通，甚至对姚鼐欲从学戴震不成之逸事以哂笑出之。此种轻蔑的态度，有两个"前见"。第一，前文已述，章太炎鄙视宋以后文，不承认所谓"古文辞"，以为"其称谓不能无取于坟籍。既昧雅驯，则诋蹜狂举者众"。这是章氏文论的大前提之一。他对宋以后文章，即便有所肯定者，也都是在否定前提下的肯定。第二，不承认文派之说。他说："我们平心而论，文实在不可分派。言其形式，原有不同，以言性情才力，各各都有不同，派别从何分起呢？我们所以推崇桐城派，也因为学习他们的气度格律，明白他们的公式禁忌，或者免除那台阁派和七子派的习气罢了。"② 基于此，则章

---

① 章太炎著，洪治纲主编《章太炎经典文存》，上海大学出版社，2003，第141~142页。
② 章太炎讲演，曹聚仁整理，汤志钧导读《国学概论》，上海古籍出版社，1997，第57页。

太炎之轻视桐城派实乃必然之事。不过，从章氏的口气看，他对桐城派亦非完全抹杀，而是对其气度格律、公式禁忌有所肯定，对姚鼐、曾国藩评价也较高。[①] 然而，就清代文章总体而言，章太炎较欣赏的是张惠言、汪中、李兆洛，因为他们的文章兼顾了学与文。

对于同时代的桐城派文家，章太炎还算客气，他说："吴汝纶以下，有桐城马其昶为能尽俗"，所谓"尽俗"，就是免于俗。但他对严复、林纾的评价就可谓刻薄了，其《与人论文书》曰：

> 　　下流所仰，乃在严复、林纾之徒。复辞虽饬，气体比于制举，若将所谓曳行作姿者也。纾视复又弥下，辞无涓选，精采杂污，而更浸润唐人小说之风。夫欲物其体势，视若蔽尘，笑若龋齿，行若曲肩，自以为妍，而只益其丑也；与蒲松龄相次，自饰其辞，而祇敬之曰：此真司马迁、班固之言。[②]

严复、林纾的文章、翻译，在当时的影响大于章太炎和桐城派，故章太炎说"下流所仰，乃在严复、林纾之徒"，这是对严复、林纾及其读者的双重讥刺。这段话，显得颇为任性使气。

章太炎说严复的文章是"曳行作姿者"，已是丑化[③]；更有甚者，他认为林纾之文比严复更低下，并以更刻薄的语气描绘了曳行作姿者的丑

---

① 章太炎讲演，曹聚仁整理，汤志钧导读《国学概论》，上海古籍出版社，1997，第56页："曾国藩本非桐城人，因为声名煊赫，桐城派强引而入之。"

② 章太炎：《与人论文书》，载舒芜等编选《中国近代文论选》（下），人民文学出版社，1999，第448页。

③ 章太炎对严复施以如此刻薄的批评，不仅是对其文体的观感——更重要的，在于他们政治立场、学术背景的不同。相对章太炎，严复的国学根底略逊，但他的西学修养，及回应时代的思想能力皆在章太炎之上。章太炎是对自己的国学修养极其自负的人，故他目空一世，评价他人文章，有种由其国学根底而来的居高临下的刻薄态度。然而，章太炎早年其实对严复颇为仰慕，二人相互欣赏。章氏早期的进化论观念、"群"的思想，都是直接受严复影响的产物。但约在1904年以后，章太炎思想产生转变，与严复在政治观、学术思想方面尖锐对立。后来两人在"种族革命"问题上，一鼓吹、一反对，发表文章，互相辩难，而正式分道扬镳。这一分裂，有一个前奏，即1898年章太炎与曾广铨合译《斯宾塞尔文集》，严复曾对章的翻译深表不满，严词批评，其批评有可能使章怀恨在心。所以，章对严复的苛评，也有个人恩怨因素。参见王汎森《章太炎的思想》，上海人民出版社，2012；黄克武《惟适之安：严复与近代中国的文化转型》，社会科学文献出版社，2012。

态，以形容林纾之文，以为其浸润唐人小说之风，乃蒲松龄之流，世人却奉林纾为司马迁、班固。如此冷嘲热讽，已是刻毒的丑诋。其理由主要基于两点：一，章太炎认为林纾并不懂诸子之学，其学乃评选之见①；二，轻视小说文体。章太炎认为先秦至魏晋的小说，作为子书、史书的补缺拾遗，犹尚可也；或如《搜神记》《幽明录》之类的恬淡之体，亦为可贵；而唐以后传奇及晚世之小说则等而下之矣，蒲松龄、林纾之所谓"小说"，犹如《大全》《讲义》等儒书，不是"正本"，而是伪体、曲学。这一方面再次体现了章太炎鄙视唐以后学术文章的"尚古"的历史文化观念，另一方面也显示出他轻视小说、词、曲等文体的精英主义的正统文学观。林纾是风靡一时的小说翻译家，而他又将其小说翻译、创作归之于古文的大旗之下，这是让章太炎最无法忍受的"谬理"和"恶文"。

如果说章太炎对龚自珍的批评是"妖魔化"②，那么，他对林纾的攻击则可谓"小丑化"。试再观林纾对章太炎的斥责。林纾在其文章中多次骂章太炎，称其为"自鸣为文章巨子""狂谬巨子""庸妄巨子""妄庸之谬种"等③，"庸妄巨子"是当年归有光骂王世贞的话，与章丑诋林的言语相比，已属含蓄。而林纾的愤怒之情显而易见，并且可以理解。

笔者相信，林纾、章太炎其实都明了白话文已无法阻挡，故而他们更在乎的是其古文正宗的地位，这是他们对立情绪最深层的根由。④ 在更大的层面，林、章都是文言传统的护法。其分歧在于：他们不仅持有不同的文学观，且在意识形态层面，林纾是保守主义者，章太炎则是激进主义者——他是政治上的激进者；其文学观，则貌似保守，实为戴着

---

① 章太炎：《与人论文书》："林纾自云'日以《左》、《国》、《史》、《汉》、《庄》、《骚》教人。'未知其所教者何语也。以数公名最高，援以自重。然曩日金人瑞辈，亦非不举此自标，盖以猥俗评选之见，而论六艺、诸子之文，听其发言，知其鄙倍矣。"参见舒芜等编选《中国近代文论选》（下），人民文学出版社，1999，第448页。

② 章太炎《校文士》一文痛诋龚自珍，称其为"妖"，参见舒芜等编选《中国近代文论选》（下），人民文学出版社，1999，第446页。

③ 参见林纾《百大家评选韩文菁华录序》《送文科毕业诸学士序》《慎宜轩文集序》《与姚叔节书》等文。

④ 林纾《与姚叔节书》曰："夫瞢然不审中国四千余年继绍之绝学，则弊于东人之言，此少年轻瞟者所为，虽力守吾学，而不即瞠堕于其手，弊在庸妄巨子，剽袭汉人余唾，以挦扯为能……侈言于众。"载舒芜等编选《中国近代文论选》（下），人民文学出版社，1999，第725页。

保守面具的激进主义者。而且，章太炎以中国学术文章的正统自居，故视林纾为俗下之流。

这里之所以论析章、林二人的矛盾，是因在五四文学革命中，激烈批判林纾的钱玄同、周作人等，皆是章太炎弟子。尽管他们与章太炎的思想颇不相同，但作为章门势力（包括黄侃、刘师培等在文学上较为旧派的人物），使得林纾（包括桐城派）受到了严重的排挤，甚至心灵伤害。明乎此，我们就会对林纾在与北大激进派论争中的表现，有更深的理解。

章太炎对清末民初的思想、学术、文学皆有影响。五四文学革命的领袖，多出于章氏门下。思想且不论——在提倡白话文学上，他们当然与章太炎背道而驰，但鲁迅、周作人诸人对六朝文的喜爱和推崇，乃至其文风，则是深受章氏影响的。同章太炎一样，他们对六朝文的推崇与对唐宋文、桐城派的轻蔑相互关联。而鲁、周对六朝文、唐宋文的观点又深刻影响了更多的后辈，且不只在古文领域，也波及现代文学。

3. 刘师培

清末民初，与章太炎一样，刘师培也是影响颇大的国学大家，他的文论著作比章太炎丰富，且更为现代。

刘师培并不排斥白话文，相反，他是白话文的积极提倡者。早在1903 年的《中国文字流弊论》一文中，刘师培就提出"宜用俗语"的主张，他说："言语与文字合则识字者多，言语与文字离则识字者少"①，即主张"言、文合一"。发表于1905 年的《论文杂记》又云：

> 然天演之例，莫不由简趋繁，何独于文学而不然？然世之讨论古今文字者，以为有浅深文质之殊，岂知此正进化之公理哉？故就文字之进化之公理言之，则中国自近代以来，必经俗语入文之一级。昔欧洲十六世纪，教育家达泰氏以本国语言用于文学，而国民教育以兴。盖文言合一，则识字者日益多。以通俗之文，推行书报，凡世之稍识字者，皆可家置一编，以助觉民之用。此诚今中国之急务也。然古代文辞，岂宜骤废？故今日文词，宜区

---

① 李妙根编《刘师培论学论政》，复旦大学出版社，1990，第 5 页。

二派：一修俗语，以启瀹齐民；一用古文，以保存国学，庶前贤
矩范，赖以仅存。①

显而易见，刘师培主张文言合一、以俗语入文的理论基础是进化论，进
化的法则是：由简趋繁、由文而质——古文为简、文，俗语为繁、质。
他很清楚地认识到"近代以来，必经俗语入文之一级"，这既是语言、
文学发展的内在趋势，也是正确的方向，因为"文言合一"可以让更多
的国民识字、受教育，从而达到"觉民"的效果。"五四"新文学提倡
的文学进化论、文言合一，以及文学启蒙精神，这些基本的新文学观，
在刘师培的文论中都已形成了。只不过，新文学派将这几种理论推到了
更为彻底的程度。

　　但是，刘师培的文学观毕竟与新文学派是有距离的，这一距离主
要体现在对待古文与白话的态度上。刘师培对白话文的态度远比林
纾、桐城派、章太炎等人开放，他在 1904 年至 1905 年间，曾在
《中国白话报》《扬子江白话报》上发表白话文章 40 多篇，并明确提
倡办白话报。所以，称刘师培为提倡白话文的先驱，毫不为过。然
而，自称为"激烈派第一人"的刘师培，在文学观上并不过激，而
是较为平和通达，他认为古文、俗语应该并存，"一修俗语，以启瀹
齐民；一用古文，以保存国学，庶前贤矩范，赖以仅存"；但这种
"文、白并存"的二元观，也不同于傅斯年、刘半农、朱希祖、周作
人等的文、白并存观，因为后者的文、白并存观，是以白话文为主
体的，且其所谓"白话文"以文学性文章（白话美文）为主要所指，
而刘师培提倡的白话文则限于实用性的应用文领域，美术性文章的
载体仍然是古文。他批评南宋语录文兴起后，不复讲究"修词"之
功，进而认为——"则崇尚文言，删除俚语，亦今日厘正文体之一

---

① 《论文杂记》发表于 1905 年 2 月创刊的《国粹学报》第一至第十期，《文章源始》《南
北文学不同论》分别发表于《国粹学报》第一期和第九期，即以上三文都发表于 1905
年，但因为刘师培的文论与五四文学革命之间有较密切的关系，且曾执教北大，故将
他置于"五四"前夕中国文学的现代转型这一时段来论述。

端也"①，可见刘师培终究是古文的尊崇派。

但刘师培所谓"古文"实指古代文章，而众所周知，刘师培是近代著名的骈文派的代表，他认为骈文为中国文体之正宗。② 刘师培的骈文立场，继承了清代阮元、汪中以来扬州学派尊骈文的观点。其理论内核是明"文、笔之分"，有韵为文，无韵为笔；"文章"与"彣彰"同训，此二词皆具饰美之义。文字与声韵的美感（美术性）是"文"不可剥离的基本属性——刘师培经常使用一个更直接的概念"修词"，来强调这一不可或缺的属性。刘师培的骈文立场，首先基于其学术立场。同时，他认为"俪文律诗为诸夏所独有，今与外域文学争长，惟资斯体"③，这是在西学挑战之下的民族主义的"国粹"观。章太炎的"泛文学观"也与其民族主义思想有关，他认为笼括所有国学的文学更能彰显中国文学的特色。刘师培则坚决主张摒经、史、子于文学之外。章太炎和刘师培都是主张文学以小学为根基的，但章太炎把以小学为本的学术作为文学之本，而刘师培重小学则是为了"修词"。即章太炎的文学观，是由小学导向以学为本的实用文学观；刘师培则由小学导向了审美文学观，小学只是文学的一个起点，而不是像章太炎那样把是否有小学根基作为判断文学的一个标准。

那么，刘师培的文学观能否看作一种"纯文学"观呢？恐怕未必。因为刘师培虽反对经、史、子、集无所不包的杂文学观，且强调文的审美性，但他所借用的资源则是传统的沉思藻翰、声韵偶对等标准，而现代所谓"纯文学"强调的"文学性"中的想象、虚构、情感等重要因素，在刘师培的观念中似乎没有。他更强调文学的形式美感，而相对忽略了文学的心理因素。刘师培具有一种文学本位、审美本位的现代意识，已很接近现代的"纯文学"观念，虽然其理论资源和文学判断还受到传统文论的牵扯，但已相当可贵。而其文学本位的意识，则是受到近代学

---

① 刘师培《论文杂记》："夫以俚俗之文，著之报章，以启渝愚人氓，亦为觉民之一助。惟既曰文词，则文体不得不法古文，否则不得不称为文矣。"见刘师培著，陈引驰编校《刘师培中古文学论集》，中国社会科学出版社，1997，第 243 页。

② 清末民初还有几位比刘师培时代略早的骈文家李详、孙德谦、田北湖等，也持骈文为中国文章正宗的立场，并与桐城派对峙，但其文论的现代性成分不多，故在此不叙。

③ 刘师培：《中国中古文学史讲义》，载刘师培著，陈引驰编校《刘师培中古文学论集》，中国社会科学出版社，1997，第 3 页。

科分类观念的影响①，这仍然是基于对在质量以及范畴上的非文学因素
对文学正本的混淆而做出的限制。可以看出，刘师培有"纯化"文学的
诉求，这种文学观是从传统文学观内部的突破，现代的纯文学观已触手
可及。

了解了刘师培的文学观之后，我们再来看他对唐宋以后古文的看法。
理所当然，作为骈文派的代表，刘师培对唐宋以后古文的评价是不高的，
但他更多的是通过理论推演得出结论，而不像章太炎对唐宋古文那样充
满情绪化的蔑视。

刘师培在《汉魏六朝专家文研究》中有句话，曰："中国文学之弊，
皆自唐宋以后始。"接着，他举了"流俗文章中于官名地名喜比附古人
近似之名词以相替代"的例子，并说"此皆自唐之启判，宋之四六开其
端"②，一直延续到民国以后。然而，这只是他随手举的一例，并非他批
评唐宋以后文的主要原因。刘师培不满于唐宋以后文的首要理由在于
"文笔之辨"。他认为，原本文是文，笔是笔，但自唐代韩、柳始却"以
笔为文"，当时人皆目之为"古文"，混淆了文与笔的界限。就体性而
言，唐宋以后所谓"古文"其实是"笔"，或者说是"杂著"，但是自北
宋古文大成之后，文之体例莫辨矣。③ 这是刘师培对唐宋古文不满的根

---

① 　刘师培《论近世文学之变迁》："今则不然，学与文分，义理考证之学迥与辞章殊科，
　　而优于学者往往拙于文，文苑、儒林、道学遂一分而不可复合，此则近世之异于古代
　　之者也。"（载刘师培著，陈引驰编校《刘师培中古文学论集》，中国社会科学出版社，
　　1997，第 271 页）这段话即体现了刘师培对近代学科分类观念的洞察。他强调文的美
　　感，一方面是传统的重美文学观的延续，也是受西方学术影响的产物（刘师培写有
　　《美术与征实之学不同》《论美术援地而区》，此"美术"观念即来自西方，是五四时
　　期流行的一个接近于"美学""审美"等意义的概念。据李帆统计，刘师培于 1903
　　年~1908 年发表了大量具有中西交融色彩的论著，至少征引了 50 部西方著作，提到苏
　　格拉底、柏拉图、亚里士多德、笛卡儿、康德、培根、边沁等许多西方与日本的学者
　　和思想家，说明他所读的西方著作不止这 50 部。载李帆《刘师培与中西学术——以其
　　中西交融之学与学术史研究为核心》，北京师范大学出版社，2003，第 87 页）。另，刘
　　师培也否认语录之文和考据之文是"文"，因语录文辞多鄙倍，而考据之文无性灵。
　　所谓"性灵"，也反映出刘师培对文学的心理因素的重视，但相对于骈文、律诗等形
　　式因素，这不是其重点。
② 　以上三句引文皆见刘师培著，陈引驰编校《刘师培中古文学论集》，中国社会科学出
　　版社，1997，第 138 页。
③ 　参见刘师培《论文杂记》，载刘师培著，陈引驰编校《刘师培中古文学论集》，中国社
　　会科学出版社，1997，第 237~238 页。

本理由。

在刘师培看来，与文、笔莫辨相应的一个结果，是唐宋以后文章，尤其南宋语录文兴起后，文之藻翰不逮，修辞渐废。刘师培《与人论文书》云："昔贤持论，弗废藻翰，六代金然，臻唐乃鲜，文弗逮昔"[1]，可见他认为唐以后文章的藻翰已经较稀少了；而他对南宋兴起的语录文对修辞之功的破坏尤为不满。

> 秦、汉以降，文与古殊，由简而繁……至南宋而文之愈繁……由文而质，至南宋而文愈质。盖由简趋繁，由于骈文之废，故据实直书，不复简约其文词……由文趋于质，由于语录之兴，故以语为文，不求自别于流俗。……若夫废修词之功，崇浅质之文，则文与道分……安望其文载道哉？[2]

刘师培认为"由简趋繁、由文趋质"是文学进化的趋势，但是这种趋势因为没有保持原有的优点而趋于浅质不文，即逐渐背离了"文"的本义。同时，他还深刻地洞察到文章不再讲究修辞、趋于浅质，导致了"文与道"的分离，并进而使所谓"文以载道"流于空疏。南宋以后，文与道的分离，与文的浅质化有关，与道学本身的主动抽离也有关，刘师培只道出了一方面的原因，然确是真确的观察。

虽然对唐宋以后古文不满，但刘师培承认自韩、柳以笔为文，至北宋欧阳、曾、王、三苏，"古文之体，至此大成"——这个所谓"古文"概念，是对"笔"和"杂著"的误用。刘师培进一步分析了古文大成的原因。

> 试推其故，约有三端：一以六朝以来，文体益卑，以声色词华相矜尚，欲矫其弊，不得不用韩文；一以两宋鸿儒，喜言道学，而昌黎所言，适与相符，遂目为文能载道，既宗其道，复法其文；（韩文如《原道》、《原性》诸作，以及李习之《复性书》，皆宋儒所景

---

[1] 刘师培：《与人论文书》，载刘师培著，陈引驰编校《刘师培中古文学论集》，中国社会科学出版社，1997，第186页。

[2] 刘师培：《论文杂记》，载刘师培著，陈引驰编校《刘师培中古文学论集》，中国社会科学出版社，1997，第243页。

仰，遂以闲圣道、辟异端之功，归之昌黎。实则昌黎言理之文，所
见甚浅，何足谓之载道哉？）一以宋代以降，学者习于空疏，梏腹之
徒，以韩、欧之文便于蹈虚也，遂群相效法；有此三因，而韩、欧
之文，遂为后世古文之正宗矣。世有正名之圣人，知言之君子，其
惟易古文之名为杂著乎。①

这段话，相当于刘师培对所谓"古文运动"兴起及取得成就的原因分
析。首先，刘师培承认六朝文末流有以"声色词华相矜尚"的弊端，故
韩愈等人起来矫正六朝文弊。此观点，与后世对古文运动发端原因的分
析完全一致，即认为其起于革除前代文学弊端的历史动因；而宋代对唐
代古文的继承，主要原因在于宋代道学兴，韩愈提倡儒道、文以载道，
恰好符合道学家崇仰道学的需求，故而道学家宗法韩文；宋以后，唐宋
古文之所以能大行其道，缘于宋代以降学风空疏，韩、欧之文便于蹈虚，
于是韩、欧之文再一次获得了盛行的土壤。如果说，古文在唐代的兴盛，
是起于"逆反性的历史动力"，而宋及宋以后唐宋古文的盛行，则缘于
"顺应性的历史动力"。"有此三因，而韩、欧之文，遂为后世古文之正
宗矣"，可见刘师培承认所谓"古文"自唐宋之后成为正宗的事实——
尽管他认为这其实是一个历史的误会。他从大的文学气候，以及时代文
化背景着眼，看出唐宋古文形成大的历史存在并且强势延续的原因，可
谓目光如炬。

刘师培对唐宋古文的评论，还有两点值得注意。

一是他以诸子来比附唐宋以后名家之文。如他说韩、李、欧、曾是
儒家之文，子厚之文是名家之文，明允之文是兵家之文，子瞻之文是纵
横家之文，王安石之文是法家之文等。此类说法，前代即有，虽不无道
理，但显然流于牵强了。刘师培像套公式一样，将诸子之文一路一直套
到明、清诸名家文之上。而且，他认为诗亦如此，并将建安以后众多诗
人之诗归于儒、道、名、纵横、农家、法家等诸子各派。进而，他将西
汉以后不同时代的文风分别以诸子各家言而总结之。刘师培还说，章太

---

① 刘师培：《论文杂记》，载刘师培著，陈引驰编校《刘师培中古文学论集》，中国社会
　科学出版社，1997，第238页。

炎和谭献都有此等说法，但语焉未详，他再演而推论之。① 殊不知，他重蹈了章、谭的覆辙——发挥过头了。章太炎、谭献、刘师培拿诸子来解析诗文的源流，体现了晚清诸子学兴起的学术背景。另外，刘师培的这一说法，也呼应着他认为唐宋古文非"文"，而实乃"杂著"的观点。

二是，刘师培以"南北文学不同论"来评析唐宋古文。他的《南北文学不同论》是贯穿中国文学整体的。南北文学之不同，自古便有议论，刘师培对此进行了总结论述，并且他对南北文风没有强分优劣，其涉及唐宋古文者有云：

> 昌黎崛起北陲，易偶为奇，语重句奇，阃中肆外，其魄力之雄，直追秦汉，虽模拟之习未除，然起衰之功不可没。习之、持正、可之，咸奉韩文为圭臬，古质浑雄，唐代罕伦。……
>
> 宋代文人，惟老苏之作，间近昌黎。欧、曾之文，虽沉详整静，茂美渊懿，然平弱之讥，何云克免？岂非昌黎之文固非南人所能效哉？（小苏之文愈伤平弱，介甫文虽挺拔，然浑厚之气亦逊昌黎）若东坡之文，出入苏、张、庄、老间，亦为南体。②

刘师培似乎还有些褒扬北方文学雄健之气的意思，因而他对韩愈文章的风格及历史意义评价很高（尽管对韩愈道学思想的浅薄不以为然）。刘氏的南北文学不同论，可以说是属于文学与环境论的范畴。他从语言学出发，认为"声音既殊，故南方之文亦与北方迥别"③，并且，由于水土不同，北方民尚实际，故所著之文不外记事、析理二端；南方民尚虚无，故所作之文或为言志、抒情之体。不知刘师培是否读过 19 世纪法国学者丹纳（1828—1893）的《艺术哲学》，其观点与丹纳所谓文明的"种族、

① 刘师培：《论文杂记》，载刘师培著，陈引驰编校《刘师培中古文学论集》，中国社会科学出版社，1997，第 239~242 页。

② 刘师培：《南北文学不同论》，载刘师培著，陈引驰编校《刘师培中古文学论集》，中国社会科学出版社，1997，第 265~266 页。

③ 刘师培：《南北文学不同论》，载刘师培著，陈引驰编校《刘师培中古文学论集》，中国社会科学出版社，1997，第 261 页。

环境、时代"三因素论颇为相通。① 丹纳的观点，对"五四"之后的很多现代文学家如郑振铎、茅盾等都有深刻影响。刘师培的《南北文学不同论》恐怕也是促成这种注重文学的环境论的助力之一。

再来看刘师培对桐城派的评论。

刘师培《文章源始》一文末段，在论述了唐人以韩文为"笔"，而不以散行者为文之后，说道：

> 明代以降，士学空疏，以六朝之前为骈体，以昌黎诸辈为古文，文之体例莫复辨，而文之制作不复睹矣。近代文学之士，谓天下文章，莫大乎桐城，于方、姚之文，奉为文章之正轨；由斯而上，则以经为文，以子史为文。（如姚氏曾氏所选古文是也）由斯而降，则枵腹蔑古之徒，亦得以文章自耀，而文章之真源失矣。……而无识者流，欲别骈文于古文之外，亦独何哉？②

"文笔之辨"是刘师培文章学的基本出发点。《文章源始》是刘师培最完整地表达其文、笔之辨，树立骈文正宗观点的文章。基于与对唐宋古文否定性评价同样的理由，他认为桐城派以经为文，以子史为文，别骈文于古文之外，都是不辨文之体例的错乱之举。而刘师培以为这种文体的混乱与模糊，乃奠定于明代"以六朝之前为骈体，以昌黎诸辈为古文"的观念，其主要原因是古文为空疏之士提供了为文之便，桐城派之大行其道，也是因为迎合了"枵腹"者的便利。

除对桐城派不辨文体不认可之外，刘师培对桐城派文章本身的艺术水平也是不满的，他说："望溪方氏摹仿欧、曾，明于呼应顿挫之法，以空议相演，又叙事贵简，或本末不具，舍事实而就空文……然以空疏者为之，则枯木朽荄，索然寡味，仅得其转折波澜。惟姬传之丰韵，子居之峻拔，涤生之博大雄奇，则又近世之绝作也。"③ 我们首先应注意的

---

① 刘师培以骈文律诗为中国文学有别于西方文学之特色，即含有民族论意识，而其文学的时代观，更是很鲜明的。

② 刘师培：《文章源始》，载刘师培著、陈引驰编校《刘师培中古文学论集》，中国社会科学出版社，1997，第 216 页。

③ 刘师培：《论近世文学之变迁》，载刘师培著、陈引驰编校《刘师培中古文学论集》，中国社会科学出版社，1997，第 272 页。

是，刘师培对桐城派的批评主要针对以桐城派自托的桐城文风的模仿者、拘泥者，他对方苞、姚鼐、曾国藩，乃至阳湖派的恽敬还是颇为赞赏的。在刘师培看来，桐城文章那些拙劣的模仿者最大的问题在于空疏，而方苞的文章"以空议相演"，本身就潜伏着空疏化的危险，才力不及的模仿者便会将这种潜在的空疏倾向加以发展，把文章写得索然寡味。桐城派形成于乾嘉时期，刘师培批评桐城派，并不代表他对乾嘉时代的其他文风满意，他说："及乾嘉之际，通儒辈出，多不复措意于文，由是文章日趋于朴拙，不复发于性情，然文章之征实莫盛于此时。特文以征实为最难，故枵腹之徒多托于桐城之派以便其空疏，其富于才藻者则又日流于奇诡。"① 桐城派的弊端在于空疏，而考据文的病灶在于过实。"富于才藻者则又日流于奇诡"者，大约指的是阳湖派末流，以及近代龚自珍、魏源之类。刘师培认为，以上几种文风皆非文之正道。

　　刘师培还说："近岁以来……其墨守桐城派者亦囿于义法，未能神明变化。"② 可见，他对桐城派所谓"义法"并非全然否定。清代以来，骈文派与桐城派一直纷争不已。这种对立，至民国以后渐趋淡化。1910年，姚永朴、马其昶、林纾至北京大学的前身京师大学堂任教，1913年离开。黄侃于1914年被聘为北大文科教授；刘师培是在1916年蔡元培任北京大学校长后，于1917年受聘为北大国语门文学史教授，但却于1919年11月病故，而黄侃则于1918年离开北大。所以，文选与桐城两派并没有形成真正意义上的直接交锋。"尤其刘师培，其反对桐城派的主张，是渊源于家学的一贯思想，锋芒更多指向桐城派元老。姚永朴面临对手挑战，他不肯应战。"③ 因为，当时"文学革命"业已开始，无论文选派、桐城派都面临白话文学的威胁。对于旧文学派，话语权（生存权）之争可能比学理之争来得更紧迫，这只要看看黄侃对白话文、对胡适的极端抵制，林纾与钱玄同、刘半农的论战，便可明白。文选派与桐城派之争，在白话文学的浪潮袭来之时，已属余事。

---

① 刘师培：《论近世文学之变迁》，载刘师培著，陈引驰编校《刘师培中古文学论集》，中国社会科学出版社，1997，第273页。

② 刘师培：《论近世文学之变迁》，载刘师培著，陈引驰编校《刘师培中古文学论集》，中国社会科学出版社，1997，第274页。

③ 汪春泓：《论刘师培、黄侃与姚永朴之〈文选〉派与桐城派的纷争》，《文学遗产》2002年第4期。

事实上，刘师培的文论在大的框架上并未能脱离阮元的范畴，而且他也没有对桐城派等对立文派投入太大精力，他在文论上的对手来自与他同属汉学家和古文经学家的章太炎。^①与章太炎相比，刘师培的文学观更富于现代性。^②其现代性，除文、白并存的二元观，提倡实用性的白话文，以及对谣谚之类的俗文学的同情之外，其古文与骈文论，还体现在以下两点。

第一，鲜明的文学史意识。中国古人也有文学史意识，但却常常是一种"文学退化论"，或者循环论，大抵皆以三代两汉为文学的黄金时代，之后则视为江河日下。而刘师培的文学史观则是进化论的，进化的规律是"由简趋繁、由文趋质"。准此，则从上古到中古的文学是由简趋繁，再到韩、柳的文章，更是由文趋质。按照刘师培的逻辑，这是天演之公理。而且，他还强调，文学至近世必经俗语、白话文之一阶。这种文学进化论，与新文学派的进化论已相当接近了。只不过，刘师培未曾像胡适那样把白话文的进化史溯源至战国、西汉时期；在程度上，也远没有胡适渲染得那么强烈。但是，反观刘师培对唐宋"古文"传统的看法，我们发现他又是矛盾的。因为，既然已经肯定唐宋古文是"由简趋繁、由文趋质"这一进化公理的结果，那就说明"古文"有其合理性，但刘师培以基于骈文的，近似于纯文学观的观念对唐宋古文传统又加以否定，以为其根本就不算"文"，而只是"笔"。那么，唐宋古文到底是合理的，还是不合理的？从表面看，刘师培极力主张骈文立场，当然对"古文"（笔）不认可，但他又有一个文学进化论的前提，所以，刘师培留下了一个逻辑矛盾，没有做进一步的解释。依笔者看，他的这一矛盾的问题在于：所谓"由简趋繁、由文趋质"的文学进化是对历史趋势的"客观描述"，是不作价值判断的；而文、笔之辨、以"文"为本的主张，则是对文学价值的判断。但此价值判断是属于"文学进化论"这一总体判断之内的局部判断，且方向相反，故而产生了逻辑矛盾。再者，刘师培所谓"由简趋繁、由文趋质"的进化公理，本身也是社会进化论在初入中国之后的一种未加深刻反思的学说。因为所谓"由简趋

---

① 参见王风《刘师培文学观的学术资源与论争背景》，载夏晓红、王风等著《文学语言与文章体式——从晚清到"五四"》，安徽教育出版社，2006。

② 刘师培比章太炎小16岁，算是比章太炎晚一辈的学人。他身上的现代成分，倒是有点接近于比他年长7岁的王国维，可惜天不假寿，未能开拓出更大的可能性。

繁、由文趋质"可以举出一些反例。譬如，拿文字来说，最初可能是很简单的符号，后来却变得很复杂，如金文、篆书，而由篆体至草、隶，则大踏步地趋于简单，这显然不是由简趋繁；但是，字词本身的增加又是由简趋繁——而字词的增加也不是"由文趋质"。所以，事物的演变趋势远比"由简趋繁、由文趋质"复杂而难以概括。再进一步说，文学进化论是西方理论[①]，骈文立场是中国文论，两者的矛盾，正反映出西方文论与中国文论交会时的不协调。

刘师培文学史观的另一重要体现，是"文学变迁"意识。他曾给文学史下定义曰："文学史者，所以考历代文学之变迁也。"[②] 刘师培是一个很自觉地研究文学史的学者，他在北大教授的课程主要是文学史，其《中古文学史》《论近世文学之变迁》等著作都鲜明地体现了现代意义上的文学史意识。所谓现代的文学史意识，就是更加注重文学总体样貌的共时性以及历时性，尤其是历时性的微妙的历史演变的特质。其基本观念，是"一代有一代之文学"，即每个或长或短的时代，都有其特有的文学风貌。刘师培在其对上古以至近世文学的所有论述中，无不渗透着对"文学变迁"的考量。譬如，前文引述的刘师培对"古文大成"原因的分析：革除前代文弊、道学与古文的结合，以及宋以后士风空疏乃以古文为宗等三点，便是从文学史、思想史、文化史三位一体的大的风气变迁着眼来推究的，这与现代的文学史观照角度已无差别。而且，从唐代的文章革新，到宋以后以古文为宗，刘师培把"古文"看作在长时段的历史中运动的动态的"整体"，其历史运动包括发生（唐）、发展（宋）、成熟（宋以后）的完整过程，这其实已经是一种未曾命名的"古文运动"观念，而且是从唐代绵延至近世的"唐宋古文传统"的"运动"。

当然，古人也有此类大的文学变迁论述。但相对而言，中国古人对文学大势的描述多是粗疏的，他们的眼光更多地集中于对具体作家的评论，且时常拿个别作家的风格来代表某一时代的总体风格。而刘师培的文学史论述，尤其是其中古文学研究，则会深入建安、晋宋、齐梁、梁

---

① 文学进化论在西方没有像在清末民初的中国被如此信奉，这或许缘于当时对中国传统文学复古论的强烈反弹力量。

② 刘师培：《搜集文章志材料方法》，载刘师培著，陈引驰编校《刘师培中古文学论集》，中国社会科学出版社，1997，第 105 页。

陈、隋及初唐这样细致划分的层面进行观照和描述，这种更加细密的眼光，也是现代的文学史意识的体现。现代的文学史意识，不仅体现在所谓"一代有一代之文学"的"历史的文学观"上——因为这种观念并非起源于现代，历史的文学观的现代与前现代之分际，主要在于其自觉程度——前现代时是半自觉的状态，现代之后则是彻底的自觉，历史观念几乎成为我们面对总体性文学的第一反应（此种情形有利有弊，兹暂不论），而这种自觉性的重要体现，就是文学史观念的精细化、"科学化"。所谓"文学史"，不只是概括出特定时代的特殊风貌，更重要的是，考察不同时代的文学风貌作为历史之流是如何转化与"变迁"的。刘师培的时代文学观比章太炎、林纾、桐城派都要突出，与王国维相似。如若我们再联想后来胡适的"时代文学观"，就会明白从王国维、刘师培到胡适之间的文学思想变迁关系。

第二，美术观念。前文提及，刘师培以骈文为中国文章正宗的观念，是一种审美文学观，但所谓"审美"是后人的概念，刘师培使用的词是"美术"，他把"美术"与"征实"相区分。虽然，刘师培所谓"征实之学"主要指清代乾嘉以来的考证学及其文风，而他对"古文"（笔）的否定、对文学的"纯化"意愿，根本上依然是以其"美术"观念为依据的。他批评唐、宋，尤其南宋以后文章"由文趋质"，不修文词，其所指就是文章"美术"性的丧失。

所谓"美术"，是现代文艺观中最核心的概念，它是明治维新后的日本从 fine art 意译过来的"新学语"，即这个词发源于晚清。据王风考察，"美术"这个词何时进入中国已难确考，而在刘师培之前，康有为、梁启超在 19 世纪末，就曾使用过美术；王国维在 20 世纪初更是大量使用"美术"概念，且比刘师培有更深的自觉，而给"美术"概念带来很大影响的似乎是严复。《国粹学报》还曾创设"美术篇"，可见"美术"概念已为当时读书界所熟知。在晚清，"美术"是一切艺术的统称，包括文学。"五四"之后，"文学"这个词稳定下来，"美术"一般不再包括"文学"。① 不过，稍需补充的是，"美术"一词的重大意义还在于：

---

① 　参见王风《刘师培文学观的学术资源与论争背景》，载夏晓红、王风等著《文学语言与文章体式——从晚清到"五四"》，安徽教育出版社，2006。

"五四"之后，所谓"美""艺术""审美"等话语，其源头可能都来自于"美术"概念，尽管"美术"一词后来又变得狭窄了。

刘师培使用"美术"这个概念，其实只限于 1907 年。按照王风的分析，他是临时抄起这一武器针对章太炎的。章太炎"《文学论略》痛骂'或其取法泰西，上追希腊，以美之一字，横梗噎于胸中'，刘师培偏要'以美之一字'大肆论文，不过这样一来却证明了'文章'与'小学'无关，于是，在与章太炎划清界限的同时，刘师培也与有清三百年汉学家的文论划清了界限"。① 虽然，刘师培在"美术"观念上走得并不远，但他借此与清代三百年来颇占势力的以"小学"为本的文学观划清了界限，在中国文学的现代转型道途中迈出了极重要的一步。

4. 姚永朴

前文所述林纾、章太炎、刘师培，都和桐城派有或正或反的关系。现在，我们来考察"五四"前后桐城派的唐宋古文观。

桐城派作为古典散文的最后代表，在五四时期，成了新文学发展的绊脚石。由于林纾做了桐城派的挡箭牌，马其昶、姚永朴、姚永概等桐城诸老与新文学派之间并没有发生多少正面冲突。但作为盛行了 200 多年的文学流派以及古典散文的集大成者，桐城派积累了丰富的文章学理论。最能代表桐城派末期文章理论的，是 1916 年由商务印书馆出版的姚永朴的《文学研究法》。② 这部 10 万余字的著作，被认为是桐城派文论的总结之作，同时，它也包含着中国传统文章理论现代转型的痕迹。故兹以姚永朴及其《文学研究法》为代表，探究桐城派末期的唐宋古文观。因《文学研究法》的撰著和发表，在章太炎和刘师培的主要论文著作发表之后，其观点隐含着与魏晋文派、骈文派的对峙，所以笔者把对姚永朴文论的论述置于章、刘之后。③

---

① 参见王风《刘师培文学观的学术资源与论争背景》，载夏晓虹、王风等著《文学语言与文章样式——从晚清到"五四"》，安徽教育出版社，2006，第 258 页。

② 这部书是姚永朴在北京大学讲授"文学研究法"课程的讲义，而此前，姚氏在京师法政学堂教授古文时曾选编古代论文之作 20 篇，详加注释和讲疏，成《国文学》一书，1910 年由京师法政学堂出版，1912 年由京务印书局再版。《文学研究法》是在《国文学》的基础上，加以系统化著述而成的。

③ 姚永朴比章太炎年长 8 岁，可算同代人；而他比刘师培年长 23 岁，刘师培更加新潮的色彩与其时代的晚出有关系。

　　姚永朴的文学史观是这样的：《文学研究法》卷一"起原"认为文学起源于句之联属，句起源于字之联属，字起源于点化之联属，点化起源于人声，人声起源于天地之原音，即文学起源于文字的发明，而文字以音为本（此论点倒有点类似于刘师培）。接着，姚永朴设问："若是，则今日宜文学发达，远迈古初矣。而考其实乃有大谬不然者，何哉？"①意思是，照他的理论，文字越来越丰富，那么文学也应该越来越发达，即文学是进化的——但他随即否定了这一推论，答曰："古者以同而易，今以歧而难，此其一"；"古者以少而专，今以多而纷，又其一也"。②意为：古代的文字简单，读书专一，所以容易好；今人文字复杂，读书纷乱，故不易好。这是在承认文学今不如昔，同时在为文学退化辩解。那么，姚永朴到底是不是文学退化论者呢？

　　《文学研究法》卷二"运会"云："今综而观之，虽历代英才，应运而出，然元、明、清文学逊于宋，宋逊于唐，唐逊于周、秦、两汉，岂不能不为时代所限欤？"③接着，他引用朱子《唐志》中所谓孟子、东汉以后文学"愈下愈衰"的议论。准此，则姚永朴是主张文学退化论的。而朱子的这段话是为了批评韩愈、欧阳修的"裂道与文"，于是姚永朴又为朱子讥韩、欧过甚辩护。可一旦为韩、欧辩护，就与其文学退化论相矛盾了。姚永朴被自己引用的朱子的话弄得进退失据，陷入自相矛盾中。

　　在为韩愈做完辩护之后，姚永朴又引了一段方苞《赠方文辀序》中的话，表示认可，其言曰：

　　　　文章之传，代降而卑，以为古必不可复者，惑也。百物伎巧，至后世而益精，竭心焉以求其善耳。然则道德文术之所以衰者，其故可知矣。……汉之文，终武帝之世而衰，虽有能者，气象薾然，盖周人遗学老师宿人之所传，至是而扫地尽矣。自是以降，古文之

---

①　姚永朴：《文学研究法卷一·起原》，载王水照编《历代文话》第七册，复旦大学出版社，2007，第6836页。

②　姚永朴：《文学研究法卷一·起原》，载王水照编《历代文话》第七册，复旦大学出版社，2007，第6836~6837页。

③　姚永朴：《文学研究法卷二·运会》，载王水照编《历代文话》第七册，复旦大学出版社，2007，第6888页。

学，每数百年而一兴，唐宋所传诸家是也。……盖唐宋之学者，虽逐于诗赋论策之末，然所取尚博，故一旦去为古文，而力犹可借也；明之世一于五经、四子之书，其号则正矣，而人占一经，自少而壮，英华果锐之气，皆弊于时文，而后世用其余以涉于古，则其不能自树立也宜矣。由是观之，文章之盛衰，一视乎上之所以教，下之所以学，各有由然，而非以时代为升降也。夫自周之衰以至唐，学芜而道塞，近千岁矣。及昌黎韩子出，遂以掩迹秦汉，而继武于周人，其务学属文之方，具于其书者，可按验也。然则今之人苟能学韩子之学，安在不能为韩子之文哉？[①]

这段话的逻辑比较混乱。首先，"文章之传，代降而卑"，这是文学退化论，所谓"自周之衰以至唐"（包括"明之世"）是其"例证"。但是方苞又说："以为古必不可复，惑也""文章之盛衰……非以时代为升降也"，似乎又消解了自己所谓"道德文术之所以衰"的观点和例证；所谓"自是以降，古文之学，每数百年而一兴"一语也与衰退论不协调——在这里，悲观的衰退论和乐观的复兴论、机械的循环论交织在一起，显得含混不清。方苞对文学史演变规律到底有没有清晰的主张？仔细斟酌，可以发现：方苞在大前提上认为文学是不断衰退的，但这并不意味着文学只能不断地下降，后来的文学在某种程度上仍可以复兴往日的辉煌，而这种复兴端赖乎"上之所以教，下之所以学"的条件，韩愈之文是对汉以后衰落局面的复兴，明代文章衰落——如今，只要具备韩愈之所学，则仍可为韩子之文。所以，方苞的观点是：文学退化基本上是一种事实，但在道理上，并不是必然的，在某种现实条件下，退化可以被逆转。至此，方苞这段混乱言语的论点被理清了。而他的观点，也正是姚永朴的观点。于是，我们可以说姚永朴的文学史观，是文学退化论和文学循环论的混合。严格说，退化与循环，悲观和乐观（循环论虽非进化论那样乐观，但所谓"循环论"是"坏了可以再好"的一种程度较低的乐观）是不能混合的。姚永朴的文学史观最终模棱两可，他没有

---

① 姚永朴：《文学研究法卷二·运会》，载王水照编《历代文话》第七册，复旦大学出版社，2007，第6890~6891页。

解决，甚至可能都没有意识到自己在逻辑上的矛盾。①

　　作为桐城派的嫡传，姚永朴写作《文学研究法》时尽管已 53 岁，但他并不是一个特别保守的人，《文学研究法》在很多地方都表现出调和各种矛盾的努力，如在义理、考据与词章之间、汉学与宋学之间、骈文与散文之间甚至古文与白话之间，他都试图超越唯我独尊的狭隘，求得圆融的见地。姚永朴主张古文与白话并存，而他使用的术语也很别致，《文学研究法》卷一"起原"曰：

　　　　如曰："精深高古之文，势不能尽人皆知之、皆为之"，此则别有办法，盖分为普通学、专门学是也。何谓普通学？但求其明白晓畅，足以作书疏应社会之用可矣。何谓专门学？则韩退之《答李翊书》所谓"将蕲至于古之立言者"是也。大抵中小学校与夫习他种专科，能有普通文学，已为至善。若以中国文学为专科，岂可自画？②

所谓"普通学"和"专门学"在功能设计上，有点类似于刘师培所谓"俗语"和"古文"——一求应用，一求学艺。"专门学"可以理解为"古文"，而"普通学"之内涵"明白晓畅"似乎还不能很明确地等同于"白话"的内涵，但如果说姚永朴持一种"白话/古文"二元观，也无不可。尤其他认为中小学校及专科学校宜用普通学；中国文学，则决不能以普通学自限——这一语文教育方略，可谓远见卓识。因为，姚永朴撰写《文学研究法》6 年之后的 1920 年，北洋政府就正式通令中小学国文教学一律改用白话。此后，中小学以习白话文为主，而大学中文系则大

---

①　王鸿莉的论文《体系的假面——姚永朴从〈国文学〉到〈文学研究法〉的转变及其接受》[《石河子大学学报》（哲学社会科学版）2010 年第 3 期] 认为姚永朴的《文学研究法》存在诸多逻辑漏洞，其备受称赞的"体系性"其实不太成立。笔者以为王鸿莉的分析是有道理的，但她的指摘似乎过于苛刻。姚永朴《文学研究法》"体系性"的强弱，要看其参照物是什么。以现代文论著作的逻辑性要求而论，它是很不足的；但就中国传统文论而言，《文学研究法》的体系性可谓突出，尽管它与《文心雕龙》相差很远。

②　姚永朴：《文学研究法卷一·起原》，载王水照编《历代文话》第七册，复旦大学出版社，2007，第 6840 页。

量增加古典文学内容的语文教育格局，至今未变。

《文学研究法》一书意在文论，故对某时代、某作家的评论不太多，即便有，也是为证明其理论服务的。从卷二的"派别"篇开始，姚永朴的论述中贯穿着一个基本的观点——派别之说不成立。对派别说的质疑，古已有之，从方苞、姚鼐，至吴汝纶，皆有此类说法，林纾对此也曾反复质疑。而姚永朴对派别说的解构最为全面。他把古文与骈文之争、有韵与无韵之争、奇偶之争，都归于派别之争。以上三者的核心，其实就是古文与骈文之争，只不过分别从文体、音韵、句式三个角度来划分。就历史而言，古文与骈文之别，从东汉以后一直延续至桐城派，姚永朴对此加以批判。他说：

> 文学之裂，其在东汉以后乎？……盖门户之争，由此起矣。自后骈俪之文日盛。及唐韩昌黎出，乃复于古，而古文辞之名立。……文之中，古文与骈文复为二派。考当时诸派中巨子，犹未有判若鸿沟之意……派之别由末流而生，实根于党同伐异之见。①

姚永朴认为韩愈的崛起，导致"古文辞"的兴盛，若考究其别于流俗的意识，可追溯至东汉以后——彼时，文学上的门户之争就已出现。但姚永朴认为唐代古文大家并没有与骈文完全对立的意思——古文与骈文的派别之争，是后来文人党同伐异的后果。

古文与骈文之判，也被认为是文、笔之辨，文、笔之辨来自有韵为文，无韵为笔之说。姚永朴对有韵、无韵之分不以为然。

> 据此则文之有韵无韵，皆顺乎自然，诗固有韵，而文亦未必不用韵。东汉以降，乃以无韵属之文，有韵属之诗，判而二之，文章日衰，未始不因乎此。……必未诗与文两道，何啻痴人说梦哉！②

---

① 姚永朴：《文学研究法卷二·派别》，载王水照编《历代文话》第七册，复旦大学出版社，2007，第 6891~6892 页。

② 姚永朴：《文学研究法卷二·派别》，载王水照编《历代文话》第七册，复旦大学出版社，2007，第 6894 页。

有韵、无韵，只须顺乎自然，不可强分，所以，诗和文不可分——更不用说文与笔、骈文与古文之分了。奇、偶之分亦然，本属顺乎自然之事，流异而源同，彼此訾謷，实属寡味。所以，姚永朴在否定了有韵、无韵之分的必要性之后，还要否定奇、偶之分，这显然是针对骈文派的，因为骈文派文人如刘师培就把偶语韵文的骈文作为中国文章的正宗。可见，姚永朴不但没有像刘师培那样以"正宗"自居，他连自家所谓"桐城派"也坚决否定了。

> 至于近世张文襄公《书目问答》，于古文中又析之曰"桐城派古文家"、"阳湖派古文家"、"不立宗派古文家"，尤不足据。韩退之《答刘正夫书》云："文无难易，惟其是尔。"惜抱先生《古文辞类纂序》云："夫文无所谓古今也，惟其当而已。"苟知其是与当，尚何派别之可言？……桐城之文，末流亦失之单弱；然自方氏以来，气体清洁，与庞杂者自不同，故《四库全书总目》于《望溪集》称之云："源流极正。"大抵方、姚诸家论文诸语，无非本之前贤，固未尝标帜以自异也，与居仁之作《图》殊不类。……然则"阳湖"之古文，其源实出"桐城"，诸先辈亦未尝有角立门户之见也。故惜抱先生《与陈硕士书》亦称子居为作手。两派合而不分，即此可见。……宗派之说，起于乡曲竞名者之私，播于流俗之口，而浅学者据以自便，有所作弗协于轨，乃谓吾文派别焉耳。近人论文，或以"桐城"、"阳湖"离为二派，疑误后来，吾为此惧。更有所谓"不立宗派之古文家"，殆不然欤！①

不接受"桐城派"封号，虽然前辈早已言之，但姚永朴这里说得最全面、透彻。理由是：文章的根本乃"是"与"当"，无所谓古今、派别，所以，"桐城派"之说无意义，且桐城派先辈也未曾自封。姚永朴特意提醒：这和吕居仁（1084—1145）刻意建构的"江西诗派"不同；而且，姚永朴还否定了所谓"阳湖派"之说。他从理论和历史两方面对

---

① 姚永朴：《文学研究法卷二·派别》，载王水照编《历代文话》第七册，复旦大学出版社，2007，第6896~6898页。

"桐城派"称号予以否定。这一事实，看起来颇有些戏剧性——中国文学史上最后的、影响最大的"文学流派"桐城派的理论总结者姚永朴，亲手拔掉了"桐城派"这一幡旗，并且否定了千百年来纷争不休的骈、散之争。在他眼里，骈文不是所谓"正宗"，古文也非"正宗"——正宗、偏宗之说都是无谓的。可以说，姚永朴的文章观到达了一个更加通达、超越的高度。而富有深意的是，这种平静的倾向，却意味着死亡的到来。超越古文与骈文的派别之争，预示着文言文谱系长期的内耗即将结束，古文和骈文的风光都将过去。①

　　假如以现代的理论眼光看，姚永朴对派别的质疑就是对历史叙事的一种质疑——因为，在他看来，"派别"是后人叙述出来的。叙述背后的动机是什么呢？姚永朴认为派别之生"实根于党同伐异之见"，"起于乡曲竞名者之私，播于流俗之口，而浅学者据以自便，有所作弗协于轨，乃谓吾文派别焉耳"。总之，姚永朴以为宗派是被后来者基于某种有利于自己的立场、动机，叙述、追加、塑造出来的；即是说，姚永朴已隐约有一种对"历史的建构性"的洞察，只不过他并未对"建构"这一历史哲学产生理论自觉。

　　虽然在解构宗派，但姚永朴仍然不可能消除他的文统意识，如关于唐宋八家，他说：

　　　　先大父石甫府君（按，指姚永朴祖父姚莹）《复方彦闻书》云："唐宋诸贤修辞之工，或不逮六朝以前；特其取义甚正，立体尤严，譬诸乐然，虽非清明广大之奏，已绝烦数淫滥之音。"先正论文所以主八家者，非谓文章极于八家，谓八家乃斯文之涂轨也。②

---

① 与姚永朴大抵同时代，但不属于桐城派的褚傅诰（生卒年里不详）所著《石桥文论》（1915年油印本，收入《历代文话》第十册，第9633页），也持文本不分骈散的论调。如云："夫文辞一术，体虽百变，道本同源，分驰扬镳，各随所诣。故骈之与散并派而争流，殊涂而合辙，刘孟（涂）所谓'千枝竞秀，乃独木之荣；九子异形，本一龙之产'，斯言得之矣。盖骈中无散，则气雍而难疏；散中无骈，则辞孤而易瘠。两者但可相成，不能偏废，何则？古人本不分骈散，东汉以后骈文之体格始成；唐以后，古文之名目始立。学者当各随所近以求之，无容是丹非素，惑于一时目论而有所低昂焉，则庶乎其不孟浪矣。"

② 姚永朴：《文学研究法卷四·雅俗》，载王水照编《历代文话》第七册，复旦大学出版社，2007，第7000页。

姚永朴引用了他的祖父姚莹的话，认为唐宋八家文虽然在修辞上不及六朝文，但毕竟是正大高明的境界。之所以推崇唐宋八家，并不是认为八家文是文章极境，而是以为八家文是学习文章的正轨，是进入高境的最佳通道。姚莹此言，把南宋以后，尤其是明、清两代推崇唐宋八家的真正原因说得简练透辟。的确，明代唐宋派，清代桐城派虽然标榜唐宋八家，但他们往往认为文章的最高典范是《左传》《史记》，但《左传》《史记》境界不易学，韩、欧文章则是学习的最佳典范。这里，有一个现实的原因，即唐宋八家文与制科文有更紧密的联系，尤其明、清以后"以时文为古文，以古文为时文"，唐宋古文成为典范，最大的动力其实来自科举考试。而只要推尊唐宋八家，就是对唐宋文统的体认。姚永朴不愿承认所谓的"派别"，但"文统"对他来说，却具有庄严的意义。

姚永朴并未提及"文统"一词，正如他也没有论及"道统"，但他却具有"道统"意识。譬如，《文学研究法》卷二"运会"篇为韩愈辩护，曰："昌黎游戏之文本不多，其有之，亦别寓深意，固与道术无妨。……至干乞乃少年事……其后德成行尊，则不屑为之。"[①] 其意旨，就是韩愈可以作为"道统"的代言人。《文学研究法》卷一"根本"篇认为文章的根本在于"明道""经世""涵养胸趣"，最终"可以商量修、齐、治、平之学，以见诸文字，措诸事业"，这些何尝不是"文以明道"的观念？姚永朴似乎在努力把文以明道"去空疏化"，将"明道"落实在儒家士人修、齐、治、平的人生理想上。姚永朴以"斯文绝续之交"指称他的时代，所谓"斯文"便是道统与文统的最高综合。古文与骈文之争即将平息，整个文言文系统也大势已去，但是中国传统士人血脉中那最深的精神志趣——对道统与文统的承担意识，在姚永朴、章太炎、刘师培、林纾这些人身上都刻骨铭心。这一点，即使是代表五四精神的现代知识分子，也毫不例外。

5. 学衡派

作为古文的反对派，胡适、钱玄同等人最大的敌手不是桐城派，而是在知识结构、年龄层次等方面更为接近的学衡派。学衡派是与《新青

---

① 姚永朴：《文学研究法卷二·运会》，载王水照编《历代文话》第七册，复旦大学出版社，2007，第 6889 页。

年》激进派对峙的五四新文化运动的重要组成部分。学衡派集中了众多在文化大转型时代必然会出现的文化保守主义者。激进主义、保守主义、自由主义，这是在任何社会转型时代都会出现的三种主要的意识形态趋向。关于学衡派的具体历史过程及其总体价值的研究与评价，学界已有深入研究。学衡派的主要议论与成就在于学术，而非文学，但在五四文学革命时期，学衡派与激进派之间的文、白之争却最为醒目。

学衡诸君是极力反对白话文运动的。在这一点上，他们比章太炎、林纾、桐城派这些古文家更坚强。因为学衡派皆是怀抱新文化理想者，且往往自文化整体主义出发，认为变革当脱胎于传统，而非以新代旧式的革命。如同激进派一样，学衡派也把自己当作新文化的设计者、创造者，因而便是在更大的心理动机上与《新青年》激进派争夺文化变革的领导权；而且，学衡诸君反对章太炎那样狭隘的复古主义，他们是在文化守成主义这种哲学之下反对白话文运动的，他们有一套系统的中西合成的文化哲学，因而对反白话文运动更为自信。梅光迪、吴宓声称他们不反对白话，而反对白话文运动。他们认为小说、戏剧可用白话，诗、文则非用古文不可。这反映出其以诗、文为正宗的传统文学观。诗、文须用古文，则文学的主体当是文言的。这与刘师培以古文学为文学主体一样。学衡派表面上也主张文、白并存，但他们把白话的价值看得很低，其对白话的接纳性远不及刘师培，胡先骕甚至拒绝写白话文。梅光迪以假设的语气说，如果他写白话文，肯定比那些一般的白话文作者要好得多——这不无自欺的话语，所透露的仍然是对白话文的轻蔑。就知识构成而言，学衡派远比章太炎、林纾、桐城派诸老西化，但他们对白话的拒绝和对儒家思想的恪守，却又比前者更为保守。学衡派声称反对一味守古的国粹主义，他们对西方文化的吸纳也的确将其和国粹派区别开来，但如果把学衡派与国粹派、章太炎、刘师培等不同的文化取向者并列观察，会发现他们有一个最为趋同的文化取向——民族主义。无论是自觉的，还是不充分自觉的，民族主义似乎是现代中国社会文化形成期国人意识深处一个最具支配性的文化意识。在众声喧哗的深处，总有某些支配性的历史精神。

学衡派关于文学论争的文章，以论诗为重点，论古文者并不多，吴宓、胡先骕、吴芳吉（1896—1932）都是诗人。现以胡先骕、梅光迪、吴宓等人为代表，论述五四时期学衡派的"古文运动"观。

就大的历史目标而言，学衡派与激进派都是主张文化革新、文学革新，或者说"再造文明"的。两者的隔阂在于手段不同，《新青年》派企图以激进的、大破大立的方式改造文明，而学衡派则认为文化、文学的革新只宜渐进，"革命"只能适得其反。文学方面，胡先骕的《中国文学改良论》是较早对"文学革命"提出批评的文章。这篇文章的基本旨意是文学自须改良，但"创造与脱胎相因而成者也"①，"故居今日而言创造新文学，必以古文学为根基而发扬光大之，则前途当未可限量，否则徒自苦耳"②；且言、文可以相对接近，但不可能合一；胡先骕又说："又何必不用简易之文言，而必以驳杂不纯口语代之乎。"③ 可见，胡先骕主张的是一种较浅近的文言。他引韩、柳古文为例，来说明古代言、文分离，而文言能随时代变迁，不务求艰深，从而不断推陈出新，其说如下：

> 且古人之为文，固不务求艰深也。……至韩欧以还之作者，尤以奇僻为戒，且有因此而流入枯槁之病者矣。……向使以白话为文，随时变迁，宋元之文，已不可读，况秦汉魏晋乎？此正中国言文分离之优点……故创造与脱胎相因而成者也，吾人所称为模仿而非脱胎，陈陈相因，是谓模仿，去陈出新，是谓脱胎……韩柳创造而革俪文之弊者也，亦必脱胎于周秦之文……故欲创造新文学，必浸淫于古籍，尽得其精华，而遗其糟粕，乃能应时势之所趋，而创造一时之新文学……故居今日而言创造新文学，必以古文学为根基而发扬光大之，则前途当未可限量，否则徒自苦耳。④

胡先骕说韩、柳改革骈俪文，是基于继承的脱胎，从而获得成功，显然

① 胡先骕：《中国文学改良论》（上），载《中国新文学大系·文学论争集》，上海良友图书印刷公司，1935，第 106 页。
② 胡先骕：《中国文学改良论》（上），载《中国新文学大系·文学论争集》，上海良友图书印刷公司，1935，第 106~107 页。
③ 胡先骕：《中国文学改良论》（上），载《中国新文学大系·文学论争集》，上海良友图书印刷公司，1935，第 104 页。
④ 胡先骕：《中国文学改良论》（上），载《中国新文学大系·文学论争集》，上海良友图书印刷公司，1935，第 104~106 页。

他对韩、柳古文是肯定的态度。另，胡先骕发表于《学衡》1923 年 6 月第 18 期的《评胡适〈五十年来中国之文学〉》一文，也提及唐宋古文。

> 在吾国唐代，陈子昂之于诗，韩愈之于文，宋代王禹偁、梅圣俞之于诗，尹洙、欧阳修之于文，乃有价值而又成功之运动也。至若明代前后七子之复古运动，则虽风靡一时，侥幸成功，其无价值自明也。①

胡先骕以"运动"来称指陈子昂、韩愈、王禹偁、梅尧臣、尹洙、欧阳修等人的诗文革新，包括明前后七子的"复古运动"，这是与胡适几乎同时的"文学运动"命名。可以说，胡先骕已经具备了唐宋古文运动的观念，只不过没有使用"古文运动"名称；并且，他认为唐宋的诗文革新是"有价值而又成功之运动"，相反，明前后七子的复古运动则无价值。总之，这再一次显示了胡先骕对唐宋古文运动的肯定。肯定的原因，则如前所言——其创新基于脱胎也。

《评胡适〈五十年来中国之文学〉》一文是与胡适针锋相对，为古文辩护，为桐城文辩护的。胡先骕对严复、林纾也都采取了回护的态度。但他对章太炎批评甚严，以为其文学造诣殊浅。这固然可能有其对手钱玄同、鲁迅等是章氏弟子的缘故，但就文学思想而论，胡先骕对章太炎的反感，还是源于章太炎对唐宋文的贬低，而胡先骕则是推崇唐宋文的。《评胡适〈五十年来中国之文学〉》这篇文章最大的用意就是为桐城派辩护（学衡派都是桐城派的同情者，胡先骕为桐城人），这便间接彰显了胡先骕对唐宋文章的尊重。而这些表达，都是为了声明古文不可废，文学只能改良，无须革命。另，胡先骕还借用英国批评家阿诺德（Matthew Arnold，1822–1888）"典雅之文"的概念，以法国文学比桐城文（桐城文之所谓"雅洁"）。引西方文学评中国古典文学、评古文，或者说采用比较文学的方法，这也是中国文学现代转型的一个重要表现，学衡派在此点上尤为突出。

---

① 孙尚扬、郭兰芳编《国故新知论——学衡派文化论著辑要》，中国广播电视出版社，1995，第 329 页。

梅光迪在《评提倡新文化者》（《学衡》1922 年 1 月第 1 期）一文论及古文与骈文之变迁：

> 　　夫古文与八股何涉，而比并为一谈？吾国文学，汉魏六朝则骈体盛行，至唐宋则古文大昌，宋元以来，又有白话体之小说戏曲，彼等乃谓文学随时代而变迁，以为今人当兴文学革命，废文言而用白话。夫革命者，以新代旧，以此易彼之谓。若古文白话递兴，乃文学体裁之增加，实非完全变迁，尤非革命也。诚如彼等所云，则古文之后，当无骈体，白话之后，当无古文，而何以唐宋以来，文学正宗，与专门名家，皆为作古文或骈体之人。此吾国文学史上事实，岂可否认，以圆其私说者乎？盖文学体裁不同，而各有所长，不可更代混淆，而有独立并存之价值，岂可尽弃他种体裁，而独尊白话乎？文学进化至难言者。①

以为唐宋古文大昌之后，骈文并未被消灭。宋元之后，白话文学兴起，也没有取代古文。相反，唐宋以后，文学正宗皆是古文与骈文作者。所以，“古文白话递兴，乃文学体裁之增加，实非完全变迁，尤非革命也”。由此，梅光迪认为所谓以白话代文言的“文学进化论”“文学革命论”是错误的。学衡派都是反文学进化论的。吴芳吉也曾说六朝骈文倡，中唐古文盛，而骈文、古文各有优点与弊端，于是他反问道：“是又进化也欤？”② 可见，“文学固非进化，亦非退化，文学乃由古今相孳乳而成也。古今相孳乳以成者，古今作家相生而成之谓也”。③ 所谓“相孳乳以成”，是强调古今作家之间的相互联系、相互生发。就对文学进化论的纠偏而言，梅光迪这段话是有道理的。但宋元以后所谓“白话”是“古白话”，现代所谓“白话”，在语言形态，以及语言的文化根基上与古白话已不可同日而语。且所谓“白话文学”绝不只是语言的问题，更重要的是它的“现代文学性质”（现代的精神意蕴与艺术形式）与“古典文学”

---

① 梅光迪：《评提倡新文化者》，载《中国新文学大系·文学论争集》，上海良友图书印刷公司，1935，第 128 页。
② 吴芳吉：《三论吾人眼中之新旧文学观》，载《学衡》1924 年 7 月第 21 期。
③ 吴芳吉：《三论吾人眼中之新旧文学观》，载《学衡》1924 年 7 月第 21 期。

之间的深刻差异，其差异之大，远非古文与骈文的区别可比。说到底，"文学革命"的发生，终究是文学、文化自身发展到某一重大转折点上的内在趋势使然，而非由少数人提倡便可成功。

吴宓《论今日文学创造之正法》① 一文的宗旨与胡先骕所谓"文学改良"相同，其所谓"文学创造之正法"即模仿、融化、创造。文章论及诗、文、小说、戏剧、翻译等多种文体的创造法。吴宓以为"文"当以文言文为正宗，即使写作白话，也当取法古文。古文、时文、白话的价值，是逐级递减的。若取法白话，则是取法乎下，文学必至覆亡。吴宓认为所谓"古文"并非远古陈腐之物，并以唐宋古文为例，他说：

> 古文虽盛于唐宋，而衍于明清，益滋光大，并非远古之珍物。以古文较之选体，更较之于李梦阳、何景明辈之"文必秦汉，非是则弗道者"，果孰为远孰为近也？且古文之价值亦不惟在其形式，抑且在其材料。唐宋人之倡古文，以破选体之词章；明清人之倡古文，以矫制艺之八股。……且吾以言之，今之学古文，乃学其格律，非学其材料。则作出之文之空疏与否，当视作者有无材料为断，而不得辄为前人格律之咎也。②

意思是，唐宋古文虽时代晚于"选体"，却更富古风；明清复古之秦汉派，虽时代更近，文风则较唐宋古文更"远"，故文学之新旧不可简单地以时代先后为标准——"古文"不可一概视为"远古"陈腐之物，因为古文也能将"新思想新材料"纳入其中。所以，是否陈腐、空疏，在于是否有材料，以及材料之新、旧。显然，此言是针对白话文派对古文陈腐、空疏、言之无物的批评而发的。吴宓反对时代文学观/历史的文学观，这是学衡派的基本观点之一。学衡派所持的是一种超越时代的永恒的艺术价值观。学衡诸君认为，文学唯有是与不是，无所谓新与不新。无所谓"新"，便无所谓"旧"，那么对"旧"的革命性颠覆就不成立。所谓"新与旧"的界定及其关系的辨析，是学衡派与激进派在文化哲学

① 《学衡》1923 年 3 月第 15 期。

② 孙尚扬、郭兰芳编《国故新知论——学衡派文化论著辑要》，中国广播电视出版社，1995，第 272 页。

上的主要分歧，它涉及如何总体看待文化演变的动力与过程。转型时代，是新与旧相"离散"的过程，这种离散可以说是新文化创造者的共同目标。但何者为"新"，何者为"旧"，所谓"新"从何而来，"新"与"旧"之间的离散当到达怎样的程度，可否用"活"或"死"来判定某种文化或文学，这是文化保守主义与文化激进主义的主要分歧所在。按照学衡派的说法，就是"度"的问题。激进主义是由"对立论"产生的姿态，而保守主义则建立在"融合论"之上，二者是不同的两种世界观。就文化哲学而言，学衡派"创造与脱胎相因而成""古今相孳乳而成"的理念其实比打倒传统，片面求新的思想更深刻、更合理，但诡谲的时势却选择了激烈的革命派，这种历史与真理的错位已经形成，并持续发酵。然而，百年之后的今天，我们尚有机会选择融合论的文化哲学，去修补历史的漏洞，并创造更好的文化。

四　文、白并行派

五四时期的文学思想图景，我们后来看到的描述，往往是白话文派和古文派，新旧两种立场旗帜鲜明的论争。但是，如果深入五四文学论争的"现场"，便会发现：在旗帜鲜明的文、白之争的周围，还有许多并非非此即彼的"兼容型"的语言观、文学观。其中，最重要的一个类型，就是文、白并行派。任何一个时代的"历史现场"，其意识、行动、话语，就如同极其繁复的多声部的交响乐，有高音部、低音部，有和声。随着时间的流逝，我们的历史叙述往往凸显了高音部、强音部，而淡化甚至抹去了低音部、弱音部。五四时期，无论政治、思想、文学，各种意图与手段都是极其繁杂的。那些声势相对较弱的意识和话语，有的可能逐渐消散，有的则在后来发挥着持续的不易觉察的历史作用。譬如，在文、白问题上，极端的守古和极端的反传统在当时其实只是一小撮人争得不亦乐乎，历史的自然趋势是文白兼用，后来，极端的语言立场逐渐被历史抛弃。

五四时期，有相当一批人是主张文、白并存的，譬如蔡元培（1868—1940）、曾毅（1879—1950）、朱经农（1887—1951）、朱希祖、傅斯年、周作人、刘半农、刘大白（1880—1932）、黎锦熙（1890—1978）、赵景深（1902—1985）等，而且他们都是新文学的立场。胡适虽反古文，却并不排斥古文教学。刘师培也主张文、白并存，学衡派并不完全反对白话，但他们是以文言和古典文学作为文学主体的。笔者所说的"文、白并存"，不仅是在语言层面上以白话为主体，不排斥文言，而且在文学层面上，是新文学的立场，这是文、白并存派的两个基本点。王泽龙、周文杰的《五四时期"文白"论争中的中间派》一文①把介于提倡白话的激进派与以文言为宗的保守派之间的人称为"中间派"，又将对白话从怀疑到认可、到主动创作的人称为"渐进派"，把起始就认可白话，但反对废除文言，而主张吸收文言优点的人称为"改良派"，这两种都是新文学的立场。所谓"渐进派"的人物有任鸿隽（1886—1961）、朱经农等，多为胡适留美友人；"改良派"代表人物有朱我农、常乃惪、吴康、杨喆等人，多为五四时期的青年学生。笔者以为拥护白话、不废文言者称为"中间派"仍有些模糊，不如直接称为"文、白并行派"——因为文、白之争探讨的就是语言问题。但王文对文、白并行派人物及其言论的梳理是有价值的，可以让我们看到：在文、白之争中，并不是非此即彼。

在了解文、白并存派的"古文运动"观之前，我们有必要对"五四"前后文言的存在状况再做一简单回顾，以明其背景。

我们知道，1911 年科举废除之后，文言文的地位开始下降，白话文势力大增，但文言文毕竟是千年文脉，无论在庙堂，还是民间，其势能不可能骤然泄尽。胡适在作于 1922 年的《五十年来中国之文学》中说："民国八年之后，白话文学的传播真有'一日千里'之势。"② 可见，在辛亥革命至 1919 年间，白话的势力也只是渐趋强大，1919 年在五四运动的推动之下，白话的势力才有了一次飞跃，但绝不是把从前以文言为主的主流话语颠覆了。刘纳的著作《嬗变——辛亥革命时期至五四时期的中国文学》③ 对辛亥至"五四"之间的中国文学有深入的考察。其第三章"1912—1919 年的中国文学"第三节标题即为"一个奇景：骈文的兴

---

① 王泽龙、周文杰：《五四时期"文白"论争中的中间派》，《北京师范大学学报》（社会科学版）2021 年第 1 期。

② 胡适著，洪治纲主编《胡适经典文存》，上海大学出版社，2004，第 190 页。

③ 刘纳：《嬗变——辛亥革命时期至五四时期的中国文学》（修订版），中国人民大学出版社，2010。

盛"。作者通过丰富的事例说明：在 1912 年至 1919 年间，骈文出现了奇异的繁荣，尤其是政府公文，骈文是普遍形式。这背后有袁世凯（1859—1916）与张勋（1854—1923）的复辟，尊孔读经等帝制文化回流等政治因素，而它与骈文本身的贵族公文文体特性也有关，因为当时公文领域使用骈文的还有武昌起义军政府、南京民国政府等非帝制政权。20 世纪 30 年代，共产党在延安的有些公文甚至还在使用骈文。可见，骈文在公文领域的传统之深。至于骈文在民间婚丧礼俗等场合的应用，更是长久不衰。1912 年，徐枕亚（1889—1937）红极一时的长篇章回小说《玉梨魂》便是以骈文写就。这也说明了辛亥至"五四"之间骈文的繁盛。"五四"之前如此，"五四"之后呢？"五四"的过来人常乃惪在1929 年写道："我们试问当时努力于白话文学的人，你们的论辩将林琴南压倒了吗？我敢说不然，他老先生一定至死也并未信服白话。岂但他，白话运动宣传了十年，而做古文、爱古文的人还是遍地皆是，可见这种思想是不能以文字打倒的，因为根本他们就不是一种自觉的思想。十年以来，除了《学衡》派中有几个受了西洋教育的人未替文言辩护过外，有谁出来作文正式系统地替古文打过这种官司？然而做古文者却是滔滔皆是，可见这不是思想提倡之功，也不是思想所能摧灭的。换言之，他已经超出了思想的领域了，至少说，也已超出了有意识的思想的领域了。"① 此言既指出了"白话文运动"之后古文遍地皆是的事实，也指出其原因在于文化的惯性力量——"超出了有意识的思想的领域了"，即集体无意识。

"五四"之后，古文不仅在应用文、创作领域风光不减，对古文的研究也相当蓬勃。"五四"之前及之后的 20 年代，有很多传统的文话、文论著作问世。如 1916 年再版的曾被列为中等学校参考书的王葆心的《古文辞通义》、张相（1877—1945）的《古今文综评文》（中华书局）、1920 年出版的唐文治（1865—1954）的《国文大义》（无锡国学专修馆本），1923 年出版的骈文大家孙德谦的骈文文论《六朝丽指》（四益宧刊

---

① 原载 1929 年 6 月《长风》第六期，收入常乃惪《蛮人的出现》，见《常燕生先生遗集》（七）杂著一，文海出版社，1967，第 143～144 页。常文说林纾至死都不一定信服白话，极是，林纾临死前一日，已无力说话，"然犹以指书子琮掌曰'古文万无灭亡之理'，其勿殆尔修"。

本）、1923 年出版的胡朴安（1878—1947）的《历代文章论略》《论文杂记》（朴学斋丛刊本），1925 年出版的唐文治的《国文经纬贯通大义》（无锡国学专修馆本），1929 年出版的徐昂（1877—1953）的《文谈》等。这些人有古文家、骈文家、经学家、文字训诂学家、南社成员等，大抵皆是晚清至民国早期深具旧学修养的饱学之士。其学问虽偏于旧学，但也往往受近代西方思想影响，强调旧学与新学的结合。所以，无论是古文的尊崇派，还是文白并存派，他们对文言的持守或接纳，都有其现实语境。20 世纪 20 年代以后有很多面向初、中级教育的"言文对照作文法"之类的书，也是新旧文学过渡的产物。新旧文化的交替，除时间因素外，还有地域因素。新式教育，在偏远落后和发达地区之间存在相当的时间差。落后地区旧传统的势力更深。而无论先进还是落后地区，普通民众对文言的阅读习惯，不可能骤然消逝。在 20 年代，文、白并存，既是当时的文学生态，也是现实之需要。"五四"之后一二十年的文学生态，文言在其中所占据的比重，至今在现代文学研究中仍有相当遮蔽。① 回过头，再举一例：高举打倒文言和古典文学旗帜的文学革命的发难之作——胡适的《文学改良刍议》、陈独秀的《文学革命论》都以文言写就，仅此即可见：文言的势力实不可能在振臂一呼间烟消云散。因为文言及古典文学作为数千年的传统，无论在文人，还是民众当中，都深入骨髓，已成为他们的心理以及写作习惯，作为一种整体氛围不易迅速消散。至于类似陈独秀这样的白话文运动的中坚人物，一直沉迷于旧体诗创作和古文字学的研究等现象，那就是更有意味的事了，兹不赘述。

前文叙述了五四文学革命的两位领袖胡适和陈独秀的"古文运动观"，他们的观点一经抛出，既有反对者，也不乏批评商榷者。《新青年》杂志以颇为开明的气度，登载了一些对古文、孔教、国学、家庭、伦理等问题与激进派持不同观点者的文章，其中不少是书信体。陈独秀对多人的来信做了答复，相互辩难，其中颇为醒目的是《答常乃惪》书，共四通，常乃惪致陈独秀书附于其后。

---

① 一个重要的问题是：文言和旧体文学创作在"现代"之后的文学整体中，是以怎样的过程逐渐衰退的？这就好比古文大兴之后，骈文是怎样衰落的一样——人们往往把注意力集中于新事物的兴起，而忽略了新旧事物交替之后，旧事物是如何衰落的。

　　常乃惪（1898—1947）是现代中国一位杰出的思想家、文化学家、历史学家、诗人，中国青年党的理论领袖之一。1916 年，常乃惪首次致书陈独秀，与其就古文与孔教相互论辩时，才 19 岁，当时他是北京高等师范的预科生。常乃惪在第一封致陈独秀书中谈了他对胡适"文学改革八事"的异议，因并谈孔教，故致书批孔的陈独秀。常乃惪以为胡适所谓"不模仿古人"，及陈独秀所谓"打倒古典的文学"，其态度都是偏激的。"古文"是什么？"古典文学"是什么？须先考究"文"的本义。常乃惪说："吾国于文学著作，通称文章。文者，对质而言；章者，经纬相交之谓：则其命名之含有美术意义可知。夷考上古文之一字，实专指美术之文而言。"① 是故，自古文、经、史文章分途。常乃惪说："自韩退之氏志欲标异，乃创为古文之名。后人推波助澜，复标文以载道之说，一若除说理之文而外，即不得谓之文者，摧残美术思想，莫此为甚!"② 常乃惪视文学为"美术"，"文"与"质"相对的文学观与刘师培相近，准此，他对"古文运动"持否定态度。常乃惪赞同文学改革，但他反对"因改革之故，而并废骈体，及禁用古典，则期期以为不可"。③ 他认为"吾国之骈文实世界唯一最优美之文（他国文学，断无有能于字数音节意义三者对整，而无参差者），而非可以漫然抛弃者也。至专以古典填涂，而全无真义御之，如近世浮薄诗家所为，固在必革之列。然若因此而尽屏古典，似不免矫枉过正"。④ 如今看来，骈文在现代文学中虽已领地极小，但也并未尽废，就理论而言，骈文美术价值之高，诚如刘师培、常乃惪所言，断无疑义。赞扬骈文的刘师培白话作品不多，常乃惪的著作则大抵是深富古典文学底蕴的白话文章，如同鲁迅；同时，他也兼擅旧体诗词、古文及骈文。假若时光能够倒流，这种古典、现代交融并举的文学样态，恐怕才是最理想的现代文学生态。

　　贯穿常乃惪的"古文运动观"和"新文学运动观"的一个基本观念是"美术之文"。所谓"纯文学"概念乃作茧自缚，而"美术之文"的内涵与外延则更富弹性。但常乃惪又对"美术之文"做了窄化，他说：

　　① 《常乃惪致陈独秀书》其一，载《独秀文存》，安徽人民出版社，1987，第 643 页。
　　② 《常乃惪致陈独秀书》其一，载《独秀文存》，安徽人民出版社，1987，第 643 页。
　　③ 《常乃惪致陈独秀书》其一，载《独秀文存》，安徽人民出版社，1987，第 643 页。
　　④ 《常乃惪致陈独秀书》其一，载《独秀文存》，安徽人民出版社，1987，第 644 页。

"为今之计，欲改革文学，莫若提倡文史分途，以文言表美术之文，以白话表实用之文，则可不致互相牵掣矣。且白话作文，亦可免吾国文言异致之弊，于通俗教育，大有关系，较之乞灵罗马字母者，似亦稍胜也。"① 可知，常乃惪是文白并行派，但他把美术之文仅局限于文言作品，未免不通，文史分途，也不切实际。再退一步讲，就"文"而言，"美术之文"与"实用之文"究不可以分，美中有实用，实用中有美，此点，常乃惪在第二封《致陈独秀书》中亦曾明言，并解释"以史概应用之文，定名自是不当，前书不过假定，取便行文耳"。② 其实，"美术之文"与"实用之文"可分，乃就最低限度而言，如一则没有文采的通知书，必不能算"美术之文"；但"实用之文"若超出了寻常的实用限度，就具有美术性了，如一封声情并茂的家书。

常乃惪说他肯定骈文的价值，重点不在骈文，而是强调"古典"不可尽废。"古典"是常乃惪的一个关键词，而不是"文言"，"古典"更强调"文言"的简洁性及其蕴含的古典文化。常乃惪以为专恃古典，牵强失真为不可取，但不能因此全禁古典。历史证明，白话文运动的弊端之一，就是未能在提倡白话的前提下尊重古典、善用古典。其根本原因在于激进派的新旧二元对立的哲学观。此点，常乃惪在《致陈独秀书》其三中有明确的表达，他说："又有所私望于大志者，愿大志此后，提倡积极之言论，不提倡消极之言论；提倡建设之言论，不提倡破坏之言论。"③ 这是比文学观更重要的文化观问题。常乃惪这种反对一味攻击破坏，流于虚无，而主张渐进、超越保守与激进、以建设来逼迫改良的哲学观，后来成为他的基本思想，所以他对《新青年》激进派批评得很厉害。④ 我们以百年后的眼光观之，常乃惪的这种文化哲学，其实是五四时代最能超越时代局限性的文化立场，而当时的常乃惪只是一介少年，其思想之先进真大可钦佩。

再看与陈独秀同龄的革命志士湖南人曾毅的古文运动观。曾毅曾在

---

① 《常乃惪致陈独秀书》其一，载《独秀文存》，安徽人民出版社，1987，第644页。
② 《常乃惪致陈独秀书》其二，载《独秀文存》，安徽人民出版社，1987，第650页。
③ 《常乃惪致陈独秀书》其三，载《独秀文存》，安徽人民出版社，1987，第667页。
④ 可参读常乃惪写于1935年的《二十年来中国思想运动的总检讨与我们最后的觉悟》等文章。见查晓英编《中国近代思想家文库　常乃惪卷》，中国人民大学出版社，2015。

1917 年 4 月《新青年》第三卷第二号上发表《与陈独秀书》，由其自称"挟改革文学之志愿"，赞成陈独秀写实、通俗之主张，批评桐城派之说可见，他是新文学的立场，但他对文以载道的内涵，及语、文一致的途径等问题有些更为冷静的观点。曾毅在信中还提及唐宋古文运动，曰：

> 韩昌黎云务去陈言，予以为犹贵去陈理，去陈言本乎字，去陈理本乎学。……昌黎文之佳者，在于文从字顺……要其贵于通达，以适时用，古今中外一也。
>
> 知文之贵于通，散可也，骈可也，骈散兼行亦可也。知文之要于用，法古可也，用典可也，二者并斥亦无不可也。……然则今之文学之敝也，殆已达穷变通久之运者乎。一代之盛也，必先之同共酝酿之功。而其衰也，常在于菁华已竭之后。东汉为西京之酝酿，赵宋本唐代之调和，明三百年上承宋，下启清，明而未融，故其敝尤著。今之文运，适与李唐宋明等观。混合之时，而非化合之候。吾人生丁此际，偏于西不可，偏于中不能，但务调剂中西之精英，以适于现今之实用。一旦两质融化，发生特别之光华，若宋之所谓理学者，又何患文之不至哉。①

首先，就文化而言，曾毅主张将古今中西之菁华加以调剂，以适用于今；就文学而言，他认为法古、用典、骈文、散文、骈散兼行、用通俗语，皆无可无不可，一切以"通""用"为准则。曾毅的这种文化观和文学观，比激进派、学衡派、甲寅派等都来得通达。只不过，峻急的变革形势不允许文化和文学作如此通达、从容的融化。曾毅这段话中，眼光颇为锐利的是"今之文运，适与李唐宋明等观。混合之时，而非化合之候"这句话，这大概是最早将新文学运动与古文运动等量齐观的说法。其所谓"李唐宋明"之文运，即以古文运动为主体的唐、宋、明代的诗文革新运动。曾毅把唐、宋、明文学看作一个整体。他认为新文学运动与古文运动在特性上的共同点是——它们都处于变革当中，多种元素交

---

① 曾毅：《与陈独秀书》，载《中国新文学大系·文学论争集》，上海良友图书印刷公司，1935，第 5~6 页。

织碰撞，尚未达致完全融合，此即所谓"混合之时，而非化合之候"。

古文运动和五四新文学运动分别是中国古代和现代两次最大的文学变革运动。这两大文学运动之间存在深刻的关联和歧异，在文学、文化、社会政治背景等角度，两者有诸多可资比较、反思之处。此问题，本书将在后文有所阐述。这里要说的是，曾毅在1917年文学革命甫一发端之际，就能洞察到新文学运动与古文运动之间在大的特性上的相似性，实为可贵。余元濬①在发表于1917年《新青年》第三卷第三号的《读胡适先生〈文学改良刍议〉》中称胡适的文学改良刍议"有益于民生，直欲超昌黎而上矣"，这也包含着拿新文学运动与古文运动并论的意思，只不过没有曾毅的眼光那么宏大。

曾毅把古文运动和新文学运动相比的论调，代表了一种借古说今的思路。胡适是借所谓古代的"白话文学"为新文学运动说法，韩柳的古文运动并没有成为他强有力的文学进化论的证据。曾毅则摆脱文、白之争及文学进化论的魔咒，直截了当地以古文运动比新文学运动。总之，借古代的文学事例为今日之文学张本，是典型的新文学的立场。傅斯年的《文学革新申议》一文也借古说今，其中有论及唐宋古文者。

> 又有昌黎柳州，作范其间，除人造之俪辞，反天然之散体。论其造诣所及，柳则大启后世小说家刺时之旨（唐代小说本盛，然柳州之旨，却与当时芜滥卑劣者不同），又为持论者示精确之准的。韩则论文论学，皆启有宋一代之风化。（别有详论）于骈体横被一世之际，独不惜人之"大怪"。于是开元元和之间，诗文俱革旧观。……然则开元元和之间，又为文学界中一大革新，亦是文学一大进化。旷观此千年中，变古者大开风流，循旧者每况愈下。文学不贵师古，不难一言断定也。历观楚汉至今二千年中文学升降之迹，则有因循前修，逐其末流，而变本加厉者。若杨马之承屈景，南朝之承魏晋，北宋吴蜀六士之承韩公，皆于古人已具之病，益之使深，终以成文弊。②

---

① 余元濬时为安徽省立第三中学学生。
② 傅斯年：《文学革新申议》，载《中国新文学大系·建设理论集》，上海良友图书印刷公司，1935，第114页。

由此段话可知，傅斯年对韩、柳评价很高，对韩愈尤赞誉有加；他认为开元、元和之际是文学界一大革新——这种说法，便包含着某种"古文运动"观。他认为这一革新是一大进化。傅斯年引中唐诗文革新的用意，是为了证明文学"变古者恒居上乘，循古者必成文弊"。① 他对北宋古文运动评价不高，认为吴蜀六士循旧有余，开新不足。循此之义，明代的复古文学则被傅斯年斥为"奴隶"文学，乃文学之最下乘。清代的桐城派更是遭到了傅氏的刻薄攻击，他说："桐城家者，最不足观"，"举文学范围内事，（桐城家）皆不能为，而忝颜曰文学家，其所谓文学之价值，可想而知"②；他赞成钱玄同"谬种"一说，并宣称"若其为桎梏心虚戕贼性情之矩矱，岂不宜首先斩除乎？"③ 不仅对古文不满，傅斯年对骈文，对骈散交错的三国晋宋之文皆嗤之以鼻。就当时的语境而言，桐城派、文选派、魏晋文派皆被傅斯年送上了历史的断头台。因为，在傅斯年看来，这些古典文学与适用于今日的新文学都是格格不入的。

　　傅斯年真可谓地道的激进的新文学派，其观点偏激率意。但是，傅斯年的语言观并没有文学观那么激进。他主张"文言合一"，但所谓文言合一，在他看来，应该是"以白话为本，而取文词所特有者，补苴罅漏，以成统一之器，乃吾所谓用'白话'也。正其名实，与其谓'废文词用白话'，毋宁谓'文言合一'较为惬允"。④ 傅斯年所谓"文言合一"非如胡适所谓"言、文一致"。言、文一致是要让书面语和口语尽量趋同，且倾向于口语，即胡适所谓"怎么想就怎么说，怎么说就怎么写"；傅斯年所谓"文言合一"是让文言和口语相互吸收彼此的优点，以形成一种更为完美的语言形态。总体上，傅斯年认为新文学当以白话为本，但这个"白话"是须吸收"文词"优点的白话，而非废除文词之后的白话（所谓"素以为绚乎"？）但是，傅斯年的说法产生了一个问

① 傅斯年：《文学革新申议》，载《中国新文学大系·建设理论集》，上海良友图书印刷公司，1935，第 111 页。
② 傅斯年：《文学革新申议》，载《中国新文学大系·建设理论集》，上海良友图书印刷公司，1935，第 117~118 页。
③ 傅斯年：《文学革新申议》，载《中国新文学大系·建设理论集》，上海良友图书印刷公司，1935，第 118 页。
④ 傅斯年：《文言合一草议》，载《中国新文学大系·建设理论集》，上海良友图书印刷公司，1935，第 121 页。

题——既然要彻底地打倒古典文学，所谓"文词"又从何而来？

中国新旧文学转型期的"借古说今"，一种是正向接受的借说，一种是逆向批判的借说。对唐宋古文逆向批判最强烈、最持久的一位是周作人。周作人持续猛烈地批唐宋古文、批韩愈，是在30年代之后，直至其逝世。这是周作人研究，也是现代文学思想研究中颇值得重视的一个问题。

首先，周作人的语言观是主张文、白并存的。其《国粹与欧化》（1922）一文说："我们一面不赞成现代人做骈文律诗，但也并不忽视国语中字义声音两重的对偶的可能性，觉得骈律的发达正是运命的必然，非全由于人为，所以国语文学的趋势虽然向着自由的发展，而这个自然的趋向也大可以利用，炼成音乐与色彩的语言，只要不以词害意就好了。"① 这是主张白话文适当吸收文言的意思。作于1927年的《死文学与活文学》一文道："古文是死的，白话文是活的，是从比较来的。不见得古文都是死的，也有活的；不见得白话文是活的，也有死的"；"国语古文的区别，不是好不好，死不死的问题，乃是便不便的问题"。② 这段话对古文与白话的态度更加鲜明，其观点显然与胡适相反。周作人不仅主张古文和白话可兼蓄并用，而且还更倾向于古雅的美学风范。周作人提倡"平民文学"，对民间文化也极富兴趣，但在审美层面，他不同意一味通俗。他并不赞同"纯用老百姓的白话可以作文"③，他主张在白话的基础上采纳古语、方言和新名词，建立一种"合古今中外的分子融合而成的中国语"，以此让白话"尽量的使他化为高深复杂，足以表现一切高上的精微的感情与思想，作艺术学问的工具"④，周作人想创造一种新的白话，但此白话是"高深复杂"的，是富于艺术理想的现代的"美文"——老实说，这绝非平民立场，而是一种知识分子精英意识的

① 周作人：《国粹与欧化》，载钟叔河编订《周作人散文全集》第二卷，广西师范大学出版社，2009，第517页。
② 周作人：《死文学与活文学》，载钟叔河编订《周作人散文全集》第五卷，广西师范大学出版社，2009，第103页。
③ 周作人：《国语文学谈》，载钟叔河编订《周作人散文全集》第四卷，广西师范大学出版社，2009，第484页。
④ 周作人：《国语改造的意见》，载钟叔河编订《周作人散文全集》第二卷，广西师范大学出版社，2009，第755页。

体现。当然，这种观点背后也有与以胡适为代表的不同的意识形态的差异。胡适以适用为本的文学观，是一种启蒙精神的表现。周作人所谓"人的文学""平民文学"更多的是自由、平等观念的表达。既然以自由为本，那就更尊重个人，个人的文学终究以审美为最高目的。周作人强烈的一以贯之的反载道的文学，正是与其个人的（周氏所谓"自己的园地"）、审美的文学观相表里的。

周作人以推崇六朝文和晚明小品文，反唐宋文而著称。但这种文学观的形成有个渐进的过程。在"五四"之前的近十年间，周作人在文学思想上倾向于复古，大约主要是受了章太炎的影响。周氏兄弟都写文言文，早年尤多，甚至用文言翻译国外小说，其格调是类似于魏晋文的古奥。可以断定，周氏兄弟很早就不喜唐宋文。五四时期，周作人对唐宋古文的直接批判并不多。20 年代，周作人曾在两篇文章中批评韩愈，一是《〈旧约〉与恋爱诗》（1921 年 1 月 1 日刊《新青年》第八卷第五号），文曰："从前有个'韩文公'，他不看佛教的书，却做了什么《原道》，攻击佛教，留下很大的笑话。我们所以应该注意，不要做新韩文公才好。"① 这是批评韩愈不懂佛教，而妄批佛教。1924 年的《"大人之危害"及其他》一文又曰："当时韩文公挥大笔，作《原道》，谏佛骨，其为国为民之心，固可钦佩，但在今日看来不过是他感情用事的闹了一阵，实际于国民思想上没有什么好处。"② 这篇文章本是由泰戈尔（1861—1941）来中国演讲，引起一些思想界人士的恐慌而讲起的。周作人认为中国人其实不易受外来影响，尤其上层精英的呼号，远不会在实际社会上产生大的影响，故引韩愈之反佛为例。其意虽不在辟韩，但却表明周作人对韩愈反佛的社会影响持怀疑态度。在对唐宋古文大加挞伐之前，韩愈已经成为周作人的反感对象。

周作人在 20 年代批评古文的文章，有《古文学》（1922）、《古文秘诀》（1925）、《古文之末路》（1925）等，主要集中于对桐城派的抨击，这是当时的时势使然。其批评的理由是：桐城文是载道文学，是"名教

① 周作人：《〈旧约〉与恋爱诗》，载钟叔河编订《周作人散文全集》第二卷，广西师范大学出版社，2009，第 292 页。

② 周作人：《"大人之危害"及其他》，载钟叔河编订《周作人散文全集》第三卷，广西师范大学出版社，2009，第 404 页。

的艺术"。反"文以载道"是很多"五四"新文学家的共识。为何周作人在30年代之后对"载道文学"要变本加厉地持续攻击呢？这与30年代之后左翼革命文学的大行其道有关。在现实的挤压之下，周作人由桐城文上溯其祖宗唐宋文，不断深化批判——这一段文学公案，且待本书第三章加以论说。

那么，鲁迅对唐宋文是何种态度呢？由《鲁迅全集》可知，鲁迅很少说及唐宋文。鲁迅没有像周作人那样严厉地去批驳唐宋文，但他不喜唐宋文是可以肯定的。周作人曾在《鲁迅读古书》一文中回忆道："他小时候读过《古文析义》，当然也读《东莱博议》，但他与八大家无缘，'桐城派'自然更不必说了。……对于'正宗'的诗文总之都无什么兴味，因此可以说他所走的乃是'旁门'，不管这意思好坏如何，总之事实是正确的。……他对于唐宋文一向看不起，可是很喜欢那一代的杂著……"① 鲁迅对唐宋文不喜欢，也没兴趣去批判它，就唐宋文学而言，鲁迅更感兴趣的是"传奇"。1925年出版的《中国小说史略·唐之传奇文》（上）（北京北新书局出版）曰："论者每訾其卑下，贬之曰'传奇'，以别于韩柳辈之高文。"这里所谓"高文"，略露讽刺意味，更显鲁迅对传奇之喜爱。1927年12月、1928年2月，鲁迅校编的《唐宋传奇集》上、下册由上海北新书局陆续出版。1927年，鲁迅在香港演讲《无声的中国》时，说到当时有人还在提倡文言文，指出那是僵死的跟现代毫无关系的文章。他强调，旧形式（主要指文言文）绝对不能用，形式决定内容，古文即使有些新意，也还是不能为人们所理解。因为现在写古文，不是学韩愈，就是学苏东坡。他说："即使做得像，也是唐宋时代的声音，韩愈苏轼的声音，而不是我们现代的声音。然而直到现在，中国人却还耍着这样的旧戏法。"② 这段话，未必见得鲁迅多么反感唐宋文，而他最想表达的意思可能是：现在最重要的是写自己时代的心声，发出真实的声音，所以唐宋古文之类的文言文最好抛弃不作。鲁迅说这话，说明当时文言文仍有一定市场。鲁迅没有像周作人那样批评唐宋文的"载道"（鲁迅本身即有载道思想），更没有批评唐宋文的文法之类

① 周作人：《鲁迅读古书》，载钟叔河编订《周作人散文全集》第十二卷，广西师范大学出版社，2009，第622~623页。

② 鲁迅：《无声的中国》，载《鲁迅全集》第四卷，人民文学出版社，2005，第12页。

的——他在意的，是文学要有自己的灵魂，要有新的蓬勃的生命及反抗的气息。鲁迅未必会在六朝文和唐宋文之间作太大的区别，但在他看来，唐宋文已被后世"正统"文家模拟写滥，在思想上又被加入许多"遵命"的意味，没有了魏晋名士文的那种真气和桀骜，所以，鲁迅不喜唐宋文，更喜魏晋文。

鲁迅并未在整体上否定古文，也没有提倡以白话代文言。在语言观上，鲁迅始终坚持汉字拉丁化的主张，直至其去世。汉字拉丁化当然是过于理想的一个构想，钱玄同、傅斯年都有同样立场。鲁迅主张汉字拉丁化，是为了文字便于大众学习，是典型的启蒙精神的体现。但事实上，汉字拉丁化从未实现。所以，退一步，就写作状况而言，鲁迅其实是文、白并存论者——虽然他并未明确主张文、白并存。鲁迅白话文学中的古文成分自不必说，他的学术著作一律用文言写作，日记也皆是文言，因而，文、白并存的二元观应当是与汉字拉丁化并存于鲁迅思想中的语言观。

要之，反对古文也好，维护古文也罢，都是不符合文化发展规律的一隅之见。激烈反对古文者，或出于一时的情绪，或怀有某种文化政治策略。古文的尊崇者，其坚强的姿态也是为白话文派所激，好比两个吵架的人，都会越说越过头。而文、白并行派则是理性的，目光长远的。社会变革往往为情绪激烈、善作姿态、理性不全者所推动。但历史发展的长期轨道，却是按照不以少数人意志为转移的深层规律行进的。"五四"以迄今日，中国文学的文、白并存，即证明了这一道理。

第二节　新旧文学观转变的节点

中国文学的现代转型，涉及众多观念、众多文体的新、旧转换。本章只是试图通过"五四"前后的古文运动观，来透视中国文学现代转型中的一些重要问题，它本身是笔者所欲揭示的古文运动叙述与建构史及其深层动因的一个重要段落。因为，"五四"前后是整个中国社会与文化由古代进入现代的转折期，故揭示这一时期古文运动叙述背后文学观的古今通变尤为重要。"五四"前后新、旧文学观的转变，有几个最关键的节点，在这一时期的古文运动叙述中都有所体现。这几个关键点是进化论与尊古论、纯文学观与杂文学观，及文以载道的问题。它们分别涉及文学史观、文学本质论和文学功能论这几个重要问题。正是在这样一些文学观的辩论、较量中，现代文学观逐渐建立起来，并成为后来压倒性的主流文学思想，深刻影响了现代文学实践以及我们对古代文学的认识。

前一节已通过一些代表人物的古文运动观，对"五四"前后意见纷呈的古文运动观进行了大致的梳理和分析。现再对以上古文运动观背后的文学观做一些总结，以透视这一时期古文运动观与中国文学现代转型之间的关联。

一　尊古论与进化论

尼采曾在其晚期著作《历史对于人生的利弊》[①] 中对历史意识进行了颇富洞见的四种分类：好古的、纪念的、批判的，以及他自己对这些历史意识的"超历史的"眼光。所谓"好古的历史"是最守旧的一种，它对历史的源头极为虔敬，固执地拒绝现实的需要和改变；"纪念的历史"，对过去的伟大高度尊重，并不反对创造新生命，但却希望古代传统保持不变，并居于中心地位；"批判的历史"，则是为了新生活无情地打碎并谴责过去；尼采主张"超历史"的态度，即将"目光从单纯的演变过程转向使存在具有永恒和稳定之特征的过程"，在尼采看来，只有"超历史"和"非历史"才能治疗历史对生活的压制和历史的疾病。

并非所有时代，这四种历史意识都有相当的活跃程度。但在"五四"这样的大变革时代，这几种历史意识都相当显著，并相互交织。五四时期，对传统文化的态度，以上四种类型都可以找到。国粹派、激进派、保守派争执的焦点之一，就是"新与旧"的问题，而新与旧，正是历史观的问题。

中国文学现代转型期大体上有两种对立的文学史观——尊古论和进化论。为什么是"尊古论"，而不是"复古论"呢？因为，"尊古"与"复古"不同。尊古，即尼采所谓"纪念的"历史意识；复古，则是"好古的"历史意识。两者都倾向于"古"，但程度不同，"复古"比

---

① 〔德〕尼采：《历史对于人生的利弊》，姚可昆译，商务印书馆，1998。

"尊古"更保守。五四时期，文学上典型的复古论者是章太炎。从古文运动观的角度观察，章太炎看不起唐宋以后的文章，说明他在某种程度上认为文学是退化的；但他最推崇魏晋文，认为比秦汉文都好，所以，也不能说章太炎完全是文学退化论者。章太炎把魏晋的论学之文作为文章的最高典范，这当然是一种复古论；而且，他认为文学应该是无所不包的杂文学，其典型是三代之文，这也是文学复古论。显然，章太炎的文学观与文学进化论背道而驰——进化论向前看，复古论向后看。章太炎明确表示不相信文学进化论，而反讽的是，他在思想、政治领域却是进化论者。

五四时期，古文的尊崇派其实更多的是尊古论者，如刘师培、姚永朴、学衡派。

前文已述，刘师培是文学进化论者，其所谓进化的规律是由简趋繁、由文趋质，故由骈文到古文是一种进化。但刘师培所谓"进化"，似不包含价值判断，而只是事实判断。就价值而言，从骈文到古文，则是退化。刘师培也认识到近代文学必经俗语之一级，但这与胡适等人的白话文学进化论不同。俗语、白话在刘师培那里，只能居于应用文的领域，而文学必须以骈文为正宗，"进化"在刘师培这里只是描述历史的必然演化的客观趋势（"天演"）。所以，刘师培的文学史观是既向前看，又向后看的，他的文学进化论并不是新文学派包含价值判断的文学进化论——因而，严格说，刘师培的文学观是尊古论的。

前文也通过姚永朴所引方苞论唐宋古文的话，分析了姚永朴的文学史观，并认为姚永朴的文学史观是文学退化论和文学循环论的混合。所谓"文学退化论和文学循环论的混合"，是中国传统最典型、最普遍的文学观。唐代以后的大量文论在回顾文学史时，通常都把"三代两汉"作为文学的"黄金时代"（韩愈所谓"非三代两汉之书不敢观"就是典型），并认为文学自东汉之后就开始衰颓，六朝荡而不返，唐代古文运动振衰起敝，晚唐五代再次低迷，北宋古文运动雄风重振，之后便是开创不足、守成有余的平庸时代——唐以后的文学史叙述大抵就是这样一种模式。中唐古文运动之后，"复古"成为文学革新运动的一面大旗，其实质是以复古为革新——所谓"托古改制"，只不过复古的程度、对象、成效，有所不同而已。而复古的逻辑前提则是文学退化论——复古论者认为从古到今是一个衰败的过程，所以才要回到古代去；既然要回到古代的高度，则必然是以文学循环论为逻辑前提的。文学退化论和文学循环论两种逻辑是相互勾连在一起的，两者共同的前提是认定古代文学优于当代文学。因而，中国古代主流文学史观是混合了文学退化论和文学循环论的尊古论。姚永朴的文学史观，是最典型的中国传统的文学史观。

学衡派力图超越新、旧二元对立的历史观，以超越古今中西的眼光看待文学。胡先骕在《文学之标准》一文中说："既不可食古不化，亦不可惟新是从，惟须以超越时代之眼光，为不偏不党之抉择"①，这句话很能代表学衡派的文学史观。所以，可以说学衡派的文学史观是一种"超历史"的文学史观，他们明确反对胡适所谓"历史文学观"（时代文学观）。但问题是——我们真能超越有限的时代的历史视界吗？为什么学衡派也未能真做到"以中正之态度，为平情之议论"（胡先骕语）？学衡派在文学上，总体来说是一种古典主义的立场，对白话文学、西方近代文学都持贬斥态度，所以，学衡派并未能摆脱历史、时代的倾向性，其古典主义是一种尊古论。学衡派追求超越时代的永恒的艺术价值的文学观，是非常深刻而有益的艺术观，但那似乎是一种无法企及的理想境界，人的意识总是受制于有限的历史视域的。因此，学衡派陷入超历史论和尊古论的悖论之中。这或许是艺术和历史之间的悖论；同时，它也是"历史意识"本身的悖论——历史，既可以是无限的超越时代的"永恒"，也可以是有限的时代。

刘师培、姚永朴、学衡派的文学史观，虽各有不同，但都是尊古论的，也就是尼采所谓"纪念的"历史意识。林纾并不反对白话文，但他认为古文万万不可废，这不是要复古，而是尊古。

复古论、尊古论都是向后看的，复古论仍属于广义的尊古论，与尊古论针锋相对的历史观是进化论，进化论是向前看的。在促使中国文学由古典迈入现代之门的各种动因中，影响最大的是文学进化论。按照文学进化论的逻辑，新文学是比旧文学更好的文学，所以新文学必须代替旧文学。这是中国文学现代转型作为一种变革行为最有力的哲学依据。

---

①　胡先骕：《文学之标准》，1924 年 7 月《学衡》第 31 期，载张大为等编《胡先骕文存》（上），江西高校出版社，1995，第 276 页。

自晚清"文界革命"开始，进化论就推动着文学的变革。五四文学革命，胡适、陈独秀、钱玄同、鲁迅、周作人都是进化论者。进化论给他们带来的最大的思想动力，便是历史必须朝着更新的方向变革、演化的意识——新的事物往往是更好的，至少"新"意味着更有希望。而文学进化论是进化论及其变体"社会进化论"传入中国之后的一个具体表现。进化论的基本观念是：事物是不断向着更高级、更先进，由低到高的方向发展的，所以新的总比旧的好，落后必然要被先进取代。自严复《天演论》风行之后，"天演进化"的道理在中国可谓振聋发聩，因为中国传统的历史观恰恰与天演论相反——总认为古代才是美好的，历史是不断衰退的。所以，天演进化的理论成为晚清民国之际社会革命和文化革命最有力的理论武器，时人称之为"公理"——公理者，天经地义无可怀疑之事也。从向后看的历史观，到向前看的历史观，这是天翻地覆的变化。

所谓复古和尊古并无本质区别——它们都是"崇古"的。中国古代正统的历史意识就是"崇古"。中国古人总有一种"黄金古代"（The Golden Age）观念。崇古的意识，可能与祖先崇拜有关。曾有新文学人形象地称一味崇古者为"古迷"。而当中国进入现代化的关口时，势不得不打碎"崇古"的顽念，否则无法吐故纳新。进化论在中国社会文化现代转型期发挥了绝大作用。激烈的反传统思潮，就建立在进化论的基础之上。"五四"之后，学术领域激烈的"疑古"思潮与进化论思想一道把"黄金古代"观念打破了。进化论、疑古的历史观，便是尼采所谓"批判的历史"。

中国文学中牢固的"崇古意识"，正是从唐代的诗文复古运动之后真正形成的。文学复古论直至五四文学革命，才遭遇颠覆性的批判。在文学上，白话代替文言，即以进化论为理论支持。通俗文学的被重视，小说、戏曲等文体地位的极大提升，包括词的地位的提升，文学进化论功莫大焉。文学进化论导致了语言观和文体观的重大变动，直接影响了新文学的创造和我们对古典文学的重新认识。在文学标准上，所谓"三代两汉之文"不再是中国文学神圣的最高典范；写诗作文，不再非要打出"文必秦汉，诗必盛唐""文章在韩欧之间，学行继程朱之后"之类的先贤的招牌。新文学家可以尊奉古代文学，如周作人之尊崇六朝，林语堂（1895—1976）之钟情晚明等，但不必再像古人那样——如不把自己置于古代大师的羽翼之下，就感到不安。换言之，现代意识的标志之一，就是把今人和古人放在平等的地位上对话。这不能不说是进化论的功效。

但是，"五四"之后中国政治、文化的激进化，极端破坏性的反传统，又给现代中国社会、文化造成了极大伤害。政治、经济的伤害相对容易恢复、修补，而文化的破坏，尤其是对数千年文脉与道统的根性的破坏，有如内伤，极难恢复。80 年代之后，许多对中国现代历史的反思，都把破坏性的激进主义的源头归于"五四"，其实，"五四"只是激进的某种开端，而且激进在当时是思潮和现实社会力量之一种，现代中国的极端反传统与激进主义，与"五四"之后不断发展的激进政治专制力量有绝大关系。① 文化始终是受制度制约的，正如制度受文化影响一样。进化论只是反传统的一个西方思想资源，中国固有的专制思维（一元论）模式，也是极端反传统的重要思想来源。一元论思维模式，就是"独尊儒术，罢黜百家"式的思维模式（大一统），韩愈的《原道》就是这种思维的体现。这种一元论，在古代语境中产生的历史观就是极端"尊古"，而在现代语境中又曾演变为极端"反古"之类，方向虽相反，思维方式则一以贯之。然而，学衡派那种反进化论、反激进主义的文化保守主义，其实一直存在，例如钱穆就对新文学运动不以为然，他对唐宋八家古文始终推崇；陈寅恪对新文化运动也持保留态度，对韩愈更是推崇备至。持自由主义的新文学家废名（1901—1967）、沈从文（1902—1988）等人对文学进化论都是不接受的，而这些"不合时宜"的思想在 20 世纪激进的大潮中注定只能被淹没。

反传统在"五四"之际当然有其合理性，白话文运动也并非错误，至于后来中国文学因为与传统的断裂而导致的诸多缺陷，并不能简单归因于五四文学革命。所以，文学进化论须做两面观，既要看到其历史合理性，也要看到它与其他历史因素结合之后产生的负面效应。

在笔者看来，整体历史的演变既不是进化的，也不是退化的，也不

---

① 任何一个国度、民族，在较为"自然"的状态下，其人心的面向与选择都是多元的。历史上极端的文化选择，都不可能是文化的自然选择，而必有赖于专制制度。现代社会已是"运动型"社会，凡极端性社会运动，必然是极端政治制度力量推动的结果。

是循环的，也不是不进不退的——事实上，历史是这多种情形的混合。单一、固定的历史演化模式——"历史决定论"，早就被证明是错误的。就文学而言，今未必胜于古，古也未必胜于今。首先，我们不可能脱离传统。世间没有横空出世的事物，任何文化皆自传统脱胎而来，并且一切文化无时无刻不在形成传统——否定传统，就是否定文化本身；但传统的某些形式、观念、精神，必须在某种新的境况下予以抛弃，因为传统中的有些东西并不适用于新的境况——如八股文、律赋；传统不应当成为创造的束缚——假如我们写新诗还要像旧诗一样押韵、对偶、用典，新诗有可能产生吗？蔑视传统或蔑视现在，都是对人受制于时间这一存在本质的无知和违背，因而是行不通的。创造的关键，在于在根植传统和疏离传统之间保持恰当的"度"。

二　杂文学观与纯文学观

"五四"前后的古文运动观，所折射的不仅有文言、白话，文学进化论与尊古论等语言及文学史观问题，它还关涉杂文学与纯文学之辨。杂文学观与纯文学观属于更加深层的文学本体论问题，它是中国文学观念现代转型的基本理论问题之一，涉及各种文体，并且在现代之后的文学中反复波折、纠缠。它不仅是中国文学问题，也是迄今争论不休的文学基本问题。

在传统文学观中，所谓"文"或"文学"的内涵通常都是较为宽泛的，它常常超出现代所谓"文学"概念的界限，而与学术、人文等更宽广的范畴相对应。正如很多"五四"学者所指出的那样，有"广义的文学"，有"狭义的文学"。现代所谓"纯文学"是立足于"狭义的文学"的。虽然，古代也有类似于现代所谓"纯文学"的理念，但占据主流的却是我们称为"杂文学"、"泛文学"或"大文学"的文学观念。而无论是"纯文学"或"杂文学"，都是现代的概念。

"纯文学"英文为 belles-letters，或 polite-letters，来自法语。letters 义为"文字"；belle 义为"美女"，belles 在这里引申为"美的"，所以 belles-letters 义为"美文学"；polite 在 letters 之前义为"文雅的、优雅的"。所以，"纯文学"在法语和英语中的意思是"优美的文学"。但这一概念翻译成中文之后，变成了"纯文学"，这便发生了语词和语义的错位——当我们说"纯文学"时，在意涵上主要指向"美文学"，但"纯"作为词语却和"美"并不相等；美的反面"丑"和纯的反面"杂"也不相等。英文所谓 pure literature，则是有了中文"纯文学"这个词语之后的英语直译。

"纯文学"是一个处于两难之境的概念，它后来遇到的文学的艺术属性与意识形态属性、精英性与大众性之间的界限的模糊、两难之间的矛盾，都与所谓"纯"的限制有关。

在晚清民国这样一个学术、文化大转型的时代，一切价值都被重估，而重估的前提就是"重新命名"。什么是道德、思想、科学、文学？……一方面是价值重估，一方面是自西方传入的明晰的学科分类意识，这两种诉求使得当时的人们思索文学的本义、定义、本质、界限到底是什么。尽管对文学的定义、核心质素存在观点的分歧，但新文学观的共同点则是强调文学的独立性，此独立性要求寻找文学的特质，或者说文学与非文学的区别。在文学与非文学区别的探究之下，便产生了纯文学的观念。

纯文学观，在晚清即已出现。梁启超、王国维皆支持纯文学观。对纯文学观与杂文学观的大规模探讨，是在"五四"前后，并一直持续到30年代，所谓"纯文学"大致形成共识。

大抵，"五四"之前杂文学观较为普遍；"五四"之后，纯文学观则占压倒性优势。早期的具有一定现代意识的《中国文学史》的作者黄人、林传甲、王梦曾、曾毅、张之纯、谢无量等都持杂文学观，即经史子集不分的文学观。章太炎更不必说，他是极端的杂文学观者。按照章太炎"以有文字著于竹帛"者皆谓之"文"的说法，文学是没有界限的。可是，在他的具体论述中，他对唐宋文章持否定态度，甚至认为唐宋古文不是"文"，理由是他认为唐宋古文没有"小学"功底。那么，是否有"小学"功底就是他对文学的一个限制条件，这便与其无所不包的"文"的概念相抵触，所以，章太炎的杂文学观不能自圆其说。前文已分析，刘师培主要强调文学的"修词"，以及"修词"之美，而没有特别重视文学的情感性这一现代纯文学观的要义，故仍不是真正的现代的纯文学观。

五四时期，强调杂文学与纯文学之分的主要是《新青年》派。学衡派也有主张文学独立价值的近代观念，但并不强烈。因为学衡派是拥护古文的，倘若强调纯文学，则古文的价值要大打折扣。学衡派不想在纯文学与杂文学问题上纠缠。吴芳吉甚至认为不必为文学下定义，那只是一种徒劳。①《新青年》派格外重视纯文学概念，是想推翻传统的杂文学观，建立新的现代文学观，提升文学的地位，以促进文学革命。文学革命之后，关于杂文学与纯文学概念辨析的言论甚多，通常都是就文学的本义而发的，而不是针对具体文体或时代的文学。在涉及"文以载道"问题时，都会涉及文学的界限问题，于是文学的"纯"与"杂"就成为问题，而"文以载道"则与唐宋古文有关。前文曾经引述的曾毅和陈独秀的来往书信，便涉及杂文学观与纯文学观之辨。

曾毅《与陈独秀书》对陈独秀反"文以载道"持不同意见。他认为"道"不是狭隘的孔孟之道，而是现代所谓"思想"，甚至比思想更广；所谓"言之有物"，有物就是有道，"非道之文，不有价值；无物之言，必为空衍"②；并且，曾毅认为"文学与学术，实有相密切之关联"。③这当然不是章太炎那种以学术为文学之本的立场，也没有明显的杂文学倾向，但他亦未强调文学的独立。

陈独秀在给曾毅的复信中说："何谓文学之本义耶？窃以为文以代语而已。达意状物，为其本义，文学之文，特其描写美妙动人者耳。其本义原非为载道有物而设，更无所谓限制作用，及正当的条件也。状物达意之外，倘加以他种作用，附以别项条件，则文学之为物，其自身独立存在之价值，不已破坏无余乎？故不独代圣贤立言为八股文之陋习，即载道与否、有物与否，亦非文学根本作用存在与否之理由。"④这段话是探讨"文以载道"的，主张文学当有"独立存在之价值"，虽未使用"纯文学"一词，而含有"纯文学"之义。陈独秀在《文学革命论》中明确提出了"应用之文"和"文学之文"的区别，他说："应用之文，

---

① 参见吴芳吉《再论吾人眼中之新旧文学观》，载孙尚扬、郭兰芳编《国故新知论——学衡派文化论著辑要》，中国广播电视出版社，1995，第217~241页。
② 曾毅：《与陈独秀书》，载《中国新文学大系·文学论争集》，上海良友图书印刷公司，1935，第4页。
③ 曾毅：《与陈独秀书》，载《中国新文学大系·文学论争集》，上海良友图书印刷公司，1935，第4页。
④ 曾毅：《与陈独秀书》，载《中国新文学大系·文学论争集》，上海良友图书印刷公司，1935，第7~8页。

以理为主；文学之文，以情为主。"钱玄同也使用了"应用之文"和
"文学之文"这组术语；胡适、蔡元培则用"应用之文"和"美术之
文"；刘半农在《我之文学改良论》中提出"文字"和"文学"之分。
这些概念的辨析，都显示了对文学的独立性的强调，并倾向于"纯文
学"立场。在他们看来，所谓"文学之文""美术之文"，或者说"文
学"的要素是情感、美及与实用相对的超功利的品质。

　　纯文学观念，在西方也是浪漫主义兴起之后的产物。人类文学在很
长时间内都处于杂文学的观念之下。除文学观念本身的精微化以外，学
科分类、文化门类意识对纯文学观念的推动是不可阻挡的，同时，它也
是社会分工越来越精细这一大的社会发展趋势的必然结果。

　　纯文学观念对中国文学的影响是全方位的，从文学观到各种文体的
重新认识以及文学史评价，都获得了新的眼光乃至提升。就散文而言，
现代的"美文"观念，便是纯文学观对散文的重新塑造。相对于古代的
"文章"概念，"美文"概念狭窄得多，这是其弊端。但"美文"观念会
让我们对散文的审美性有更精细的认识和更明确的追求，正如"纯文学
观"让我们对文学的"文学性"有深入的认识一样。

　　然而，精细化的代价就是"窄化"。纯文学观念的一大后果，是让
文学的格局变小了，此点在散文领域尤为显著。由古文一变而为现代散
文，散文变得更自由了，但却很难产生先秦诸子散文那样的"大文
章"——当然，文章观的转变只是其原因之一。诗歌、小说、戏剧这些
形式感更强的文体，倒还可以相对地"纯"，而散文则是最具包容性，
最难以框定界限的文体。以"纯"要求文学，散文最尴尬。譬如，胡云
翼在出版于1932年的《新著中国文学史·自序》中说："我们不但说经
学、史学、诸子哲学、理学等，压根儿不是文学；即《左传》《史记》
《资治通鉴》中的文章，都不能说是文学；甚至于韩、柳、欧、苏、方、
姚一派所谓'载道'的古文，也不是纯粹的文学（……）。我们认定只
有诗歌、辞赋、词曲、小说及一部美的散文和游记等，才是纯粹的文
学。"① 这虽是30年代的言论，但它是五四时期纯文学观的某种发展。
倘以胡云翼的纯文学标准衡量，则古文中很大一部分有价值的文章都该

---

① 　胡云翼：《新著中国文学史》，华东师范大学出版社，2004，第5~6页。

被抹杀，抛入"非文学"的范畴。1933年出版的刘经庵的《中国纯文学史》的观点更为偏激，作者在"编者例言"中说："本编所注重的是中国的纯文学，除诗歌、词、曲及小说外，其他概念付诸阙如。——辞赋，除了汉朝及六朝的几篇，有文学价值在者很少；至于散文——所谓古文——有传统的载道的思想，多失去文学的真面目，故均略而不论。"①刘经庵把所有古文都排除在文学之外了。1933年出版的刘大白的《中国文学史》说得更直截了当："只有诗歌、小说、戏剧，才可称为文学。"②

当然，像刘经庵、刘大白这样极端的纯文学观，附和者并不多。而在诗歌、散文、小说、戏剧诸文体中，散文始终是距离"纯文学"最远的一种。现代文学中，与传统关系最紧密的便是散文，而散文也被很多人认为是中国现代文学中成就最高的一类。于是，便有一个问题摆在我们面前：现代散文与古文到底应保持怎样的关系，散文的"杂"与"纯"该如何处理。这些是"五四"文人尚未深入思考的问题，但它们却包孕在"纯文学"观的发轫时期。

所谓"美文""纯文学"，以及后来盛行的"文学性"这些概念，都遭到了质疑。的确，这些概念并不能真正地自圆其说。而反过来，"杂文学""大文学"以及西方现代文论中对"文学性"的否定，也未必就是"文学"的正确方向。无论纯文学观，还是杂文学观，其实都有其理论价值，让我们对"文学"有了更丰富的理解和阐释。

三 "文以载道"的迷思

尽管，在文、道关系上，对"道"的尊崇在唐宋古文运动之前就已形成，但"道"取得对"文"的压倒性优势，是在古文运动之后。古文运动在文学观上的一大结晶就是"文以载道"论。尤其是宋代道学盛行，朱熹对"文以载道""文便是道""道文合一"观念进行了更为深入的哲学辩护之后，"文以载道"从此成为中国正统文学观的一大要义。因"文以载道"与古文运动，及其与中国文学观念现代转型之间的重大关系，这里，对"五四"前后围绕"文以载道"的相关论述再做一整体

---

① 刘经庵：《中国纯文学史》，江苏文艺出版社，2008，第1页。
② 刘大白：《中国文学史》，开明书店，1933，第2页。

探究。

　　"道"是中国古代文化中的一个名词，有点类似于西方哲学、宗教中"真理"和"上帝"的混合。"道"既具有类似于真理的理性色彩，又有类似于上帝的神圣意味。在中国哲学中，"道"和"天"相并联。"天道"是绝对的权威——天不变，道亦不变。"道"是全体、大体、大本。《周易》曰："形而上者之谓道，形而下者之谓器。""道"是抽象之理。庄子《天下》篇感叹"道术将为天下裂"，可见庄子把"道"视为一个浑然的最高综合的总体。"道"的本义如乾坤袋，无所不包。及诸子百家兴，"道"变成了各家之道。韩愈所谓"道统"，只是儒家之道而已。韩愈、柳宗元虽都标榜"道"，但在与"文"的对应关系上，"道"在他们头脑中并不占据绝对优势。欧阳修、王安石等政治家、文学家之所谓"道"偏于经世致用，周敦颐、二程、朱熹等理学家之所谓"道"偏于性命、义理。但对于这些儒家士人来说，性命义理和经世致用并非不相干之事，它们是儒家之道"内圣外王"的不同侧面。故总体而言，所谓"文以载道"之"道"在宋代主要指内圣外王之道。但在理学成为官学，专制统治更加森严的元、明、清，所谓"道"的"外王"意涵就越来越被削弱了，"道"逐渐成为儒家"内圣"以及圣贤教化的代名词。

　　就文、道关系而言，从《周易·系辞》"辞之所以能鼓天下者，乃道之文也"，到刘勰《文心雕龙》"原道"篇，都是"文原于道"的观点，其所谓"道"是包括天文、地文、人文的"大道"，所谓"文"也不仅是文章，而是天地精髓的表现。"文原于道"的思想，也就类似于哲学中所谓道和器、理与事、本与末、体与用等范畴关系。而自韩愈提出"道统"说，经过宋代儒学的发展，所谓文以明道、文以载道之"道"便成了较为狭隘的儒家之道。无论"文原于道"，还是"文以载道"，在中国古代文论中，"道"是本，"文"为末。

　　虽然，"文以载道"之"道"被逐渐窄化、教条化，但是对文以明道、载道说的反对却不是现代才有的呼声。六朝时期就有"缘情"说，而"原道"说在当时也未形成主流观念，缘情与原道不甚对立。自中唐古文运动后，"道"开始凌驾于"情"之上。晚唐李商隐就曾反对文以载道，载周孔之道，而提倡"必有咏叹"，以"通性灵"①；明清以后，对"文以载道"说的批评更是多见，李贽的"童心"说、袁枚的"性灵"说，都与"文以载道"针锋相对。

可是，对"文以载道"的反对，在古代始终是非主流的，其根本在于"道"作为哲学范畴在中国文化中的至尊地位。余英时说："那种认为可以发现或发明一个东西来代替'道'，这种事情在中国传统的批评家身上从未发生过。"② 的确如此。尽管，在文学中有"情""志""意""性灵"等概念与"道"相抗衡，但在哲学层面，中国始终没有产生可以代替"道"的概念。迄于"五四"，"道"作为哲学概念才受到根本挑战。

"文以载道"绝不只是文学问题，围绕它的正、反各种意见都与哲学思想问题相勾连。三千多年的"道"的哲学概念，以及一千多载的"道统"观，在西方思想进入中国之后的晚清民初开始崩塌。王汎森谈及新文化运动时说："旧道统去了，补充空虚的'新道统'是什么？'主义'的崇拜成了一个'新道统'。"③ 进化论、人道主义、人文主义、科学主义、社会主义、民族主义、国家主义、自由主义等新主义、新思想，在"五四"之后呈现百家争鸣之势，传统的"道"成为旧思想的象征，于是，"主义"代替"道"成为"新道统"。倘若就"道统"这一约束性的概念而言，这是很有见地的观点。但从哲学上说，"主义"主要是社会层面的思想，尚不足以完全与"道"相对应。真正在哲学上替换"道"的现代概念的，是"思想"。曾毅说："文以载道之道即理，即今之所谓思想"，这句话便表明了从"道"到"思想"的哲学理解的现代转换。道，理解为思想，则是容器；理解为主义，则是器中之物，器中之物，可以是各种各样的思想、观念。

五四文学革命，是要"革"旧文学的"命"，这主要体现在两点上：一是在语言文字、文体上革古文（文言文）的命；二是在文学思想上反

---

①　李商隐：《献相国京兆公启》，载《全唐文》卷七百七十八。

②　余英时：《20 世纪中国的激进化》，刊发于 *Journal of the American Academy of Arts and Sciences* 1993 年春季号，罗泽群译，后收入何俊编、程嫩生等译《余英时英文论著汉译集·人文与理性的中国》，联经出版事业股份有限公司，2008。

③　王汎森：《思潮与社会条件——新文化运动中的两个例子》，载王汎森《中国近代思想与学术的系谱》，吉林出版集团有限责任公司，2011，第 276 页。

"文以载道"。两者是一体两面之事，因为古文所载的就是"道"。为什么"文以载道"在五四文学革命之后受到了根本挑战呢？因为"文以载道"是中国传统文学观的核心。而"文以载道"之"道"——"儒家之道"（道家的文艺观不主张"文以载道"）在"五四"时被激烈批判，成为思想革命的主要目标，这种思想革命与文学上的反"文以载道"相汇合，便使得"文以载道"遭到了空前的威胁和动摇。

载道是古文家的根本。五四时期，古文家对"载道"持何态度呢？有坚持"载道"不变者，如王葆心、姚永朴、唐文治；也有对"载道"态度暧昧者，如林纾；也有为载道说辩护，认为"言之有物实文以载道之注解"者，如吴芳吉。

王葆心《古文辞通义》卷三说："吾谓处今世而研究文字，尤宜认定宗旨，使其心力不出乎吾范围之外。绎厥旨要，当以顾亭林'作文须有益于天下'为归。稽顾氏所定有益之目曰明道、曰纪政事、曰察民隐、曰乐道人善。"① 顾炎武的这段话，本就和道学家所谓"文以载道"有所不同。它固然包含"明道"之义，但却更偏重于"纪政事、察民隐、乐道人善"这些切实的作用，或者说顾炎武的文章功用观大于相对狭隘的"文以明道"。王葆心将顾氏所谓"作文须有益于天下"作为文之宗旨，即是此意。近代以来许多古文家在尊崇文以明道时，都特别强调文章的"经世"作用，这与近代中国的危急局面有关，故"文章者，经国之大业"的意识在古文家心目中更加深了。不过，王葆心终究属于传统的"文以明道"论者。姚永朴《文学研究法》卷一"根本"中认为文章首在于明道，其次在于经世。这也是传统的"文以明道"观，且明确强调文章之"经世"作用。但姚永朴所理解的"道"并不局限于儒家，他说韩愈认为杨朱、墨翟、管夷吾、晏婴、老聃、庄周、申不害、韩非、慎到、田骈、邹衍、尸佼、孙武、张仪、苏秦之属是"以其术鸣"，而他认为"就其术之长者，要未尝不包含于道之中，犹不致华而不实也"。② 姚永朴毕竟是近现代的古文家，儒家思想在他心目中并无独尊之地位。

① 王葆心：《古文辞通义》卷三，载王水照编《历代文话》第八册，复旦大学出版社，2007，第7139~7140页。
② 姚永朴：《文学研究法》卷一，载王水照编《历代文话》第七册，复旦大学出版社，2007，第6842页。

　　比姚永朴晚出，在"五四"之后还一直坚持古文立场，书写古文论著作的古文家、经学家唐文治，在1909年编订成册的《国文大义》上卷"论文之根源"中，并未用古文家普遍使用的"道"这个名词，而是搬出孔子所谓"修辞立其诚"一语，把"诚"作为人品之根本，并作为文之根本。以"诚"为人品之本，以人品为文之本，这是儒家思想。但唐文治故意避开"道"，以"诚"替"道"，便避免了"文以载道"论的狭隘。他说："吾国人谓之诚，西国人谓之精神。人惟有精神，斯有理想。理想日新，而文明之象生焉。"① 把"诚"与"精神"相对等，并且与西语"理想"相联系，这已不是传统所谓"文以载道"了，而是一种具有现代性的文学观。

　　古文的"大护法"林纾，对"文以载道"呈现出一种复杂、纠结的态度。其《春觉斋论文》曰：

　　　　幼年闻古人"文以载道"之语，初不甚解。近十五年来，方知古文一道，非学不足以造其樊，非道不足立其干。②

　　　　古人言"文以载道"，闻者以为陈言，愚谓不为文则已，若立志为文，非积理积学，循习于法度，精纯于语言，不可轻着一笔。盖古文非可随意挥洒者也，一染竟陵、公安之习，则终身不可澡涤矣。③

　　　　盖"文以载道"之说，苏文忠恒述欧阳文忠语诏人矣。孙明复谓"文为道之用"，张文潜谓"学文之端，急于明理"。愚按"道理"二字，实纯备于为文之先，断不关系于临文之下。若秉笔为文，

①　唐文治：《国文大义》上卷，载王水照编《历代文话》第九册，复旦大学出版社，2007，第8195页。
②　林纾：《春觉斋论文·论文十六忌》，载王水照编《历代文话》第七册，复旦大学出版社，2007，第6389页。
③　林纾：《春觉斋论文·论文十六忌》，载王水照编《历代文话》第七册，复旦大学出版社，2007，第6397页。

即思某者合理，某者中道，拘挛桎梏，不期趋入于陈腐矣。[①]

综合以上数条可知：林纾对"文以载道"是认可的。但抽绎文意，他所说的"道"，并不是儒家道统、纲常伦理之类，而是蕴含在文章当中的，或者说是作为文章构思之基础的学问、思想、精神、文意之类的东西。当然，林纾在思想上是儒家信徒，但在对"文以载道"的理解上，他把"道"理解为文章的"内蕴"。林纾的这一观点，已经蕴含着挣脱文学的教化束缚的独立意识。

《春觉斋论文》系 1916 年首版。1917 年，当胡适、陈独秀举起打倒古文的大旗之后，林纾发表《论古文之不宜废》一文，曰："方今新学始昌，即文如方、姚，亦复何济于用？然而天下讲艺术者，仍留古文一门，凡所谓载道者，皆属空言，亦特如欧人之不废腊丁耳。"[②] 对古文成为众矢之的的局面充满悲情的林纾，把"文以载道"自行否定掉了。和姚永朴、唐文治不同的是，林纾原本就不太相信古文的载道、经世之用，他对古文的社会功用其实是很悲观、很清醒的，但林纾之所以坚信古文有不可废之价值，在于他对古文的"艺术价值"的信仰。他把古文看作艺术，而不是经学、道统的附庸。艺术价值追求的是"无用之用"，"文以载道"的价值取向是"用"，故林纾可以说是被动地否定掉了"文以载道"的文学观。

五四文学革命，在文学观念上，首先拿"文以载道"开刀。胡适的《文学改良刍议》提出所谓"八事"第一条为"须言之有物"。他说"吾所谓'物'，非古人所谓'文以载道'之说也。"胡适所谓"物"指的是情感和思想。从表面看，胡适不承认"文以载道"说，但他在桐城派所谓"言有物"基础上提出的"言之有物"与"文以载道"是否完全对立呢？或者说，"言之有物"能否解构"文以载道"？余元濬《读胡适先生〈文学改良刍议〉》一文曰：

---

① 林纾：《春觉斋论文·论文十六忌》，载王水照编《历代文话》第七册，复旦大学出版社，2007，第 6402 页。

② 林纾：《论古文之不宜废》，载吴仁华主编《林纾读本》，福建教育出版社，2016，第 152 页。

胡先生所谓"吾所谓物，非古人所谓文以载道之说也。"要知文以载道之道字本非甚浮泛，果视为浮泛，则固宜为胡先生之所鄙夷。实则此处之道字，本在胡先生所谓物字之中，以物字既分"思想"与"情感"而言，则所谓物者，非必名词（Noun）而后可。道之云者，直一种上乘之思想已耳。若必以为一种不可思议之最虚渺的空论也，岂通论哉？①

余元濬认为，"文以载道"之"道"就是"思想"——"一种上乘之思想"，所以，"道"就包含在"物"中。因而，"言之有物"与"文以载道"并不对立。胡适急于提出自己的文学观，而没有对"文以载道"做深入的分析；从语气看，他只是说"言之有物"非"文以载道"，并未特别否定文以载道。在论及韩柳古文运动时，胡适也没有特别批评文以载道。胡适所谓"言之有物"虽然比"文以载道"的内涵更广泛，但二者本质上是相通的——都是重"质"、重实用、重内容的文学观。

率先举起反"文以载道"大旗的是陈独秀。他的《文学革命论》说韩愈是"豪杰之士"，但却"误于'文以载道'之谬见"，"文学本非为载道而设，而自昌黎以迄曾国藩所谓载道之文，不过抄袭孔孟以来极肤浅极空泛之门面语而已。余常谓唐宋八家文之所谓'文以载道'，直与八股家之所谓'代圣贤立言'，同一鼻孔出气。"曾毅的《与陈独秀书》对"文以载道"有不同理解，其言如下：

足下似将道字呆看。谬推足下之所以呆看，则蔽于俗传之狭小道字，如王湘绮所谓文必依于道，故必依经以立义。一若除经外即非道也。仆则以为道之本义极宽泛，当古人学术未发达之时，一切名词，皆极含混。道而属于文。即凡事事物物，莫不该之，不必专谈孔孟之道者，始谓之为道也。道如孔孟之于文，不过备道之一格而已。故仆妄以为文以载道之道即理，即今之所谓思想。特不过古人之所谓道，比于思想，则寓有限制作用之"正当的"条件在内

---

① 余元濬：《读胡适先生〈文学改良刍议〉》，载《中国新文学大系·文学论争集》，上海良友图书印刷公司，1935，第16页。

耳。然究之吾人之为文，似不能不含此作用。……事之所存，即莫不有道之所存，言之有物，物即道也，即理也。……仆敢谓非道之文，不有价值；无物之言，必为空衍。足下主张写实，写实即有物，有物即有道。各学派皆各有其道，亦即各有载道之文，亦即各有其有物之语。①

按照曾毅的观点，"道"即"思想"，只不过古人所谓"文以载道"之"道"是狭隘的孔孟思想。就"道"的本义"思想"而言，文不可能脱离"道"，有一事物，便有一事物的"道理"。所以，"言之有物"就是"文以载道"；既主张"言之有物"，又反对"文以载道"是不合逻辑的。

陈独秀在给曾毅的复信中说，文学本无所谓载道与否，言之有物与否，因为文学本为"达意状物"的"代语"，本不当被任何条件所限制，否则文学不能独立。这一观点，有助于文学的独立性的觉醒。但它使陈独秀的文学观陷入了双重矛盾：其一，既反对文以载道、言之有物的限制，却又提倡所谓国民文学、写实文学、社会文学，这岂不是典型的载道、有物的文学吗？其二，否定文学不当为载道、有物，即被内容所限制，就是反文学工具论，但把文学视为"代语"，不也是一种工具论吗？

所以，陈独秀提供给我们的是一种自相矛盾的说法。但重要的是曾毅和陈独秀之间的对话提出的问题：第一，"文以载道"该如何理解？"道"作何理解？第二，为什么要反"文以载道"？第三，"文以载道"和"言之有物"之间的关系是什么？第四，道、物与文学语言、文学形式之间是何关系？

我们再来看对新旧两派皆不以为然的学衡派人物吴芳吉《再论吾人眼中之新旧文学观》一文中批评"言之有物"说时的一段议论：

道者，曰忠恕之道，曰仁义之道，曰孝弟之道，曰中庸之道；曰富贵不以其道不处，贫贱不以其道不去之道。曰仁者不忧，知者不惑，勇者不惧之道；曰得志与民由之，不得志独行其道之道；曰

① 曾毅：《与陈独秀书》，载《中国新文学大系·文学论争集》，上海良友图书印刷公司，1935，第4页。

人人亲其亲、长其长，天下太平之道；曰喜怒哀乐发而中节之道。凡此种种，皆文以载道之所为道也。概括言之，生人共由之路，皆谓之道。文以载道者，谓为文者必由此生人之路以行之也。以言情感，情感之能达乎是者，孰有更笃于此？以言思想，思想之能辩乎是，孰能更加于此？谓文以载道则失情感乎，胡谓先天下之忧而忧，后天下之乐而乐者，不少会心人耶？谓文以载道则累思想乎，何以信道笃，自知明，举世非之、力行不惑者，乃有豪杰之士也？若谓庄周、陶潜、杜甫、辛弃疾、施耐庵之文非以载道，乃以言情感思想者，所以为美。而唐宋八家之下，锢于载道之谬见，其文无情感思想所以不美。然彼解识物论之大齐，黄唐之寄慨，君国一饭之思，朋友平生之谊，与夫朝野孤愤之感，以成其为庄周、为陶潜、为杜甫、为辛弃疾、为施耐庵者，非以其能了悟生人之道，而又载诸文耶？道之广大，无所不包，又岂沾沾于情感思想者所可望也？而或者以文以载道之道，为道德之简称。文学自有独立之价值，不必以道德为本，此亦似是而非之言也。文以载道之意，原不限于道德，然即道德言之，又何可少？情感思想，并非神圣不易之物，不以道德维系其间，则其所表现于文学中者，皆无意识。年来文学与道德之争论甚烈，其实至为易解。文学作品譬如园中之花，道德譬如花下之土，彼游园者固意在赏花而非以赏土，然使无膏土，则不足以滋养名花。土虽不足供赏，而花所托根，在于土也。道德虽于文学不必昭示于外，而作品所寄，仍道德也。故自此狭义言之，文学以载道之说，仍较言之有物为甚圆满有理。惟吾人之意又与新旧派异者，则文学所包甚广，其义又至精微，何必为下定义，以自拘束。中外文家所下定义，佳者何可胜数。然所言不过尔尔，其实均无一当。其出自名家手者，尤往往偏执可笑，着眼一隅，漏其百体，以云彼善于此，则有之耳。若求确切无漏，亘古今而不易者，则未之敢信，而吾人尤不必为所颠倒，知其不过如此，还他如此可耳。然则文以载道之言，何足为病？而情感思想之说，又何足为多？苟于此斤斤较焉，非至痴愚，亦将百世不解。试以言之有物与文以载道之语较之，一为实体之形容，一为抽象之比喻。不言道而言物，不言物而言情感思想，不过字面新鲜，易于动听之意，有如不曰勤而日劳动，不曰俭而曰节制，不曰仁而曰良心，不曰义而曰服务。甚至不曰感兴而曰烟士披里纯，不曰游宴而曰辟克匿克，不曰科学而曰赛因斯，不曰民本而曰德漠克拉西，以为新鲜动人者同一心理。故与其谓言之有物，为新派之创见，不如谓言之有物实文以载道之注解。文以载道失之笼统，容易滋生误会，固为不是。言之有物其范围狭小，意思板滞，其易滋流弊益甚，岂非似是而实非者耶？①

吴芳吉的文风是洋洋洒洒式的。《再论吾人眼中之新旧文学观》针对胡适所谓"八事"逐一辩驳。首当其冲的，就是对"言之有物"的批评。在吴芳吉看来，古人所谓"文以载道"之"道"，包括儒家从修身到治国平天下的所有道理，其范围甚广。所以，"文以载道者，谓为文者必由此生人之路以行之也"。吴芳吉对"文以载道"的理解从"道"作为"路"的本义出发，而引申为"生人"（人生、生活）中所有的一切。这样，"道"便是无所不包的。所谓"情感""思想"都包含于"道"之中，古代文学大师的作品莫不如此。而且，"道德"也包含在"道"之中，虽然文学并不等于道德。所以，"文以载道"之说并无问题。而所谓"言之有物"和"文以载道"其实是一回事，只不过前者为实体的形容，后者为抽象之比喻（"道"和"载"都是比喻性的），言之有物只是文以载道的注解而已。吴芳吉承认"文以载道"有笼统之弊，但"言之有物"意思板滞（"物"相比于"道"显得板滞），反不如"文以载道"之说好。显然，吴芳吉是为"文以载道"辩护的。可以说，吴芳吉是"文以载道"派。但吴芳吉对"道"的理解，比单纯的儒家之道宽泛得多，也比曾毅所谓"道即思想"更宽泛，他所谓"道"也包含情感，总之是"生人"之一切。

但吴芳吉对胡适、陈独秀反"文以载道"的批评，有些自说自话的味道。陈独秀说得很明确，古人所谓"文以载道"是载孔孟之道，代圣贤立言，是狭义的道。而吴芳吉所说的"道"是广义的"道"，并非陈独秀、胡适所谓狭义的道。吴芳吉、曾毅都认为"文以载道"是成立

---

① 吴芳吉：《再论吾人眼中之新旧文学观》，载孙尚扬、郭兰芳编《国故新知论——学衡派文化论著辑要》，中国广播电视出版社，1995，第218～219页。

的，前提是他们所说的“道”是广义的“道”。即胡、陈、曾、吴，他们对“文以载道”的不同理解，缺乏对“语境”的限制——是古代语境中的“道”，还是现代语境中的“道”？语境不同，则“文以载道”的含义不可能确定。

那么，新文学派为什么要反“文以载道”呢？应当说，其最大的动机是为了文学的独立。陈独秀对此点说得很明白。兹再举两例：

历史学家、文学革命先驱朱希祖在《文学论》一文中，力主纯文学观。他认为“文学须有独立之资格”。① 作为章太炎的弟子，朱希祖反对章太炎以学术为文学之本的文学观，他说：“若吾国以一切学术为文学，则主体在一切学术，而不在文学”②；进而，他认为：

> 宋儒“文以载道”一语，实与此（按：主体在一切学术）相表里；一切学术即道，文者不过为载道之器。总之吾国旧日之所谓文学，实指文章而言，未尝论及文学。文学必有始终条理，与诸种学术相对待，而可以独立者也。③

再看茅盾（1896—1981）的一段话：

> 中国旧有的文学观念不外乎（一）文以载道。（二）游戏态度两种。文以载道，是极严重的限制；……道义的文学界限，说得太狭隘了。他的弊病尤在把真实的文学弃去，而把含有重义的非纯文学当做文学作品；因此以前的文人往往把经史子集，都看做文学，这真是我们中国文学掩没得暗无天日了。④

---

① 朱希祖：《文学论》，原载于 1919 年《北京大学月刊》第 1 卷第 1 号，见朱希祖著，周文玖选编《朱希祖文存》，上海古籍出版社，2006，第 45 页。
② 朱希祖：《文学论》，原载于 1919 年《北京大学月刊》第 1 卷第 1 号，见朱希祖著，周文玖选编《朱希祖文存》，上海古籍出版社，2006，第 47 页。
③ 朱希祖：《文学论》，原载于 1919 年《北京大学月刊》第 1 卷第 1 号，见朱希祖著，周文玖选编《朱希祖文存》，上海古籍出版社，2006，第 47 页。
④ 沈雁冰：《什么是文学——我对于现文坛的感想》，载《中国新文学大系·文学论争集》，上海良友图书印刷公司，1935，第 153~154 页。

朱希祖和茅盾都是文学研究会的发起人，他们反对"文以载道"，其直接理由都是为了"纯文学"，为了文学独立之地位，而"文以载道"的逻辑是"文"依附于"道"，并且，"文以载道"是一种杂文学观。所以，纯文学观与反文以载道，其实是同一命题的正、反两个方面。

若进一步思索，反"文以载道"应当与五四运动民主、个性等现代意识的觉醒也有关。对文学的独立价值的强调，就是对文学的被宰制的反抗，是对"独立"本身作为一种伦理价值的追求。独立意识体现在人生伦理中，也渗透于艺术伦理中。独立意识是民主、个人的意识形态的一种反映。除独立意识外，对"纯文学"的追求，与科学意识也有关。科学意识要求对文学的界限、功用有明确的界定，它是"纯文学"追求的第一动力。所以，反"文以载道"与五四时期的"科学、民主"乃至自由，都有深层的关联。反"文以载道"是要把文学从禁锢中解放出来。

反"文以载道"是五四文学革命的一个主要观念。但更为复杂的是，五四时期，乃至"五四"之后的现代文学史，在反"文以载道"的同时，却始终没有脱离"文以载道"的怪圈。新文学家们一方面反"文以载道"，另一方面却在创作和理论上以新的方式重复着"文以载道"的老路。

这一基调大约在晚清的"文界革命"就定下了。梁启超是推崇"纯文学"的，但那只是他的一面之词而已，实际上，梁启超全力以赴的是以文学来"新民""救国"——而新民、救国便是最大的道义。他不但让诗、文载道，还让小说载道，这比传统"文以载道"对"文"的要求更广泛。五四文学革命，胡适、陈独秀、周作人等更明确地反对"文以载道"，但同时他们又给文学注入了许多新的"道义"——国民文学、人的文学、人道主义、科学、民主等。朱希祖说："文学的新旧，不能在文字上讲，要在思想主义上讲。"[①] 这种对"思想主义"的重视，正是对文学所载之"道"的重视。再看沈雁冰的一段话，他说：

---

① 　朱希祖：《非"折中派的文学"》，原载于《新青年》第六卷第四号，见朱希祖著，周文玖选编《朱希祖文存》，上海古籍出版社，2006，第77页。

我自然不赞成托尔斯泰所主张的极端的"人生的艺术",但是我们决然反对那些全然脱离人生的而且滥调的中国式的唯美的文学作品。我们相信文学不仅是供给烦闷的人们去解闷,逃避现实的人们去陶醉;文学是有激励人心的积极性的。尤其在我们这时代,我们希望文学能够担当唤醒民众而给他们力量的重大责任,我们希望国内的文艺的青年,再不要闭了眼睛冥想他们梦中的七宝楼台……①

沈雁冰反对"中国式的唯美的文学作品",这和中唐古文运动反对南朝文学的吟风弄月,北宋古文运动反对五代的绮靡文风是同一思路,即反对那种缺乏现实意义的文学。希望文学"担当唤醒民众而给他们力量的重大责任",这便是现代文学的启蒙精神,把唤醒民众当作文学的使命之一,这是更重大的"文以载道",因为古代的"文以载道"是由文人承担的,而"启蒙"则不仅要求知识分子精英的自我启蒙,还要唤起大众的觉醒。现代文学的启蒙精神,就是新的载道意识。文学研究会的宗旨"为人生的文学",以及对社会道义的担当,就是一种载道精神——载人生之道、载社会之道。而在艺术方法上,文学研究会标榜现实主义,现实主义与载道密不可分,载道是内容,现实主义是方法和美学追求。现代以来的古代文学研究,往往给唐宋古文运动贴上"现实主义"的标签,并加以崇仰,便与中国现代文学主流意识形态对现实主义的推崇有关。

"五四"落潮之后的 20 年代后期,革命、阶级等政治意识形态以排山倒海之势侵入文学,新的"载道文学"已是巨大的现实。于是,30 年代之后,针对"新载道文学"的争论持续不断。1949 年后,新载道文学一统天下,不断升级,连绵数十载,比之古代的载道文学有过之而无不及。现代文学史家司马长风(1920—1980)说新文学运动是"反载道始,以载道终"②,可谓的评。这是现代文学中的一大公案,也是后话,这里暂且不表了。

三四十年代对"文以载道"的争论,主要围绕"革命文学"——文

---

① 　沈雁冰:《大转变时期何时来呢》,载《中国新文学大系·文学论争集》,上海良友图书印刷公司,1935,第 165 页。

② 　司马长风:《中国新文学史》上卷,昭明出版社有限公司,1980,第 4 页。

学到底应不应当载"政治之道"？文学该不该成为宣传的工具？在五四文学革命刚爆发时，新文学家们对政治干预文学是反对的，如朱希祖在《非"折中派的文学"》中说，"文学家的职任，本来不干预政治的？惟对于旧思想旧主义须破坏，新思想新主义须建设：这是他的最大职任，所以文学家大都主张新的"。① 反对政治干预文学，是要反文化专制，但新文学要承担"新思想新主义"的建设，这便是新的载道，这个"道"是"文化之道"。且不论文学能否脱离政治，至少文学是不可能脱离文化的。"文以载道"之"道"的本质，就广义而言，是"文化"。文学不可能不传达某种文化。鲁迅说："一切文艺固是宣传，而一切宣传却并非全是文艺"②，这是辩证地认识到文艺不可能脱离"宣传效应"，但以宣传为目的的文艺则未必是文艺。他所谓文的"宣传"，当是隐含在作品中的意蕴的传达、宣扬、表现——说到底，就是文学必然要表达之物，那么此"宣传"就相当于载道之"载"，也即西方理论所谓的"呈现"。这是第一个"宣传"；后半句所谓"宣传"，则是功利主义的，以文学为工具的宣传，这样的文学是值得怀疑的。鲁迅这句话，是对"文以载道"的一个辩证的看法。

反"文以载道"首先体现的理论问题，是文学工具论与反文学工具论。再进一层，对"文以载道"的思辨便涉及文学的内容与形式问题。胡适、陈独秀、曾毅、吴芳吉等人把"文以载道"和"言之有物"联系起来，两者到底是不同的，还是相同的？胡适坚决主张"言之有物"，即"质"。"质"是一个古文论术语，用现代文论的话语来说，所谓"质"就是有内容、不空洞。胡适主张言之有物，反对无病呻吟，就是追求文学要以有内容为本。这其实与传统"文质论"没有区别。"文质论"与现代所谓"内容/形式"理论颇为相近。"文、道"关系再进一步，就是形式和内容的关系。北宋祖无择（1006—1085）说："积于中者之谓道，发于外者之谓文"③，这里所谓"道"与"文"就是内容与形式。胡适并未就内容、形式问题深入，而陈独秀更加敏锐地意识到如果有

---

① 朱希祖：《非"折中派的文学"》，载《中国新文学大系·文学论争集》，上海良友图书印刷公司，1935，第88页。
② 鲁迅：《文艺与革命》，载《鲁迅全集》第四卷，人民文学出版社，2005，第85页。
③ 《河南穆公集序》，载祖无择《龙学文集》卷八，《四库全书》本。

"文以载道""言之有物"这些限制条件，那么文学就不能真正独立，所以他认为文以载道、言之有物都不是文学的本义。既然"载道""有物"皆非文学本义，那么文学的本义就剩下了形式、语言，这才是文学最基本的东西。可惜五四时期很少有人从"形式""语言"出发，对文学本质做更深入的思辨，因为他们都被文学的内容牵着走了。胡适、陈独秀发起"文学革命"的 1917 年，恰是俄国形式主义文论正式产生的时候，为什么中国没有产生语言本体论观念和形式主义文论呢？笔者认为，五四时期政治、文化对文学的压迫并非主要原因——俄国当时也处在剧烈的政治革命风暴中，主要原因还是在于"文以载道"这一文学观念、文化精神在中国文学中的根深蒂固，即"文以载道"这一文学的"内在理路"大于外在社会环境对新载道文学的影响。

为何在反对古代"文以载道"观的同时，现代文学又陷入了新的载道文学？是什么让"道"变，而"载道"不变？为什么现代文学中，文学被注入了人道主义、个性主义、自由主义、人性、革命、大众、政治、阶级斗争、工农兵等各种东西，并将其捆绑在一起？为什么文学很难真正"独立"，很难成为"纯文学"？纯文学有可能吗？有必要吗？文学的独立意味着什么？这其实都是"文以载道"这一中国传统命题当中包含着的文学本质问题的迷思。所以，有学者认为"文与道"是文艺理论和美学的根本问题，"因为'文学与生活'、'文学与政治'、'文学与文化'等关系命题，其实都是由'文与道'问题展开所致"。①

显然，对以上文学本质问题，很难给出明确肯定或否定的评判，或者终极的解答，所以"文以载道"并不是一个能够被彻底解构的理论问题，而是自有其理论价值的。王本朝在其论文《"文以载道"观的批判与新文学观念的确立》中对"文、道"并列的理论意义予以肯定。

　　　实际上，"文道"关系是文学意义最为基础性的价值话语，它与文学的内容和形式，艺术和思想，语言和情感等很容易实现话语通约和相互转化，"文以载道"的表达单向直接，能够非常明了地呈现载体与被载的逻辑关系，虽然不便于表达事物的多样性和复杂

---

①　吴炫：《文与道：百年中国文论的流变及问题》，《文艺争鸣》2011 年第 1 期。

性，但手段和目标直接，因果关系简单，有利于文学与意义的价值捆绑。作为中国文学传统的文以载道观把文学与政治教化紧紧地联系在一起，互为因果，既赋予了文学鲜明的政治功能，也能实现对社会意识的整合，形成主流意识形态。①

可以说，"文以载道"是中国文学对文学理论的一大贡献。李大钊自勉联"铁肩担道义，妙手著文章"，鲁迅认可的刘半农的赠言"托尼学说，魏晋文章"，都说明——即使在现代，道义、文章不可分割，仍是中国文人血液中的意识。作为传统中国文学理论的核心，正是受到西方文论、文化的冲击之后，"文以载道"才在五四时期成为一个更为复杂的文学理论命题，而对"文以载道"的反叛、思辨，与不自觉以及自觉的继承，对中国文学的古今转型，以及现代文学的整个历程都产生了巨大的影响，这一切，反过来又使得"文以载道"增加了新的现代内涵。

---

① 王本朝：《"文以载道"观的批判与新文学观念的确立》，《文学评论》2010 年第 1 期。

第三章　五四文学运动之后的古文运动观

第一节　"古文运动"概念的流行与学术化

本书第二章所述"五四"前后的"古文运动"观，大多并未使用"古文运动"一词，专门针对唐宋古文运动的论述也不多见，其"古文运动"观多包孕于对中国古文的整体评价之中。五四文学运动之后，20年代后期，大批中国文学史著作问世，"唐宋古文"成为一个学术问题，而不仅是被批判或被守护的对象。① 虽然，胡适在 1928 年出版的《白话文学史》中使用了"古文运动"一词，但他的"唐宋古文运动"意识和论述并不很明晰和充分。"古文运动"概念，在 20 年代后期尚未流行，如 1926 年初版，数次再版的顾实的《中国文学史大纲》② 就未使用"古文运动"一词，而曰"唐古文"。

30 年代，中国文学史的出版达到高峰（30 年代也是整个中国现代文化创造高度繁荣的年代）。本书"绪论"已说，最早完整地将唐宋古文改革潮流命名为"古文运动"的，是吕思勉 1931 年出版的《宋代文学》。此后，三四十年代的中国文学通史、断代史，大多会使用"古文运动"一词。至今，"古文运动"这一名称，在中国文学史著作中的使用几无例外（21 世纪以来，"古文运动"概念遭到一些学者的质疑）。应当说，"古文运动"概念的开始流行，是在 30 年代前期；而"古文运动"问题的正式学术化，也自这一时期始。

"古文运动"学术化的重要标志，是中国文学史（包括通史和断代

---

① 大约至 1927 年，五四初期的那些激烈论争逐渐消退，所以 1917 年至 1927 年可以说是"五四文学运动时代"，即现代文学史的"前十年"。之所以使用"五四文学运动"，而不选择也很流行的"新文学运动"一词，是因所谓"新文学"便意味着与"旧文学"的割裂、对立，这并不符合文学演变的实情，容易产生误导。"唐宋古文运动"成为一个较为客观的文学史问题，也正是在五四新文学运动退潮之后。

② 顾实：《中国文学史大纲》，商务印书馆，1926。

史）中专章、专节讲"古文运动"。"古文运动"的"学术化"意涵主要有两点。

其一，对"古文运动""古文"不再如"五四"白话文派那样激烈批评，从价值上加以否定和贬低，而是力图以客观、科学的态度对"古文运动"这一现象加以研究。这是五四新文化运动激烈反传统落潮之后，中国现代人文学术渐趋"整理国故"、反思传统，企图继往开来。新文化运动的领袖胡适、傅斯年，几乎在"文学革命"的同时，就在提倡对传统文学加以"科学"的学术研究。以进化论、历史主义、科学意识为灵魂的中国文学史学，在"五四"之后迅速成长起来。"古文运动"成为中国文学史研究中的一个重要议题。现代中国的文学史研究以追求"客观"为标榜，尽管文学研究的"史学化"（包括重视文献、重视考证、重视明晰的因果关系、确切的"结论"等特点）给现代以来的中国文学研究带来了至今仍未被充分意识到的缺失（如文学研究的美学维度、精神深度的缺失，或者是美学维度与史学维度的各自为政），但在"五四"之后，这种追求科学精神的文学史研究，有利于从传统与现代的意气之争中摆脱出来。譬如，如果不能摆脱对"文、白关系"简单的二元对立，对"文以载道"的情绪化的态度，就很难对"古文运动"有较为平允的认识。另外，三四十年代对"古文运动"有所论列者，如郑振铎、龚书炽（1910—1946）、林庚（1910—2006）、刘大杰等，都是"五四"之后成长起来的现代学人，他们没有受过八股的煎熬，对古文、骈文没有强烈的厌恶，在他们的学术创造期，非打倒文言不可的时代形势已经过去，故他们对古文的态度，比胡适、陈独秀、钱玄同等人平和许多。譬如，顾随（1897—1960）说："退之文不见得好，而有独到之处。'文起八代之衰'，此语至少有一部分是对的。"① 话就说得很平和。这种时代和身份差异，是他们能够以更加学术化的态度看待"古文运动"的重要条件之一。要之，文、白之争硝烟的散去，对传统文化由激烈批判到冷静研究的风气的变迁，是"古文运动"问题学术化的时代土壤。30年代仍然有"国粹派"、复古的古文派的活动和声音，但却已是日薄西山，气息奄奄了。

---

① 顾随：《驼庵文话》，载《顾随全集 3 讲录卷》，河北教育出版社，2001，第 342 页。

其二，研究的全面和深入。20世纪30年代至50年代初的"古文运动"研究，有文学史的专章、专节；有论文，如罗根泽的《韩愈及其门弟子文学论》、陈寅恪的《韩愈与唐代小说》《论韩愈》、钱穆的《杂论古文运动》；有专著，如龚书炽的《韩愈及其古文运动》；有文学批评史中对唐宋古文家文学思想的探究，如郭绍虞（1893—1984）、罗根泽、朱东润（1896—1988）的《中国文学批评史》；有传记，如李长之（1910—1978）的《韩愈传》等各种著作形式。所涉问题，除古文（散文）与骈文在唐宋的互动关系、古文运动自北魏以来复古运动的渊源、古文运动在唐代发生的社会以及文学上的原因之外，还从思想史、科举、古文与传奇的关系、文学演变的规律等诸多角度对"古文运动"进行了全面研究。这使得我们对"古文运动"的认识超越了古人，也超越了五四时期的"古文运动"观。至今，我们对"古文运动"的基本认识和学术研究格局都是在这一时期奠定的。

新文学运动之后，"古文运动"研究的主流是追求客观，力图超越保守和激进的学术化的研究。但同时，坚持某种旧文学立场的尊奉古文的文人，如陈衍、唐文治、钱基博（1887—1957）、陈柱（1890—1944）、钱穆等对唐宋古文依然尊奉有加，虽不似桐城派文人那样视古文为命根，但他们都对古文抱以深情，故可说是古文的尊崇派。他们也没有骈文、散文、桐城、选学之类的家法，对唐宋古文未必奉若神明，但总体上都是尊崇的。他们对唐宋古文的见解，值得注意。然而，桐城派文人姚永朴、马其昶等皆于30年代去世，早已没有了影响力。古文的尊崇派在30年代只是偏于一隅，至40年代，盖已不成其为势力矣。南社领袖柳亚子，说他在新文学运动之初对白话文曾是热烈反对的，后来渐渐倾向于白话文派了[1]——我相信柳亚子的这种转变不是趋时，而是真诚自然的。此种转变的真正力量来自时代，即中国文学经过大约十年的"革命""改良"之后，其主体已演化为由现代汉语书写的现代文学，古典文学退居二线。柳亚子就像被时代的巨浪拍得翻了个儿的一枚贝壳。

新文学运动之后的古文的尊崇派，可以说是五四时期古文派的某种

---

① 参见柳亚子《我和南社的关系》，载《南社纪略》，张夷主编《南社史料辑存》，上海大学出版社，2017，第101~102页。

承续，但这种承续是相对的，因为他们没有牵涉文、白之争和骈、散之争，他们也接受了新文学的纯文学、科学精神等观念，故而其唐宋古文观和桐城派后期以及学衡派的观点也有所不同。在古文派内部，也有死硬的保守派，如章士钊及其同盟，在新文化运动后期，仍然激烈反对白话文，引起新文学派的厌恶。另外，五四时期激烈反对桐城派、反唐宋古文的脉络也有所延续，其代表，就是对新文学有很大影响的周作人。周作人在五四时期，对从韩愈至桐城派的古文尚未显露强烈的反感，可是"五四"之后的30年代，他却把对桐城派的批判，上溯至唐宋八家，尤其是韩愈，对其进行了前所未有的批评，甚至攻击，其原因在于30年代，随着"新载道文学"左翼文学的壮大，周作人的个人主义情调受到了越来越多的批判，导致周作人对韩愈以降的载道文学深恶痛绝。新文学运动之后，无论是尊崇唐宋古文的文人，还是激烈批判唐宋古文的周作人，在大的立场上，都是对"五四"或保守或激进的唐宋古文观的某种承续，故而对其先加以叙述，然后我们再来看对古文更加超然的现代学人的古文运动观，由此便可见出新文学运动之后，至50年代古文运动观的承续与嬗变的轨迹。

第二节　五四古文运动观的承续与嬗变

一　承续：反唐宋古文与尊崇唐宋古文

无论是反唐宋古文的周作人，还是尊崇唐宋古文的钱基博、陈柱等人，都没有使用"古文运动"概念。但他们对唐宋古文有大量的议论，且具备历史的宏观视域，都可以被视为其"古文运动"观而加以研究。先述周作人反唐宋古文的见解。

（一）反唐宋古文的代表：周作人

新文学运动之后，仍然激烈反古文、反桐城派者，其实不多。1924年林纾去世之后，一些新文学中人也发文纪念，对林纾表以同情。白话既已占得地位，古文也不是什么大可恶之事。但是，新文学的代表人物之一周作人，不仅没有宽容桐城派，反而在30年代之后变本加厉地批判桐城派，并上溯至其根源——唐宋古文，对桐城文和唐宋文进行了长期的猛烈批判，堪称反唐宋古文的代表。本书第二章曾述及周作人五四时期对韩愈的批评。但那时周作人主要忙于新文学观的建设以及对桐城派的批判，尚未流露出对唐宋文的整体性的反感，对韩愈的批评也不严重。然而，从1932年出版的《中国新文学的源流》一书，以及1935年之后的一系列文章开始，周作人表现出了对唐宋古文、韩愈，对载道文学的不断升级的强烈不满和较为系统的批评。

就对整个中国传统文学的批判而言，周作人的焦点主要集中于桐城派，他把桐城派视为"载道"文学的集大成者。周作人反桐城派，根源于他深固的反"载道"文学的文艺观。早在20年代前期的《自己的园地》《生活的艺术》等文章中，周作人就形成了一种强调艺术的个人性、自由精神，与集团价值保持距离的文艺观。这样的文学观，正是反载道文学的。《中国新文学的源流》一书的中心观点，是认为五四新文学运动实际上是对晚明"言志"文学运动的一个复兴运动——这便是新文学的源流。或者，从反面说，他认为五四新文学实际上是对八股文化，对桐城派的反动。他把中国文学史看成在"言志"与"载道"两派之间对立起伏的历史，在价值上，好的文学都是"言志"的。所谓"言志"的文学，就是体现个性自由精神的文学，"信口信腕，皆成律度"（袁宏道语）——周作人认为这句话既可以概括晚明性灵派的文学运动，也可以概括五四新文学运动的精神。

因为桐城派、八股文化的灵魂是"文以载道"，故而对它们的批判必然会上溯至"文以载道"观的源头唐宋八家，在周作人看来，最初的源头就是韩愈。他说：

> 自从韩愈好在文章里面讲道统而后，讲道统的风气遂成为载道派永远去不掉的老毛病。文以载道的口号，虽则是到宋人才提出的，但他只是承接着韩愈的系统而已。①

周作人把韩愈、唐宋八家、八股文、桐城派连缀成了一个一脉相承的谱系，其核心便是"文以载道"观。而他对"载道"文学的批评，至此也

---

① 周作人：《中国新文学的源流》，江苏文艺出版社，2007，第20页。

做了某种理论总结以及文学史的论证。如所谓"即兴"与"赋得"、"革命的文学"与"遵命的文学"等说法，都是对"言志"与"载道"说的补充和引申。尤其，引用鲁迅所谓"革命文学"与"遵命文学"的说法，更是有其现实针对性的。周作人在作于1928年的《文学的贵族性》一文中就表达了对革命文学"载道"气息的反感，他说："而且提倡革命文学的人，想着从那革命文学上引起世人都来革命，是则无异乎以前的旧派人物以读了四书五经，诸子百家等的古书来治国平天下的梦想。"① 他把"革命文学"和古代的"载道"文学视为一物。如果我们再联系1930年周作人及其弟子办的《骆驼草》杂志受到左翼文人的严词批评，导致周作人和左翼文人的正式交恶，就会明白《中国新文学的源流》实在是一部对抗左翼革命文学威压的著作。

不过，《中国新文学的源流》对韩愈的批评还不是很尖锐，也不很突出，周作人甚至把公安派极为推崇的苏轼看成属于韩愈系统的载道文学家，而他对王安石的评价却颇不低。韩愈特别突出地成为周作人的第一大批判对象，是在1935年之后。1935年2月5日刊《人间世》（第21期）发表的周作人的《谈韩退之与桐城派》，引题为钱振锽（1875—1944）著的《谪星笔谈》批韩愈"与时贵书，求进身，打抽丰，摆身分，卖才学，哄吓撞骗，无所不有"，并与陶渊明的高洁相对比的话，表示"十分同意"，接着议论道：

> 我对于韩退之整个的觉得不喜欢，器识文章都无可取，他可以算是古今读书人的模型，而中国的事情有许多却都坏在这班读书人的手里。他们只会做文章，谈道统，虚矫顽固，而又鄙陋势利，虽然不能成大奸雄闹大乱子，而营营扰扰最是害事。讲到韩文我压根儿不能懂得他的好处。我其实是很虚心地在读"古文"，我自信如读到好古文，如左国司马以及庄韩非诸家，也能懂得。我又在读所谓唐宋八家和明清八家的古文，想看看这到底怎样，不过我的时间不够，还没有读出结果来。现在只谈韩文。……至多是那送董邵南

---

① 周作人：《文学的贵族性》，载钟叔河编订《周作人散文全集》第五卷，广西师范大学出版社，2009，第417页。

或李愿序还可一读，却总是看旧戏似的印象。不但论品概退之不及陶公，便是文章也何尝有一篇可以与《孟嘉传》相比。朱子说陶渊明诗平淡出于自然，我想其文正亦如此，韩文则归纳赞美者的话也只是吴云伟岸奇纵，金云曲折荡漾，我却但见其装腔作势，搔首弄姿而已，正是策士之文也。近来袁中郎又大为世诟病，有人以为还应读古文。中郎诚未足为文章模范，本来也并没有人提倡要做公安派文，但即使如此也胜于韩文。学袁为闲散的文士，学韩则为纵横的策士，文士不过发挥乱世之音而已，策士则能造成乱世之音者也。①

其实古文与八股之关系不但在桐城派为然，就是唐宋八大家传诵的古文亦无不然。韩退之诸人固然不曾考过八股时文，不过如作文偏重音调气势，则其音乐的趋向必然与八股接近，至少在后世所流传模仿的就是这一类。②

这是周作人第一篇专门批评韩愈的文章。读这些文字，我们不难觉察到其背后有种不吐不快的郁愤——"我对于韩退之整个的觉得不喜欢，器识文章都无可取"，这一句话就对韩愈做了全盘否定，用语极重。此后周作人对韩愈的所有批评，都是对这句话的说明。之所以痛批韩愈，乃因在周作人心目中，韩愈是他所厌恶的某一类读书人的典型，这类人只会作文章，讲大道理，义正词严，而人品卑劣。韩愈的品格当然没有周作人所说的如此不堪，但他在做人方面确有些受人诟病的把柄，古人也早批评过，且韩愈的确是载道文学的宗师，于是他便成了周作人厌恶的文人的代表。古人对韩愈的批评，或偏于其道学思想的浅薄，或偏于其文章艺术，或对其人品有所指摘，而像周作人这样对韩愈的品格、思想、文章整体否定，且把韩愈视为某一类人的代表加以抨击的做法，可以说是史无前例的。

---

① 周作人：《谈韩退之与桐城派》，载钟叔河编订《周作人散文全集》第六卷，广西师范大学出版社，2009，第 535~536 页。
② 周作人：《谈韩退之与桐城派》，载钟叔河编订《周作人散文全集》第六卷，广西师范大学出版社，2009，第 537 页。

为什么周作人在 1935 年之后对韩愈的反感升级了呢？这应当与 1934 年围绕周作人的《五十自寿诗》而引发的左翼文人对周作人更加激烈的批评有关。周作人发表在《人间世》上的两首七律，这里不具引，所谓"谈狐说鬼寻常事，只欠功夫讲吃茶"大抵仍是"苟全性命于乱世"的论调，这两首诗引来钱玄同、林语堂、胡适、蔡元培等诸多名士的和诗，无论诗写得如何，其出发点似乎都是想借诗来表达他们在新的革命时代的自我反思。当然，唱和酬答本是文人的一种游戏，不可太当真。可是，周作人的诗却引来了左翼青年的强烈不满，廖沫沙（1907—1990）、胡风（1902—1985）等都公开发文批评周作人的"谈狐说鬼"是逃避现实、幽灵复活，是肉麻的笑话。而后，曹聚仁（1900—1972）、林语堂皆起而为周作人辩解。这一事件，变成了自由主义文人和左翼青年之间的一次思想论战，可以说是新文学运动之后，本就潜藏的功利主义文学观和自由主义文学观进一步分化和冲突的一个表现。了解了这一事件，我们就会理解周作人 1935 年之后心境的变化，再来看他对韩愈的批评，便不难见出其字里行间对左翼文人的含沙射影，譬如，写于 1936 年的《文人之行》① 说：

> 不过不知怎的，我总不喜欢韩退之与其思想文章。第一，我怕见小头目。俗语云，大王好见，小鬼难当。我不很怕那大教祖，如孔子与耶稣总比孟子与保罗要好亲近一点，而韩退之又是自称是传孟子的道统的，愈往后传便自然气象愈小而架子愈大，这是很难当的事情。第二，我对于文人向来用两种看法，纯粹的艺术家，立身谨重而文章放荡固然很好，若是立身也有点放荡，亦以为无甚妨碍，至于以教训为事的权威们，我觉得必须先检查其言行，假如这里有了问题，那么其纸糊冠也就戴不成了。中国正统道学家都依附程朱，但是正统文人虽亦标榜道学而所依附的却是韩愈，他们有些还不满意程朱，以为有义理而无文章，如桐城派的人所说。因为这个缘故，我对于韩退之便不免要特别加以调验，看看这位大师究竟是否有此

---

① 周作人：《文人之行》，《宇宙风》第 16 期，1936 年 5 月。

资格，不幸看出好些漏洞来，很丢了这权威的体面。①

这里所谓"小头目"、"小鬼"、所谓"以教训为事的权威们"，很容易使我们联想到向周作人发难的青年作家许杰（1901—1993）、徐懋庸（1911—1977）、胡风等人。周作人虽然没有像鲁迅那样与攻击者斗战，但他内心对这些左翼青年很不以为然，并把对那些以教训为事的左翼作家的厌恶投射到了韩愈身上，借批评韩愈来批评左翼的新载道派作家，当是可以断定的。而这种心理投射，和周作人原本对韩愈的反感相结合，就使得他对韩愈的批评格外严苛，甚至极端。周作人对韩愈不时的公开批评，一直持续到他晚年，如其《坏文章二》一文：对韩愈加以攻击，连其容貌也加以丑化，言辞之间似有种对韩愈一类人的怨毒之气，比之三四十年代时对韩愈的批评更见其厌恶。通常，我们所极端厌恶的作家都是当代的，对古代某作家的厌恶能至此程度，实属罕见。通过以上分析，我们知道周作人对韩愈的反感有其深刻的现实背景。

周作人发表于1936年12月2日刊《世界日报》的《谈韩文》一文说：

> 世间称韩退之文起八代之衰，人云亦云的不知说了多少年，很少有人怀疑，这是绝可怪的事。谢枚如是林琴南之师，却能跳出八家的圈了，这里批评韩文的纰缪尤有识力，殊不易得。八代之衰的问题我也不大清楚，但只觉得韩退之留赠后人有两种恶影响，流泽孔长，至今未艾。简单的说，可以云一是道，一是文。本来道即是一条路，如殊途而同归，不妨各道其道，则道之为物原无什么不好。韩退之的道乃是有统的，他自己辟佛却中了衣钵的迷，以为吾家周公三吐哺的那只铁碗在周朝转了两个手之后一下子就掉落在他手里，他就成了正宗的教长，努力于统制思想，其为后世在朝以及在野的法西斯派所喜欢者正以此故，我们翻过来看就可以知道这是如何有害于思想的自由发展的了。但是我们所要谈的还是在文这一方面。

韩退之的文算是八家中的顶呱呱叫的，但是他到底如何好法呢？……我却在同一地方看出其极不行处（指《送孟东野序》），盖即此是文字的游戏，如说急口令似的，如唱戏似的，只图声调好听，全不管意思说的如何，古文与八股这里正相通，因此为世人所喜爱，亦即其最不堪的地方也。①

如有人愿学滥调古文，韩文自是上选……但是我们假如不赞成统制思想，不赞成青年写新八股，则韩退之暂时不能不挨骂，盖窃以为韩公实系该项运动的祖师，其势力尚弥漫于全国上下也。②

古人批评韩愈道学思想的浅薄，是基于儒家的立场，周作人则本就不信奉儒家，他对韩愈思想的批评主要针对其"道统"说，而其关键在于"统"，即周作人认为，本来"道""不妨各道其道，则道之为物原无什么不好"，但韩愈却自我作古地弄出了一个神圣的"统"，一打起"统"的旗号，便成为正宗、正统，成为统制思想，形成以自居正宗而压制异己的专制，这是最大的危害。

在《中国新文学的源流》中，周作人流露出对载道文学的排斥，但这并不意味着他对"道"本身绝对排斥，除反对把"道"变成统制思想外，周作人对"道"本身的理解，与道学家所理解的抽象玄虚的大道不同。周作人表示他一向不喜欢高头讲章式的所谓"道"，他很认同清代蒋湘南所谓道不可见，只就日用饮食人情物理上看出来的说法，"这就是很平常的人的生活法，一点儿没有什么玄妙"。③ 他在《〈杂拌儿之二〉序》中说："以科学常识为本，加上明净的情感与清澈的理智，调合成功的一种人生观，以此为志，言志固佳，以此为道，载道亦复何碍。"④

① 周作人：《谈韩文》，载钟叔河编订《周作人散文全集》第七卷，广西师范大学出版社，2009，第391~392页。
② 周作人：《谈韩文》，载钟叔河编订《周作人散文全集》第七卷，广西师范大学出版社，2009，第393页。
③ 周作人：《谈桐城派与随园》，载钟叔河编订《周作人散文全集》第六卷，广西师范大学出版社，2009，第864页。
④ 周作人：《〈杂拌儿之二〉序》，载钟叔河编订《周作人散文全集》第六卷，广西师范大学出版社，2009，第122~123页。

周作人更认同切实的常识，而怀疑抽象的玄学。他认为，如把"道"视为常识，则言志、载道本无相仿，亦无截然界限。周作人后来还说，言他人的志就是"载道"，载自己的道就是"言志"，这些说法，比《中国新文学的源流》中把"言志"与"载道"相对立的观点说得更为通达了。

韩愈终究不是道学家，他在唐以后的显赫地位，主要由其文章所致。欲打倒韩愈，必须解构其文章的价值。在 1935 年 5 月 5 日发表于《独立评论》（第 149 期）的《杨柳》一文中，周作人表示他并不排斥古文、文言，他把中国的古文以韩愈为界划为前后两期，先秦至魏晋六朝的文章，周作人都很欣赏，六朝文尤其是周作人的偏好。自韩愈以后，唐宋明清等八大家这一路的文章，周作人概不欣赏——所谓"一无可取"，可谓毫不留情。但如何不好，此文并未做详细分析，而只说："文章自然不至于不通，然而没有生命"，所谓"没有生命"，按照周作人的文章观，大约指其没有独立精神，一味模拟，只有腔调。更糟糕的是，这种古文偏偏易学，且与科举结合，而一路被继承下来，并奉为正宗，贻害无穷。

总结周作人对韩愈文章的批评，主要有三点。其一，韩愈文章开创了"文以载道"的传统，统制思想，"有害于思想的自由发展"。其二，韩愈之文乃策士之文。周作人说韩愈"我却但见其装腔作势，搔首弄姿而已，正是策士之文也。近来袁中郎又大为世诟病，有人以为还应读古文。中郎诚未足为文章模范，本来也并没有人提倡要做公安派文，但即使如此也胜于韩文。学袁为闲散的文士，学韩则为纵横的策士，文士不过发挥乱世之音而已，策士则能造成乱世之音者也"。① 为什么说韩愈的文章是"策士之文"呢？在《醉余随笔》② 一文中，周作人说："韩愈的病在于热中，无论是卫道或干禄，都是一样。"③ 一方面卫道，讲大道理，面目高尚，一方面汲汲于功名，这便给人以不纯正、投机的印象，

---

① 周作人：《谈韩退之与桐城派》，载钟叔河编订《周作人散文全集》第六卷，广西师范大学出版社，2009，第 536 页。
② 载 1935 年 6 月 21 日《华北日报》。
③ 周作人：《醉徐随笔》，载钟叔河编订《周作人散文全集》第六卷，广西师范大学出版社，2009，第 647 页。

正是中国所谓"策士"的特点。策士的另一特点，是喜好并擅长鼓动、宣传，韩愈正符合此点。周作人既不喜欢这类"营营扰扰最是害事"[1]的人，也不喜欢宣传的文学，他认为"文学没有什么煽动的能力"。[2] 要之，策士的特点是忽高忽低、忽左忽右，热衷躁进，在中国传统士人中属于下品，其文章亦然。其三，文章只重腔调、架子。周作人批《送孟东野序》的话"只图声调好听，全不管意思说的如何，古文与八股这里正相通，因此为世人所喜爱，亦即其最不堪的地方也"[3]，是他不喜欢韩愈文字的要害所在。"音调铿锵，意思糊涂矛盾，这是古文的特色。"[4]这一特色，八股文体现得淋漓尽致。但韩愈的文章与八股毕竟是有距离的，周作人对韩愈文章重腔调而意思无足取的印象，恐怕在相当程度上还是来自他对八股、对桐城派文章不良印象的投射（讲究文字的音乐性，其实本身是应该的，周作人的文章何尝不曲折摇曳，文白杂用，造成音乐性？）。把从古到今某一类人及其文章的印象投射、集中到了韩愈身上，这构成了周作人感知韩愈的一种心理机制。周作人认为韩愈"文章实乃虚骄粗犷，正与质雅相反"[5]，这便是音调铿锵而意思糊涂必然造成的一种审美上的效果——在审美层面，周作人也把韩文否定了。

韩愈是八大家的代表。周作人否定韩愈的最终目的是否定韩愈以后的古文传统。这个古文传统，与其说是韩愈的传统，不如说是唐宋八家的传统。在《杨柳》一文中他说不喜欢韩愈以后唐宋明清八大家一路的古文，便很明确地在否定唐宋八大家的传统。周作人之所以一再批判八家文、桐城文、程朱理学，乃因深感于他所生活的时代的文化界以上传统的幽灵，仍有绝大势力。他厌恶以高头讲章式的思想、主义来压人、

---

① 周作人：《谈韩退之与桐城派》，载钟叔河编订《周作人散文全集》第六卷，广西师范大学出版社，2009，第535页。

② 周作人：《半封回信》，载钟叔河编订《周作人散文全集》第五卷，广西师范大学出版社，2009，第628页。

③ 周作人：《谈韩文》，载钟叔河编订《周作人散文全集》第七卷，广西师范大学出版社，2009，第392页。

④ 周作人：《坏文章二》，载钟叔河编订《周作人散文全集》第十卷，广西师范大学出版社，2009，第449页。

⑤ 周作人：《关于家训》，载钟叔河编订《周作人散文全集》第七卷，广西师范大学出版社，2009，第46页。

杀人。早在 30 年代初，周作人就曾预言"新文学之后总有载道派的反动"。① 这种预感，至 1945 年变得更为肃杀——"现在如此，将来也要如此"②，这一定是源自现实的血的教训。

在周作人集中发表批韩之文的三四十年代，许多学者对韩愈皆持平情之论，而周作人对韩愈的批评虽不无深刻，却显然是偏激的，带有极强的个人意气。学者黄乔生说："周作人的韩愈论的最大的缺陷是没有正确评价韩愈的历史功绩。既然新文学是公安竟陵派的延续和复兴，那么，在某些方面'五四'文学运动与一切文学革命运动都有相同之处。"③ 周作人把晚明性灵派的所谓"文学运动"看作五四新文学的源头，这固然是有眼光的（但也撇开了新文学另一个重要的影响源——外国文学与文化，这不能不说是《中国新文学的源流》的一个严重失误），可惜未能更进一步看到新文学与唐宋古文运动之间相悖又相承的更为复杂的渊源关系。公安派、竟陵派在晚明的活跃，其实谈不上"运动"。所谓公安与竟陵的文学运动，是周作人、林语堂等现代人的一个放大了的建构，其历史影响远不能与古文运动相比。对古文运动的正面价值和影响的忽略，导致了周作人对唐宋八家偏激的否定，他也未能如胡适那样对桐城派的优点和历史功绩有所肯定。至于韩愈，不只对其历史功绩缺乏评价，周作人对韩愈的文章艺术、人格上的可取之处，也几乎一概抹杀了。且不说"正确"，周作人压根没有从"正面"的角度对韩愈及其之后的古文传统进行评骘。这种偏激与周氏一向推崇的中庸，以及他时常表现出的见识的通达，显得颇不协调。而导致这种偏激的原因，一是来自外界的新载道文学的刺激，另一重要的缘由，是周作人的文学观——他在骨子里是不相信"文章者，经国之大业，不朽之盛事"的。在周氏看来，大威力的是"名号"，而"文学呢，他是既不能令又不能受命"，"实在

---

① 周作人：《〈枣〉和〈桥〉的序》，载钟叔河编订《周作人散文全集》第五卷，广西师范大学出版社，2009，第 766 页。
② 周作人：《古文与理学》，载钟叔河编订《周作人散文全集》第九卷，广西师范大学出版社，2009，第 542 页。
③ 黄乔生：《鲁迅周作人与韩愈——兼及韩愈在中国文化史上的评价》，《鲁迅研究月刊》2004 年第 10 期。

是可有可无不关紧要的东西，表现出来聊以自慰消遣罢了"。① 那么，为什么周作人对文学的功用持如此虚漠的态度呢？出生于同一家庭，处于同样的时代，有相似的知识结构，为何鲁迅那么富有救世的热情？这或许与天性有关，鲁迅骨子里热，周作人骨子里冷。梁实秋就曾说，周作人表面淡泊，而骨子里却是"冷峭"。也许，个性也难以尽释其根源，但总是有些道理的罢。

（二）唐宋古文的尊崇者

五四新文学运动落潮之后，虽然在思想界，伴随着一些政客的推动，读经、尊孔等复古活动仍然搅动着时局，但在文学界，新文学已居压倒之势，旧文学仍在一定范围内存在着，其势力却远不能与辛亥至"五四"早期相比，无论在客观上，还是主观上，新、旧文学之间的争衡已不复存在。

许多从晚清过来的古文家在"五四"之后，都纷纷离世了。严复于1921年去世，姚永概于1923年去世，林纾于1924年去世，章太炎、刘师培、黄侃、陈三立（1859—1937）、桐城派殿军姚永朴、马其昶等人皆于30年代去世。晚清孕育出的传统文人，至此已是花飘叶零。伴随着五四新文化运动出现的《学衡》杂志，至1933年7月也正式停刊。学衡派的很多文人，毕生都坚持文言写作，但在白话文的浪潮前，只能做一种个人选择了。且学衡诸君本就以学人为主，从文、白之争，新、旧之争败下阵来之后，他们大多专注于学术研究，为中国现代学术带来了极大贡献。"五四"前期，旧体文学与新文学创作的势力，大约是平分秋色的。新文学运动之后，文言的学术著作仍很普遍，但在文学创作领域，旧体文学的势力渐不如白话文学了。②

在这样一种古典文学大势渐去的背景下，仍有一批偏于传统的文人，对古文保持尊崇的立场，并出版了体现其古文观的著作，主要代表有徐昂

---

① 周作人：《中国新文学大系·散文一集》导言，载周作人编选《中国新文学大系·散文一集》，上海良友图书印刷公司，1935，第13页。

② 虽为非主流，但"五四"之后的旧体文学创作，尤其是诗、词，始终保持着生命力。民国时期有大批具备良好古典文学修养的文人，他们创作了大量的诗词作品，且在新的时代遭遇及现代意识的影响之下，有很多新的特色。这些旧体文学，在相当程度上，都是现代中国文人心灵的重要载体，是现代中国文学生态的重要组成部分。而迄今为止的中国现代文学史，对现代以来旧体文学创作的叙述却很少。无论在价值上如何评判，对现代中国旧体文学研究的匮乏，不能不说是一种严重缺陷。

(1887—1953)、钱基博、陈衍、陈柱、钱穆等。他们有的瞧不起新文学，如钱基博；有的对古文、白话一视同仁，如徐昂；有的不赞成白话文运动，终身以文言著述，如钱穆。他们都不属于桐城派，并不以唐宋文章为宗法，而总体上都对唐宋古文持有敬意，故本书将以上诸人视为唐宋古文的"尊崇者"。兹对以上五人的"古文运动观"依次述之。

徐昂①，是一位如今被淡忘了的民国时期造诣非凡的学者，其著作涉及易学、音韵学、文学等领域，思想新旧兼容，见解通达不俗。他的文章学著作《文谈》，初印于 1929 年②，是一部体例传统，而见解新旧兼容，颇具精见的古文研究著作。据曹文麟《序》云，徐昂的《文谈》乃积十年之功之作，说明《文谈》的写作当始自新文学运动之后。

首先，徐昂不赞成文、白之争，他认为"文体文"与"语体文"当交相为用。"存古适今，并行不悖，互相诋訾，奚可耶?"③ 作为王国维的同龄人，其思想真可谓通达。④

徐昂在 1952 年再版的《文谈》"自序续"中说：

---

① 徐昂，近代著名学者。1877 年生于书香世家。初字亦轩，后易字益修，号逸休，江苏南通人。1898 以第一名秀才入庠。后入江阴南菁书院攻读，与丁福葆等同窗切磋，造诣日进。1908 年至 1939 年，长期任职于通州师范、女子师范，教授国文、文字学、国文法、日语等课程。1935 年后，先后任杭州之仁大学教授、无锡国专教授。1941 年太平洋战争爆发，徐昂自沪返通，坚守民族气节，次年赴苏中四分区南通县中温桥侨校任教，其"饥犹择食"的名言在苏北抗日民主根据地广为传颂。抗战胜利后，徐昂回归故园，整理毕生著述，汇编《徐氏全书》。中华人民共和国成立后，徐昂任南通市第一届各界人民代表会议特邀代表，并受聘为江苏省文史馆馆员。徐昂一生治学力求严谨，锲而不舍，精通群经，并深得桐城派方姚古文义法的精奥，但更求务实之学，致力于国学专著的撰述，孜孜数十年如一日。徐昂在易学、声韵学、文学等方面均有创获，尤其对《周易》的研究，直追汉儒焦延寿、京房二大家，剔抉精微，造诣至深。著有《易林勘复》《京氏易传笺》《释郑氏爻辰补》《周易虞氏学》《周易对象会释》《诗经声韵谱》《楚词音》《石鼓文音释》《说文音释》《等韵通转图证》《诗经形释》《文谈》《马氏文通正误》《休复斋杂志》等 30 余种国学专著，凡 120 万言。1952 年后汇为《徐氏全书》出版，入藏于全国各大图书馆，部分手稿由南通图书馆静海楼珍藏。70 年代初，海外亦精装出版了徐昂的部分国学专著。1953 年 11 月 16 日，徐昂病逝于休复斋故居。

② 本书据《历代文话》第九册所收《文谈》四卷。

③ 徐昂：《文谈》，载王水照编《历代文话》第九册，复旦大学出版社，2007，第 8907 页。

④ 近现代以来，有很多知识结构偏于传统的文人，都不一定反对白话以及新文学，只是由于我们的文学史、学术史把反对白话的旧派文人与白话文派的新文人之间的冲突叙述得过于突出，并忽略了很多文、白兼取的通达之士的见解，从而导致我们对偏于传统的学人怀有"保守"的印象。

> 文有骈散，散文方法不能深切了解，则辞赋骈文与诗骚词曲，
> 更无由认识组织之变化而兴起其美感。①

此即认为"散文"（与"骈文"相对的散文，而非现代所谓"散文"）
是其他一切文体的基础。所谓"辞赋骈文"，现代一般归于"散文"，而
"诗骚词曲"则属于诗，但与古代所谓"散文"相比，总体上它们都是
偏于诗化的文体，故而前者与后者构成了对比关系，且相对"非诗化"
的"散文"是诗化的辞赋骈文、诗骚词曲的基础。联通两者的基础，在
于作为文学作品基本构成的"组织"（结构）的变化和"美感"的兴起
（组织建基于理，美感发源于情）。这是透辟之见。或许，可以视为《文
谈》的作意。

关于"古文运动"的发生动因，徐昂认为："工古文者思救世俗之
弊，以维其道，必反乎科举之时文而屏黜之。"② 即认为提倡古文者是为
了改革社会的弊端，以维护他们的"道"，为实现这一目的，就不得不
反对科举时文。可见，徐昂把社会政治、意识形态的改革看作"古文运
动"的主要动因。他说韩愈"所以提倡古文，激劝当世也"③，也是从社
会改革角度着眼。古文所反对的不是骈文，而是科举时文，且这只是提
倡古文者社会改革的一种手段，或者说附属品。徐昂说：

> 自唐以降，科举益滋，古文与时文之战争浸烈，而时文取士之
> 柄操之国家，收效甚捷，海内趋之者如蝇如蚁，韩、柳辈初亦出入
> 其途，他何论焉。古文之帜只树于草野一二君子之文坛，致力甚艰，
> 而效又迟缓，附之者如晨星，如霜林之叶，其势于是乎益孤。故战
> 争之势，古文恒穷挫，时文乃如燎火横流，不可抑止。工乎古文者，
> 大半流离潦倒，有在上执柄者，亦必倾之使下。时文之工者则登龙
> 附凤，上干云霄，以为不可一世，仰之者若狂。而守道之君子处乎
> 浊世，既不能行其志，权力又不足以转移习俗，乃退而与其门人知
> 交，抱守孤诣，独行其是，困厄而不悔。阅数十年或数百年而后，

---

① 徐昂：《文谈》，载王水照编《历代文话》第九册，复旦大学出版社，2007，第8895页。
② 徐昂：《文谈》，载王水照编《历代文话》第九册，复旦大学出版社，2007，第8907页。
③ 徐昂：《文谈》，载王水照编《历代文话》第九册，复旦大学出版社，2007，第8908页。

复有明道者出，表章文学，轩轾以明，其论乃稍稍定焉，古文不绝之缕在此。夫以退之之学诏勉太学诸生，可谓亲切，而诸生罕闻有勤于古文者，盖汲汲于当时之有司，固别有在也。①

用"战争"一词形容古文与时文之间的对立，主要强调的是：自唐代古文与时文之战以后，时文由于一直被国家权力所操纵，作为科举取士的工具，以故天下读书人皆趋之若鹜。即是说，时文与权力相结合，构成了"文化霸权"。最典型者，即为八股文。作古文者，由于缺乏政治权力的支撑，而长期处于劣势地位。但终有少数有道之士，坚持古文以明道，故古文乃能不绝如缕。徐昂从社会政治角度着眼分析"古文运动"的主要动因，与现代所谓"政治意识形态"批评有相通之处。把政治意识形态作为文学的根源，未必适合所有文学，也未必适合所有中国文学问题，但就"古文运动"而言，政治意识形态的改革需求的确是其最大动因。与政治教化有重大关系，是中国古代文学的一大特点，"古文运动"在此点上尤为典型。

除"救世俗之弊，以维其道"的原因外，徐昂也认识到社会思想、学术思潮的变迁对古文的重大影响，他说：

> 唐代复古，迄乎五代则斯文靡矣。宋兴，古文复盛，道学亦昌，至金元又日下矣。明代义理复明，古文亦以振起，迄乎清代，汉学宋学各树一帜，互相排毁，姬传调剂之，道始大明。盛衰消长之原因不一，人之常情厌旧而喜新：义理至于极，则厌其虚而趋于考据；考据至于极，则病其塞而趋于词章；词章匮竭，则又趋而之他。史迁所谓一质一文，终始之变，此由于思想之变迁也。②

复古思潮的起伏、道学的盛衰、义理、考据、词章的往复波折，徐昂以"质、文代变"加以总结。"质、文代变"可以说是中国古代文学思潮的规律之一——在"重质"和"重文"之间来回拉锯。"古文运动"就是

---

① 徐昂：《文谈》，载王水照编《历代文话》第九册，复旦大学出版社，2007，第8908页。
② 徐昂：《文谈》，载王水照编《历代文话》第九册，复旦大学出版社，2007，第8918页。

"重质"文学观的一次大潮涌动。所谓"重质",即重内容充实,重风格古朴的文学思想。

要之,徐昂没有以骈、散之争为核心对古文运动进行简单描述和分析。对于初唐陈子昂等人的复古运动,他也说:"唐代韩、柳复古,文中仍多用偶,故两晋六朝之文之衰,非病骈俪也,观骨力之靡与厚,足以判其文之兴衰矣。"①骈、散之别实为表象,"骨力"的薄厚才是要害。破骈为散不是不重要,但它只是手段,是使文章更具风骨,有更深刻的生命力的手段。

唐以后的古文,至宋六家之世,徐昂认为其文章"势力之厚,视乎唐代,直过之矣"②,而"韩、欧以往,归、方继起,桐城大昌,散文之势力浸强"③,即是说,北宋之后,直到清代桐城派兴,古文才再一次势力大振。且其时,古文势力之大乃前代所无。徐昂说:"当韩、欧之世,时人耳目犹若此,况科举时文靡靡之秋也。伊古以来所称文盛之世,后能轶乎前者,厥惟清代,其文章有突过明代者,而桐城徒友亦较唐宋为广,传者既众,战争之势少盛,要其后亦渐衰焉。"④认为古文在清代势力最盛。这不是就文章成就而言,而是论其势力。韩、欧之世,古文虽盛,但质疑古文或不为古文者,大有人在。至清代以后,古文早已深入人心,故能风靡天下。徐昂是尊敬桐城派的,并接受了桐城派所谓阳刚、阴柔、神气等文章理论,但他并不主宗派,非桐城中人,他所讲的"理想""修辞"等理论,也非桐城派所有。

徐昂注重从历史影响的角度来看历代文章之变,他说:

举世混浊之时,虽几于道丧绝学,而山谷独行之士无时而息。历代文章凡变风气而复古,皆非一手足之烈一朝夕之事,其间多有阶段可言,有系统可循,推本溯源,不可没也。唐韩退之排斥众议,斯文以兴,本固而干挺,其徒李翱、皇甫湜辈左右辅翼,如枝叶之

① 徐昂:《文谈》,载王水照编《历代文话》第九册,复旦大学出版社,2007,第8907页。
② 徐昂:《文谈》,载王水照编《历代文话》第九册,复旦大学出版社,2007,第8922页。
③ 徐昂:《文谈》,载王水照编《历代文话》第九册,复旦大学出版社,2007,第8907页。
④ 徐昂:《文谈》,载王水照编《历代文话》第九册,复旦大学出版社,2007,第8908~8909页。

蔚然。昌黎以前志于道者，推隋之王通，所著《中说》一洗六朝骈俪之习。陈子昂未尽去排偶卑弱之体，而发愤自振，足以追古作者。元结脱尽绮靡气习，尤超乎流俗，是皆犹之萌蘖也。退之起而续之，一线未绝，实系于此。永叔之时有尹师鲁，而其先有穆伯长；姬传之时有朱梅崖，而其先有方望溪：同一趋也。有并其世者，有开其先者，有振其后者，志趣相敌，而流衍有广狭，或大昌或微，盖有由也夫。①

　　所谓"历代文章凡变风气而复古，皆非一手足之烈一朝夕之事，其间多有阶段可言，有系统可循，推本溯源，不可没也"，即指文学风气的变化不是个人，也不是短时期的、突兀的事情，而是逐段发展的、有脉络的，是有本有源的。这是很科学的"历史的文学观"。胡适所谓"历史的文学观"主要指"时代的文学观"。历史是由前后左右（西方理论所谓"历时性"和"共时性"）的关系构成的一种环形结构。所谓"时代的"，侧重强调某特定时代的特质，虽然"时代"也是在历时性关系中加以界定的，但对"时代性"的刻意凸显，容易遮蔽历史的更广大的面向，或者说多维关系。徐昂举例说韩愈之前有王通、陈子昂、元结等人导夫先路，同时代则有李翱、皇甫湜为其羽翼，才会有以韩愈为领袖的中唐古文振兴；北宋欧阳修之前有尹洙，尹洙之前有穆修；清代姚鼐之前有朱仕琇（号"梅崖"），朱仕琇之前有方苞，如此代代相续，前后影响，并世之人互相作用，才有了一次次的文章风气之变。"有并其世者，有开其先者，有振其后者，志趣相敌，而流衍有广狭，或大昌或微，盖有由也夫"，这正是对历史人物、历史现象"前后左右"影响关系的洞察。这种对历史动因复杂的网状关系的洞察，有点西方现代哲学所谓"谱系学"的意味。即任何人物或历史现象都是有其前后左右的关系，也就是"谱系"，只有在谱系中，才能认清历史的真相。徐昂所谓"有系统可循"，正是此意。

　　关于文、道关系，徐昂有一段非常精辟的议论：

---

　　①　徐昂：《文谈》，载王水照编《历代文话》第九册，复旦大学出版社，2007，第 8927～8928 页。

　　孔、孟以后，道与文兼至者少，唐宋诸家而外，如明王阳明、方正学、唐荆川之文，则多有与道相称者，而文学家视道学家语录所记，往往鄙为俚俗，而屏之不得与乎斯文，不知语录之书，文俗相参，所以为社会皆能通晓计也。观文学家之文，当寻其道之所在；观道学家之文，不必以文辞绳之。就造诣言之，道难而文易，然心远乎道，道求诸心而即得；而言远乎文，文则求诸言而不易即成也。故论其既则道易而文难，道有大小，文有厚薄，能见乎道而不失为文，斯亦可矣。①

　　文、道兼至，是儒家正统文学观的理想。唐宋古文大家如韩、柳、欧诸人，都是文、道并重的。徐昂认为唐宋八大家可谓孔、孟之后文、道兼至者（王阳明、方孝孺、唐顺之亦然）。而南宋以后，文、道分统，文学家和道学家各行其是（亦不尽如此）——道学家轻视文章之士，文学家鄙夷道学家语录文。徐昂为语录文辩护，认为语录文是为通俗普及之目的而作。这是一种同情的理解，且有近代通俗意识在内。徐昂以为对文学家之文和道学家之文，当用不同眼光看待。文学家之文，须求其思想；道学家之文，不必以文学的标准衡量，这样才能从中获益。徐昂更进一步认为：就造诣言，道比文难。但是，道虽难，心领神会便可（得之于心）；文学和人的言语也有相当距离，从言语到达文学之境，颇不容易。所以，"论其既则道易而文难"，所谓"既"相当于"完成"。道，一旦心领神会，当下圆满；文，则不但要得之于心，且须应之于口与手，需要更多的完成层级。因而，徐昂在道与文之间，并不强分轩轾，而是认为"道有大小，文有厚薄，能见乎道而不失为文，斯亦可矣"，即最好是两者互现益彰。徐昂此段对道与文的特质及其关系的论析，极为辩证、通达，非于道、文皆深有体会者不能道。

　　正因对文与道以辩证的态度并重之，所以徐昂对唐宋古文家便不以"文以载道"而轻易否定，既能批驳韩愈思想的纰缪，又能欣赏他们的文章之妙。

　　徐昂认为韩愈为一代文豪，"所为文章能探厥本原，戛戛独造，卓然

---

①　徐昂：《文谈》，载王水照编《历代文话》第九册，复旦大学出版社，2007，第8909页。

成一家之言"①，"务去陈言，复旧而实维新"。② 但是他对韩愈深为不满的是，认为韩愈"于史有缺憾焉"③，韩愈虽曾为史馆撰修，但只写成一部小心翼翼的《顺宗实录》（柳宗元就曾对韩愈《顺宗实录》不满），且对著史之事加以推诿（见韩愈《答刘秀才论史书》），忧谗畏祸，徐昂认为这是作为文豪和史官的失职，与欧阳修之著《五代史》《新唐书》差之远矣。"太史公临刑不惧，退之未遭刑祸而忧惧，龙门、昌黎之轩轾，岂直文而已耶？"④ 韩愈与司马迁的差距不只是文章，更是人格。徐昂把著史看作文人的道义，所谓"文人以表彰警劝为能事"⑤——不仅是文学问题。不独韩愈"于史有缺憾焉"，而且"韩门文盛，且承史法，卒无良史之著述，此其短也"。⑥ 就传统的文学观而言，徐昂对韩愈的这一指摘，并非苛责。

因为欧阳修比韩愈更有著史的担当和成就，故徐昂说："以体而言，韩胜于欧；以用而言，欧胜于韩。"⑦ 在徐昂看来，欧阳修和韩愈一样，也是"一代之砥柱"。⑧

然而，朱熹认为，欧阳修的文章虽较胜于韩，但韩、欧都是"文章之士"，"裂道与文为二"，是不足法的。徐昂说："清代之论文者，或谓欧辨而不及韩也（朱子所谓韩、欧裂道与文为二），何也？昌黎学术著于文章者，多在轩轾古人处，大要有四端：一尊孟，一评论荀、扬，一辟佛、老，一黜班，盖轩者少而轾者多也。"⑨ 对于韩愈的"尊孟"和评论"荀、扬"，徐昂未加抑扬，而是就其原委加以阐释；对韩之"辟佛、老"和"黜班（班固）"，徐昂不以为然。

关于韩愈之"尊孟"，徐昂说：

①　徐昂：《文谈》，载王水照编《历代文话》第九册，复旦大学出版社，2007，第 8928 页。
②　徐昂：《文谈》，载王水照编《历代文话》第九册，复旦大学出版社，2007，第 8928 页。
③　徐昂：《文谈》，载王水照编《历代文话》第九册，复旦大学出版社，2007，第 8928 页。
④　徐昂：《文谈》，载王水照编《历代文话》第九册，复旦大学出版社，2007，第 8929 页。
⑤　徐昂：《文谈》，载王水照编《历代文话》第九册，复旦大学出版社，2007，第 8928 页。
⑥　徐昂：《文谈》，载王水照编《历代文话》第九册，复旦大学出版社，2007，第 8929 页。
⑦　徐昂：《文谈》，载王水照编《历代文话》第九册，复旦大学出版社，2007，第 8929 页。
⑧　徐昂：《文谈》，载王水照编《历代文话》第九册，复旦大学出版社，2007，第 8922 页。
⑨　徐昂：《文谈》，载王水照编《历代文话》第九册，复旦大学出版社，2007，第 8930 页。

> 凡推尊孟子处，多先道孔子，盖重相传之统也。盖尊孟即所以尊孔，尊孔、孟即所以自尊，退之急于仕进，干求当世之书，词意多有卑下者，而其论道也，则自处甚高。①

"尊孔、孟即所以自尊"，真是深入韩愈心理的观察。徐昂还指出：自处甚高是韩愈的一贯姿态，且与他实际行为中的急于仕进有所不侔。

韩愈辟佛、老，是他备受后人议论的大节之一，徐昂论道：

> 《原道》篇辟老较辟佛尤力，于仁义道德四字辨析特详。……佛老义蕴深奥，皆有超世之美，孤诣自不可没，要于辟之之旨大相背戾，务拨其本而枝叶是好，何也？且不信佛老而信神鬼，旨亦相午。②

认为《原道》辟老比辟佛更着力，此可谓特见。韩愈为谏迎佛骨而遭贬谪，故后人多以韩愈辟佛而称之。就唐代社会而言，道教的势力绝不在佛教之下。在韩愈眼中，佛、道破坏仁义道德，正等同之。徐昂认为，老子有所谓"大道废，有仁义"等语，正与儒家仁义道德学说相悖，故而《原道》极辨仁义道德之义，老子思想尤为其对立面。此观察不可谓不精到。然而，徐昂进一步认为，佛老本有精奥之义，超世之美，其精髓与韩愈之所辟大相背戾，何必舍其菁华而折其枝叶？此说不免胶着。韩愈固然对佛老精义知之不深，但他辟佛老，主要是针对佛老的无视等级尊卑观念，不事生产，蠹耗国财，其首要出发点不在哲理层面。

徐昂对韩愈的思想多有批评，所以，他在比较韩、柳时说："故以文而论则韩胜，以道而言则柳胜。"③ 显然，徐昂所谓"道"，非儒家之道，而是普泛的"思想"，及人格修养。这种儒家正统思想的解体，是徐昂的古文观与桐城派的重要差异，也是新文学运动之后，无论是偏于传统，抑或偏于现代的文人普遍的思想特征。

---

① 徐昂：《文谈》，载王水照编《历代文话》第九册，复旦大学出版社，2007，第8931页。
② 徐昂：《文谈》，载王水照编《历代文话》第九册，复旦大学出版社，2007，第8932～8933页。
③ 徐昂：《文谈》，载王水照编《历代文话》第九册，复旦大学出版社，2007，第8928页。

到底如何评价韩愈？真可谓人见人殊，徐昂说：

> 退之既没，其徒李习之、皇甫持正、李汉诸人感念遗文，称道各极其思，谓韩氏黜邪翼圣，立说大抵相同，至于方之前人而位其先生者，则有差异焉。习之之言云："包刘越嬴，并武同殷。"李汉之言云："周情孔思。"持正谓"姬氏以来一人"，门弟子各持其所见而况之不同如此。就韩氏生平所自负者观之，实以道统之传上接孟子自任，其旨略著于《原道》一篇，习之所行状，谓韩公每以为自扬雄之后作者不出，东坡称韩文起八代之衰，其实韩氏所负不止乎此也，顾以殷周拟之，则亦过矣。宋儒之论，大半以昌黎上继孟氏，明儒宋景濂《文原》篇谓六籍之外，当以孟子为宗，韩子次之，此皆本韩氏生平所自负者而与之也。①

对于韩愈的思想作为，韩愈的门弟子们所见大抵相同，但如何评价韩愈的历史地位，李翱、皇甫湜、李汉诸人已各不相同，而他们的看法和韩愈的自我定位又不同。徐昂这里已经触及了阐释学所谓理解的主观性和无限性问题，可惜只揭示了现象，而未做理论开掘。

在现代学术史上，有一位学问甚博，思见极深，却天才早逝，迄今未得到应有的研究的学者刘咸炘（1896—1932）（笔者以为其学术造诣在章太炎、刘师培等人之上，只不过一生寂处成都一隅，不求闻达，未入大学任教，又溘然早逝，故声名不彰），他对于中国古代文学有系统的看法，对于唐宋古文变革，他并未使用"古文运动"一词。其重要的几篇文学论文写于1926年至1929年，既有对文学史的具体评议，也有对文学本质及文学史哲学的论析。关于"古文运动"，刘咸炘并没有简单地站在肯定或否定的立场去评判，而是从"文质"与"正变"的文学史观去评价的。1928年，刘咸炘写过一篇《文变论》，该文系统地表达了他对中国古代文学演变本质的见解，甚有深度。刘咸炘说："吾谓古今文派之异，不可以顺逆该，而可以文质与正变该。"② 即中国文学的一切演

---

① 徐昂：《文谈》，载王水照编《历代文话》第九册，复旦大学出版社，2007，第8930页。

② 刘咸炘：《文变论》，载刘咸炘著，黄曙辉编校《刘咸炘学术论集 文学讲义编》，广西师范大学出版社，2007，第15页。

变都可以从文质和正变这两个角度加以观照。《文变论》重在阐明中国文学演变规律，包括诗、文、赋、词、曲等所有文体，而以文与诗为重点，虽未专论"古文运动"，但刘咸炘对"古文运动"的观点即包含在其抽象的"文质观"与"正变观"中。

首先，刘咸炘认为"凡文、诗、词、曲之对峙，大抵为文质之殊，然已非尽争文质，若词则体本属文，无纯质之派，时文之变更非文质矣，此惟正变之说足以该之。文质之说，吾已详论于《辞派图》，今但论正变之说"。① 我们知道，"古文运动"打的旗号是复古，韩愈要"复三代两汉之古"，欧阳修要复三代两汉韩愈之古，但韩、欧等人提倡古文都是为了变革时文之弊，以变革为目的，以复古为手段，可见"变"和"复"是相互依存的关系。刘咸炘论变、复关系如下：

> 变、复二事，本相因依。宋以前之复，虽复实变，如开元、元和诸诗家虽反六朝而复魏晋，而其境实拓大于魏晋。宋以后之变，则虽变实复，如明及近世之主八家文者，虽曰沿中唐以后之变，而实遥宗两汉。盖更迭循环，至于三四。则于近为变，于远为复，今之所复，即昔之变，加以对峙之后，两弊皆著，则调和之道见矣。故复古者所复者不必为正，顺变者所顺或且为古。②

这里论开元、元和复、变关系，虽以诗歌为例，但中唐之文章复古与诗同义，都是以复古为号召，而实际效果则是在内容上超越了其所标榜的古，如韩柳古文，在内容以及文体的丰富性上其实超越了三代两汉之文（不是指境界和深度）。明代唐宋古文派虽然是中唐古文运动的顺流，但其实"遥宗两汉"，可见复可以是变，变可以是复，甚至循环更迭。即变和复其实都是在相对的时代"语境"之下而言的，复一定是以古为帜，变则一定是与今对峙，此其不变之规律。整个中国文学的演变既然不出此复、变规律，那么"古文运动"的出现则是必然之事。而且，就

---

① 刘咸炘：《文变论》，载刘咸炘著，黄曙辉编校《刘咸炘学术论集 文学讲义编》，广西师范大学出版社，2007，第15页。

② 刘咸炘：《文变论》，载刘咸炘著，黄曙辉编校《刘咸炘学术论集 文学讲义编》，广西师范大学出版社，2007，第16页。

具体的复、变过程来看，"古文运动"的复、变正是中国文学大规模、有意识，且不断衍生出新的复、变演化的一大关键。

刘咸炘指出，中国文学大体以复古守正之说居多，而以通变之说为少。此言不虚。那么，在复和变之间，到底应以守正为主，还是以通变为主？刘咸炘认为守正与通变两者实并不相妨，不可偏废，"根极本质而容纳异调，是诚论文者所当持也"。① 何以故？"盖宇之中有异有同，宙之中有变有常，灭异固悍，忘同亦诬，过变固愚，乱常亦谬也。"② 此言实为形上之理，即在时空当中，不但变与不变皆是必然的，而且变与不变都不能过度。如唐宋古文振兴、文章之变，倘若不变的话，时文的弊端太大，因此变是对的，但变了之后，明代唐宋派、清代桐城派又过于拘泥唐宋古文传统，把曾经的变又变成了不变，这就不好了，盖因没有把握好度，应当是变到一定程度就守，守到一定程度就变。

1929 年，刘咸炘作《辞派图》一文，概论中国文章流派，此"流派"非表面主张之流派，而是指"辞势之所生，不随体性而异者也"，"文之体性有定而辞势之变则无定"。③ 刘咸炘认为无论是文之体性，还是辞派，皆有一对贯穿其中的文风特质——文和质。他认为"以体论，则经说、史传、子家皆主质，词赋主文，告语可文可质。以辞派论，则词赋自有定法，历久不变，经说、史传、子家、告语文则文质变迁而有流派。吾今条列，专指此四者。西汉悉是子势，东汉以降乃会合子与词赋而成文集之势，梁后过文，唐后过质，皆不与焉"。④ 刘咸炘认为"文莫盛于汉"⑤，梁以后的文章就低下去了。原因何在呢？他很赞服清代学者包世臣的一个妙论，即"古文之盛，止于梁初，《文选》一书，适结

---

① 刘咸炘：《文变论》，载刘咸炘著，黄曙辉编校《刘咸炘学术论集 文学讲义编》，广西师范大学出版社，2007，第 17 页。
② 刘咸炘：《文变论》，载刘咸炘著，黄曙辉编校《刘咸炘学术论集 文学讲义编》，广西师范大学出版社，2007，第 18 页。
③ 刘咸炘：《辞派图》，载刘咸炘著，黄曙辉编校《刘咸炘学术论集 文学讲义编》，广西师范大学出版社，2007，第 27 页。
④ 刘咸炘：《辞派图》，载刘咸炘著，黄曙辉编校《刘咸炘学术论集 文学讲义编》，广西师范大学出版社，2007，第 28~29 页。
⑤ 刘咸炘：《辞派图》，载刘咸炘著，黄曙辉编校《刘咸炘学术论集 文学讲义编》，广西师范大学出版社，2007，第 27 页。

其局。自此以降，骈散分矣"。① 由此可知，刘咸炘心目中的"古文"并非韩、柳那种散体的古文，在观念上也不与"三代两汉之文"对等，而是骈散混融的文章。为何骈散不分的古文更好呢？盖因其文质彬彬也。了解了刘咸炘以"文、质"来观照中国文章的理论视野，再看其对"古文运动"的评论，就会更加了然。

> 中唐以前纯骈，其派偏于词赋，文胜灭质，非复子政、建安之旧也。中唐韩、柳诸人，取西汉之质以救之，故用子法于告语之中，然非专任质白，词赋、史家中本法固未亡也。宋以降，不识史、集源流及汉人派别，但执韩、柳所参之法，以浅语行粗气，概施诸文，有质无文，而自谓西汉，弥近而乱真矣。②

> 中唐韩、柳诸家，承过文之极弊，参子家之质实以矫之，然犹未失文也。宋六家俱学韩，欧得力于马迁，王得力于汉人经说，曾得力于匡、刘，老泉得力于孙武，东坡得力于《国策》、庄周，皆于质家有所原本，然文灭无存矣。归、方皆专主欧阳，后世策论全学苏氏，下流不已，遂为八比。其为骈文者，则自四杰而降，直至宋四六，傅、任、江、鲍亦无遗种，文质遂分而不可合焉。③

刘咸炘并未从"以散破骈"的角度看韩柳诸家文，而是从"以质救文"的角度看待的，因为中唐以前文承南朝遗风，有过文之弊。骈散关系其实是文章形式问题，而由文、质关系着眼，则是探入文学内里的角度，的确更为深入、合理，不仅可以解释"古文运动"，甚至可以像刘咸炘这样将整个中国文学的演变都纳入一个解释框架之内。所以，在刘咸炘看来，韩柳"古文运动"自然是有其功绩的，而且他们虽以质实矫过文之弊，但还没有"专任质白"，"犹未失文也"。而刘咸炘对宋以后文章

---

① 刘咸炘：《辞派图》，载刘咸炘著，黄曙辉编校《刘咸炘学术论集 文学讲义编》，广西师范大学出版社，2007，第30页。

② 刘咸炘：《辞派图》，载刘咸炘著，黄曙辉编校《刘咸炘学术论集 文学讲义编》，广西师范大学出版社，2007，第30页。

③ 刘咸炘：《辞派图》，载刘咸炘著，黄曙辉编校《刘咸炘学术论集 文学讲义编》，广西师范大学出版社，2007，第32~33页。

的评价就低了,以为其有质而无文——所谓"文"指辞赋的传统。宋代文章家不是不会写辞赋,而是把辞赋和文分开了,故其古文辞彩不足。再退一步讲,即便是富于文采的骈文,刘咸炘也认为从初唐四杰以后的骈文到宋四六,不如南朝的傅亮、任昉、江淹、鲍照等人的作品。所以,统而观之,刘咸炘虽认为中唐"古文运动"有其贡献,但唐以后的古文实为古文极盛之后渐次衰落的进程而已。

刘咸炘对中国文章的文派、脉络极为熟稔,其论及唐宋文派时有云:

> 世言唐宋文皆曰八家,一若韩、柳可以尽唐,欧、苏、曾、王可以尽宋者然,此大疏谬也。八家之名,定于朱右,而茅坤沿之,右非能文者,坤适为近世时文之宗耳。储欣广以李翱、孙樵为十家,亦止据所见。吕温、刘禹锡与韩、柳齐名,杜牧后起而尤胜,韩门李翱、皇甫湜并称,再则有刘蜕、皮日休等,今独取李、孙,无谓也。尹洙、苏舜钦与欧阳同学,宋祁与欧阳齐名,刘敞、王回笃雅不让王安石、曾巩,而皆晦暗,不入所谓名家之数,将徒归之命而已耶?[①]

他举出与韩、柳同时以及中唐至北宋的诸多文章大家,以为明人发明的所谓"唐宋八大家"的说法与文学史实际状况不符,这实际上就是本书所讲的"唐宋八大家"被建构的问题,刘咸炘深刻地意识到了文学史的"建构性",只不过他没有用这样的术语而已。再如他论北宋文章家曰:

> 祁修《唐书》,列传虽丛弹射,要为沈约、魏收以后之良史,以《五代史记》较之,互有短长,后世偏袒之论,不可据也。欧显宋隐,《景文集》遂无人问。司马光朴直平实,时乃迫两汉(王安石亦称其类西汉),《通鉴》删六朝人文,尤见笔力,而世亦无称者。与欧并称者有刘敞原父、刘攽贡父(《学案》列二刘于庐陵门人,非也。今所见诸杂记记刘与欧往来皆友人之称,显无师弟之谊。

---

① 刘咸炘:《宋元文派略述》,载刘咸炘著,黄曙辉编校《刘咸炘学术论集 文学讲义编》,广西师范大学出版社,2007,第35页。

黄鲁直跋帖称门人，盖谓门客耳，非弟子也），与曾、王同著于欧门者有王回深父，生稍晚。而见赏于介甫者有王令逢原，其文皆雅劲，非独南宋人不及，即苏门诸子亦不逮。敞、攽文学《春秋》公羊、穀梁氏传、《礼》戴氏记，亦近似西汉人。宋、司马、二刘经史之学皆深于欧，其文亦欧所畏，世徒以议论序记为古文，欧遂独居大宗耳。①

宋祁、司马光、刘敞、刘攽、王回、王令，这些与欧阳修同时或稍晚的学问渊深、笔力过人的文章家，在后世的文学史叙述中渐被隐没了，欧阳修则"独居大宗"（前文所讲北宋古文的"以欧继韩"），这依然是典型的被建构的结果，原因其实不完全出自明人"唐宋八大家"之说，因为所谓"建构"都是在历史事件甫一涌现便开始了的。前文述及北宋与欧阳修同时代的范仲淹、韩琦等人就把欧阳修与韩愈相提并论了，推欧为天下文宗。欧公门生众多，成就卓然，纷纷推许欧阳修，故欧阳修掩荫侪辈，独居文宗的地位可谓及身而得。刘咸炘认为欧阳修"独居大宗"的原因，是"世徒以议论序记为古文"，即不以经史为文，故经史之学深于欧阳修，文章亦为欧阳修所畏的宋祁、司马光、刘敞、刘攽文名不及欧阳修。应当说"世徒以议论序记为古文"的古文观念是造成欧阳修独居大宗的原因之一，但并非全部，欧阳修不也有《新五代史》和《新唐书》之作吗？欧阳修文名之显赫，还有两个重要原因：一是其诗词文赋创作的总体成就高；二是欧公官大，乐意培养后进，门生弟子众多。司马光官也大，但他并不甚措意于文学，文学弟子很少。宋祁、二刘的政治地位都不及欧阳修。

要之，刘咸炘深刻地洞悉了唐宋古文家被后世文家选择、建构的历史真相，这一古文的建构史体现在"唐宋八大家""元明八家"、《古文辞类纂》等说法和文选当中。那么，对这种建构现象刘咸炘持何种态度呢？他说："然此犹可曰专供诵法，不必求备也。若网罗一代，所以探究

---

① 刘咸炘：《宋元文派略述》，载刘咸炘著，黄曙辉编校《刘咸炘学术论集 文学讲义编》，广西师范大学出版社，2007，第37~38页。

流变，则不宜有所略矣。"① 即他明了——文学家的被选择有其合理性，尤其古人注重记诵，故对作家作品必须加以拣择，而不可能求备；但若是对一代之文学加以探究，则须尽量居于客观立场，力求全面。这可以说是对文学史的建构性的辩证看法，相当明允。

1932 年，钱基博出版了他积十余岁而成的《现代中国文学史长编》②，这部文学史冠以"现代"之名，其内容却是从王闿运（1833—1916）至胡适的文学，且分为"古文学"与"新文学"上、下两编。而所谓"新文学"只叙述了康、梁等人的新民体、严复、章士钊等人的逻辑文，以及以胡适为代表的白话文，即"五四"之后的文学只占其"新文学"的一小部分。以我们的眼光看，这部文学史算不上严格的"现代中国文学史"。而之所以著此书，并从王闿运述起，在很大程度上似乎是为了和胡适的《五十年来中国之文学》相对抗。钱基博在书中明确表示了对胡适、鲁迅的不满（钱对梁启超、林纾也颇不以为然），可见其鄙夷新文学的态度。他说："胡适《五十年来中国之文学》不为文学史。何也？盖褒弹古今，好为议论，大致主于扬白话而贬文言，成见太深而记载欠翔实也。"③ 可见，钱基博的《现代中国文学史》含有为文言伸张的动机。因而，可以说钱基博是古文家的立场。在述及唐宋古文时，他说：

> 唐之韩愈，文起八代之衰，宋之言文章者宗之，于是唐宋八大家之名以起。而始以唐宋为不足学者，则明之何景明、李梦阳也。尔后谭文章者，或宗秦汉，或持唐宋，门户各张。迄于清季，词融今古，理通欧亚，集旧文学之大成而要其归，蜕新文学之化机而开其先。④

---

① 刘咸炘：《宋元文派略述》，载刘咸炘著，黄曙辉编校《刘咸炘学术论集 文学讲义编》，广西师范大学出版社，2007，第 35 页。
② 此书 1933 年再版时改名为《现代中国文学史》。本书所据乃《现代中国文学史》，上海古籍出版社，2011。此书 1932 年初版后，数次再版，皆名《现代中国文学史》，故一般称此书为《现代中国文学史》。
③ 钱基博：《现代中国文学史》，上海古籍出版社，2011，第 4 页。
④ 钱基博：《现代中国文学史》，上海古籍出版社，2011，第 9 页。

钱基博并没有把唐宋古文看成"死文学"，而是看作一脉流传，至晚清而集大成，并蜕化为新文学的先机的源头。这与胡适视"古文传统"为"死文学"的观点相反。

作为桐城派、魏晋文派之外的古文家，钱基博对唐宋古文的总体态度是怎样的呢？《现代中国文学史》"编首""近古"部分曰：

> 唐之兴也，文章承江左遗风，陷于雕章绘句之敝。贞元、元和之际，韩愈、柳宗元出，倡为先秦之古文，一时才杰如李观、李翱、皇甫湜等应之，遂能破骈俪而为散体，洗涂泽而崇质素，上踵孟、荀、马、班，下启欧、苏、曾、王，盖古文之名始此。古文者，韩愈氏厌弃魏晋六朝之骈俪之文，而返之于六经、两汉，从而名焉者也。其文章之变，即字句骈散不同，而骈散之不同，则诗文体制之各异也。文势贵奇，而诗体近偶。重骈之代，则散文亦写以诗体；重散之世，则诗歌亦同于散文。……故曰"重骈之世，则散文亦写以诗体；重散之世，则诗歌亦同于散文"也。诗有六义，其二曰赋。赋者铺也，体物写志，铺采摛文，滥觞于诗人，而拓宇于文境者也。是以重骈之代，赋中诗体多于文体。重散之世，赋中文体多于诗体。试观徐庾诸赋，多类诗句，而王勃《春思赋》则直七字之长歌耳。此重骈之代，诗体多于文体也。若欧阳修之《秋声赋》，苏轼之前后《赤壁赋》，则又体势同于散文。盖宋袭韩柳之古文而归于质，重散之世也。论古文之流别，韩愈以扬子云化《史记》，柳宗元以《老》、《庄》、《国语》化六朝，王安石以周秦诸子化韩愈，曾巩以《三礼》化西汉，苏洵以贾谊、晁错化《孟子》、《国策》，苏轼以《庄子》、《孟子》化《国策》。于此可悟文学脱胎之法，而唐以后之言古文者，莫不推韩柳为大宗。然唐宋八家，韩柳并称，而继往开来，厥推韩愈。独愈之文安雅而奇崛。……其衍李翱之安雅一派者，至则为欧阳修之神逸，不至则为曾巩、苏辙之清谨。其衍皇甫湜之奇崛一派者，至则为王安石之峻峭，不至则为苏洵、苏轼之奔放，其大较然也。[①]

---

① 钱基博：《现代中国文学史》，上海古籍出版社，2011，第21~22页。

这是一段概述唐代古文运动发生史、古文之要质，及唐宋八家文章源流与风格的话。由对八家文优点的评论，可见钱基博总体上是尊崇唐宋文的。他对骈文、古文的利弊各有所见，因而能以平情之态度看待古文运动，其《中国文学史》曰：

> 古文者，唐文之所以别树一帜，而湔六朝之浮滥。然朝廷大制作，必以骈文，而骈文厥为文章之正统；古文者，不过欲以革骈文之命，而篡其统焉尔。特古文之机构，未能骙备以济于用；而骈文之浮滥，不可不湔以制其宜。①

钱基博指出：骈文在观念上，终究是文章正统（钱基博著有《骈文通义》一书，可见其亦深于骈文）。古文想取代骈文的正统地位，但朝廷大制作终究以骈文为宜——然而骈文也有浮滥之病，不能不加以改进。这确是用很辩证、客观的态度看待古文运动的。

具体到古文与骈文的文章之变，钱基博认为"其文章之变，即字句骈散之不同，而骈散之不同，则诗文体制之各异也。……重骈之代，则散文亦写以诗体；重散之世，则诗歌亦同于散文。……故曰'重骈之世，则散文亦写以诗体；重散之世，则诗歌亦同于散文'也"。② 钱基博没有把古文运动的骈、散之变局限于"散文"，而是把"破整为散"看作散文与诗歌，乃至古文运动之后中国文学整体的变化动向，他说：

---

① 参见钱基博《中国文学史》，上海古籍出版社，2011，第 316 页。按，钱基博这部《中国文学史》，表面上看，义例相同，首尾贯通，好似一部中国古代文学通史。其实，它是钱基博新中国成立前几个本子的汇总。来源：a《中国文学史》（上古至隋唐之部），湖南蓝田袖珍书店，1939 年出版；b《中国文学史》（宋辽金之部），湖南蓝田公益书局，1942 年 5 月出版；c《中国文学史》（元之部），即《中国元代文学史》，湖南蓝田新中国书局，1943 年出版；d《明代文学》，商务印书馆，1933 年 6 月出版；后又收入商务印书馆"百科小丛书"。再加上一篇节本和一篇长文。《现代中国文学史》（节选《绪论》），上海世界书局，1933 年 9 月出版，1936 年修订版。《读清人集别录》，刊于《光华大学半月刊》第 4 卷第 6 期至第 10 期，第 5 卷第 1 期、第 5 期至第 10 期，1936 年 3 月 30 日至 1937 年 6 月 3 日；又刊于《学术世界》第 1 卷第 11 期、第 12 期，1936 年 5 月、10 月。整理者有钱基博弟子周振甫、吴忠匡等人；钱基博的女儿钱锺霞。
② 钱基博：《现代中国文学史》，上海古籍出版社，2011，第 21 页。

　　夷考六朝之骈文，一变而为唐宋之散体古文，又一转而为宋元之语录及章回小说，文之破整为散则然也。唐之律绝，一变而为宋之词，又一转而为元之剧曲，诗之破整为散则然也。①

从文体形式的由整而散的趋势来看，钱基博的观察不无道理，虽然他也补充说近古文学的破整为散只是大致如此，骈文始终为楷模，便说明朝廷和士大夫的好尚各有不同。如果我们顺着所谓"破整为散"的眼光来看，现代以来的诗歌、散文也符合这一趋势，可以说，这是中国文学语言的一个变化的动向。

　　再来看钱基博对唐宋八家的一些评价。先说韩愈。

　　钱基博说："然唐宋八家，韩柳并称，而继往开来，厥推韩愈。"②可见他对韩愈的文学史功绩评价很高。1929年，钱基博出版过一部《韩愈志》。此书的体例较为传统，共分古文渊源篇第一、韩愈行实录第二、韩愈佚事状第三、韩友四子传第四、韩门弟子记第五、韩文籀讨集第六。名曰《韩愈志》，并非出于"尊韩"的动机，而恰恰是因为鉴于韩愈在历史上的声名过盛，而遮蔽了他之前以及与其同时代许多文章家的名声，而使得古文的流变被模糊的情况，企图"庶几尽古文之流变，明韩氏之功罪"。③即是说，钱基博希望能够还原唐代文章流变的真相，并对韩愈的功过有真确的彰显。④可见其作为文学史家求真的态度。钱基博对其深读韩文极为自负，其《韩愈志》云："韩文批阅数过，自谓极尽利钝。林琴南穷老尽气，治此书未能逮吾十一。以琴南读书太少，又思不深入，而吾则贯串群书以读一书，好为深湛之思，宜有以胜之也。"⑤这里还透露出与林纾的古文评相争胜的动机。

　　首先，钱基博为韩愈之前陈子昂、元结、独孤及、萧颖士、李华诸家成就非凡，颇有益于唐代文章之变，而韩愈声名独盛的情况鸣不平，他说："盖独孤诸公之于愈，如陈涉、项羽之启汉高焉！而知文章之变，

---

①　钱基博：《现代中国文学史》，上海古籍出版社，2011，第25~26页。
②　钱基博：《现代中国文学史》，上海古籍出版社，2011，第22页。
③　钱基博：《韩愈志》，上海古籍出版社，2012，第2页。
④　钱基博说："而吾之志愈，美恶不掩，直道而行，其文则史，此所以别出诸家而自成一书。"见钱基博《韩愈志》，上海古籍出版社，2012，第2页。
⑤　钱基博：《韩愈志》，上海古籍出版社，2012，第105页。

其渐有自。而愈之名独盛，诚窃叹知人论世之难"①；又曰："韩愈之前有元结，犹陈涉之开汉高乎！"② 又曰："庸知梁肃者，古文之所从振，韩愈由之而显乎？"③ 这些话都是为了强调唐代文章之变，不是自韩愈异峰突起的，而是经过陈子昂、萧颖士、李华、独孤及、梁肃、元结等数代文章家的改革与渐变，韩愈继承前修，发扬光大，才有了贞元、元和间文风的大变。这在我们现在看来是一个常识，但在北宋至晚清的"古文运动"叙述史中，萧、李、独孤、梁、元诸人长期是被忽视的。

一方面，钱基博试图让我们看到韩愈之前唐代古文家的历史作用；另一方面，他还要呈现与韩愈同时的其他文章家的存在，他说：

> 而与愈并世，文章有名者，则有裴相、段文昌、权德舆、元稹、刘禹锡之流，上承燕、许，力摹汉京，奇偶错综，而偶多于奇，单字复谊，杂厕相间，其势不如愈雄，而好整以暇，别饶风致。故知愈在当日，未能俯视群流也！徒从日盛，遂称宗师。而明之何大复，乃曰："古文之法亡于韩。"誉者不免溢量，诃者亦未为尤。④

钱基博强调了与韩愈并世名家的文章成就和不容忽视的历史贡献，是为了说明：韩愈在当时其实并未"俯视群流"，之所以成为宗师，主要因其师从者众。然而，钱基博也不赞成明代何大复（何景明）那样把韩愈看作古文的罪人。他认为尊韩者虽则溢美太过，批韩者也未免贬低失当，要之皆非平情之论——钱基博是想给韩愈一个符合"实情"的评价。

总体观之，钱基博对韩愈的思想评价较低，而对韩愈的文章评价很高。他说："论其见道，岂曰探源；而言文章，百世之雄矣。"⑤ 又曰："而愈《原道》，承周、秦诸子之遗，直起直落，自然雄肆；《原性》开唐宋八家之蹊，匠心布置，间架已具"⑥，"《原道》笔有唱叹，《原性》语有裁断。一以情胜，一以理胜。……《原道》力辟佛老，《原性》铺

---

① 钱基博：《韩愈志》，上海古籍出版社，2012，第1页。
② 钱基博：《韩愈志》，上海古籍出版社，2012，第24页。
③ 钱基博：《韩愈志》，上海古籍出版社，2012，第30页。
④ 钱基博：《韩愈志》，上海古籍出版社，2012，第4页。
⑤ 钱基博：《韩愈志》，上海古籍出版社，2012，第44页。
⑥ 钱基博：《韩愈志》，上海古籍出版社，2012，第95页。

说三品，而于性道之大原，俱欠发挥，只是说道说性，而未探原"。① 钱基博对韩愈的思想、文章一分为二地看。

钱基博对韩愈文章的评价，从 1929 年的《韩愈志》到 1939 年出版的《中国文学史》（上古至隋唐之部），再到 1942 年出版的《中国文学史》（宋辽金之部），有逐渐走低之势。虽然《韩愈志》批评了韩愈的书信文，但总体上对韩文评价颇高。

> 韩愈之文，所以开八家之宗，而不为伧野者，在运气以驭辞，又铸辞以凝气，所以疏而能密，雄而不快！
>
> 就造辞论：韩、柳疏而能密，而欧、苏、曾、王则下笔骏快，能疏而不能密矣；就结篇论：韩、柳密而能疏，而欧、苏、曾、王则匠心布置，能密而不能疏矣。特是柳之出笔峭，而韩之来势雄，所以面目各异。
>
> 韩愈之文，李翱得其笔，皇甫湜得其辞，皆于气上欠工夫；欧阳修得其韵，苏氏父子得其气，又于辞上欠工夫。韩愈所以为不可及。②

这些批评侧重于韩愈文章的辞气，以为其气、韵、辞在八家中不可及。但说欧阳修、苏轼在"辞"上欠功夫，倒也未必；欧、苏只是不像韩愈那样用力追求文字的高奇。

钱基博在《中国文学史》中比较韩文和柳文道：

> 议论之文，韩愈雄肆而尽，宗元辩核而裁；若论持之有故，言之成理，则韩不如柳。何者？韩愈善用奇以畅气势，宗元工为偶以相比勘。韩愈急言竭论，孤行一意以发其辞；宗元比事属辞，巧设两端以尽其理。韩愈辞胜于理，宗元理胜于辞。昔贤以为辩者，别殊类，使不相害；序异端，使不相乱：柳子有焉。若韩公则烦辞以相假，饰辞以相悖，巧譬以相移，引人声使不得及其意尔。③

---

① 钱基博：《韩愈志》，上海古籍出版社，2012，第 96 页。
② 钱基博：《韩愈志》，上海古籍出版社，2012，第 94 页。
③ 钱基博：《中国文学史》，上海古籍出版社，2011，第 360 页。

认为议论之文，韩不如柳——而传统的文章观是很重议论文的。钱氏举柳宗元《龙安海禅师碑》《南岳云峰寺和尚碑》《南岳大明寺律和尚碑》等文为例，评曰：

> 谈空显有，深入理奥，难在虚无寂灭之教，写以宏深肃括之文。其气安重以徐，其笔辨析而肆，钩稽索隐，得未曾有，此固韩愈之所不屑为，而亦韩愈之所不能为者也。①

柳宗元这些谈禅论佛的文章，即使在北宋文章家苏轼等人眼中，都是旁门左道。就谈论哲理的精深而言，韩实不及柳。韩愈《原道》《原性》诸文，柳宗元当亦能作；而柳宗元深造佛理的文章，韩愈必不能为。只是因为古代文章家皆以儒家正统思想抬高韩愈《原道》《原性》，而对柳宗元的《天对》《天说》等有思想创造性以及阐论佛理的文章加以贬斥。钱基博对柳宗元此类文章高看，说明他从儒家正统意识对文章观念的束缚中跳了出来。

《中国文学史》又曰：

> 韩愈轶荡雄肆，气运而化；宗元隽杰廉悍，辞辨以核。韩愈刻画人物，工于叙事；宗元冥搜物象，独擅写景。韩愈碑传，随事肖形，万怪惶惑，非宗元所能。而宗元记永柳山水，博揽物态，逸趣横生，而字矜句炼，语语如铸；穷态极妍，刻意镂画，而清旷自怡，萧闲出之；心凝形释，有在笔墨蹊径之外；亦岂韩愈所及哉。至其识古书之真伪，如《〈论语〉辨》、《辨〈列子〉》、《辨〈鬼谷子〉》、《辨〈晏子春秋〉》、《辨〈鹖冠子〉》诸篇，读书得间，辨析拗峭之笔，清深旷逸之致，意绪风规，亦非韩愈《读〈仪礼〉》、《读〈荀子〉》、《读〈墨子〉》所及也。②

碑传、写景，韩、柳各得千秋，难分轩轾。而读书记，是韩、柳共同的

---

① 钱基博：《中国文学史》，上海古籍出版社，2011，第363页。
② 钱基博：《中国文学史》，上海古籍出版社，2011，第364页。

题材和体裁，相较之下，钱基博以为柳宗元的读书记高于韩愈。故综合而言，钱基博对柳文的评价高于韩文，异于流俗。韩愈和柳宗元的文学史地位，在现代以后逐渐发生了某种逆转，主要与儒家正统思想的解体及纯文学观念的影响有关。

关于宋六家，钱基博有如下议论，可见其大端：

> 然惟欧阳修、碑传议论，兼能并擅。苏氏轼、辙，策论得欧阳之明快，而碑传殊无体要。曾巩、王安石，碑传同欧阳之峻洁，而议论未能警发。曾巩、王安石，以平实发浩瀚，得西汉董仲舒刘向之意；此宋人之学汉人文也。苏洵以廉悍为疏纵，有先秦孟轲韩非之风；此宋人之学周人文也。学焉而皆得古人之所近。惟欧阳修之容与闲易，苏轼之条达疏畅，虽是急言竭论，而无艰难劳苦之态；大而万言之书，短则数行之记，一以自在出之，抑扬爽朗，行所无事；此则宋人之所特长，而开前古未有之蹊径者也。然欧阳修早习四六以取科第，而排比绮靡，心有不慊；遂以古文之顿挫，用之骈俪之整对，而异军别张，语必老到，无一毫妩媚之态；妙造自然，无用事用句之癖。他日见苏轼四六，亦谓其不减古文。盖尚议论，有气焰，与古文同一机杼也，而于是宋四六之体以成。……然则有宋文学之所以继往开来，而自成一代者，欧阳修、苏轼，或推之，或挽之，后先济美以有成功也。特是诗古文词，虽代变生新，而体尤袭唐。独经义之体，前无所因，始王安石，实为创格。盖古人说经，汉注唐疏，诵数以为功，援引以有据，或伤破碎，罕会其旨；而安石则以古文阐经义，清空辨析，纬以论议，不为训诂章句，通而已。盖元明清三朝科举取士之所昉，而八股之开山也。俯仰千古，洵足以睥睨汉唐而无怍。以金人南下以牧马，高宗渡江而偏安，不竞于南风，而王业替矣。然而文章未衰，济济多士，有文士，有学者，而斐然述作，不离苏轼。……女真崛起，骑射纵横，亦既荡覆神州，奄有河洛；顾以能篡宋朝之治统，而不能夺苏轼之文统，一道同风，诗则苏诗，文则苏文，词则苏词，润色伦荒，波澜莫二也。①

---

① 钱基博：《中国文学史》，上海古籍出版社，2011，第419~420页。

钱基博对宋六家的文章风貌皆有赞词,辨其源流,深入肯綮,尤推崇欧阳修,于其古文、四六皆尊重之。他认为宋代文学的继往开来,欧阳修、苏轼的作用尤著。但诗、古文、词的新变,大体仍是在继承唐代诗、古文、词基础上的开拓。而由王安石开创的经义之文,实为创格。其关键在于以古文阐经义,打破章句训诂的经学。其实,经学自中唐啖助(724—770)、赵匡、陆淳等人的《春秋》学开始,就产生了"舍经求义",即摆脱传而直接探求《春秋》微言大义的学术路向。至北宋,大胆发挥经义、疑经的风气更进一步发展。欧阳修就是北宋疑古经学的先驱。至王安石创作《三经新义》(包括《周官新义》《尚书新义》《毛诗新义》),颁之于"经义局",考于科举,便极大地推动了"新经学"的发展。王安石把古文和经义两者加以创造性的融合,创造出经义体古文,对后世影响甚大。如同钱基博一样,许多人认为王安石的经义文,就文章而言,实为八股文之开山。这种洞见,非深湛于古文和经学者不能道。

宋六家,钱基博对王安石的评价高于苏轼[①],而对欧阳修的评价最高,曾巩、苏洵、苏辙则在此数人之下。我们再来看钱基博对欧阳修的评论。

> 特其文学韩愈而能自出变化。韩愈之不可及者在雄快而发以重难;而修之不可者,在俊迈而出之容易。韩愈雄其辞,沛其气,举重若轻;修则舒其气,暇其神,以重驭轻。韩愈风力高骞,修则风神骀荡;然备尽重体,变化开合,因物命意,各极其工,而不可以一格拘,此所以不可及也。[②]

> 韩愈碑志,苍坚迈古,然文而非史。独修据事直书,词无钩棘,不乖传体,而可入史;特出笔虽坦易,而下语极矜慎。[③]

---

① 钱基博说:"唐宋八家,惟安石为人风裁峻整,绝去一切声色绮纨之好,尤为素朴而纯实,所以见于文章,醇粹明白,语无枝叶。及其形之诗什,峻洁深婉,态有余妍,峻于风裁,挚于性情,其素所蓄积然也。"钱基博:《中国文学史》,上海古籍出版社,2011,第556页。钱基博对苏轼并无此等敬赞,当可知其对王安石之尊重高于苏轼。

② 钱基博:《中国文学史》,上海古籍出版社,2011,第466页。

③ 钱基博:《中国文学史》,上海古籍出版社,2011,第468页。

> 修之为论，互殊类使之相勘，序异端使不相乱。而韩愈则烦辞以相假，盛气以相陵，巧譬以相炫，关人之口，夺人之心，使不及思。韩愈以雄肆骋意气，辩之强，争之疾；修则寓辩折于激昂，辩之明，引之达。韩愈汲孟轲七篇之流，修则为眉山三苏之宗。①

他认为欧阳修文章学韩愈但能自出变化；就文章风格而言，韩之雄重，欧之俊逸，各有其不可及。但碑志和议论文钱基博以为韩愈不及欧阳修。传统文论对韩愈的碑志文评价颇高，而钱基博认为韩之碑志乃"文而非史"，这基本上否定了韩碑一半的价值（碑志含有"史"的性质）。钱基博又认为韩愈的议论文辞气浮乱，未免强词夺理，欧阳修的议论文则明达从容，故欧阳修之论文高于韩愈，且影响了三苏的议论文。综上所述，我们不难看出：至1942年出版的《中国文学史》（宋辽金之部），钱基博对欧阳修的评价实在韩愈之上。

曾巩在南宋以后一直评价很高，及至现代，地位大幅下降。20世纪80年代之前，关于曾巩的论文甚少，文学史提及曾巩也极简略，评价也不高。此点，即使在钱基博这样一位古文家的笔下，也有所体现。其《中国文学史》曰：

> 其文欲为果锐而不达，所以不如苏之发人意；欲为茹涵而不沉，所以不如欧之耐人味。方其肆意有所作，随笔曲注，从容浑涵，不大声以色，而波澜老成，自然郁厚。②

不大声以色，而波澜老成，是对曾巩的传统评价。但钱基博也很果断地指出：曾文没有苏文那么果锐畅达，也没有欧文那么耐人寻味。他又说：

> 而记事之作，取舍廉肉不失法，尤善部勒，简以驭繁，详而有纪，三苏之所不及，而足与欧阳相颉颃；特有笔法而无笔情，不能如欧之余味曲包，风神骀宕耳。③

---

① 钱基博：《中国文学史》，上海古籍出版社，2011，第470页。
② 钱基博：《中国文学史》，上海古籍出版社，2011，第538页。
③ 钱基博：《中国文学史》，上海古籍出版社，2011，第539页。

肯定了曾巩叙事文的成就，但又不客气地批评道："特有笔法而无笔情"，即富有逻辑而缺乏感情——这句话，可以说切中了曾巩文章的要害，是很精准的批评。那么，曾巩的文章为何后世有那么多模仿者呢？钱基博以为关键在于，韩愈自以为见道，"而未探心性之微"，"曾巩原本大学，穷理致知"，尤为朱熹等理学者所赏，"于是理学家之古文仿焉；亦以其不矜才使气，醇实明白，易为依仿也"。① 所谓"不矜才使气，醇实明白"，的确是理学家眼中曾巩文章的最大优点。曾巩文章因为理学，以及理学与科举之间的密切关系而备受正统文人尊崇，这确乎是他在南宋以后享有崇高地位的主要原因。现代以后，曾巩文章地位的浮沉，颇能说明古今文学观念的变迁。

本书第一章曾言，王禹偁在古代关于北宋古文运动的叙述中，很少被提及。自现代以后，尤其是 80 年代以来关于宋代文学的叙述中，对于王禹偁的诗、文、文论都给予了较为突出的评价。尤其是在北宋古文运动史上，王禹偁被赋予重要的意义。钱基博《中国文学史》对王禹偁有特别的重视，他说：

> 韩门弟子，学焉而皆得其性之所近；皇甫湜、孙樵为其难，李翱为其易。原远而末易分，柳开为其难，穆修为其易；宋祁为其难，欧阳修为其易；而首倡易之一说，以开欧、苏、曾、王之风者，不得不推禹偁为开山。②

> 柳开、穆修、尹洙、石介，后先接踵，诵说韩文；然未能变韩文之格而为宋文也。若其创意造言，变韩文之格以自名家，而开宋文者，盖造端于王禹偁，而大成于欧阳修。③

可见，钱基博认为王禹偁是欧阳修之前北宋最重要的古文家，可以说是真正在创作上变韩之奇崛为平易，开启有宋一代文风的大家；欧阳修的文章是在王禹偁基础上的大成。这应当是现代以来较早给王禹偁以重要

---

① 钱基博：《中国文学史》，上海古籍出版社，2011，第 541 页。
② 钱基博：《中国文学史》，上海古籍出版社，2011，第 453 页。
③ 钱基博：《中国文学史》，上海古籍出版社，2011，第 464 页。

的文学史地位的论述。

另，钱基博对苏洵、苏辙的评价，对皇甫湜的强烈不满，大抵是传统的见解；而他对李翱的严厉批评，对司马光的格外推崇，则是较为特殊的观点，皆值得注意，因其重要性相对次要，兹不具论。

如同徐昂一样，钱基博的唐宋古文观有一个特点，即不再纠缠于文、白之争与骈、散之争。这固然由于钱基博不属于桐城派，亦不属骈文派，虽瞧不起白话文学，可也没有与白话文争胜的意思。毕竟，30 年代之后，"古文学" 退居二线，已是铁的事实。所以，从文、白与骈、散的立场、门户之见中疏离出来之后，钱基博对古文的看法便比较客观。钱基博比周作人小两岁。周作人虽不排斥文言，但他对载道的唐宋文章的批判，是典型的新文学的态度；钱基博虽有一定现代文学观念，可他总体上仍属旧派文人。钱基博对唐宋古文运动、唐宋八家的具体评论，有相当的传统色彩，如其对文章风格及其源流的辨析、从文体的角度批评文章等，都是传统的路子和手眼。其好处是：由于钱基博古文修养深湛，故而评论古文，抉发利病，深入肯綮，这是后世非古文家的新学人难以企及的。但钱氏的唐宋古文观，古文家的习气也较深，其评论多从文学着眼，而从思想、社会角度着眼不够，相比之下，徐昂就更能从大处着眼，观察更全面。另外，在一些具体观点上，例如对柳宗元、欧阳修的评价在韩愈之上、对曾巩评价不甚高等，某种程度上都彰显着其传统文学观的淡化，主要根源则在于儒家正统思想的解体。钱基博的 "文学史意识" 颇为自觉。他的文学史著作，都是较为现代的体例。他说："文学史者，科学也。"[1] 这便使得钱基博的唐宋古文观体现出相对理智、客观的态度。

再叙两位有师生之谊的文人陈衍和陈柱的唐宋古文观。

陈衍，是和林纾同辈的晚清的大文人，为 "同光体" 代表诗人之一，其诗歌和诗学影响尤大，文章学特其余事。在他去世的前一年——1936 年，由无锡民生印书馆出版了其《石遗室论文》。此书篇幅不大，似为札记的集合，按时代编次对不同时代文章的看法，且多为具体点评，宏观议论不多。陈衍的唐宋古文观，有一个较为突出的观点，即 "崇柳

---

① 　钱基博：《现代中国文学史》，上海古籍出版社，2011，第 4 页。

抑韩"。他说：

　　桐城人号称能文者，皆扬韩抑柳，望溪訾之最甚，惜抱则微词，不知柳之不易及者有数端。出笔遣词，无丝毫俗气，一也；结构成自己面目，二也；天资高，识见颇不犹人，三也；根据具言人所不敢言，四也（如《封建论》之类，甚至如《河间妇人传》则大过矣）；记诵优，用字不从抄撮涂抹来，五也。此五者颇为昌黎所短。昌黎长处，在聚精会神，用功数十年，所读古书，在在撷其菁华，在在效法，在在求脱化其面目。然天资不高，俗见颇重，自负见道，而于尧、舜、孔、孟之道，实模糊出入，故其自命因文见道之作，皆非其文之至者。其文之工者，第一传状、碑志，第二赠序，第三杂记，第四序、跋，第五乃书、说、论、辨。柳文，人皆以杂记为第一，虽姚、方不能訾议，盖于古书类能采取其精炼处也。①

　　这可以说是现代以来较早举起"崇柳抑韩"旗帜的议论（此后的"崇柳抑韩"，最著名者为章士钊，后文再叙）。陈衍明确表示，他的议论乃就桐城派的"扬韩抑柳"而发。他列出了柳宗元五点不可及处，且以为此五点皆是韩愈所短。

　　首先是"无丝毫俗气"。这是就"文品""文格"，或者说"境界"而言，言下之意——韩愈俗气。中国人讲品格，"俗"即是下品，陈衍此一语戳及韩愈要害。此外，较重要的观点，是认为柳宗元天资高，见解独特，敢言人所不敢言，而韩愈则"天资不高，俗见颇重，自负见道，而于尧、舜、孔、孟之道，实模糊出入，故其自命因文见道之作，皆非其文之至者"，寥寥数语，话却说得很重。陈衍尤推重柳宗元《封建论》的思想，不仅是文章。

　　陈衍并无意抹杀韩愈的成就，他说："昌黎天资近钝，而毕生致功至深……盖昌黎虽倡言复古，起八代骈俪之衰，然实不欲空疏固陋，文以

---

① 　陈衍：《石遗室论文》，载王水照编《历代文话》第七册，复旦大学出版社，2007，第6735~6736页。

艰深，注意于相如、子云，是其本旨。"① 但是，他认为"皇甫湜所撰《韩文公墓志铭》，不免推崇太过"②，即他要抑制后人给韩愈的过高评价。再如：

> 退之以《谏佛骨表》得名。表中历言佞佛之无益，而反多得祸，其意汉谷永皆已言之。③

> 后人谓"柳文模拟前人处，痕迹大显；惟昌黎则变化无方，绝无痕迹可寻"。岂其然哉！柳文固有模拟痕迹大显者，若昌黎《获麟解》之模太史公，能绝无痕迹乎？……《原道》本董仲舒《贤良策》，《曹成王碑》学《管子》，《与柳中丞书》用《庄子》，岂能尽泯痕迹哉！④

> 世称欧阳公文为"六一风神"，而莫详其所自出。世又称欧公得残本韩文，肆力学之。其实昌黎文，有工夫者多，有神味者少。有神味者，惟《送董邵南序》、《蓝田县丞厅壁记》。若《送李愿归盘谷序》则至尘下者，前已论之。《送杨少尹序》亦作态太甚，其滑调多为八股文家所摹，切不可学。《与孟东野书》亦韩文之有风神者，然两用"知吾心乐否也"，尚嫌作态，意无浅深，笔无轻重，句无长短也。欧公文实多学《史记》，似韩者少。⑤

陈衍总是不放过压低韩愈，为柳宗元辩驳的机会。所谓"昌黎文，有工夫者多，有神味者少"，且推崇欧阳修之"六一风神"，可见其重"神

---

① 陈衍：《石遗室论文》，载王水照编《历代文话》第七册，复旦大学出版社，2007，第6725页。
② 陈衍：《石遗室论文》，载王水照编《历代文话》第七册，复旦大学出版社，2007，第6725页。
③ 陈衍：《石遗室论文》，载王水照编《历代文话》第七册，复旦大学出版社，2007，第6741页。
④ 陈衍：《石遗室论文》，载王水照编《历代文话》第七册，复旦大学出版社，2007，第6732~6733页。
⑤ 陈衍：《石遗室论文》，载王水照编《历代文话》第七册，复旦大学出版社，2007，第6760页。

味"的文章追求。

在儒家正统思想的背景下，柳宗元在宋以后的地位，大体上一直被置于韩愈之下，桐城派尤其有意"扬韩抑柳"，陈衍对此颇不以为然，着意为柳翻案。陈柱说："柳州文为桐城派所抑久矣。得石遗先生为之平反，可谓语语切当，柳州有知，当许为知己也。"① "五四"之后，韩愈的权威地位大受动摇——故有韩愈的下降，必有柳宗元的上升。当然，陈衍的"崇柳抑韩"不是五四新文学家的思想，但他们有一个共同的背景——儒家正统地位的解体及其文学观的淡化。这种思想变化，在陈衍、徐昂、钱基博等旧派文人头脑中，可能并不明显，但却从他们的见解中流露出来。

前文提及陈柱。陈柱，字柱尊，号守玄，广西北流人，是民国时期一位出色的学者，其著作遍涉经史子集，尤长于诸子学和文学，虽只活了54岁，却留下了一千多万字的著作。国学大家唐文治曾评价陈柱曰："横空而来，足使千古学人才人一起俯首。"可惜其著作迄今未获重视。② 陈柱曾受业于陈衍和唐文治，在古文方面，自称受唐文治影响尤深。陈柱最著名的著作，是出版于1937年的《中国散文史》。这是中国第一部"散文史"。中国第一部戏曲史——王国维的《宋元戏曲史》（尚不是戏曲通史）、第一部小说史——鲁迅的《中国小说史略》，在现代学术中备受关注，而陈柱的《中国散文史》却相对落寞（其问世时间也比《中国小说史略》《宋元戏曲史》晚一二十年）。这一现象，透露出一个重要问题——"散文"，尤其是中国古代散文，在现代中国学术研究中未受到应有的重视。白话文运动有其伟大的正面的意义和成就，但也有其弊端——对古文的某种程度的偏见和疏远，便是其中之一。此点，在学术研究和文学写作中都有体现。

陈柱《中国散文史》的分目很明晰，共分五编：第一编"骈散未分时代之散文（夏商周秦）"、第二编"骈散渐成时代之散文（两汉三

---

① 陈柱：《中国散文史》，江苏文艺出版社，2008，第161页。
② 陈柱的学术，目前缺乏研究，原因大约有三：其一，陈柱著述极丰，目前尚未得到较好的整理；其二，就笔者所见陈柱的《中国散文史》而论，基本上是对前人观点的某种总结，发挥与推进不多。陈柱并不长寿，而能著作等身，遍涉经史子集，或许是数量有余而质量不足；其三，陈柱1943年~1944年曾任汪精卫政权下的南京中央大学校长，被视为"晚节不保"，这一政治污点，大约也是陈柱受到冷落的原因。

国）"、第三编"骈文极盛时代之散文（晋及南北朝）"、第四编"古
文极盛时代之散文（唐宋）"、第五编"以八股为文化时代之散文（明
清）"。这是以文体而论。陈柱说："散文虽欲纯乎散，而不能不受骈文
之影响。骈文虽欲纯乎骈，而亦不能不受散文之影响。"① 倘若仅以骈散
关系来梳理中国散文史，恐不免简单，陈柱又说："文学者治化学术之华
实也。吾国之文学，又可分为七时代。一曰为治化而文学之时代，由夏
商以至周初是也。二曰由治化时代而渐变为学术时代，春秋之世是也。
三曰为学术而文学时代，战国是也。四曰反文化时代，嬴秦是也。五曰
由学术时代而渐变为文学时代，两汉是也。六曰为文学而文学时代，汉
魏以后是也。七曰以八股为文学时代，明清是也。"② 即认为文学是治化
学术的一个表现结果（这是一种传统的文学观）。陈柱以治化、学术与
文学之间的嬗递关系来划分中国文学的阶段，眼光宏大，不仅可概括中
国散文史，亦可包罗中国文学史，就其思路而言，逻辑也颇严谨。他认
为古代早期是治化时代，尚未有自觉的学术和文学，这一观点，当受到
林传甲《中国文学史》的影响。③ 林传甲《中国文学史》目次第四篇即
为"古以'治化'为'文'，今以'词章'为文，关于世运之升降"，
而此一篇名，则照搬自《奏定京师大学堂章程》"研究文学要义"四十
一款中的第四款。不过，陈柱不但区别了"治化"和"文学"，还以
"学术"作为其"中间物"而加以联通，并把三者的演化置于更大的历
史脉络之下。所以，陈柱《中国散文史》的叙述策略，是把从治化到学
术，到文学的嬗递嵌于散文的骈散关系演变之下进行论述，这样便把文
体和文章内容整合起来了。

　　但是，陈柱实际上并不认可"骈文"和"散文"这两个名称。他
说："骈文散文两名，至清而始盛，近年尤盛。"④ "散文"之名，最早出
自南宋罗大经的《鹤林玉露》。陈柱接着又引用了夏敬观（1875—1953）
否定骈文之名的话，云："夏氏（夏敬观）以骈文一名于义无当，是也。

---

① 陈柱：《中国散文史·序》，江苏文艺出版社，2008，第1页。
② 陈柱：《中国散文史·序》，江苏文艺出版社，2008，第1页。
③ 陈柱的《中国散文史》多次引用林传甲《中国文学史》的观点。
④ 陈柱：《中国散文史》，江苏文艺出版社，2008，第1页。

吾谓散文一名，尤为不通。"① 接着，陈柱又引《庄子》《荀子》中的例句和《说文》中的解释，认为"散"无论作为"无用"，还是"离散"之义，与"文"合而为"散文"，都讲不通。于是，陈柱说："故有正名者出，骈文散文二名，必在所当去矣。"② 又云："盖散文亦不过古文之别名耳。而现代所用散文之名，则大抵与韵文对立，其领域则凡有韵之诗赋词曲，与有声律之骈文，皆不得入内；与昔之谊同古文，得包辞赋颂赞之类，其广狭不侔矣。"③ 陈柱把骈文和散文之名都否定了，并且认为古代的散文和现代的散文概念也不同，二者有广狭之别。那么，把习惯上的骈文和散文概念都否定掉之后，用什么名称来代替呢？陈柱说："吾以谓骈散二名实不能成立，不如以尚丽藻者名为文家言，重质朴者名为质家言，或省之曰文言，曰质言。"④ 所谓"文言""质言"是章太炎的旧说。可是《中国散文史》并没有用"文言""质言"来叙述散文，而依旧沿用"骈文""散文"概念，而且陈柱所用的"散文"概念，是传统的散文概念，即所指为"古文"，因其不包括辞赋骈文。陈柱不得不做出这样的选择，因为如果舍弃"骈文"和"散文"的概念，他将无法叙述。

基于以治化、学术、文学及骈散关系为构成的文学观，陈柱认为韩柳的文学改革"其意亦为文学而文学，非复秦汉以前为学术而文学矣。自尔以后，不外骈散二体之角胜。若八股则骈散二体之合者也。自八股兴，则举世且为八股而文学矣。为文学而文学，故文学之体则甚尊，而文学之质乃日衰矣。何谓文学之质？学术是也"。⑤ 把"学术"视为文学之"质"，也有似于章太炎。既然韩柳的复古，并非秦汉以前为学术而文学，说明其文学之"质"有所欠缺。但是，陈柱并未像章太炎那样一味以"质言"来贬低"文言"，他只是指出韩柳的复古并非真复古。

　　　　虽然所谓古文者，非真复古，模拟古人之谓也。去六朝之排偶

① 陈柱：《中国散文史》，江苏文艺出版社，2008，第1页。
② 陈柱：《中国散文史·序》，江苏文艺出版社，2008，第1~2页。
③ 陈柱：《中国散文史》，江苏文艺出版社，2008，第2页。
④ 陈柱：《中国散文史》，江苏文艺出版社，2008，第2页。
⑤ 陈柱：《中国散文史·序》，江苏文艺出版社，2008，第2页。

声律及其秾丽，而一复两汉之淳朴与其奇偶并用之自由而已。若句模篇拟，陈陈相因，正古文家之大戒也。①

陈柱认为唐宋时期是"古文极盛时代"。何以言之？他说：

> 自韩柳古文家未兴之前，无所谓古文也。为文者皆随时尚而已。自韩柳盛倡古文，李翱、孙樵之徒继之，至宋而欧阳、王、曾、三苏六家出，而古文之道益尊。自是以后，骈文古文遂判为二涂。其尊古文之甚者，且卑视骈文以为不得与于文之例矣。故此时代，可谓之古文极盛之时代。②

所谓"骈散分途"，其实是六朝"文笔之辨"的发展，只不过，"古文"名称至唐代才出现，且骈文和散文各自的独立意识都进一步增强，尤其是"古文"经六朝、初唐衰落后的振兴，使古文的观念大盛，故而此后骈、散分途。但这也是相对的，骈文和散文其实一直在相互融通，骈、散分途主要是在宗派意识增强之后，在观念上更为对立罢了。

陈柱对韩愈、柳宗元都很尊重，他说：

> 唐之古文，至韩柳而大盛。论唐之古文，不能不数韩柳；犹论汉之史家，不能不数马班；论战代之辞赋，不能不数屈宋也。③

又说：

> 子厚之文，论辩体多从韩非得来。山水记多从《水经注》得来。其《封建论》足以与韩之《原道》相抗。其《辨〈列子〉》、《〈论语〉辨》等足与韩之《读〈仪礼〉》、《读〈荀子〉》相抗。其山水记则远胜于韩，而碑文则不及韩，然所为诸传又非韩所能及矣。若与人书札，则两家俱有得于司马子长，而韩则阳而动，柳则

① 陈柱：《中国散文史》，江苏文艺出版社，2008，第148页。
② 陈柱：《中国散文史》，江苏文艺出版社，2008，第148页。
③ 陈柱：《中国散文史》，江苏文艺出版社，2008，第151页。

阴而静，斯所以异耳。寓言文亦足与韩相敌，而意或刻于韩。要之
此二家实未易妄分高下，柳文以游记及寓言为最工。①

可见陈柱并不对韩、柳分高下。他赞赏陈衍给柳宗元的平反，也可见其
对柳宗元的同情。他认为柳宗元成就最高的是游记和寓言，《封建论》
尚在其次，这种观点几乎成为现代以后对柳宗元的共识。尤其是寓言，
无论是柳宗元，还是韩愈的寓言，都是不被正统文学观赏识的。

关于宋文和唐文的比较，陈柱说："宋六家固不能出于韩、柳范围。
然若角其短长，则宋六家之传记远不及唐五家（韩、柳、李、皇甫、
孙）之瑰奇；论议之文则韩柳以外，唐三家远不如宋六家之条畅动
听。"② 他没有对唐、宋文强分高下。但是陈柱认为宋文在范围上虽不出
于韩柳，其写法却有所变化。

> 要而论之，宋六家之文，虽不能出韩柳之范围，然亦略有变态。
> 自来以散文而最善言情者，于战代有庄周，言哲理而长于情韵；于
> 汉代有司马迁，述史事而擅于风神。自此以外，多莫能逮。至六朝
> 有文笔之分，则言情者属文，说理者属笔；文即诗赋骈文，笔即今
> 之散文也。至唐韩退之倡为古文，虽名为起八代之衰，而文笔分涂，
> 实亦尚沿六朝之习，故昌黎散文，言情者不多，而多于韵文出之。
> 至宋之欧阳六一，而后上追司马，虽气象大小不侔，而风情独绝。
> 于是六朝所认为笔者，亦变而为文矣。故欧阳散文，几无一不善言
> 情，无一不工神韵，曾、王、三苏，亦受其影响。世徒怪昌黎散文
> 不工言情者，殆未知此中关键者也。③

六朝"文笔之辨"以有韵、无韵分，陈柱则以"言情者属文，说理者属
笔"，就诗赋骈文和散文的偏向而言，这也有道理。所以，陈柱认为韩愈
的古文仍是六朝所谓"笔"；其时，唐人就称韩文为"笔"，同时亦称
"古文"；韩文言情者不多，他的言情之作多以诗写之，说明韩愈的文学

① 陈柱：《中国散文史》，江苏文艺出版社，2008，第157~158页。
② 陈柱：《中国散文史》，江苏文艺出版社，2008，第181页。
③ 陈柱：《中国散文史》，江苏文艺出版社，2008，第192页。

是文、笔分途的。但至欧阳修，其文章特擅抒情，于是就把接近"笔"的散文变为"文"了。曾、王、三苏皆受欧阳修影响。陈柱认为，从笔到文，是散文由唐至宋的一大变化。这种说法，有助于我们观察唐文和宋文的差异，但也未免有些机械。譬如，韩愈的散文，言情之作，其实也不少，且能将抒情和叙事、议论出色地结合起来。另外，柳宗元的散文呢？其游记之作，写景、抒情，并不曾脱离辞赋的气息。再说宋文，固然欧阳修、苏轼的文章风神潇洒，但曾巩、王安石却较少言情之作，其言情散文比韩愈更少。苏洵、苏辙的散文，也少言情。宋代作家更多地以诗词，尤其是词来言情，文章大体仍是以议论及实用为目的，议论文在宋文中的比重远过于唐文。这如何解释韩文仍是"笔"，而宋文则变为"文"了呢？"文笔之辨"只是六朝时代的一个说法，未必适合于此后的文章。

新文学运动之后，还有一位尊崇唐宋古文的学者，其古文运动观值得一提，他就是钱穆。

钱穆是思想通达之人，但他并不赞成新文化运动、白话文运动，并非他不接受新文化，而是不接受激烈的反传统。[①] 钱穆毕生著述不用白话，可见其传统立场。唐宋古文，在钱穆心目中有着特殊的地位。据云钱穆"尤爱唐宋韩欧至桐城派古文"。[②] 钱穆在写于1953年的《宋明理学概述·自序》中回忆其读书历程时说：

> 入中学，遂窥韩文，旁及柳、欧诸家，因是而得见姚惜抱《古文辞类纂》及曾涤生《经史百家杂钞》。民国元年余十八岁，以家贫辍学，亦为乡里小学师，既失师友，孤陋自负，以为天下学术，无逾乎姚、曾二氏也。……因念非读诸家全集，终不足以窥姚、曾取舍之标的，遂决意先读唐宋八大家，韩、柳方毕，继及欧、王。读《临川集》议论诸卷，大好之，而凡余所喜，姚、曾选录皆弗及。遂悟姚、曾古文义法，并非学术止境。韩文公所谓因文见道者，

---

① 这似乎与钱穆"五四"时身居边缘，不预时流，后来又成为卓然大家的独立性也有关。钱穆一直对胡适、钱玄同等"新贵"抱以冷眼。

② 参见钱穆弟子严耕望《钱穆宾四先生行谊述略》，载《诚明古道照颜色——新亚书院55周年纪念文集》，香港中文大学新亚书院，2006。

其道别有在，于是转治晦翁、阳明。因其文渐入其说，遂看《传习录》、《近思录》及黄、全两学案。又因是上溯，治五经、治先秦诸子，遂又下迨清儒之考订训诂。宋、明之语录，清代之考据，为姚、曾古文者率加鄙薄，余初亦鄙薄之，久乃深好之。所读书益多，遂知治史学。①

此段话颇堪玩味。由钱穆自述可知，其读书可分为三个阶段：第一阶段是从韩、柳文入手，进而至于桐城派之文选，再返归八大家文集，于是乃悟桐城派之不足。这可以说是文学的阶段。第二阶段，是读八大家集之后，便深思因文见道之"道"，进而读朱子、王阳明等宋明理学著作，再进而读宋元、明清学案，再由学案上溯五经、先秦诸子，并及清儒考据之学。这个阶段，主要读哲学和学术史。此后，钱穆便进入了史学研究，这是第三阶段。韩柳文集、桐城派、唐宋八家是钱穆读书、治学的发源地。其特殊在于：钱穆不仅以文学眼光读唐宋八家，更以学术的眼光读之。

　　钱穆曾于1955年至1956年，在香港新亚书院讲授"中国文学史"。虽未写成完整的文学史讲义，但却有关于中国文学的单篇文章发表，如1957年《新亚学报》（香港）3卷1期上发表的钱穆的一篇长文《杂论唐代古文运动》②，就颇有精辟之见。另，曾经在新亚书院听过钱穆"中国文学史"课的弟子叶龙，将其听课笔记加以整理，成《中国文学史》一书，于2015年由天地出版社出版。虽然此书较为简略，但其对唐宋古文的议论，可与《杂论唐代古文运动》一文并读。兹就《杂论唐代古文运动》的六个观点，加以述评。

　　其一，钱穆认为"唐代之古文运动，当溯源于唐代之古诗运动"。③唐代的古诗运动，自陈子昂始，至李白、杜甫，都持复古主义，其复古在于追求风骨、兴寄。陈子昂为唐代文运开新之人物，其开新在诗的内容。李白继承了陈子昂的诗歌复古精神，但李白不喜儒术，"故太白仅属一种文学之复古，工部始站在儒家地位而为复古，其意较深。然亦仅偏

---

① 　钱穆：《宋明理学概述》，台湾学生书局，1984，第7~8页。
② 　参见钱穆《中国学术思想史论丛》（四），三联书店，2009。
③ 　钱穆：《中国学术思想史论丛》（四），三联书店，2009，第18页。

于政治。必待昌黎韩公出，始原本六经，承李杜古诗运动之后又重倡古文运动。……是至昌黎，乃始为站在纯儒家之地位而提倡复古者。故论唐人文学复古之大潮流，亦必达于昌黎，乃始有穷源竟委之观，兼包并蓄之势。太白所谓文可以变风俗，学可以究天人，亦必至于昌黎，乃庶乎更臻于圆满成熟之境界也"。① 即通常我们多注意韩愈对从陈子昂，到萧颖士、李华、独孤及、梁肃、柳冕等人的文章复古的继承，而较少瞩目韩愈对陈子昂、李、杜诗歌复古的继承。钱穆说："故推论昌黎之古文运动，决不当忽略其对于李杜古诗运动之欣赏与推崇。诗文本一脉，若必分疆割席而论之，则恐无当于古人之真际尔。"② 此说精辟。自初唐以来，文学复古是一股大的潮流，韩愈继承的是这种总体的复古开新的精神，只是他将此点在其散文中发扬得更为广大而已。且韩愈是站在纯儒家立场上提倡复古的，以道统说将儒家复古理论推至新的高度。

其二，陈子昂、李白的诗以复古为开新，当时并无多少反对之声，而韩、柳的文章复古，为何有很多质疑和批评呢？钱穆认为"缘于诗道求复古，只情存比兴即得，固不必重为四言诗，乃为复古也。今号召为古文，又曰文所以明道，则古人之道，皆见于著述，古人之文，亦惟著述是尚，短篇小品，岂足以当"。③ 韩愈提倡古文，既然以"道"标榜，在当时人观念中，则其标准当为先秦诸子式的著述，至少不应写《感二鸟赋》《猫相乳》《祭田横文》那样的"驳杂无实之说"（张籍对韩愈的批评）。换言之，既然要以古道古文为志，则需高度严肃，当写经史那样的著述。其实韩愈未尝不作此想，他后来的那些载道文章，恐怕张籍未必不以为然，但同时，韩愈又允许自己写一些轶出道统的"游戏文章"（参见韩愈对张籍批评的答辩），这是裴度、张籍等人所不能接受的。说到底，韩、柳作为文章改革家，其文章观念既继承传统，又不为传统所束缚，其轶出传统的观念，便是为当时人所讥斥者，同时也正是其"开新"之所在。

其三，张籍对韩愈"驳杂无实"的批评，韩愈并没有做出很好的解释。张籍的主旨是：既为古文，则当为古人经史之体。钱穆从柳宗元的

---

① 钱穆：《中国学术思想史论丛》（四），三联书店，2009，第20~21页。
② 钱穆：《中国学术思想史论丛》（四），三联书店，2009，第21页。
③ 钱穆：《中国学术思想史论丛》（四），三联书店，2009，第30~31页。

文论中，提炼出了对"短篇散文"的看法，从而对张籍的批评做出了解释，同时，也指出"短篇散文"在韩柳的古文改革中产生的体类新变问题。钱穆据柳宗元《西汉文类序》《杨评事文集后序》《读韩愈所著〈毛颖传〉后题》等文把文章分为著述、比兴，并不特重论辩文等观点，认为"推柳氏之意，文之为体，固可不尽于诏册奏议辞赋歌谣以及夫论辩之类，而当别有所新创，要之求其能不失于褒贬之与讽喻，而能兼夫著述与比兴二者之美，庶可以穷极六艺之所蕴，而不限于古人之成格"。① 按照柳宗元的分类，则张籍要求韩愈的是"著述"之作，但柳宗元以为著述与比兴可以在古文（钱穆曰"短篇散文"）中得到统一。正因有这样的观念，韩、柳才把中国的"短篇散文"（"著述"为长篇著作，如诸子书及史书）提升到了新的境界。譬如，韩愈的《原道》、柳宗元的《封建论》篇幅为短篇，内容则类似于经史之作。

其四，关于韩柳的文、道说。钱穆认为韩愈追求的是文章出入仁义，海涵地负，无所统纪②，而后之学韩者多竞尚于一字一句之怪奇；韩愈《进学解》中的论文见解，如"沉浸酽郁，含英咀华"尤为深刻；"夫所谓文者，必有诸其中。是故君子慎其实"等话语，都说明韩愈的为文立言之本在于"志道修身"。所以，"世人常言韩文公主文以载道，其实韩公之意，乃谓必得道而后始能文也"。③ 即韩愈的主旨是"文本于道，文道一贯"。④ 这和"文以载道"的区别是什么呢？钱穆又论柳宗元的文、道观，认为柳宗元文本于道，义道一贯的大意与韩愈相同。其意思是"即文而见道，非为文以明道也。为文以明道，乃后人文以载道之说，仍是道与文为二，而即文见道，则道自寓于文，乃道与文为一"。⑤ 这可以说是对朱熹批韩愈裂道与文为二的反驳。那么，朱熹、钱穆二人对韩愈的看法，谁更正确呢？以笔者之见，其实都对。朱子是从韩愈论文、论道，立身处世的实际表现来看的，并且他所树立的"道"是一个极高的标准，从这个层面看，韩愈的"道"显得不足。钱穆是就韩愈的文论而

---

① 钱穆：《中国学术思想史论丛》（四），三联书店，2009，第38页。
② 此数语见韩愈《南阳樊绍述墓志铭》。
③ 钱穆：《中国学术思想史论丛》（四），三联书店，2009，第42页。
④ 钱穆：《中国学术思想史论丛》（四），三联书店，2009，第44页。
⑤ 钱穆：《中国学术思想史论丛》（四），三联书店，2009，第45页。

言。韩愈在理论上的确是文道一贯，以道为本的。所以，合韩愈的理论与实践两个层面论，他对于"道"其实是"心有余而力不足"。

另，钱穆认为韩愈《送高闲上人序》表现了其"道寓于文"的旨意，"乃向来所辨道与技之问题也。以今语说之，亦可谓道德与艺术之问题"[1]，他说：

> 艺术必表现一内心，内心之所得者是其德，发之于技是其艺。寓其所得于其所发，大者为道，小者为术。治天下犹且然，况于为文章？姚鼐谓韩公此言，本所自得于文事，此言是也。而韩公之所以深斥于佛老者，亦由是而可见。推韩公之意，谓天地间一切道，一切艺，皆由心生。人心得所养；而外有以合乎天，然后天人相应，而道彰焉，艺美焉。今苟一切遣去其内心，解之释之，泊然淡然，而几于颓堕委靡，而转谓其乃一任乎天，是荀卿之讥庄周，所谓知有天不知有人也。然苟情炎于中，利欲斗进，有得有丧，勃然不释，此等心境，张旭以之治草书则可，固不可移之尧舜禹汤治天下。此道与技之别也。[2]

钱穆认为韩愈的观点是"天地间一切道，一切艺，皆由心生"，且佛老主张"不动心""不动情"，泊然淡然，此种心境是不可以表现艺术的。此言得之。但钱穆认为此文是在讲道德和艺术的关系，笔者以为韩愈此文其实是讲艺术与心、艺术与情感的关系，与"道德"无甚关联。韩愈所谓"心"，包括"巧智""气""神"等，此"心"可以应对一切。再进一步，就张旭的草书论，韩愈以为其所以高妙，在于对情感的淋漓尽致的发挥，情感的关键是"有动于心"，是个体生命对天地万物的酣畅的感发。韩愈通过对草书最高境界的阐释，表达了其"缘情"的艺术理论。这当中，看不出对仁义道德的强调。所谓情炎于中，可以治草书，而不能治天下，是"道"与"技"的区别——这是钱穆的意思，韩愈文并无此意。事实上，这篇文章不是在区别"道"与"技"，而恰恰是把

---

[1]　钱穆：《中国学术思想史论丛》（四），三联书店，2009，第46页。
[2]　钱穆：《中国学术思想史论丛》（四），三联书店，2009，第46页。

技艺的最高境界和"道"混融为一，即庄子所谓"技也，进乎道矣"。另，由韩愈"缘情"的艺术观看，他不仅在伦理教化上排斥佛教，其强烈的艺术气质，与佛教所谓"不动心"的修身哲学也是抵牾的。

其五，钱穆认为韩愈、柳宗元是以诗为文。钱穆举韩愈的传状、碑志、书牍、赠序等文类，以为其尤有创格，以诗的笔法融入散文之中，尤其是赠序一体，"其中佳构，实皆无韵之诗"①，其实即为"散文诗"，当然此类文章也是韩文文学价值最高者。钱穆此一评判的标准是"纯文学"，他在文中九次提及"纯文学"。在纯文学的标准下，钱穆对韩愈的奏册诏令、论辨序跋，分别以"政治文件"和学术文章而排除于纯文学之外；对于韩愈的书牍和碑志，钱穆认为其"仍限于社会人生实际应用之途，终与纯文学之意境有隔也"。②"故韩柳之大贡献，乃在于短篇散文中再创新体，如赠序，如杂记，如杂说，此等文体，乃绝不为题材所限，有题等如无题，可以纯随作者称心所欲，恣意为之。……故短篇散文之确能获得其在文学上之真地位与真价值，则必自韩柳二公始。"③ 所谓"短篇散文"是一现代概念，钱穆以此来观察韩柳的创获，可谓具眼。不过，在韩、柳之前，也有杰出的短篇散文，如司马迁、杨恽（？—前45）的书信，陶渊明（约365—427）的《五柳先生传》等。六朝人的书札极具诗意，亦为短篇，但多骈俪成分，至王维（701—761）、李白的书信、赠序，亦仍属辞赋之体。必是短篇的，且是"散文"的、诗化的，至韩柳才在各种题材中获一大解放。

钱穆总体上以纯文学来推崇韩柳古文在中国文学史上的贡献，他说：

> 然韩柳之倡复古文，其实则与真古文复异。一则韩柳并不刻意子史著述，必求为学术专家。二则韩柳亦不偏重诏令奏议，必求为朝廷文字。韩柳二公，实乃承于辞赋五七言诗盛兴之后，纯文学之发展，已达灿烂成熟之境，而二公乃站于纯文学之立场，求取融化后起诗赋纯文学之情趣风神以纳入于短篇散文之中，而使短篇散文亦得侵入纯文学之阃域，而确占一席地。故二公之贡献，实可谓在

① 钱穆：《中国学术思想史论丛》（四），三联书店，2009，第53页。
② 钱穆：《中国学术思想史论丛》（四），三联书店，2009，第58页。
③ 钱穆：《中国学术思想史论丛》（四），三联书店，2009，第58~59页。

中国文学园地中，增殖新苗，其后乃蔚成林薮，此即后来所谓唐宋古文是也。故苟为古文，则必奉韩柳为开山之祖师。明代前后七子，不明此义，意欲陵驾二公，再复秦汉之古，则诚无逃于妄庸之诮尔。①

"纯文学"为现代观念，倘笼统地说韩柳二公"乃站于纯文学之立场"，未免扞格。但以客观效果看，韩柳古文的最大成就也的确在现代所谓"纯文学"方面。所以，"纯文学"是钱穆的一个观察视野，在这个视野之下，他获得了一种新的阐释。这便是作者未必然，而读者未必不然。那么，到底以作者还是以读者的阐释为然？作者没有做阐释怎么办？作者和读者的阐释都以"文本"为出发点，所以，按照意大利哲学家昂贝多·艾柯（Umberto Eco）的理论，诠释终究当以"文本意图"为根据。那么，如何判断类似于钱穆以"纯文学"来诠释韩柳古文价值的正确性？如何判断它是不是包含了自说自话？脱离对象的自说自话，即是"过度诠释"（overinterpretation）。艾柯提出所谓"文本意图"就是为了避免"过度诠释"，即使诠释更接近真实。但是，对文本的诠释，无非是作者和读者的诠释，文本不可能自行诠释。所以，从逻辑上说，"文本意图"是无法"证实"的。作者、文本、读者共同构成的相互借助、相互悖逆的"阐释场"，其中三种成分缺一不可。那么，在这三者中，孰轻孰重？当然是"文本"。因为——首先，作者和读者的诠释是以文本为对象；其次，作者和读者千变万化，而文本作为"文献"则相对稳定。从理论上说，最重要的是文本。可是，从现实操作层面说，最重要的还是阐释者（包括作者和读者）。阐释者的阐释、理解，在很大程度上取决于他们的"阐释视野""前在理解"。但是，为什么同样以"纯文学"的视野来阐释韩愈的古文，钱穆认为韩愈古文的价值在于对"纯文学"的"短篇散文"的发展，而30年代之后的很多学人却认为韩愈的文章因为缺少"纯文学"色彩，文学成分不多，甚至有人以纯文学的尺子把中国古代所有散文都排除于文学之外？原因大概在于："纯文学"作为一种阐释视野，其对阐释对象的阐释，最终完成于和对象的融合，

---

① 钱穆：《中国学术思想史论丛》（四），三联书店，2009，第57~58页。

所以，因选择的对象不同而导致的不同的"视野融合"，就会产生不同的阐释。是选择韩愈的实用类文章以及载道文章，还是选择其书信、杂记？是选择柳宗元的《封建论》，还是选择他的游记、寓言？不同选择自然就会有不同的阐释结果。这又须以文本为参照，看哪一部分的比重更大，有更大的历史的稳定性。因此，诠释的真确性，最终取决于诠释者和文本在历史中的可变性与稳定性之间的比率——某种诠释的稳定性越高，则越接近真理。

其六，钱穆认为韩愈、柳宗元、刘禹锡、吕温，论天道与人道，李翱《复性论》发挥《中庸》心性之说，虽以宋儒意见衡之，不免粗疏，但却下开宋代儒学之端绪，在思想史上具有重要意义。"凡以见唐代之古文运动，不仅下开宋代之文章，即思想义理，亦已远抽宋儒之端绪。惟韩公独尊儒统，力排释老，又其所谓尧舜禹汤文武周公孔孟之道统相承，仁义诗书之大本所寄，虽由后视前，若不免粗枝大叶，而此后蕴奥之发，终亦无逃于其范围。此韩公所以终为群伦冠冕，卓绝一时，而无与争此牛耳也。"① 可知钱穆不仅视古文运动为文学运动，同时也视其为唐宋之际思想史转变的大关节，且给予韩愈很高的思想史地位。胡复、石介等人推尊韩愈的"道统"，但更多的是把韩愈作为一面儒学的旗帜，并未深入韩愈的思想学术。欧阳修、苏轼虽尊奉韩愈的"大道"，实际则主要是推崇其文章。朱熹贬低韩愈的儒学地位，唐宋派、桐城派也主要是尊奉韩愈的古文。韩愈、柳宗元、刘禹锡、李翱诸人在古代，并未受到真正的哲学、思想方面的重视，从哲学角度认真探察唐宋古文家的思想，包括他们之间的同异，是现代以后的事。这是文学史视域和思想史视域相互融通的结果。钱穆这篇《杂论唐代古文运动》便是这一学术视域的一个开拓。

总体上，钱穆对韩愈推崇甚高，抱以温情（据叶龙忆述，钱穆曾在新亚书院讲授韩愈文），他对韩愈文学地位的定位是"中国散文作家之始"②，其理由是"中国文学最大的特点是带有政治性而并不独立，是为促进人类文化的工具，用文以载道，政治并属人道中的一部分。凡经学

---

① 钱穆：《中国学术思想史论丛》（四），三联书店，2009，第72页。
② 钱穆讲述，叶龙记录整理《中国文学史》，天地出版社，2015，第245页。

即史学，均可用于政治，而非明道、辩道、论道。如屈原、司马相如是纯文学家，但他们所作却是韵文而非散文。所以，在韩愈之前，尚没有散文作家"。① 钱穆此说颇显突兀，盖因其所谓"散文"是把辞赋排除在外的"散体文"，而我们现代的散文概念是包含辞赋的。若将辞赋包含在内，韩愈肯定不能算第一位散文作家。顾随说曹丕是中国散文的开山祖师，是有道理的——曹丕散文的诗性、抒情性、日常性，不仅不在韩愈之下，实则在韩愈之上。而钱穆在批评五四运动时，仍旧搬出韩愈作为楷模，说五四新文学"忽略了韩愈体裁的文学而只重视应用散文，其实都不会欣赏，也不去作这种类似韩愈的文学作品了"②，这一说法未免有些莫名其妙了，可见钱穆对五四新文学的偏见。

钱穆在《宋明理学概述·自序》中回忆他12岁时，小学国文先生一日抚着他的头，对学童们说："此儿文气浩荡，将来可学韩文公，汝辈弗及也。"③ 又说："顾余自念，数十年孤陋穷饿，于古今学术略有所窥，其得力最深者莫如宋明儒。"④ 由此可见钱穆内心深处对韩愈的向往（钱穆的文章确有浩荡之气，除天分外，当与学习韩文有关），也可见其以儒家统脉自任的意识。钱穆晚年由史学而进入理学，其生命深处当是以儒家道统和文统自任的。这样一种文化情怀，与周作人可谓截然相反。中国现代以来大儒，如马一浮（1883—1967）、熊十力（1885—1968）、梁漱溟（1893—1988）、冯友兰（1895—1990）、牟宗三（1909—1995）等，都以儒家道统的后继者自居。钱穆虽主要为史学家，但也有以道统自任之意。说得更确切些，他们是以程、朱、王阳明、王夫之等宋明大儒的后继者自任的。现代以来的中国，文化的巨大转型、社会的深重危机、世道人心的危苦，与唐宋之际、明清之际的巨大转型有某种相似之处，故而新儒家们便会产生与唐、宋、明诸大儒相似的道统意识，其起源则无外乎对世道人心的危难的忧患与承担。所以，儒学和古文，在"五四"之后虽受到批判，但由"古文运动"发端的"道统意识"并未断绝，而是得到了新的发扬。然而，由于白话对文言的代替，"古文运

---

① 钱穆讲述，叶龙记录整理《中国文学史》，天地出版社，2015，第231页。
② 钱穆讲述，叶龙记录整理《中国文学史》，天地出版社，2015，第245页。
③ 钱穆：《宋明理学概述》，台湾学生书局，1984，第7页。
④ 钱穆：《宋明理学概述》，台湾学生书局，1984，第8页。

动"的"文统"一脉却后继乏人。儒家的精神可以承续，而古文却不得不在现代文学中淡化，这是哲学和文学的不同特性使然。其实，"道统"在现代文人的精神中，随着理想精神的逐渐丧失，也日渐稀少了。

二　嬗变：超越保守与激进的古文运动观

前文所言新文学运动之后"古文运动"观的"承续"，周作人代表的是激进的新文学派的观点，徐昂、钱基博、陈衍、钱穆等人代表了相对"保守"的古文立场。钱穆以"纯文学"为其衡量文学的重要标准，并使用"古文运动"概念，彰显了其文学观的某种"现代性"，但总体上，钱穆是尊崇古文而不太接受白话的，他持文化守成主义的立场。然而，他们的"古文运动"观相对于五四时期，已经有所变化，如周作人对唐宋古文的强烈厌恶，与左翼革命文学（新载道文学）的刺激有关；徐昂、钱基博、钱穆都跳出了骈散之争等门户之见。①

但是，新文学运动之后更大的潮流，是力求以所谓科学的、客观的态度研究文学史。五四运动之后，出现了对"五四"的反思。这个反思，把"五四"所争论的中国传统文化问题和整个现代文化的问题加以通盘考虑。虽然，政治上的激进在不断升级，但文化的激进和保守都相对趋于节制，于是便出现了一种相对而言能够超越保守和激进的文化立场。这是中国现代文化经过"五四"的剧变之后趋于成熟的表现。剧烈的新、旧文化交融，必然会产生划时代的具有新的高度的文化生命体。

30 年代以后，中国文学史的研究和出版极度繁荣。大量的中国文学通史，表明现代学人企图对旧文学进行全面的整理，其中，也包含着对新文学的反思和探索的意图。不少文学史在末章都有对现代文学的回顾与反思，如谭正璧（1901—1991）的《中国文学大纲》（1931 年初版）前十章论述古代文学，第十一章则为"现代文学与将来的趋势"；不仅如此，末章第十二章"结论"又对中国文学做了打通古今式的总结。可见，作者不仅想写一部古代文学和现代文学的通史，而且企图上升到通中国文学古今之变的高度。谭正璧所持的，是对古代文学与现代文学一视同仁的态度。

---

①　包括刘麟生、瞿兑之等钟情于骈文，但也不反对古文，不反对白话的文人。

在这样一种文学史观中，"古文运动"问题便不会因文、白之争及"文以载道"的偏见而显得那么紧张。但是五四时期一个重要的文学观——纯文学观，在新文学运动之后不但没有减弱，反而更为强固。新文学运动之后，具有现代色彩的文学史著作，几乎都持"纯文学观"，而中国的古文则被认为是一种杂文学。所以，古文乃至整个中国古代散文在"五四"之后的文学史中，地位都不高。刘经庵的《中国纯文学史》甚至将"散文"完全剔除在外。仅次于"纯文学观"的是对俗文学的重视，并且由于对俗文学的过分抬高而刻意贬低雅文学——古文、骈文由于其雅文学的性质，便受到抑制。文章学本是中国文学中的一大宗，此点，在林传甲、黄人、谢无量等人的文学史中依然如故。可是，新文学运动以后，小说、戏曲等文学的比例大为增加，散文的比例大幅缩减，这种文学史叙述格局至今基本未变——比如，"骈文"在我们的文学史中，迄今都未得到应有的叙述分量。因此，所谓新文学运动之后古文运动观的"嬗变"仍是相对的——门户之见消散了，而"纯文学""俗文学"观等新文学观仍是五四新文学观的延续和发展。

新文学运动之后，到50年代初的古文运动观，大致可以从以下四方面加以考察：①中国文学史中的古文运动观；②中国文学批评史中的古文运动观；③研究古文运动的第一部专著——龚书炽的《韩愈及其古文运动》；④李长之的《韩愈传》和陈寅恪的《论韩愈》。

（一）中国文学史中的古文运动观

本书"绪论"已说，最早使用"古文运动"一词来概括唐宋两朝古文变革潮流的，是1931年出版的吕思勉的《宋代文学》。吕思勉说：

> 文字与口语日远，浸至不能达意，必有所以拯其弊者，于是古文兴焉。（其人自谓复古，谓之古文。实则对骈文而言，当云散文。其对韵文而称之散文，则当称无韵文，方免混淆。）古文非一蹴而几也。其初与藻绘之文并行者有笔。笔虽不避俚俗，然词句整齐，声调啴缓，实仍不脱当时修饰之风。（口语句之长短不定。当时所谓笔者，特迫于无可如何，参用俗语；且不加藻绘耳。然其句调仍极整齐，实与口语不合。）且文贵典雅，久已相沿成习，以通俗之笔，施之高文典册，必为时人所不慊。然以藻绘之文为之，亦有嫌其体制

之不称者。于是有欲模仿古人者焉。遗其神而取其貌，如苏绰之拟《大诰》是。夫所恶于藻绘之文者，不徒以其有失质朴之风，亦以其不能达意也。今貌效古人，其于轻佻浮薄之弊则去矣，而其不能达意，则实与藻绘之文同。抑藻绘之文，不能施之高文典册者，以其体制之不相称也。今貌效古人，则为优孟之衣冠，无其情而袭其形，其可笑乃弥甚，（体制不称，与无其情而袭其形，同为一种不美。）逮韩、柳出，用古人之文法，（第二期散文之法。）以达今人之意思。今人之言语，有可易以古语者，则译之以求其雅。其不能易者，则即不改以存其真。如是，则俚俗与藻绘之病皆除。文之适用于此时者，莫此体若矣，此古文之兴，所以为中国文学界一大事也。古文运动始于南北朝之末，历隋及唐，而告成于韩、柳，然其风尤未盛。能为此种文字者，寥寥可数。普通文字，仍皆沿前此骈俪之旧者也。至宋世而古文之学乃大昌。欧、曾、苏、王，各极所至。普通应用文字，亦多用散文。而散文始与骈文成中分之势矣。（其时仅诏、诰、章、表等，仍沿用骈文。以拘于体制，故难变也。诏诰自元以后，可谓改用白话。元代诏令多用语体。《元史·泰定帝纪》中尚存一篇。明、清两代诏、令，虽貌用文言，实则以口语为主，而以文言变其貌耳。）然文学之进步，实由简而趋繁。新者既兴，旧者不必遽废。故散文虽盛行，骈文仍保其相当之位置；而唐宋人所为之骈文，较之南北朝以前，且各有其特色焉。（宋骈文之特色，尤为显著。以其与南北朝以前之骈文，相异弥甚也。此亦唐、宋文字，同走一方向，至宋而大成之一端。）又文字嫌其藻绘而不能达意，虽图改革，厥有两途：（一）以古代散文为法，（二）以口语为准是也。前者雅而究不能尽达时人之意，后者则宣之于口者，即可笔之于书，可谓意无不达，而或不免失之鄙俗。（此亦为一失，文自有当求雅处，故文言白话，实各有其用。专主白话，而诋文言为死文字者，亦一偏之论也。）二者实各有短长，而亦各有其用。凡物之真有用者，有之必不能废，无之必不容不兴。故古文起于隋唐之世，而专主口语之白话文，亦萌芽于是时。如儒释二家之语录及平话是也。故唐、宋之世，实古文白话，同时并进，（二者皆为散文。）而骈文仍得保其相当之位置者也。……元有天下仅八十年，以文化论，一切皆承宋之余绪，不徒只可谓之闰位，实乃只可谓之附庸。……然清儒以好古故，于文学亦欲祧唐、宋而法周、秦、汉、魏，则实未能有所成就也。故文学史上，截至今日，讲新文学以前，实犹未能离乎唐、宋之一时期也。①

这段话中主要包含了三方面的观点：①古文运动兴起的原因，是为拯救由文字与口语的距离越来越远而导致的弊端；②文言、白话各有其用，古文、白话应同时并进；③唐宋以后文学为一大的时期。

古文运动兴起的原因，当然不止于文字与口语的关系问题一端，但吕思勉把这方面的原因说得很透辟。他说南朝所谓文、笔之辨的"笔"，虽然没有"文"那么修饰，但仍然是修饰的，与口语是有距离的，其修饰的主要表现是"词句整齐，声调啴缓"（这些，可以在六朝的史论、书札等文体中看出）。但是朝廷的"高文典册"——诏诰令奏之类，倘用骈俪文体，不够庄重；若用通俗语言，又不够雅致，所以，苏绰所写的《大诰》极力模仿西周《尚书》的古奥文体，结果弄得"无其情而袭其形"，艰涩做作，画虎不成反类犬，比藻绘文的不适合高文典册更糟糕。藻绘文和苏绰式的复古文字共同的弊端，就是因为修饰过度而不能很好地"达意"。韩、柳的文章，是用古人的文法，而不是刻意用古人的语言。所谓"文法"，主要是散行的文气；而且，他们所取法的主要是战国秦汉的文章，而不是《尚书》《春秋》之类的上古之文。韩、柳取法古人文法的目的是表达今人的意思。同时，他们也采用当代的语言，当代语言可以转变为更为古雅的古语者，就加以转换；不能转化的，就直接用当代语言。故而，韩、柳在语言、文字方面其实并不是"复古"，而是古今融合，推陈出新。这种语言、文字改造的结果，使得文章的藻绘和俚俗两方面的弊端都被消除了，即文字和口语之间保持了恰当的距离。这样，文章就能最好地表达当代人的意思。在韩、柳之前，文字和口语没有出现过如此协调的状态。基于此点，吕思勉认为古文之兴是中国文学的一件大事。

吕思勉认为古文运动起于南北朝之末，历隋及唐，这是就内在的

① 吕思勉：《吕思勉文集·文学与文选四种》，上海古籍出版社，2010，第4~6页。

历史动向而言，与我们通常所说的古文运动起于中唐不同。古文运动成于韩、柳，但当时作古文者其实很少，直到北宋中期古文方得大昌，从此与骈文并立齐驱。而且，吕思勉认为元明清文学和唐宋文学属同一大的时期，其主要根据是古文和白话文（古白话）都萌芽于隋唐，此后古文、白话同时并进，骈文也保持相对稳定的态势。有些学者把南宋至清代的文学视为近代文学，主要是从戏曲、白话小说的发达着眼的。但是戏曲、通俗小说等白话文学的兴起，在中唐就已肇端。唐代变文，也是白话文学。就此点而言，把隋唐至清的文学划为一阶段，似更为合理。

胡适认为中唐是白话文学兴起的重要关节。但吕思勉以为古文、白话是齐头并进的，古文、白话各有其用，白话的兴起，并不代表文言的死亡，正如古文的兴盛并不意味着骈文的衰朽。这一观点，显然是对胡适的批评。它不仅是对古代文学的一种更符合事实的阐释，也是吕思勉的文、白观的体现，即吕思勉是文、白兼取的。他主张文字与口语要接近，但并不是完全合一。吕思勉主要以文言著述，但他早在1923年就出版过《白话中国史》。他对韩、柳兼取古文与今人语以适于今的阐释，也隐含着对现代文学语言改造方向的认识。

通常，都认为理学的兴起对古文有压制作用，吕思勉的观点与此相反，他说：

> 　　宋代理学盛行。理学家于学问，且以为玩物丧志，而况文辞？于文辞之雅正者，且以为无异俳优，何况淫艳？……然欲求知古人之意，不能不通其文。欲求载道而用世，亦不能尽废文辞。故理学家所贱视文艺，究之所吐弃者，不过靡丽雕琢之文；而于古文，则不徒不能废弃，转以反对淫艳之文故，而益增其盛也。（曾国藩《湖南文征序》："自东汉至隋，大抵义不单行，辞多俪语。即议大政，考大礼，亦每缀以排比之句，间以婀娜之声。历唐代而不改。虽韩、李锐志复古，而不能革举世骈俪之风。宋兴既久，欧阳、曾、王之徒，崇奉韩公，以为不迁之宗。适会其时，大儒迭起。相与上探邹、鲁，研讨微言。群士慕效，类皆法韩氏之气体，以阐明性道。自元、明至康、雍之间，风会略同。"）颇能道出理学与文学之关系。

要之理学家无意提倡古文，而古文却因理学之盛行而增其盛，事固有出于不虞者也。）①

我们知道，朱熹批评韩愈、欧阳修的理由是"裂道与文为二"，颠倒了道本文末的关系，但是，朱熹承认韩、欧的文章写得好。朱熹认为苏轼文章为害甚大，说他写得"忒巧了"——言外之意，还是太会写了。正因苏轼太会写，所以才会有"蛊惑人心"的危险。而朱熹的立足点，并不是批评古文家的文章本身，而是批评他们没有在大本大原——"道"上用力，即文章没有真正地载道。朱熹欣赏曾巩，曾巩的文章仍是韩、欧一路，只不过载道内容更多些，文气更质朴些，这说明朱熹并不反对古文本身。吕思勉说，理学家贱视文艺，并不是要反对所有文艺，而只是反对"靡丽雕琢之文"。这是很精准的观察。程颐所谓"作文害道"，主要是强调"道"的根本性，而不是要彻底取消"文"。朱熹不待见苏轼，而尊崇曾巩，就说明他反对的是"文过于质"。所以，理学家所反对的是古文中的华丽派、空疏派，而非全部古文。古文在理学兴起的南宋其实并不衰落，只是在观念上遭到抨击，并受到了语录文的挑战。吕思勉说理学家"于古文，则不徒不能废弃，转以反对淫艳之文故，而益增其盛也"。这种结果和古文运动的本义——反对淫艳之文的目的是一致的。南宋理学家吕祖谦、朱熹、真德秀都是优秀的古文家。明清时期，很多古文家也是道学家。理学其实从两方面制约和影响了古文：一方面使得古文越来越趋于载道，另一方面，使古文与淫艳之文风保持距离。我们现在所说的理学对古文、对文学的伤害，是以现代人所谓"纯文学""个人主义"等观念来衡量的，就传统文学观而言，理学对古文不是阻碍，而恰恰是促进。

胡怀琛（1886—1938）出版于1931年的《中国文学史概要》也论及古文运动。首先，他对"散文"是以现代的纯文学观去理解的，他说："'散文'这个名称包涵得很广。只有写情的散文是纯粹的文学作品，不过其他'散文'和文学的关系也很深，我们不能丢掉不讲。"在这种把散文等同于"写情的散文"的观念下，胡怀琛这样看古文运动：

---

① 吕思勉：《吕思勉文集·文学与文选四种》，上海古籍出版社，2010，第15页。

唐代"散文"的复盛，可说是从韩愈起头。韩愈以前，人家都还是注重"辞赋"和"骈语"，虽然有少数的散文，如李白《上韩荆州书》等类，但还不能完全脱离南北朝的习气。直到韩愈才完全改变了。……到了韩愈觉得这种"骈文"太束缚了，太呆板了，他就起来倡为"古文"。解除束缚，恢复自由，使极呆板的骈文变为较活泼的散文。韩愈这种运动，在他是号为复古，但在我们也可以说他是革命。因为他这种表面似乎复古的运动，在实际上是含有革命的性质，所以他的运动能够成功，而韩愈也就成了中国文学界一个重要的人物。自从韩愈以后，"古文"二字在中国文学界里就成了一个名称。其实这个名称是不能成立的，不过习惯太深了，因为各方面的关系，所以沿用到最近，还不曾完全消灭。①

这段论述，是比较粗浅的。所谓把"极呆板的骈文变为较活泼的散文"只是一种现象描述，而未揭示其实质。对于韩愈的文学运动，胡怀琛认为是一种"革命"，其所以能够成功，就在于表面复古，而实质是革命的性质。但是胡怀琛并未说明韩愈的运动之后，中国的文章发生了怎样的巨大变化？所谓"革命"的根据何在？但胡怀琛注意到一个重要的问题——自从韩愈之后，"古文"成为中国文学中的一个名称，此名称其实不能成立，但由于习惯太深及其他方面的关系，这个名称不得不沿用下来。这便是认识到"古文"作为一个概念是一个不合实情的建构，此建构，由于已经成为一种具有很深的历史积淀的概念，即使其不符合原初的叙述对象的实情，我们也不得不继续接受它。可惜，胡怀琛虽注意到了"古文"概念的建构性，却没有发掘这一建构背后的原因及其被沿用不已的原委——习惯是一方面，那么"各方面的关系"，到底是哪些方面的关系？对"古文"概念的质疑，古人早曾言之，胡怀琛这里更进一步指出了一个现象——被质疑的"古文"概念，因为很多复杂的原因而不得不被沿用。

再看胡怀琛对唐宋古文大家的看法：

---

① 胡怀琛：《中国文学史概要》，商务印书馆，1931，第88~89页。

　　韩愈和柳宗元虽然并称，但是他们二人的文也绝不相同。韩愈的思想完全是儒家的思想，他的情感也很丰富，所以他有几篇很好的抒情"散文"，如《祭十二郎文》等，是极有价值的作品。柳宗元读书读得比韩愈多，不仅仅在儒家的范围内，所以他的思想比韩愈好得多。柳宗元的作品以两种为最好：一种是"寓言"……一种是"游记"。①

　　欧阳修可说是宋代唯一的"散文"作家，因为他的"散文"多偏于抒情，确是文学作品。②

　　三苏及王、曾的文大概都缺乏情感。其中苏轼为最好，然苏轼也不过善为"论说文"，说到纯粹的文学作品，论说文是不能算的，所以苏文只能说另有他的好处，不能说是文学作品中的佳作。③

　　胡怀琛认为柳宗元文章比韩愈好，是因柳的纯文学作品比韩多；而且，柳宗元的思想比韩愈宽泛，所以，柳的思想比韩好很多。这些判断不免简单，并没有给出论证。说欧阳修是宋代唯一的散文作家，更是偏激得离谱了。原因是胡怀琛把散文等同于"抒情散文"。且不说欧阳修也有很多不太抒情的议论文，即使是三苏、曾、王的文章，亦皆不乏抒情之作。在胡怀琛看来，议论文不是散文。倘若以这种标准衡量的话，中国古代就没有多少真正的散文了，佳作则更属罕见。
　　读者或许会认为胡怀琛的《中国文学史概要》是一部较为粗浅的著作。但是，正由于它所暴露出的文学观上的狭隘和谬误，便可见出新文学运动之后，"纯文学"观的矫枉过正给文学研究带来的弊端。它是彼时文学思想尚不够成熟的一个体现。
　　1932年，郑振铎《插图本中国文学史》④ 的出版，在学术界产生了较大影响。这是当时篇幅最大的一部文学史。其中，第二十八章、第三

---

① 胡怀琛：《中国文学史概要》，商务印书馆，1931，第89~90页。
② 胡怀琛：《中国文学史概要》，商务印书馆，1931，第112页。
③ 胡怀琛：《中国文学史概要》，商务印书馆，1931，第113页。
④ 郑振铎：《插图本中国文学史》，（北平）朴社，1932。

十七章的标题分别为"古文运动""古文运动的第二幕"。这是"古文运动"概念成为文学史流行用语的重要标志之一。但是,古文运动在《插图本中国文学史》中所占篇幅很少,尤其"古文运动的第二幕"一章,篇幅不足 5 页。郑振铎给予戏剧、小说和传奇等文体的篇幅之大却是空前的。仅由篇幅的多寡,即可见古文在郑振铎的文学观中地位不高。他认为戏剧、小说和变文的文学价值高于诗和散文,他毕生的中国文学研究,也是极力在戏剧、小说、变文等"俗文学"领域开拓,《中国俗文学史》便是郑振铎这种文学观的一个结晶。

郑振铎关于古文运动的论述,主要有以下四方面。

第一,关于古文运动的发生和成功的原因,他这样说:

> 古文运动是对于魏、晋、六朝以来的骈俪文的一种反动。严格的说起来,乃是一种复归自然的运动,是欲以魏、晋、六朝以前的比较自然的散文的格调,来代替了六朝以来的日趋骈俪对偶的作风的。……在正式的"公文程式"上,这种文体,自唐以后还延长寿命很久。但在文学的散文上,骈俪文的运命,却自唐以来,便受了古文作家们的最大的攻击,以至于销声匿迹,不再成为一种重要的文体。古文运动为什么会成功呢?最大原因便在于骈俪文的矫揉做作,徒工涂饰,把正当的意思与情绪,反放到第二层去。而且这种骈四俪六的文体,也实在不能尽量的发挥文学的美与散文的好处。这样,骈俪本身的崩坏,便给古文运动者以最大的可攻击的机会。这和清末以来在崩坏途中的古文,一受白话文运动者的声讨,便立即塌倒了的情形,正是一毫也不殊。在大众正苦于骈俪文的陈腐与其无谓的桎梏的时候,韩愈们登高一呼,万山皆响,古文运动便立刻宣告成功了。[①]

郑振铎认为古文运动的发生缘于对骈俪文的"反动",而这种反动的根源则在于骈俪文本身的腐朽,用他的话说,便是"矫揉做作,徒工涂饰""实在不能尽量的发挥文学的美与散文的好处""陈腐",以至于

① 郑振铎:《插图本中国文学史》,人民文学出版社,1957,第 367~368 页。

"崩坏"。显然，郑振铎对骈文的否定过于轻率。在对骈文崩坏的认定基础上，郑振铎认为古文运动的性质和成功，就是古文轻而易举地代替骈文。他说骈文"受了古文作家们的最大的攻击，以至于销声匿迹，不再成为一种重要的文体"——所谓"销声匿迹"，实在是夸大之词，且与"不再成为一种重要的文体"也相矛盾。因为，即便不再是重要的文体，也是次要的文体，而绝非"销声匿迹"。郑振铎还把古文取代骈文与清末以来古文被白话文代替相对比，认为两者毫无二致。这一联系是有眼光的，但判断却不准确。白话文运动之后，古文顶多可谓"渐衰"；而古文运动兴起之后，无论中唐，还是北宋，骈文都谈不上"崩坏"，而只是势力相对减弱。

第二，关于古文运动的文学效应，郑振铎认为：

　　古文自此便成了文学的散文，而骈俪文却反只成了应用的公文程式的东西了。这和六朝的情形，恰恰是一个很有趣味的对照。那时，也有文笔之分，"笔"指的是应用文。不料这时的应用文，却反是那时的所谓"文"，而那时的所谓"笔"者，这时却成为"文"了。①

古文自此便成了"文学的散文"，这和钱穆所谓韩、柳文章的创格在于纯文学的短篇散文的提升意思相同，而郑振铎没有展开论析（"文学的散文"，此用语不通——难道六朝骈文不是"文学的散文"吗?）。所谓六朝之"文""笔"关系，经古文运动后成为"文"变为"笔"（骈文主要限于应用文），"笔"变为"文"（古文成为"文学的散文"），这一观点又与陈柱相通。但陈柱认为唐代文章仍是"笔"，至宋则六朝的"文""笔"关系发生逆置。陈柱和钱穆相关观点的发表皆晚于郑振铎，但未必是受郑振铎影响。前文已经分析，六朝的文、笔之辨，是针对当时的文学所做的一种文体划分，未必适合于已经发生了重大改变的唐宋文章。

第三，关于古文运动的历史地位和意义，郑振铎评价道：

---

① 　郑振铎：《插图本中国文学史》，人民文学出版社，1957，第 371~372 页。

　　这（按：韩、柳效法三代两汉之文）当然要比苏绰的拟仿《尚书》而写作《大诰》的可笑举动，是高明到万倍的，故遂得以大畅其流。然究竟还是"托古改制"，还未忘有诸经典及《庄》、《骚》、《史记》的模范在着。故虽是一个文学改革运动，却究竟还不是什么真正的文学革命运动。为的是，他们去了一个圈套——六朝文——却又加上了另一个圈套——秦、汉文。他们是兜圈子走的，并不是特创的，且不会创造出什么新的东西来。故其成功究竟有限。只是把散文从六朝的骈俪体中解放出来而已。①

他认为古文运动是文学改革运动，而不是真正的文学革命运动，理由是：古文运动去掉了六朝文的圈套，却又加上了秦、汉文的圈套，这是兜圈子，没有真正的创新。基于这种认识，古文运动的历史意义当然要小得多。可是，郑振铎没有看到古文运动在复古旗帜下的创新，秦汉文对韩、柳来说也不简单是"圈套"，而其实是革新的资源和动力。至于古文运动到底是"文学改革"，还是"文学革命"，其实无多争论意义。因为，这要看把古文运动放在怎样的参照系来看。"文学革命"是现代观念，五四新文学运动称之为"文学革命"，当之无愧；唐宋古文运动并没有五四文学革命那种颠覆性，但在中国古代文学的历程中，唐宋古文运动的改革程度却是最大的，若就古代文学而言，也可说是"革命"。

　　第四，《插图本中国文学史》提出了一个有益的话题，即古文运动和传奇文的关系。第二十九章"传奇文的兴起"有言：

　　古文运动的主旨，原是论道与记事，其主要的著作为碑、传、论、札之类。但那些作品，真有伟大的价值者却很少。其真实的珠玉反为柳宗元的小品文，像他的山水游记之类。若古文运动的成就仅止于此，当然未免过于寒俭。但附庸与这个运动之后者，却还有一个远较小品文更为伟大的成就在着；——这便是从事于古文运动者所不及料的一个成功，也是他们所从不曾注意到的一件工作——那便是所谓"传奇文"的成就。唐代"传奇文"是古文运动的一支

---

① 郑振铎：《插图本中国文学史》，人民文学出版社，1957，第374页。

附庸；却由附庸而蔚成大国。其在我们文学史上的地位，反远较萧、李、韩、柳的散文为更重要。……总之，他们乃是古文运动中最有成就的东西——虽然后来的古文运动者们未必便引他们为同道。①

郑振铎认为唐传奇是古文运动的一个无意的伟大的成就，并把传奇文的价值置于萧、李、韩、柳散文之上，视之为古文运动最重要的成就——这是他推崇小说的文学观念的表现。郑振铎说传奇文是古文运动的一支附庸，但是传奇文和古文到底是如何相互影响的，并未说明。为什么传奇文比古文更伟大、更重要？也未做论证。推崇小说、戏剧等叙事文学、俗文学的价值，将其置于诗、文之上，这是一种革命性的现代文学观念。但是梁启超、王国维等人推崇小说、戏曲，却并不轻视诗、文，自胡适、陈独秀、钱玄同等人掀起"文学革命"之后，便有过分抬高小说、戏剧，而有意压低诗、文地位的偏颇，郑振铎推崇俗文学，完全是胡适诸人的论调。于是，他将古文运动的成就置于传奇文之下的论断，就成为一种典型的现代建构。

不过，把古文运动和传奇文联系起来，却是有根据的。它使得我们对古文和传奇文都获得了更宽广的观察视野。后来，陈寅恪曾撰文对古文运动和传奇文的关系有进一步的论析。这便是新的文学视野，对古文运动叙述的积极的建构。

郑振铎的《插图本中国文学史》之后，影响更大的一部文学史是刘大杰的《中国文学发展史》。这部文学史上卷写成于1939年，1941年由中华书局出版；下卷完成于1943年，交中华书局后，由于各种原因，至1949年1月方得出版。有学者说："博大深沉的刘著，正好为民国时期的文学史撰写，画上了一个圆满的句号，也为发轫于世纪初的中国文学史学的走向成熟，建立了重要的里程碑。"②

刘大杰本文学史在50年代之后的遭遇，颇不简单。由于受到不断批判，在巨大压力之下，刘大杰于1957年、1962年和1973年至1976年间，对原书作了三次大规模的改写。其中1957年版和70年代版，均曾

---

① 郑振铎：《插图本中国文学史》，人民文学出版社，1957，第377~378页。
② 陈尚君：《刘大杰先生和他的〈中国文学发展史〉——写在〈中国文学发展史〉初版重印之际》，载刘大杰《中国文学发展史》下卷，百花文艺出版社，1999，第540页。

引起广泛的批判和讨论。1962 年版于 1982 年由上海古籍出版社重版后，多次重印，并被一些高校用作教材。从三四十年代，至 70 年代，刘著文学史的多次重写及其社会影响，是中国文学史著作受制于政治深刻影响的典型。这里，论析民国时期刘著文学史的古文运动观。其 50 年代之后修订本中的古文运动观，与初版有较大不同，本书将在下节"古文运动叙述的政治化"中再做补充。

如同郑振铎的《插图本中国文学史》一样，刘大杰的文学史总体上给"散文"的篇幅较少，而给词、曲、杂剧、小说等文体的篇幅则很多，仍是典型的新文学的观念。刘大杰主张文学进化论，但并不把文学分为死文学与活文学，更没有区分出白话文学史和古文文学史两条路线。古文运动在其文学史中，分别只占了第十二章"唐代文学的新发展"和第十七章"宋代文学的环境与文学思想"中的一节，其标题分别为"古文运动""宋代的古文运动"。这两节的篇幅，比郑振铎本文学史关于古文运动的篇幅多。

以下这段话，可以见出刘大杰对古文运动的总体评价。

  唐代古文运动的兴起，在文学的发展史上，自然是一种必然的趋势。中国文学自建安到初唐这几百年中，完全是朝着艺术的唯美的路上走的。其好处是纯文学得到了独立的生命与地位，而其坏处是文学离开了现实社会人生的基础，而流于外形的美丽与空洞的内容。一种思潮走到极端，自然会生出一种反动。其次唐代君主集团的势力相当稳固，衰落了几百年的儒家思想渐渐地抬头，于是宗经、征圣、王道、教化的种种观念，适应着当代的社会环境，而造成明道的实用的文学的要求。我们从这两点看来，便知道这种运动，虽完成于韩、柳，然其前因后果，是有着一种时代的意义的。

  这一次的运动，对于中国后代文学界所发生的影响，有好处也有坏处。坏处方面，我提出下面最重要的几点：

  一，因复古之说，忽视文学的进化原理，造成后代贵古贱今的顽固观念。

  二，由明道而走到载道，过于重视文学的实际功用，于是文学成为伦理道德的附庸，失去了艺术的生命与美的价值。

三，过于重视古文，因此经史哲学都成为文学的正统，纯文学的诗歌小说戏曲降为末流，因而紊乱了文学与艺术的观念。

这些缺点，是无可掩饰的，在过去的文学界，发生种种恶劣的影响，也是非常明显的事。然而他们也有好处。

一，因为他们提倡那种平浅朴质的散文，于是那种不切实用的空虚华美的骈文遭受了打击而趋于衰落。这一点，在他们当日的态度，确实是革命的。

二，因为他们主张文学的实用主义，使文学与人生社会发生联系，一扫过去那种极端的个人主义与浪漫主义的思潮。如元白一派的社会诗运动，一面固然是受了杜甫的作品的感动，同时一定也受有他们的理论的启示与影响。

三，因为他们倾心于散文的创作，散文得到了很好的成绩。在韩愈、柳宗元、李翱、皇甫湜诸人的集子里，确有许多明白流畅文法完整的散文作品，尤其是柳宗元的山水小品，刻画精巧，文字细密，是当日散文运动中的最高收获。再如当代的传奇文，也可以说是这一个运动的副产物。

我们不能因为有了上列那些缺点，就否认他们的功绩。无论对于何种运动，我们都应该有一种客观的认识。在历史的工作上，这种态度，尤为必要。[1]

刘大杰对古文运动的发生有种客观的态度，认为是必然趋势，具有划时代意义。作为必然的趋势，古文运动一方面是六朝唯美思潮发展至极端的反动，另一方面，是儒家思想抬头，宗经、征圣、王道、教化等观念，造成明道的实用文学观的结果。所以，古文运动有它的前因后果和时代意义。刘大杰更注重从思潮的角度来观察古文运动。而以"必然趋势"来看待古文运动，则是一种历史的、中性的态度。并且，刘大杰还很明晰地总结出了古文运动的三点坏处和三点好处，其涉及的问题主要有两方面。

第一，古文运动提倡复古，忽视文学的进化原理，造成贵古贱今的

---

① 　刘大杰：《中国文学发展史》上卷，百花文艺出版社，1999，第317~318页。

顽固观念。古人并无"进化"观念，说古人忽视"进化"原理，严格说，是冤枉人的说法。再进一步说，文学、艺术并无所谓进化，而只有"新变""演变"——与"复古"说相对的应当是"新变"。新变说，古人倒是有的。但总体上，中国古代的文学观，确以复古为主干。古文运动并不是彻底的复古，但在观念上，中国文学大规模的深刻的复古意识，的确是经古文运动而成为一种主流文学观的。而所谓"贵古贱今"的顽固观念，作为一种历史观，其实早在西周、孔子的时代就有，其渊源颇为复杂而深久。

第二，古文运动的实用文学观和杂文学观。刘大杰认为古文运动是实用主义的文学观，对此，他认为有利有弊。好处，是因为主张实用主义，使得文学与社会和人生发生联系，扭转了极端个人主义和浪漫主义的弊端。在中唐，古文运动的实用主义，和杜甫、元稹、白居易重视社会民生的思想相结合，对后世文学有很大的启示。但坏处，是古文运动由于过于重视实用，由明道走到载道，使文学成为道德的附庸，文学失去了独立地位。并且，由于过于重视古文，文学成为经学的附庸；紊乱了文学、艺术的界限——"纯文学"观受到了扼制。刘大杰对实用文学观这种辩证的态度，是较为成熟的文学观。一方面，主张文学为人生、为社会，新文学家在此点上，比古代所谓"现实主义"作家要明确得多；但同时，新文学家又往往持有坚强的"纯文学观"，刘大杰就是维护纯文学观的。要主张纯文学，便会与文学的实际功用产生冲突。刘大杰对古文运动实用文学观的两面观，所反映的，正是新文学的功利文学观与纯文学观之间的矛盾。这一矛盾，至今在理论和实践上都没有很好地解决。

对于韩愈、柳宗元，刘大杰对柳的评价在韩之上。他认为柳宗元的文论和散文创作都高于韩愈。原因是"韩愈隔宋代道学家的见解，只有一箭之遥，而柳宗元却不失为一个文学家的风度"。[①] 这一见解，仍是由刘大杰的纯文学观所致。刘大杰引胡适《白话文学史》中的话，批评韩愈的人品，但对其散文功绩仍予以充分肯定，他说："因了他，击倒了六朝的骈文，提高了散文的地位，推翻了前代的唯美思潮，主张文学与儒

① 刘大杰:《中国文学发展史》上卷，百花文艺出版社，1999，第317页。

道结合为一，确定了教化实用为文学的最高目的，完成了儒家的文学理论，而成为后代论文界的权威。"① 这便是一种中肯的学术的态度。刘大杰说："我们不能因为有了上列那些缺点，就否认他们的功绩。无论对于何种运动，我们都应该有一种客观的认识。在历史的工作上，这种态度，尤为必要。"应当说，《中国文学发展史》（初版）体现出了这种可贵的较为客观的学术态度。它标志着中国文学史著作在40年代所抵达的成熟度。可惜，这种良好的势头，在50年代之后被严重逆转。

1947年，林庚出版了他别具个性的《中国文学史》。这部文学史，具有强烈的诗人的敏感和浪漫气质。林庚善于从混茫的文化精神的角度来洞察文学的变化。他把文学史看作一个生命体，故而以"启蒙时代""黄金时代""白银时代""黑暗时代"等词语，来描述中国文学发展不同阶段的品质、特性。他把唐代古文运动置于黄金时代，而宋代古文运动则被归于白银时代。

关于唐代古文运动，见第十八章"散文的再起"。林庚说：

骈文到了唐代，本已是强弩之末，散文的再起，原也是意中的事。然而这一次的散文中，并没有先秦的自由思想，也没有魏晋的生活风趣，它之出现，正是一切落于典型的复古的缘故。隋文帝时，王通李谔尝试而失败，到了此刻，韩柳一举而成名，这关系着整个文化的潮流，正是文学史上应当知道的。韩愈《答刘正夫书》说：

夫百物朝夕所见者……然则用功深者其收名也远。

岂不与杜甫的"语不惊人死不休"同一论调吗？这便是都趋向于形式。不过杜诗从诗中获取形式，便偏重于美；韩愈从文中获取形式，便偏重于思想。而儒家思想的抬头，便正好做了这形式的准则。他的《答李翊书》，说他作文的方法：

始者非三代两汉之书不敢观……其皆醇也，然后肆焉。

为什么无条件的说非三代两汉之书不敢观，非圣人之志不敢存呢？这正是文艺高潮的过去，人生苦闷的重来，人们已渐失去了创造与自信，便非要找到一个可以信赖的学说或人物不可。魏晋以来，

---

① 刘大杰：《中国文学发展史》上卷，百花文艺出版社，1999，第315页。

乃是生活的自由时代，到此韩愈才首创师说。这正是走到正统思想的桥梁，而三代两汉的人物也多得很，所以又简单的只许以孔孟为准则，生活沉重的经验之下，人生渐渐走向衰老，便只能追随简单的概念，一切乃都付之他人。正如老太婆不得已时，只好口里念阿弥陀佛而已，这种空洞的信仰，所以所谓的儒家，已早没有了儒家真正的精神，而只是抱住一个空洞的形式而已。文艺是生命的表现，它的衰歇，一切乃都近于陈腐，散文中乃也再没有什么思想。①

可见，总体上，林庚对古文运动持消极的评价。这种消极，是因林庚认为中国文学发展到中唐以后，渐趋于复古、追求形式、模拟，没有了思想和创造力，不仅散文如此，诗亦如此，所谓"一切乃都近于陈腐"。林庚说："一切乃只取其门面，而懒于实际；所谓古文运动，也便是退化论的开始，今人总是不如古人的，所以必须师承古人之意，这便是自己不用思想之谓。"② "古文运动是退化论的开始"——这便是林庚对古文运动的总评。

第二十四章"古典的衰歇"有言：

> 诗词都趋向古典而不再变化，这是一切走入陈腐而缺少创造的表现，所谓古典者它一方面是发展的极峰，一方面也正是衰歇的下山坡，而得风气之先的则莫过于文。文自六朝以后，久已失去创造的生命，古文的再起，它乃走向陈陈相因的复古路上，这虽开始于晚唐，仍有待于宋代。③

又说：

> 自扬雄迄欧阳修千百年间，古文才因为创造的衰歇而抬头，这古文的盛行，正是古典的衰歇，人们除了简单六经的概念之外，没

① 林庚：《中国文学史》，国立厦门大学出版社，1947，第 221~222 页。
② 林庚：《中国文学史》，国立厦门大学出版社，1947，第 223 页。
③ 林庚：《中国文学史》，国立厦门大学出版社，1947，第 284 页。

有了别的，这都是生命力销沉的表现……①

总体上，林庚以"古典的衰歇"来概括宋代文学的精神，尤以古文为主。所谓"古典"，表现在古文，就是古文的退化论，以及文章只剩下了字句、法式；诗词，追求格律、典故，仅余智巧，也是古典衰歇的表现，江西诗派便是典型。所以，林庚说宋以后"文统诗统同归于因袭"，文学"失掉了生长的主题""失去创造力"。而文学之所以走向古典的衰歇，是文学的创造力，或者说文学的生命体走向衰落的结果。

中国诗文的僵化，主要在元代以后。林庚把古文运动看作中国文学衰退与僵化的开始，不免偏颇。但有趣的是林庚的文学观——他把文学、文艺看作某种生命体，故而文艺的历史便如同生命一样，必然要经历启蒙、壮大、极盛、衰落的历程，用这样一种"生命眼光"来看待文艺，有助于我们更深入地把握文艺的内在精神。如林庚提出的所谓"盛唐气象"就颇为中肯，而被后人普遍接受。应当说，这是一种诗人式的直觉。林庚的黄金时代、白银时代、黑暗时代说，古典衰歇论，很容易令我们联想起德国哲学家斯宾格勒（Spengler，1880-1936）的文化没落论。斯宾格勒的《西方的没落》出版于第一次世界大战之后，林庚的《中国文学史》有可能受到斯宾格勒等西方学者的影响。林庚并没有斯宾格勒那种系统的历史形态学和历史观相学，但其以生命的隐喻把文化看作有机体的观点却是相同的。生物史观、有机哲学等学说 30 年代时已经在中国学术界传播（代表是常乃惪）。文化没落论、黄金时代的远去等理论和说法，早在斯宾格勒之前，德国学者奥托·泽克（Otto Seeck）、马克斯·舍勒（Max Scheler，1874-1928）、马克斯·韦伯（Max Weber，1864-1920）等就已提出，但斯宾格勒把文化没落论发展成了历史解释的一个重大理论。斯宾格勒的文化没落论，是对当代和未来的悲观预言。而林庚《中国文学史》的最后一章为"文艺曙光"——他并不认为黄金时代永远过去了——文学的黄金时代，或许会重新来临。林庚在"自序"中说他有沟通新旧文学的愿望，曾打算续写现代文学史，可惜未能实现。文学的"黄金时代"也许就在古典文学与现代文学的融通达到深

---

① 　林庚：《中国文学史》，国立厦门大学出版社，1947，第 286 页。

刻广大之境的时候吧。

后来，从"时代精神"的角度来研究文学史的很多著作，大约都曾受到林庚《中国文学史》的启发。然而，50年代之后，像林庚《中国文学史》这样个性十足的文学史著作几乎绝迹了。①

（二）中国文学批评史中的古文运动观

文学批评史，是有了现代的文学史学之后的产物。中国第一部文学批评史，是1927年出版的陈中凡（1888—1982）的《中国文学批评史》。相比之下，文学批评史著作的出现比文学史晚得多。三四十年代有三部较为重要的文学批评史：郭绍虞的《中国文学批评史》、罗根泽的《中国文学批评史》和朱东润的《中国文学批评史大纲》。这几部文学批评史，不仅为现代的中国文学批评史研究奠定了基础，其中，也都涉及古文运动的相关理论问题。除唐宋八家的文章论之外，这几部批评史对唐代萧颖士、李华、独孤及、梁肃、柳冕、元结，北宋柳开、穆修、石介、王禹偁等人的文章论的深入开掘，使得对古文运动的研究更加全面而深入。后来的古文运动研究，在文论层面，大体就是以这几部著作的论述为基础的。朱东润的《中国文学批评史大纲》关于古文运动理论的论述，新见不多，这里不叙。本小节扼要介绍郭绍虞和罗根泽的文学批评史中与古文运动相关的文论，并加以评判。

郭绍虞《中国文学批评史》上卷为古代到北宋部分，出版于1934年；下卷，南宋至清代部分，又分两册，于1947年由商务印书馆出版。

郭绍虞把中国文学批评史分为三期。第一期自周秦至南北朝，为文学观念的演进期，此期文学观念由含混趋向明晰（人们逐步注意把文学

---

① 新文学运动之后，各种断代文学史，随着中国文学通史的大量出现而产生，它是文学史研究走向深入的表现。与古文运动有关的，有《唐代文学史》和《宋代文学史》。前文所举吕思勉的《宋代文学》就是第一部宋代文学史。1944年，由上海作家书店出版的陈子展的《唐代文学史》（见柳存仁、陈中凡、陈子展、杨荫深、柯敦柏、吴梅、宋佩韦、张宗祥著《中国大文学史》，上海书店出版社，2010）第六章为"古文运动"，但新见不多，这里不再赘述。1934年，商务印书馆出版的柯敦柏的《宋文学史》（见柳存仁等著《中国大文学史》），并未使用"古文运动"一词，对北宋古文状况的叙述，也无多特殊，但他对"古文"一词提出质疑，并认为应该以"散体文"称之。这一观点，并非柯敦柏首创，但他格外做了强调，其《宋文学史》第二章的标题即为"宋之散体文"。但是，后面的叙述，又以古文、古文家来叙述宋代散体文，可见柯敦柏仍不能摆脱"古文"这个名称。

作品与应用文、学术文区别开来），重视文学的新变。第二期是隋唐、北宋时期，文学观念由明晰趋向含混（不重视文学作品与应用文、学术文的区别），重视文学的复古，但在复古中仍有变化发展。第三期是南宋到清代。此期特点是在前此两期的批评基础上加以发挥、补充、调和融合，新见较少，但谈得较有系统，名之曰文学批评的完成期。其中，所谓文学观念的由含混到明晰，再到含混的判断，显然是以现代的"纯文学"观为尺度的。显然，古文运动的相关理论、批评，按照郭绍虞的观念，处于文学观念由明晰趋向含混，总体上复古这一态势中。郭绍虞说：

> 不过同样的复古潮流中，而唐、宋又各有分界。唐人论文，以古昔圣贤的著作为标准；宋人论文，以古昔圣贤的思想为标准。以著作为标准，所以虽主明道，而终偏于文；——所谓"上规姚、姒浑浑亡涯"云云，正可看出唐人学文的态度。所以唐人说文以贯道，而不说文以载道。曰贯道，则是因文以见道，而道必借文而始显。文与道显有轻重的区分，而文与道终究看作是两个物事。所以虽亦重道而仍有意于文，这犹是文学观念复古期中第一期的现象。
>
> 至于北宋，则变本加厉，主张文以载道，主张为道而作文，则便是以古昔圣贤的思想为标准了。曰"贯"，曰"载"，虽只是一个字的分别，而其意义实不尽相同。贯道是道必借文而显，载道是文须因道而成，轻重之间区别显然。……所以文学观到了北宋，始把文学作为道学的附庸。[①]

这是郭绍虞对唐宋文学观念的宏观概括。但是，所谓"唐人论文，以古昔圣贤的著作为标准；宋人论文，以古昔圣贤的思想为标准"，此言未免机械。唐人何尝不尊奉古圣思想？宋人何尝不推尊昔贤著作？郭绍虞又认为，在文、道关系上，唐人主文以贯道，宋人主文以载道。这种概括也有一定道理。但郭绍虞的《中国文学批评史》有一个缺陷，即他在对许多现象进行概括和分别时，其划分过于明晰，如某现象可分为甲、乙、丙三种，甲属于什么，乙属于什么，丙属于什么——这样，便把原本不

---

① 　郭绍虞：《中国文学批评史》上卷，百花文艺出版社，1999，第 6 页。

同对象之间难以归类的联系，及同中之异、异中之同等复杂情形遮蔽了。所谓唐人主文以贯道，宋人主文以载道，实际情形皆未必。尤其宋人有北宋、南宋之别，北宋人主文以载道者，只是一部分而已。但从贯道逐渐趋于载道这一趋势而言，郭绍虞此说则有一定道理。

郭绍虞认为唐人主文以贯道、明道，则仍是以文为主，宋人之载道派则以义理为主。于是，他从学术史的角度观照自唐及宋的文、道观之变。

> 盖中国旧时学术，始终逃不出六艺经典的范围：汉人通其训诂章句，于是有所谓汉学；宋人明其义理，于是有所谓宋学。在唐人则不过重在文辞方面。——学其文章——以为汉、宋学术之过渡之枢纽而已。研究之对象仍一，不过方法有不同，方面有不同而已。……汉人训诂之学是以字为教；宋人义理之学，是以道为教；唐人文章之学，则以文为教。训诂之学重在说明，义理之学重在解悟，而文章之学则重在体会，所以可以因文以及道，所以可以为汉、宋学术过渡之枢纽。①

这段话意为：汉学、宋学两大传统之间的枢纽，是唐人的文章之学。郭绍虞说："唐以前无以文为教者，以文为教自韩愈始。"② 唐代的确出现了"以文为教"的新风气。但是，以文为教，其实自韩愈之前的萧颖士、李华、独孤及、梁肃等人就开始了，他们都是当时的文章宗师，转相师授，风行一时。而这种"以文为教"的原因是什么？郭绍虞没有说。笔者以为，"以文为教"最重要的原因，恐怕仍在于唐代的诗赋取士制度。以文为教，不仅唐代为然，唐以后至清代皆是如此，其最大根源即在于文章与科举取士有关。

但是，说唐人的文章之学是汉学和宋学的枢纽，并不很准确。汉学和宋学，就大的范围而言，皆属经学、儒学范围。文章之学，与经学不属于同一系统。就经学而言，唐代前期大抵仍以汉学传统为主；而唐代

① 郭绍虞：《中国文学批评史》上卷，百花文艺出版社，1999，第215~216页。
② 郭绍虞：《中国文学批评史》上卷，百花文艺出版社，1999，第215页。

中期以后，啖助、赵匡、陆淳等人的《春秋》学，孕育宋学萌芽，其关键在于"舍传求经"，即舍弃烦琐训诂而直接发挥微言大义。韩愈的道论、李翱的复性说，也是宋学的重要先导。所以，充当汉学和宋学枢纽的并不是唐人的文章之学，而是唐人的经学、儒学。

关于北宋古文运动，郭绍虞按照"文与道之偏胜"，把北宋的古文批评分为古文家之文论、道学家之文论与政治家之文论三派。

古文家文论与道学家文论之区别，源于道统和文统各自的发展，与相互角胜。这是两个极端。介于两者之间的是所谓政治家的文论。"古文家所作重在文，道学家所重在道，政治家则以用为目标而不废道与文。"① 郭绍虞认为这三种区别，有其时代背景和思想渊源。洛党为道学家代表，蜀党为古文家代表，政治家方面则有新、旧二党，实折中二者，而三派的主张又近于立德、立言、立功"三不朽"的意思。

这种划分，有助于我们更明晰地观察北宋古文家的不同面向。但是，北宋的古文家、道学家、政治家几种身份，无论就其理想、主张而言，还是就其实际作为观之，都很难如此截然划分。如欧阳修、王安石，既是文章家，也是政治家，还是经学家，是宋学的重要开创者；二程，虽主要是道学家，但就思想而言，其所谓"道"，绝不仅是性、理之道，也包含政治教化之道。所谓古文家、道学家、政治家都有其"道"，其所谓"道"皆不出"内圣外王"之道。"三不朽"是他们的共同理想。这是"大道"。他们在大道上是相同的。若言分别，则须限定角度与层面。如被认为是古文家代表的欧阳修，据云其与人交谈，多议论政事，并不侈谈文章。他说："文章止于润身，政事可以及物。"② 这岂不说明，在欧公心目中政治具有更重大的意义？司马光重政事，但也极重道德，以为有德者必有言，这与欧阳修之所谓"蓄道德而能文章"③，二程所谓有德者必有言的论调，又有多大区别？其区别，在于他们的"道"各有偏向，具体所指，不尽相同；对于道、文关系的衡定，也各有尺度。我们在评判群体的文学观时，最好限定——在大的层面上如何，在具体的层面又如何，这样才能更准确地言说。

---

① 　郭绍虞：《中国文学批评史》上卷，百花文艺出版社，1999，第289页。

② 　参见《宋史·欧阳修传》。

③ 　参见曾巩《寄欧阳舍人书》。

同为 1934 年出版的罗根泽的《中国文学批评史》①仅至六朝而止。后来，罗根泽又加以增改，于 1943 年至 1945 年间，由商务印书馆陆续以分册的形式出版，即《周秦两汉文学批评史》《魏晋六朝文学批评史》《隋唐文学批评史》《晚唐五代文学批评史》②，至五代而止，故《隋唐文学批评史》初版当于 1943 年至 1945 年间。

罗根泽有一个基本的观念，即以载道、缘情，或尚用、尚文两组概念来分析中国文学批评史上各种文学思潮的冲突与发展。所谓"载道"的，包括周、秦、汉、唐、宋、元、明、清的文学，所谓"缘情"的，包括六朝、五代、晚明、五四文学。此观点，与周作人以载道与言志来总结中国文学思想的两大脉络相似。周作人所谓"言志"强调个体精神，罗根泽所谓"缘情"强调文学的情感性。虽然，六朝时就有所谓"缘情"说，但罗根泽所谓"缘情"是更为现代的观念。他说：

> "五四"以后的文学观念是缘情的……"五四"的学者，因为时移事改，知道了古人之以传统的载道观念曲解历史，却不知自己也正作曲解历史的工作；不过不依据传统的载道观念，而改依"五四"的缘情观念而已。③

> 我们亲自看见"五四"以前的载道文学观，亲自看见"五四"的对载道文学观的革命，又亲自看见"五四"的缘情文学观的被人革命。使我们的主观成见，由时代意识造成，又由时代意识祛除。④

在"载道"与"缘情"两者中，罗根泽更倾向于文学的缘情观念。值得注意的是，他把五四文学观和传统的文学观加以综合观照，认为五四文学观是缘情的文学观，反载道的文学观，但同时，也以缘情观念曲解了古人；而且，五四缘情文学观很快又被人"革命"，其所指应当是左翼革命文学对自由主义文学的批判。

---

① 罗根泽：《中国文学批评史》，（北平）人文书店，1934。
② 罗根泽：《中国文学批评史》，上海书店出版社，2003。
③ 罗根泽：《中国文学批评史》，上海书店出版社，2003，第 22~23 页。
④ 罗根泽：《中国文学批评史》，上海书店出版社，2003，第 23 页。

关于唐代古文运动，罗根泽有一个最主要的观点，即他认为"古文运动实兴于北朝，实是以北朝的文学观打倒南朝的文学观的一种文学革命运动"。① 然而，他并没有对此观点给出很充分的论证。只说古文运动的载道文学观与《文心雕龙》的"原道"观很接近，但却很少提及南朝的《文心雕龙》；元结、独孤及都是北人，且是胡人；杨炯在《王勃集序》里说王勃所引领的文风"已逾江南之风，渐成河朔之制"。以古文运动为北方文学的复兴，刘师培在《南北文学不同论》中曾经提及，而像罗根泽这样很明确地认为古文运动就是北朝文学观打倒南朝文学观的运动，则是第一次。这一观点，虽值得商榷，但后来一些古文运动的研究者，对此进行了进一步的阐发，如陈弱水便认为古文运动具有北方士族的阶级与文化背景。②

罗根泽认为古文运动是划时代的，"他俩（韩柳）虽是顺着历史的食前人之赐，而却使古文运动划一新时代，最明显的就是前人虽已提出载道说，而道是什么，非常模糊；韩愈则作《原道》，说明道是仁义之道、儒家之道"。③ 可见，他给韩愈以很高的评价。罗根泽在《韩愈及其门弟子文学论》④ 一文中说：

> 载道派的典型作家韩愈是被五四时代所唾弃的，原因就是基于他没有说"妹妹我爱你"，而只说了社会的病态与挽救的方法。现在罗曼的时期已经过去，他在罗曼时期所遭的罪名，我们有再鞠另审的必要。兹只就他及门弟子的关于古文的文论，加以检讨，总不致有人学着五四的老调，说他一钱不值吧。

这段话，显然有为韩愈翻案的意思。但更重要的，是罗根泽对五四反载道文学观及罗曼文学观的反省。

罗根泽说："韩愈虽自言重道轻文，而结果还是文章家，不是哲学

---

① 罗根泽：《中国文学批评史》，上海书店出版社，2003，第406页。
② 陈弱水：《论中唐古文运动的一个社会文化背景》，载陈弱水《唐代文士与中国思想的转型》，广西师范大学出版社，2009。
③ 罗根泽：《中国文学批评史》，上海书店出版社，2003，第434页。
④ 罗根泽：《韩愈及其门弟子文学论》，《文艺月刊》第9卷第4期，1936。

家。"① 韩愈终究是偏重于文学的。这种倾向，从古文家的理论看，在韩愈之前即已肇端。"萧李主张宗六经，尚简易，虽是古文运动应有的提议与应有的阶段，但他们实与道德家相近。至独孤及元结转返于稍重修辞，始逐渐走上文章之路。独孤及的弟子梁肃及李华的儿子李观，虽仍主宗经载道，而对文章的修辞，又较独孤及元结更为重视了。"② 所以，我们不能简单地以"载道"来看唐代古文运动。不仅韩愈是文章家，唐代古文运动的大匠都是文章家，而非哲学家。

这种重文的倾向，一方面使古文运动得到成功，另一方面，按照罗根泽的看法，也使得古文运动最终否定了自己，他说：

> 古文运动之至于韩柳，已发展到了最高点，同时便已有转移方向的暗示。韩愈对于文主"怪怪奇奇"，则虽自谓不注重形式，而较之萧李则实在注重形式了。柳宗元……其作文方法，绵密繁琐，无非在求文章之美。以故韩柳是古文的集大成者，同时也是后来转返于怪丽的开导者。……南北朝以来繁密缘情的文学否定自己而变成古文，古文发展到了最高点，又否定自己而变成晚唐五代的缘情的四六文。——这是内在的原因。③

说到底，即古文运动在理论上重道，而在实际创作上则更偏向于文，追求形式之美、文章之美，不过与骈文之美有所不同而已。这种倾向，韩、柳等人还不明显，他们可说是文、道并重的。而在韩、柳之后，古文则逐渐走向怪丽，于是缘情绮靡的四六文成为晚唐五代的主导，这是罗根泽所谓古文在晚唐衰落的内在原因。外在原因，他认为是文章家在安史之乱后，放弃了救世与刺世的热情和道义。应当说，罗根泽的分析是有道理的。但韩、柳的古文为什么很快会走向重文轻道？笔者以为，还有一个重要原因，即儒学在唐代的根基并不深厚。故而，对"道"的提倡，就容易流于表面，不能深入持久。

---

① 罗根泽：《中国文学批评史》，上海书店出版社，2003，第438页。
② 罗根泽：《中国文学批评史》，上海书店出版社，2003，第421页。
③ 罗根泽：《中国文学批评史》，上海书店出版社，2003，第450页。

（三）研究古文运动的第一部专著——龚书炽的《韩愈及其古文运动》

目前关于古文运动的研究著作，已经非常丰富。前文也介绍了一些民国时期文学史、文学批评史中有关古文运动的叙述，但这些都不是关于古文运动的专著。经过文献考索，笔者发现：关于古文运动的第一部研究专著，是龚书炽于 1945 年出版的《韩愈及其古文运动》。① 龚书炽，福建泉州人，16 岁考入北京大学中文系。毕业后，曾在北京大学、西南联合大学、四川某女子师范学院等校任教。也曾被派往缅甸仰光华侨中学任教，并兼任南洋研究所研究员。1946 年 7 月，由重庆赴台湾，不幸在搭乘轮船途中于长江落水身亡，年仅 36 岁。他在学术上的主要成就，即《韩愈及其古文运动》一书。这本书，是民国时期唯一一部研究古文运动的专著。

《韩愈及其古文运动》写成于 1940 年。当时，关于古文运动的研究，已经有不少成果。龚书炽这本书，在某种程度上是对此前研究成果的一个总结，但也有些自己的新见，且论述颇条贯而简明，见解、考证俱佳。

全书共七章。第一章"唐代文章之变革"，总论唐代文章的变化大势；第二章"韩愈"；第三章"韩愈及其古文运动之先驱者"（包括萧颖士、李华、元结、独孤及、梁肃、柳冕）；第四章"韩愈同辈之古文家"（柳宗元、李观、樊宗师）；第五章"韩派古文家"（李翱、皇甫湜、沈亚之）；第六章"论唐代古文运动"；第七章"韩柳之碑文传记受传奇所影响"。作者是以先总论，再分论，再总论的思路结撰著作的。以下就第一章、第二章、第六章的主要观点加以述评。

梁肃曾有唐代"文章三变"之说。其一，陈子昂以风雅革浮侈；其二，张说以宏茂广波澜；其三，李华、萧颖士、贾至、独孤及等辈的复古之风。龚书炽以后来者的眼光把唐代文章变革分为六次：其一，陈子昂以风雅革骈文之浮靡；其二，富嘉谟、吴少微以经典为本的"富吴体"（一作"吴富体"）；其三，开光②时，张说、苏颋黜斥骈文之浮靡；其四，天宝已还，萧颖士、李华、贾至、独孤及解骈体为散文；其五，

---

① 龚书炽：《韩愈及其古文运动》，（重庆）商务印书馆，1945，台中文听阁图书有限公司，2011 年 12 月再版。本书据文听阁图书有限公司 2011 年版。

② 开光，指唐高宗李治年号开耀（681~682）和唐睿宗李旦年号光宅（684）。

大历贞元以后，韩愈、柳宗元、李翱、皇甫湜的古文运动；其六，李商隐、温庭筠、段成式的三十六体。龚书炽所谓唐代文章的六变，是对梁肃三变说的扩大和补充。这样，便把中唐古文运动放在唐代文章的总体演变背景中。其中，"富吴体"，古人有此一说，而在现代的文学史中，这是第一次正式提及。富吴体，也是唐代韩、柳复古运动之前的一个前奏。龚书炽对韩、柳等人的古文运动的发生时间有精确的界定，他认为"此以文学运动自发生至衰落之时期，约自玄宗天宝初（公元七四二年），至敬宗宝历末（公元八二六年），八十四年"。① 这一时间，大约是从萧颖士登上文坛，至韩愈去世为止。这是"正式"的"古文运动"时期。

梁肃所谓"文章三变"说，并未揭示"三变"的原因。龚书炽则对唐代文章六变的原因，加以总结。

> 一、唐代文化，融合南北朝特点，外受西域、印度之影响，气象规模均宏伟，朝野文人涵泳于其中，多豪情，不矜绮靡，骈文文质靡弱，宜时见改革。二、唐代自开国至开元末，盛况逾于前期。迨天宝安史叛乱，社会糜烂，文人思想为时代所影响，乃变闲逸为悲悯，不为浮靡文章。至至德大历以后，藩镇继乱，复古文人追慕前朝盛况，咸拟求治，以安生活，载道之文，因之兴起。三、大历贞元以后，佛家语录，与民间传奇，蓬勃并兴。此二种文体均为散文，叙事记言，驰骋自由，足资取法。复古文人方锐意排斥佛老，恢复儒道，言必足意。骈文因受对偶与声韵之拘束，难于表达文意，故须受改革，而古文因之兴起。②

此三点原因，前两点从唐代社会文化气象、时代心理等大的层面，解释古文由渐兴到兴盛的原因。第三点，从骈文的拘束文意这一文学"内部原因"着眼解释古文之兴起。古文运动的发生，既有文学自身发展内在趋势的原因，也有它所必需的社会、文化的背景，这是最合理的阐释

---

① 龚书炽：《韩愈及其古文运动》，台中文听阁图书有限公司，2011，第8页。
② 龚书炽：《韩愈及其古文运动》，台中文听阁图书有限公司，2011，第10页。

视域。

以上说法，可以说是对古文运动发生背景的一个较为笼统的解释。在第六章"论唐代古文运动"中，龚书炽对古文运动的发生原因做了更为具体的阐释。他将其总结为三点：其一，唐代史官反浮靡、复古文学观的影响；其二，取士文章发生文弊；其三，南北文派之争。

第一，龚书炽注意到唐初令狐德棻、李百药、姚思廉、魏徵、李延寿等修史大臣，都反对齐梁浮靡文风，视其为亡国之音，"以儒家统称文化与文学为文或人文之经史论文，此与齐梁陈骈文家'遗理存异，寻虚逐微'之文学观迥异。所论文学，乃谓其为表现政治，风俗，人伦意义，与通古今而述美恶之工具"，"其理论皆出于儒书"。① 他还将李华、梁肃、柳冕以为文章当本于教化的言论，与唐初史家对比，以见其相似。即唐代反对齐梁陈骈文浮靡文风的思潮，在初唐的史家身上格外强烈，对其后的古文运动有深刻影响。初唐的有些史家，已经一洗骈文之习，而常用散文，如姚察、姚思廉父子。龚书炽引赵翼评姚察父子话的话曰："世但知六朝之后，古文自韩昌黎始，而岂知姚察父子，已振于陈末唐初也。"赵翼明确认为"古文自姚察始"。总之，龚书炽认为"古文家反对骈文之文学观，亦为史官之文学观"。②

这是极有见地的观点。古文运动不仅与哲学思想有深刻关系，它与中国史学传统也有密切关联。前人较少注意此点。赵翼也只是就古文的起始，把古文与史学联系，而未能从大的层面上对史学思想与古文运动之间的关系加以阐释。后来，很多论述古文运动者，都会述及唐初史家的文学观对古文运动的影响。罗立刚《史统 道统 文统——论唐宋时期文学观念的转变》一书，更是把"史统"作为唐宋时期文学观的三大支柱之一。换言之，倘若没有史统和道统影响下的文学观，古文运动可能都不会发生。

第二，唐代古文家反对浮靡骈文，最直切的动力，是针对当时取士制度的文弊。龚书炽说："唐代取士文章自唐初起，即尚骈俪。骈文流弊为浮靡无实。士大夫反骈文者，多因反对取士文章用浮靡无实之骈

---

① 龚书炽：《韩愈及其古文运动》，台中文听阁图书有限公司，2011，第88页。
② 龚书炽：《韩愈及其古文运动》，台中文听阁图书有限公司，2011，第91页。

文。"① 肃宗时，杨绾、贾至皆极力批评取士制度之弊。贾至认为安史之乱，即因取士制度败坏。具体说，则谓进士、明经两科之人，不通道理，不本儒意，士行浇薄。鉴于科举取士对国家治乱、教化的严重影响，革黜浮靡文风的呼声便愈来愈高。

　　第三，南北文派之争。龚书炽说："唐代政局得自隋周，尚系北方势力统治南方，乃北朝政局之延长。其执政人物，终唐之世，除曲江张九龄少数人外，如西眷裴氏，赵郡李氏，博陵崔氏，陇西李氏，赵郡苏氏，均为北方大族。"② 古文家李华、元结、梁肃、韩愈、柳冕、柳宗元皆是北方人。他们所代表的是北方的文学观念。北方文学与南方文学之争及相互影响，在南北朝时就已开端。龚书炽说：

> 中国自周秦至西汉初，正统文学乃北土六经百氏之文，以诗经为主，而非崛起于南方之屈宋辞赋，周秦两汉魏晋之文学活动中心地，亦均在长江以北之秦鲁豫。至五胡乱华，东晋南渡以后，东晋，宋，齐，梁，陈之文学活动中心地移至江左。江南秀丽之山水，与儿女柔情，均为文学新题材，所为文，多尚浮丽，不载儒道，与北人辞章风尚迥异。③

南北文风的差异、对峙，实渊源深久。不过，唐朝的文风，其实已大受南方绮靡文风的影响，乃是南北文风融合的产物。正因糅合了北方之雄健与南方之精丽，才形成了唐代文风的高华。所谓北方的文学观对南方文学观的摈斥，主要是持正统文学观者的意思。晚唐李商隐是河南人，温庭筠为山西人，段成式系山东人，皆是北方人，而其文学观与文风则是缘情绮靡的。故所谓北方文学观、南方文学观，未必皆与地域符合。南、北方文学观，不是绝对的概念。另，安史之乱后，士族阶层的势力衰落，北方士族文化对文学观的影响逐渐减弱。李商隐并无门第背景，温庭筠虽为唐初宰相温彦博（574—637）后裔，但至温庭筠时，家世早已衰微，他们的文学观与北方士族文化并无多大瓜葛。罗根泽把古文运

---

① 龚书炽：《韩愈及其古文运动》，台中文听阁图书有限公司，2011，第91~92页。
② 龚书炽：《韩愈及其古文运动》，台中文听阁图书有限公司，2011，第95页。
③ 龚书炽：《韩愈及其古文运动》，台中文听阁图书有限公司，2011，第100页。

动的实质解释成北方文学观打倒南方文学观的运动，未免以偏概全。龚书炽把南北文派之争，视为古文运动的原因之一，则是较为合理的见解。

现代以来的古文运动阐释，有一个大的进步，就是对古文运动原因的探究。古人多只描述其现象，而不说明其原因。龚书炽在"自序"中说："唐以后文人对唐代古文之评论，或仅言文体，或评作法，多未兼释唐代古文运动发生之原因。"① 之所以如此，一是因为古人的"文学史"意识不足，二是因为古人身在古文传统中，故多留意于文体、作法之类的切身问题，而现代人身在古文之外，故能跳脱出来，以更纵深的历史眼光观察古文运动。

在对古文运动的发生原因做了解释之后，龚书炽便对古文运动的性质加以判定，他认为古文运动是"一系统之文学运动"。"系统"一词下得好。其所谓"系统"，意思是"古文家出世求学，皆有师友往还，自萧李起，至皮陆止，实为一系统之文人，均欲复儒道，反骈文者也。贞元元和与元和长庆间，尚有其他反骈文，作散文之文人，如权德舆、元稹、白居易、李德裕均是。惟派别不同，不属于此以系统，故不以古文家见称"。② 故龚书炽所谓古文家的系统，一是指其相互为师友（或者是私淑、受知遇、亲属），递相传授、影响；二是他们都尊儒道，作散体文。龚书炽所谓"系统"，类似于西方所谓"谱系"。构成谱系的两大要点是：一，人物群体构成一个关系网；二，人物群体有共同、共通的理念。而我们所谓"运动"，就必须首先是一个谱系。

之所以能形成这样一个古文家的系统，除古文家社会关系的连接之外，龚书炽认为还有一个原因，即受到佛教，尤其是禅宗宗派传授、师徒相沿作风的影响。龚书炽说韩愈必受到这种影响，"故欲聚门徒传儒道，以与佛教对抗，而重建儒道系统"③，即韩愈的系统意识，在某种程度上受到了他的对立面——佛教的启示。陈寅恪也认为韩愈的道统意识是受到禅宗的影响，后文再说。

《韩愈及其古文运动》第二章"韩愈"专论韩愈。其内容涉及韩愈籍贯考证、韩愈的师友关系、韩愈排斥佛老的背景、韩愈尊儒道的学说、

①　龚书炽：《韩愈及其古文运动》，台中文听阁图书有限公司，2011，第1页。
②　龚书炽：《韩愈及其古文运动》，台中文听阁图书有限公司，2011，第103页。
③　龚书炽：《韩愈及其古文运动》，台中文听阁图书有限公司，2011，第106页。

韩愈的古文思想、韩愈行事的前后矛盾等方面。总体上，龚书炽对韩愈的态度相当客观，既无尊韩，也无贬韩的意思。他举韩愈《上宰相第二书》中为求官，竟以盗贼、管库自比，"此如系北宋以后之理学家，虽处境与韩愈相同，也必不为"。① 又举韩愈至潮州《谢上表》忧惧自怜之辞，"又非似上表谏迎佛骨时之奋不顾身，凡此均为其二重人格之表现"。② 以"二重人格"解释韩愈的自我矛盾，而没有对其弱点加以攻击，下笔颇有分寸。

韩愈的低首乞怜、急于仕进，常为人所诟病。但龚书炽除把尊儒道、救世弊作为古文家的思想外，他把求爵禄名位的观念也作为古文家的思想。汲汲于爵禄名位，不仅韩愈如此，杜甫亦然，李白《与韩荆州书》对韩朝宗不也有肉麻的吹捧吗？这是唐代士人的普遍作为，尤其是没有世家大族背景的文人，非爵禄名位则难以立身处世。据《新唐书·食货志》可知唐代士人"有爵位者，可免租役。如不能致仕求禄者，一生常穷困潦倒"。③ 即唐代仍是贵族颇占势力的社会，多数有才之士，非汲汲于爵禄则无以进入仕途。所以，龚书炽说："古文家思想为儒家入世思想，均重视现实，欲匡时济世，退休乃其失意时不得已之举，热中于爵禄名位与求知遇，为彼等正常之观念。"④ 这种同情的理解，来自对历史的更真切的了解。不仅如此，龚书炽还进一步以为"惟古文家有此观念，又难置身于当时浇薄士风之外，遂不能穷性命之学，以修心养性。且受佛老影响又未深刻，故亦不能产生若宋代如是成熟之理学"。⑤ 这便为唐代士人哲学思想的浅薄找到了一个现实的原因。

前文讲到郑振铎《插图本中国文学史》提出唐传奇与古文之间的关系，是颇有眼光的。但两者到底是怎样的具体关系，郑振铎并没有给出细致的分析。而他说传奇文的成就实远在韩、柳散文之上，更是过于主观。龚书炽《韩愈及其古文运动》在第六章"论唐代古文运动"第七节专论韩柳古文与传奇的关系，曰"韩柳之碑文传记受传奇所影响"。

---

① 龚书炽：《韩愈及其古文运动》，台中文听阁图书有限公司，2011，第33页。
② 龚书炽：《韩愈及其古文运动》，台中文听阁图书有限公司，2011，第35页。
③ 龚书炽：《韩愈及其古文运动》，台中文听阁图书有限公司，2011，第110页。
④ 龚书炽：《韩愈及其古文运动》，台中文听阁图书有限公司，2011，第112页。
⑤ 龚书炽：《韩愈及其古文运动》，台中文听阁图书有限公司，2011，第112页。

在郑振铎之后，龚书炽之前，陈寅恪曾发表《韩愈与唐代小说》一文论韩愈古文与唐传奇的关系，故在此先介绍陈寅恪《韩愈与唐代小说》一文。

《韩愈与唐代小说》，原稿系陈寅恪以中文撰作，由魏楷（J. R. Ware）博士译成英文，发表于1936年4月的《哈佛亚细亚学报》第1卷第1期。1947年，程千帆（1913—2000）因魏楷的翻译谬误较多，将《韩愈与唐代小说》的英文版重译成中文，并经金克木（1912—2000）校订。后收入程千帆《闲堂文薮》① 第七卷。陈寅恪此文从张籍、裴度对韩愈所为《毛颖传》等文章"驳杂无实""以文为戏"的批评说起，指出若按文体、作意、本事，及儒家不语怪、力、乱、神的观念来衡量，当时人对韩愈"尚怪"的批评是自然的。但是，"顾就文学技巧观点论之，则《罗池庙碑》与《毛颖传》实韩集中最佳作品，不得以其邻于小说家之无实，而肆意讥弹也"。② 接着，陈寅恪说：

> 贞元（785—805）、元和（806—820）为"古文"之黄金时代，亦为"小说"之黄金时代，韩集中颇多类似之作。《石鼎联句诗并序》（《昌黎先生文集》卷二十一）及《毛颖传》皆其最佳例证。前者尤可云文备众体，盖同时史才、诗笔、议论俱见也。要之，韩愈实与唐代小说之传播具有密切关系。今之治中国文学史者，安可不于此留意乎？③

不知陈寅恪此观点是否受到郑振铎启发。但陈寅恪此文并未用"传奇"一词，而曰"唐代小说"。"唐代小说"一词，概念并不准确，因为唐人并无这种说法。而"传奇"一词在唐代已经出现——虽然并不普遍，但至少在宋代，以"传奇"称唐代短篇小说已很普泛。另，陈寅恪虽并未像郑振铎那样把传奇的地位置于古文之上，而主要是指出传奇与古文之间关系的重要性，但此文只是他就韩愈古文与唐传奇的关系而论，没有举出唐代其他大量的古文与传奇作品相互影响的例证，且即使是韩愈所

---

① 程千帆：《闲堂文薮》，齐鲁书社，1984。
② 程千帆：《闲堂文薮》，齐鲁书社，1984，第23页。
③ 程千帆：《闲堂文薮》，齐鲁书社，1984，第23页。

谓以古文为小说（其实是“以小说为古文”），所谓“《罗池庙碑》与《毛颖传》实韩集中最佳作品”的结论，陈寅恪也没有给出文本分析。

　　龚书炽则对唐代古文与传奇之间的密切关系，做了细致的分析。① 他说：

> 大历贞元间，文字多尚古学（见《新唐书·韩愈传》）当时之传奇如古文，亦为士人致力所写之一种古体散文。传奇之所以用散文者，必因其易于发挥史才、议论而无变文有用典、对仗，声韵之拘束。②

又云：

> 古文，传奇与佛教语录并兴于中唐，均为散体文。当时之散体文作家甚多。除古文家韩柳诸人以外，如传奇家之元稹，沈既济，李公佐，白行简，李朝威许尧佐均是。③

胡适把古文和佛教语录分别看作古文学和白话文学，而在龚书炽看来，古文、佛家语录、传奇，同属于散体文兴起这一趋势。

　　龚书炽又分析传奇的特点道：

> 传奇与古文之碑文传记，不同处为每篇字数较多，描写较细，辞藻较丽。与史传不同处，为叙事不须如史传之真实，文中可多用对话，每篇文中有史传所无之完整故事与结构。此种文章之作法，韩柳不能见之于经史也。……韩柳之碑文传记成体以后，实有仿效传奇之迹。④

这里明确指出韩、柳古文受传奇影响的主要是碑文和传记两种文类。且

---

① 程千帆1947年翻译了陈寅恪的《韩愈与唐代小说》一文，且并未发表，故龚书炽或未受陈寅恪影响，但也不排除龚书炽读过魏楷翻译的发表在《哈佛亚细亚学报》上的陈寅恪《韩愈与唐代小说》的可能。
② 龚书炽：《韩愈及其古文运动》，台中文听阁图书有限公司，2011，第120页。
③ 龚书炽：《韩愈及其古文运动》，台中文听阁图书有限公司，2011，第120页。
④ 龚书炽：《韩愈及其古文运动》，台中文听阁图书有限公司，2011，第120~121页。

韩柳碑文与传记是受传奇影响，而非传奇受韩柳古文影响，因为戴君孚的《广异记》、沈既济（约750—约797）的《枕中记》皆早于韩柳，李公佐、元稹、白行简（776—826）也均与韩、柳同时。

龚书炽以许尧佐（约806年前后在世）的《柳氏传》为例，分析了传奇具备故事（可见史才）、诗歌（可见诗笔）与议论的体式，并说："如篇末有议论，两者如以结构与体式不同而论，史篇似长篇小说之缩小，传奇则近于短篇小说。传奇文中有诗歌，似佛经有唱赞，叙事虚幻则出于六朝志怪小说，与佛经故事。"① 在传奇中同时看出其与史传、诗歌、佛经、六朝志怪的因缘关系，这样，便把中唐各种文体的关系"盘活"了，使人明白：文体的演变并非孤立的事。

韩愈、柳宗元不仅所写碑文传记明显受传奇影响，且都发表过不菲薄当时传奇的言论，如柳宗元《读韩退之〈毛颖传〉》就为韩愈遭人讥笑的《毛颖传》辩护。所以，由以上例证可见，韩、柳的碑文、传记，的确得力于当时传奇的影响。

龚书炽的《韩愈及其古文运动》论述全面，见解深正，后来有关唐代古文运动的著作的格局和见解，大体不出龚书炽此书的范围。

（四）李长之的《韩愈传》和陈寅恪的《论韩愈》

现代最早的韩愈传记是李长之的《韩愈传》。② 李长之本是写传记的能手，而这部《韩愈传》是1944年他应胜利出版社之邀写的"急就章"。当时，李长之的生活处于颠沛流离之中，导致他只用了12天就写完了这部7万字的书稿。1945年，《韩愈传》由胜利出版社出版。李长之对这部《韩愈传》不大满意，但此书并不乏新的见解。

总体上，李长之持同情、赞美韩愈的立场。他说："韩愈，这在过去读文章的人看来，是多么煊赫的名字！在五四时代，又是多么招骂的目标！然而真正的韩愈如何，是一般人所模糊的。我们需要明白他的真面目！"③ 可见，李长之希望能超越"五四"对韩愈的偏见，还韩愈以真面目。关于古文运动，李长之认为：

---

① 龚书炽：《韩愈及其古文运动》，台中文听阁图书有限公司，2011，第121~122页。
② 李长之：《韩愈传》，东方出版社，2010。
③ 李长之：《韩愈传》，东方出版社，2010，第4页。

　　大抵所谓古文运动，约可分为四期：一是古文运动前期，即孟子、司马迁一般人业已作着古文而不意识到是古文的时代；二是古文运动初期，即韩愈等有意识的倡导，并确立古文运动的基础的时代；三是古文运动盛期，即欧、苏诸人出，使古文入于定型化的时代；四为古文运动末期，即方、姚等出来，把古文只剩了形式而内容渐就枯萎的时代。①

　　这里，关于古文运动的四个分期，后三期都是对的，但孟子、司马迁实在与古文运动无关，把古文运动推到先秦西汉，未免离谱。

　　韩愈为什么会成为古文运动的领袖，李长之认为："韩愈永远是有群的生活的人。所以他能有号召，能成派。再加上煽动的笔锋、雄辩的辞令，古文运动之成功于韩愈之手，不是偶然的。"② 他把韩愈好群的性格作为其古文运动成功的首要原因，这是李长之一向把作家的人格作为其行为、写作的重要根源的表现。

　　推动古文运动的成功，按照李长之的思路，除好群外，还有一个来自其性格的动力，即韩愈的"宗教性格"。李长之说："韩愈本人是有宗教性格的，客气一点说，他俨然是儒家的一个殉道者，不客气说，他自己的就是要当一个教主的。以宗教之排他性而言，尤其不能容佛。"③ 韩愈自居教主的狂气倒是有，但说他有宗教性格，俨然儒家的殉道者，未免夸大。韩愈的卫道，有些言大于行的味道，他并无宗教性格的高度严肃和牺牲精神，其儒家思想也不纯正。

　　说到韩愈的卫道，其《原道》一文始终是争论的焦点，李长之说："《原道》有《原道》的根本立场，这根本立场是：民族主义和社会本位。"④ 又说："《原道》一类的论文，撇开逻辑问题不谈，撇开佛、老之本身的思想是否毫无价值不谈，而在文化史上，以及在儒家的根本入世精神（包括重在社会组织与社会组织中各分子的职责）上，却自有它不

　　① 李长之：《韩愈传》，东方出版社，2010，第72~73页。
　　② 李长之：《韩愈传》，东方出版社，2010，第54页。
　　③ 李长之：《韩愈传》，东方出版社，2010，第121页。
　　④ 李长之：《韩愈传》，东方出版社，2010，第77页。

可动摇的价值与意义。"① 李长之说这些话，主要基于韩愈《原道》认为圣人、民、农、工、商、夷狄，皆应各安其分，从事生产，以及"鳏寡孤独废疾者有养也"等论调。韩愈当时是针对宗教徒的不事生产、藩镇的犯上作乱等乱象而言。李长之则认为是"民族主义和社会本位"；他还认为"社会本位"是中国思想的特色。所谓"民族主义"更是现代观念。尤其，《韩愈传》写于抗日战争末期，民族主义空前强烈，李长之对韩愈所谓"民族主义"的肯定，其实是他对当时民族主义思想的扬举。因而，他给《原道》以很高的评价：

> 韩愈这篇文字无可厚非，而且也确乎可以当"道统"的重任。这也可以说是接触了异域思想以后，对于自己的文化传统觉醒，并对于自己的文化传统洗刷。宋明的新儒学运动，无论如何要以这为纪程碑。这样看，我认为他是两千年的中国思想史上的重要文献之一，一点也没有过分。②

五四时期，许多人批判韩愈的"载道"，李长之则对韩愈的"道统"予以肯定。但是，宋明的新儒学为何要以《原道》为纪程碑，《原道》为何是"两千年的中国思想史上的重要文献之一"？李长之没有给出哲学上的解释。

《原道》之类的文章是求用的，并不求美。那么，韩愈作为文学家，其好处在哪里？可惜的是，李长之对韩愈的文学，评价恰恰很少，《韩愈传》一书不仅极少讲到韩愈的诗，连他的文章也很少作评论。关于韩文，李长之评道：

> 从前包世臣说字有碑帖之别，我觉得文章亦然。金石之文，就是所谓碑；抒情之作，就是所谓帖。韩愈的文，因为是兼具碑帖两种性质（略偏重于碑）的，所以成就最大。但这是单就文章的技术看如此，就内容看，就觉得他究竟表现情趣和思想的太少了（不过

---

① 李长之：《韩愈传》，东方出版社，2010，第 2 页。
② 李长之：《韩愈传》，东方出版社，2010，第 79 页。

这是机会的问题，我们对他只有原谅和同情）。①

以书法的"碑""帖"来比拟韩愈文章的两种风貌。可是为什么韩文偏重于碑，成就便大呢？此言缺乏逻辑论证。而李长之又说韩文究竟缺乏情趣和思想，是机会的问题，也让人有些不明所以——韩愈缺少什么机会呢？

历来关于韩愈的急于仕进，几乎都是一片轻蔑之声，可是李长之不以之为陋，反而认为是韩愈可爱的表现。他说由韩愈《复志赋》可见韩愈未尝没有恬退之意，"这一受挫折就思退，是和前些时在京师的躁进状，同为青年时期之纯真的表现。这样，我们就不唯不觉得他三上宰相书为可厌，而且觉得可爱——一个不知世间艰辛的青年的可爱了"。② 龚书炽从唐代文士普遍的求仕思想来观照韩愈的躁进，是一种时代背景式的阐释，而李长之从韩愈青年时期的纯真人格来解释，则是贴近韩愈个性心理的观察，也不无道理。李长之又说："况且本书至少为韩愈也昭雪——或者发掘了不少，如他之急于求进是在早年穷困之际，虽急于求进，但得仕之后却也未尝不为国为民尽了忠，而且也并不恋栈。"③ 就韩愈一生的行事看，的确如此。那些对韩愈急于求进的批评，未免攻其一点，不计其余。

韩愈的个性，有些躁狂，也好名，李长之对此仍抱以同情之欣赏：

> "急于人知"的好名脾气，也是真的。但另一方面，韩愈之可爱，却就在他有生气，生命力强，虽小有过失，倒不失为一个活泼泼的人。④

看得出，李长之是以浪漫主义的眼光看待韩愈的。李长之本身是位浪漫气息很浓的学者，他推崇浪漫主义的作家。浪漫主义推崇人的生命的活力。故而，在李长之眼中，韩愈的优缺点都是其生命活力的表现——他

① 李长之：《韩愈传》，东方出版社，2010，第34页。
② 李长之：《韩愈传》，东方出版社，2010，第33页。
③ 李长之：《韩愈传》，东方出版社，2010，第2页。
④ 李长之：《韩愈传》，东方出版社，2010，第84页。

并没有像古人那样用圣人、君子的标准去衡量韩愈。

这个有优点、有缺点，好游戏的韩愈，便是李长之心目中韩愈的"真面目"，他说：

> 他的人格一面是卫道，是严肃；另方面却又热诚、温和，甚而幽默。他的文章，在根底上是"碑"的精神，所以写那么些墓志铭并非偶然，也并非全为谀墓之作；至于表现在《原道》、《谏迎佛骨表》等中的韩愈固然是真的面目，但表现在抒情诗、不经意的信札，或者遣兴的滑稽之作如《送穷文》、《毛颖传》、《进学解》等中者，也许更真些。①

古人云：观人于游戏之际。抒情遣兴之作，可能更是韩愈真面目的流露，这是有道理的。

李长之对韩愈总结式的评价是：

> 韩愈是中国过去人文教育成功的一个例证。中国过去人文教育的最大特色是：一方面讲美，一方面讲用。前者的成就为诗人，后者的成就为治世之才。中国人在过去凡在传统的人文教育中培养得成功者，往往兼之，韩愈便是最佳的一例。他很有个性，很有感情，但同时也很能洞达实际社会情况，能善为应付；他一方面既热心国家社会的事业，但另方面也不委屈自己的进退。这传统应该说自孔子始。古文家之"古"，也无非以孔子为理想，但真正做到的太少了，韩愈却已是多少具体而微的。②

这段话说得未免有些虚了。一方面讲美，一方面讲用，的确是中国的人文传统，即在入世和出世之间的精神。但这样的文人，在韩愈之前、之后，皆大有人在，韩愈并不是其中特别成功的典型。

总体而言，李长之的《韩愈传》有意同情韩愈，这使得韩愈遭到的一些不公的批评得到了某种澄清。可是，李长之的评价不免有主观之嫌，

---

① 李长之：《韩愈传·自序》，东方出版社，2010，第2~3页。
② 李长之：《韩愈传》，东方出版社，2010，第115页。

他去掉了抹在韩愈脸上的黑灰，却又给韩愈贴上了一些金粉——韩愈的真面目仍不够确切。不过，我们要注意的是，李长之对韩愈的态度明显表现出了与五四文学观的距离，并且体现着抗日战争时期那种特有的民族主义情绪。

李长之给韩愈以高度的评价，但《韩愈传》一书的影响并不大。而陈寅恪在《历史研究》1954 年第 2 期上发表的《论韩愈》一文，则引起了较大的反响。

《论韩愈》一文起首说：

> 古今论韩愈者众矣，誉之者固多，而讥之者亦不少。讥之者之言则昌黎所谓"蚍蜉撼大树，可笑不自量"者（《昌黎集》五《调张籍诗》），不待赘辩，即誉之者亦未中肯綮。

陈寅恪的口气，俨然有彻底重新评价韩愈的意思，并且也不容对韩愈的讥评。

陈寅恪分六点来"证明昌黎在唐代文化史上之特殊地位"。

> 一曰：建立道统，证明传授之渊源；
> 二曰：直指人伦，扫除章句之繁琐；
> 三曰：排斥佛老，匡救政俗之弊害；
> 四曰：呵诋释迦，申明夷夏之大防；
> 五曰：改进文体，广收宣传之效用；
> 六曰：奖掖后进，期望学说之流传。

第一点，建立道统，证明传授之渊源。陈寅恪从《新唐书·韩愈传》，韩愈的《复志赋》《祭十二郎文》，李汉的《昌黎先生集序》等文献推论道：韩愈幼年曾居岭南韶州①，而韶州是"新禅宗"的发祥地，于是陈寅恪认为"以退之之幼年颖悟，断不能于此新禅宗学说浓厚之环境气氛中无

---

① 位于今广东省北部，与湖南、江西两省接壤。隋开皇九年（589）设置韶州，为古代军事重地。

所接受感发，然则退之道统之说表面上虽由孟子卒章之言所启发，实际上乃因禅宗教外别传之说所造成，禅学于退之之影响亦大矣哉！"韩愈提出鲜明、系统的儒家道统说，这是确凿的事。但是，因为韩愈幼年曾居新禅宗的发祥地韶州，就认定韩愈的道统说实际上是禅宗教外别传说所造成，这未免有些牵强。因为，韩愈在韶州居住，并不是他必然受禅宗影响的内证，而只是一种可能——何况，韩愈居韶州的时间并不长，且当时尚年幼①，即使韩愈道统说受到禅宗教外别传说的影响，恐怕也是在他读书年长以后的事。再说，韩愈的道统说，确有孟子所谓"五百年必有王者兴"的道统意识的影响，此点也不容否认。毕竟，韩愈所谓"道统"是儒家的道统，禅宗之教派说只是对韩愈的统绪意识（"统"的形式）有所启发，两者应当都是其道统说的来源，且一为远因，一为近因——两者并不好说哪个是"表面上"的，哪个是"实际上"的。

第二点，直指人伦，扫除章句之烦琐。前文已言，唐代经学在中唐之后，的确有从章句之学到发挥义理之学的转变，这一转变是宋代新儒学的先导。但是，这一转变的关键人物是不是韩愈呢？《中庸》心性之学在唐代的主要阐发者，是否如陈寅恪所言是韩愈？应当说，韩愈《原道》《原性》等文，具有"直指人伦，扫除章句之繁琐"的学术趋向，但是发挥《中庸》心性之学的关键人物应当是李翱。李翱的《复性书》对"性"的阐发，要比韩愈深细得多，在哲学上，李翱更是宋儒的先驱。而就"扫除章句之繁琐"这一学术风气而言，其关键人物应当是《春秋》学的代表人物啖助、赵匡、陆淳等，韩愈是受此种风气影响者之一。陈寅恪所引韩愈《寄卢仝》所谓"《春秋》三传束高阁，独抱遗经究始终"，正可见出当时《春秋》学"舍传求经"的风气。韩愈对宋儒，尤其是北宋早期的石介、孙复等儒学家确有影响，但这种影响，主要是韩愈以其道统说而被树立为儒家的旗帜；在哲学上，从周敦颐到张载、二程，再到南宋朱熹，他们并没有从韩愈身上继承多少东西，而且，二程、朱熹是明确看不上韩愈的，并不视韩愈为儒学家。所以，韩愈的

---

① 大历十二年（777），韩愈长兄韩会，因权臣元载事被牵连治罪，贬官为韶州刺史。韩愈随韩会至韶州。而大约两三年后，韩会便去世。韩愈又随寡嫂郑氏扶柩北归，葬韩会于河南沁阳，后又因"建中之乱"（781）而逃难江南宣城。所以，韩愈在韶州的时间为十岁至十二三岁之间。

学说是否"奠定后来宋代新儒学之基础"值得商榷。另，陈寅恪说韩愈的思想是"天竺为体，华夏为用"，似也不通。韩愈确有趋向内在抽象的心性之学的倾向，但这并不能证明其来源于印度佛学。孔、孟思想中本来就包含着心性之学，尤其是孟子，韩愈一向声称他是继承孟子的。而韩愈的思想在本质上与佛学、佛教是相抵触的，他的佛学造诣也很浅——如何"天竺为体"？

第三点，排斥佛老，匡救政俗之弊害。这是韩愈最著名的作为之一。陈寅恪论韩愈排佛说："其所排斥佛教之论点，此前已有之，实不足认为退之之创见，特退之所言更较精辟，胜于前人耳。……今所宜注意者，乃为退之所论实具有特别时代性，即当退之时佛教徒众多，于国家财政及社会经济皆有甚大影响。"即韩愈的排佛，主要针对佛徒的耗蠹国财。韩愈同样也排斥道教，陈寅恪评曰："退之排斥道教之论点除与排斥佛教相同者外，尚有二端，所应注意：一为老子乃唐皇室所攀认之祖宗，退之以臣民之资格，痛斥力诋，不稍讳避，其胆识已自超其侪辈矣。二为道教乃退之稍前或同时之君主宰相所特提倡者，蠹政伤俗，实是当时切要问题。"又说："则退之当时君相沉迷于妖妄之宗教，民间受害，不言可知。退之之力诋道教，其隐痛或有更甚于诋佛者，特未昌言之耳。"唐代道教极盛。玄宗、肃宗皆重道教。陈寅恪以为韩愈对道教危害的隐痛或更有甚于诋佛，这是深刻的见解。不过，抛开国计民生不论，假如没有道教的盛行，唐代文学的浪漫色彩，李白、李贺、李商隐等诗人的仙气、奇气、灵气，恐怕就要平淡许多。当然，这不是韩愈考虑范围内的事。

第四点，呵诋释迦，申明夷夏之大防。此点与前三点可视为同一事业——排斥佛老、尊王攘夷、建立道统说，尊儒道。其中，尊王攘夷是韩愈的中心思想。陈寅恪说："今所欲论者，即唐代古文运动一事，实出安史之乱及藩镇割据之局面引起。"又说："'尊王攘夷'所以为古文运动中心之思想也。"此观点，陈寅恪在1950年出版的《元白诗笺证稿》中就曾说过。

盖古文运动之初起，由于萧颖士李华独孤及之倡导与梁肃之发扬。此诸公者，皆身经天宝之乱离，而流寓于南土，其发思古之情，怀拨乱之旨，乃安史变叛刺激之反应也。唐代当时之人既视安史之变叛，为戎狄之乱华，不仅同于地方藩镇之抗拒中央政府，宜乎尊王必先攘夷之理论，成为古文运动之一要点矣。昌黎于此认识最确，故主张一贯。若元白二公，则于不自觉之中，间接直接受此潮流之震荡，而具有潜伏意识，遂藏于心者发于言耳。古文运动为唐代政治社会上一大事，不独有关于文学。①

"古文运动为唐代政治社会上一大事，不独有关于文学"，此言极是。然而，古文运动的发生，虽然与安史之乱的刺激有直接而重要的关系，但也只是原因之一。尊王攘夷，可以说是韩愈的中心思想，但能否说是古文运动的中心思想，倒也未必——独孤及、元结都是胡人，李华、梁肃皆奉佛教，柳宗元"尊王"，却未必"攘夷"，因为他也信奉佛教，刘禹锡、白居易也尊佛教。在唐代，如韩愈这般坚决反佛的文人实为少数。

第五点，改进文体，广收宣传之效用。韩愈的改革文体，陈寅恪在《元白诗笺证稿》中就曾讲过。《论韩愈》一文又总结道："其大旨以为退之之古文乃用先秦、两汉之文体，改作唐代当时民间流行之小说，欲藉之一扫腐化僵化不适用于人生之骈体文，作此当尝试而能成功者，故名虽复古，实则通今，在当时为最便宣传，甚合实际之文体也。"《元白诗笺证稿》特别指出韩愈以前唐代墓志文的公式化，不适合叙写人生，故其改革势在必行。在陈寅恪看来，韩愈的改进文体，不仅表现在创造非公式化的古文，还表现在他的"以文为诗"。其以文为诗，"既有诗之优美，复具文之流畅，韵散同体，诗文合一，不仅空前，恐亦绝后"。②韩愈的以文为诗，的确是唐诗转变的一个重要关节，对宋诗影响尤大。但"以文为诗"实有利有弊——诗过于散文化，诗味就会减少。"以文为诗"不单纯是好事。这一点，陈寅恪似未虑及。不过，正因韩愈对文体有所改进，故能收到宣传古文的效应，这一评价是准确的。

第六点，奖掖后进，期望学说之流传。此无异议，兹不再论。

《论韩愈》结尾云：

---

① 陈寅恪：《元白诗笺证稿》，三联书店，2001，第149~150页。
② 陈寅恪：《论韩愈》，载刘梦溪主编，陈寅恪著《中国现代学术经典 陈寅恪卷》，河北教育出版社，2002，第714页。

综括言之，唐代之史可分前后两期，前期结束南北朝相承之旧局面，后期开启赵宋以降之新局面，关于政治社会经济者如此，关于文化学术者亦莫不如此。退之者，唐代文化学术史上承先启后转旧为新关捩点之人物也。其地位价值若是重要，而千年以来论退之者似尚未能窥其蕴奥……

陈寅恪为唐史专家，他认为中唐是一个大转折的时期，无论政治、社会、经济、学术皆是如此；韩愈是唐代文化学术史上承前启后的关键人物。这种历史的眼光，是陈寅恪的长处，他对中唐的历史意义的判断，也非常准确。中唐不仅是唐以后中国社会的一个重要转折点，在文学上，也是重要的分水岭。清人叶燮说："贞元、元和之间，窃以为古今文运诗运，至此时为一大关也……后此千百年，无不从是以为断。"① 这一观点，目前已得学界公认。韩愈的尊儒，在当时并未产生大的影响，其效应是在北宋被重新阐释、发扬之后增大的，因而"尊韩"者的建构作用便很重要；而韩愈的文、诗，则在当时便产生了较大影响。所以，韩愈的历史地位，可能更在其对中唐文学转折的贡献，而非学术思想。

就文化立场而言，陈寅恪是文化保守主义者。他对传统文化、对古文，有极大的尊敬；他对韩愈的评论更多的是从历史角度着眼，而非文学。陈寅恪对韩愈的尊崇显然有感情色彩，其背后，渗透着他对担当民族文化大任者的衷心欣赏，因为这其实是陈寅恪内心的一种情愫。另外，陈寅恪对韩愈"尊王攘夷"的推崇，与他对近代中国备受异族侵辱的家国痛苦也有关。发表《论韩愈》的 1954 年，马列主义在中国已成官学，陈寅恪对此深为抵制，这更加强化了他的民族文化本位的心绪，于是，韩愈的排佛尊儒，便成为陈寅恪内心的一股激励源泉。韩愈，在 20 世纪中国的地位，仍然摆脱不掉戏剧性的命运。周作人的极端排斥韩愈和陈寅恪的高度欣赏韩愈，都蕴含着他们各自的心理投射，并映现着现代中国复杂的文化境遇。

---

① 叶燮：《己畦集》卷八《唐百家诗序》，《四库全书存目丛书》集部第 244 册，齐鲁书社，1997，第 81~82 页。

第四章　中国文学古今通变

——以古文运动问题为中心

第一节　古文运动与五四新文学运动之关系

巡游般地检视了中唐以来的古文运动叙述史、阐释史之后，我们不难发现：在中国文学从古到今的流变中，在文学的各个层面（创作、批评、潮流），存在很多或显或隐、或顺或逆的联系，这种联系便是"通"，在通的基础上产生的变化，则为"变"。而古今文学之间的通变尤为复杂，对于身处现代的我们，也更具切身意义。

在第二章"古文运动与中国文学的现代转型"中，本书通过对"五四"前后"古文运动"观的分析，从进化论与尊古论、纯文学观与杂文学观、"文以载道"的迷思等几个方面，对中国文学现代转型之际新、旧文学观的转变做了某种探究，这是本书最富"中国文学古今通变研究"性质的部分。第三章"五四文学运动之后的古文运动观"，古今文学转型的色彩减退，但只要是现代以后的传统文化研究，其实无不包含"古今通变"的性质。

接下来，笔者想再从"文学运动"的角度，对"古文运动"与五四新文学运动做一番整体的比照，以期为"中国文学古今通变"研究再提供一个具体的示例。

早在五四时期，就有人拿中唐的文章改革与五四文学革命相比（那时还没有"古文运动"名称），后来也有学者提及唐宋古文运动和五四文学革命有相似之处，但这些说辞大都寥寥数语，语焉不详。

顾随说："文学之演变是无意识的，往好说是瓜熟蒂落，水到渠成。中国文学史上有演进无革命。有之者，则韩退之在唐之倡古文为有意识者，与诗变为词，词变为曲之演变不同。"① 意思是，文学革命当是有意

---

① 顾随：《驼庵诗话》（修订本），三联书店，2018，第91页。

识的、自觉的。顾随认为,严格说中国古代文学没有"革命",若说有,则韩愈的提倡古文可以算"革命"——因为中唐的提倡古文是有意识的。纵观中国文学史,不乏有意识的文学变革,唐宋古文运动不论,明清两代文学流派纷呈,其中所谓"前后七子""唐宋派""性灵派"等,勿论其效果如何,就其动机、理论主张和创作而言,都含有一些文学变革的意味,但这些变革的深度和广度无法与唐宋古文运动相比。中国古代文学史上,最深刻的一次变革当属唐宋古文运动。而五四新文学运动,众所周知,则是革命性的文学运动(就其推动的中国文学现代转型而言),足以称为"文学革命"。所以,就整个中国文学史而言,唐宋古文运动和五四新文学运动是两次最大的文学变革运动。这两大文学运动的发生背景、文学观念、变革方式有不少可资比较之处,其中蕴含着重要的文学史哲学的启示。

总体而言,唐宋古文运动和五四新文学运动有一个共同的特点,即它们都不是单纯的文学运动,而是与当时的政治、思想文化的变动深刻关联的。唐代古文运动的政治、思想背景,是安史之乱的爆发导致的唐代社会政治、思想文化危机,及其所激发出的文人的强烈的忧患和改革意识,于是旨在重整王纲,引导教化的儒家思想抬头,而中唐儒家复兴的领军人物便是古文运动的领袖韩愈。如同古文的振兴一样,儒学在中唐以后只能说出现了复兴的苗头,并未成为牢固持久的权威思想,儒学的真正复兴是在宋代,宋代儒家思想正是在韩愈"道统"说、李翱"复性"说等基础上开创出来的。北宋面临更加严重的统治危机,思想界的改革意识比唐代更为强劲,北宋古文运动在这种背景下应运而生,其社会基础的深广以及变革的幅度与深度,远超唐代古文运动。概而观之,唐宋古文运动是在国家统治出现深刻危机,统治阶层欲建立新的社会秩序,在思想、学术和文学领域的一种自我调整现象。这便是唐宋古文运动大的历史文化背景。

五四新文学运动的历史文化背景,对于今天的我们而言更为清楚。1917年,胡适、陈独秀等人提出了激进的"文学革命"主张;1919年,五四运动爆发。政治运动和文学运动、文化运动相汇合,从而产生了标志着中国文化全面现代转型的五四新文化运动。五四新文学运动是在现代政治、思想文化大转型背景下的一个文学现象,这已是常识。

　　就相似点而言，唐宋古文运动与五四新文学运动都是在大的社会文化变革背景下产生的文学运动。如果没有如此深广的背景，它们不可能成为巨大的文学变革。文学变革运动的变革程度，与其社会文化背景的转变程度成正比。文学终究是附着于社会文化的大底座的。

　　就文化背景的具体情况看，唐宋古文运动和五四新文学运动的发生，都有其纵向和横向的原因。纵向，即本土文化的历史趋势；横向，为外来文化的刺激。

　　唐代古文运动的本土文化背景，主要是儒家思想的抬头。对儒道的提倡，是为了救治紊乱的社会秩序，而中唐社会秩序紊乱的重要因素是以胡人为主的藩镇叛乱，以及佛教的蠹害。韩愈高举儒家大旗，攘斥佛教（也排斥道教，但道教属本土文化，这里暂不论），尊王攘夷，虽然并不能代表中唐古文家的普遍思想，但这种尊王攘夷的思想，到北宋古文家那里，却更为广泛。排佛一直是中唐以后保守派儒者的一个基本立场。而所谓"攘夷"，更为紧要也更少分歧的则是对胡人、辽和西夏的排斥这一政治立场。于是，排佛抑或尊佛的唐宋文士，在"尊王"（儒家"王道"）这一最高纲领下终究属于同一阵营。而在尊儒的纲领下，对古文的尊崇则是理所当然之事。总之，唐宋古文运动与异族政治、外来文明的刺激有关。正是在这种冲击之下，本土的儒家文明得以激发和发展，并为古文的复兴注入了强大而崇高的动力。

　　五四新文学运动，是19世纪中期以来西方文明对中国全面冲击深化到一定程度之后的产物。为何要革新文学？新文学运动的先驱梁启超，认为革新文学是为了"新民"、强国；后来胡适、陈独秀倡导文学革命，仍是将其统摄于民族国家振兴这一目的之下（胡适所谓"再造文明"）。而民族、国家振兴思潮的兴起，正是外来文明刺激之下的产物。所以，唐宋古文运动和五四新文学运动的历史动因，除了中国固有文化、文学传统的趋势之外，也都是外来文明刺激之下的回应。

　　不过，五四新文学运动和唐宋古文运动与外来文明之间的关系，有很大的不同。五四新文学运动的外来文明背景，要比唐宋古文运动的外来文明背景深广、复杂得多。清朝末年的政治危机比唐朝的安史之乱来得更严重。安禄山、史思明等藩镇虽为胡人，但其行为属于以地方反叛中央的内部战争，而清末以来不断入侵的西方列强则完全属于外敌，且是比当时中国更为先进和强大的文明系统。古文运动之前，佛教虽在中国根深势大，但早已与本土文化相融合，它对儒家文化、国家统治，从未构成根本的威胁。而近代以来，西方文明对中国的威胁则逼迫至生死攸关的程度。故而，近现代的中国文人不可能像韩愈一样对异质文明①采取简单排斥的态度，而是对西方文化接纳、吸收，同时反思和批判中国传统文化，然后再对中外文化加以融合，这是近代以来最富远见的中国人的文明态度。所以，同样与外来文明的刺激有关，古文运动的异质文明背景与五四新文学运动的异质文明背景的深广度相差很多，且异质文明在唐宋与现代所遭遇的回应也大不相同。

佛教在唐宋时期并非新事物。而近现代，尤其是 20 世纪以来，西方数千年来的文化海潮般涌入中国，其中多数思潮对于当时腐朽的中国而言，完全是新事物。如此深刻而大规模的文明碰撞，必然催生出极为深巨的思想变革。五四新文学的倡导者们明确强调——文学革命也必须是思想革命。如果说，唐宋古文运动勉强可算文学革命的话，与古文运动相伴随的儒家复兴则算不上思想革命。唐宋古文运动并不具备"革命性"的社会文化背景。史学界盛言的所谓"唐宋之变"（中唐到北宋政治、经济、文化的变革）也算不得革命性的变革。儒家复兴在中国思想史上的意义，是中国已有的以儒、释、道为核心的思想格局的内部调整；而五四思想革命，则是整个中国文明系统与异质文明剧烈碰撞之后的大裂变。因而，就社会文化背景论之，唐宋古文运动是中国文明的内部调整，那是一个封闭的文明格局；五四新文学运动，则是中国文明在世界现代化潮流中的革故鼎新，是开放性的文明格局。

以上，主要探讨了唐宋古文运动与五四新文学运动大的历史文化背景的同、异。下面再来谈谈这两大运动作为文学现象的特质，以及联系。

唐宋古文运动终究是中国传统文学内部的一种调整，而五四新文学运动则是对传统文学的整体反叛，是断裂和改弦易辙，正由于它是对传统文学的大反叛，才有了"古典文学"和"现代文学"之分。就广义而言，五四新文学所反对的，是中国自古以来以文言为载体的传统文学。

---

① 虽然，排佛者认为佛法是"夷狄之法"，但佛教即使在唐代已不是纯粹的异质文明了，它已经是中国文化的一部分。

若就固定的文学形式、文学观念，以及文学所依托的主要思想而言，现代文学所反对的正是唐宋古文运动以来形成的以诗、古文、"文以载道"（儒道）的文学观为主体的雅文学传统。周作人把五四新文学的源头追溯至晚明的言志派，虽不免片面，但他提醒了我们五四新文学与古代文学之间的继承关系。然而，五四新文学与传统文学之间的关系首先在于反叛，而非"复兴"，反叛古典文学才是五四新文学的基本动因。不过，吊诡的是，五四新文学与它所反叛的目标——唐宋古文运动以来的雅文学传统——之间的关系既是反叛性的，也是继承性的——这是更为深刻复杂的关系。

唐宋古文运动和五四新文学运动，至少在这样三个方面有相同又相异的特质以及深刻的关联。

其一：文体、语言与文风。

无论是唐宋古文运动，还是五四新文学运动，最为具体、显见的变革，首先都表现于文体、语言和文风几个方面。分而言之，则是文体、语言和文风三个方面，实际上它们是相互融合的整体。

就文体而言，古文运动是出于对骈文、时文、太学体等文章形式的抗衡，结束了六朝以来六百余年的以骈文为主流的局面，使古文从此成为中国散文的核心，堪称划时代的改变。无论唐宋古文运动的思想史意义有多么重大，文体的改变才是古文运动的主要标志。古文运动之后，骈文虽然风光渐弱，但古文并未替代骈文，而是两者并存；五四文学革命之后，古文、骈文退居二线，替代它们的是现代的白话散文。所以，古文运动的文体变革，是古代文章系统的内部调整。五四新文学运动的文体变革，其广度和深度远大于古文运动。古文运动主要是散文领域的变革，五四新文学运动则是诗、文、小说、戏剧等一切文体的全面变革，它在每种文体的变革上都是高度自觉的。古文相对于骈文，并非新事物，而是更为古朴的文体，所以古文家尊奉复古的方向。五四新文学运动的文体变革，则是与旧文体迥异的新文体的涌现，因而新文学家反对复古。周作人认为五四新文学是晚明言志文学的复兴，这主要指新文学的精神气质。其实，就文体而言，五四新文学主要是对西方近现代文学的模拟。古文运动尚可以用文体的改变作为主要标志，而五四新文学运动的层面如此之广，实难以文体的改变为标志。

　　与文体相接榫的是语言。古文与骈文的差异，主要在于句式的散体化，以及对对偶、用典、押韵等其实是对诗歌的严格要求的抛弃，从而使散文语言走向通俗（相对的）。但无论骈文、古文，从来都是书面语，这一点只要对比宋以后的古白话作品即可分明。五四新文学运动最直接的切入点即在语言，它把文学的语言载体由文言变为白话，或者说变"言文分离"为"言文一致"，此即所谓"白话文运动"。唐宋古文运动在语言上的变革并不大，骈文、散体文都属文言谱系，而五四新文学运动以白话代文言，则是颠覆性的革命，无怪乎新文学运动又被称为"白话文运动"。语言与文体紧密勾连，只有新的语言载体才能呈现新的文体。梁启超、苏曼殊的文言小说，虽有新思想，林纾以文言翻译的西方小说更是深得人心，但他们没有采用白话，故而不可能使文体产生大的变化。鲁迅、周作人、胡适、茅盾、叶圣陶等人，正因为放弃了以文言为主体的语言系统，才创造出了现代的文学形式。当然，如同古文一直在吸收骈文的精华一样，白话文也一直在吸纳文言的精华。

　　随着文体、语言的改变，文风必然变易；或者说，正因要改变文风，故而需改变文体、语言。古文运动，就文风而言主观上是要恢复质朴、古朴的文风，客观上是朝着"通俗"的方向发展。尤其北宋古文运动的领袖欧阳修，更是旗帜鲜明地把"平易畅达"作为散文的正确方向，对宋以后的古文产生了绝大影响。但古文家绝不会自我标榜他们和骈文的区别是更加"通俗"，古文家和骈文家从来都自居"雅正"。中国的文章从来没有"通俗"观念，"通俗"只属于戏曲、小说、弹词、曲子词、俗赋等文体。古代有推崇俗文学者，但很少有人在推崇俗文学的同时贬低雅文学。现代的通俗文学观，则是将俗文学置于雅文学之上，至少可以与雅文学并列。古文运动的"通俗"，不是主观上追求通俗，而是追求文章实用的一个客观结果，其通俗意识是半自觉的①，不普遍的，而五四新文学运动的通俗意识则是很自觉的，大规模的。古文运动使文章语言变得通俗，而主观上，古文家仍然追求雅——一种相对通俗的雅。五四新文学运动是主观、客观都走向通俗。

　　其二：文学观念。

①　如王禹偁所谓"使句之易道，意之易晓"，即有通俗意识。

　　胡适说："文学的生命全靠能用一个时代的活的工具来表现一个时代的情感和思想。工具僵化了，必须另换新的，活的，这就是'文学革命'。"①胡适所说文学的工具，指文学语言和文体。应当说，这一说法只是对文学革命的一个浅表的判断。所谓"文学革命"，是从文体、语言到文学观念、思想文化背景等广泛而立体的变革，文学工具的改变，只是这种种复杂变化的一个集中而又鲜明的体现。文学革命的主要动力若只缘于工具的僵化，那么，元代以后，诗、词都过了高潮，小说、戏曲兴盛，缘何没有出现"文学革命"？晚清的诗、词、古文，比元、明、清前期、中期的更僵死吗？未必。为什么"文学革命"至民初才爆发？症结在于"文学观念"。以古文、诗词为正统的文学观念没有变，戏曲、小说等俗文学就不会对雅文学产生革命性的冲击。没有来自西方的文学思想的冲击，就不会产生"文学革命"。所以，文学革命的最大动因，来自文学观念的变革，表面看来最明显的语言、文体、文风的变革，都是受文学观念变革支配的。

　　本书已在第二章"古文运动与中国文学的现代转型"中总结了贯穿于古文运动与现代文学转型之间新、旧文学观的转变，主要有进化论与尊古论、纯文学观与杂文学观、"文以载道"的迷思等三个方面，兹不赘述。其中，"文以载道"问题，最能体现古文运动与现代文学之间相反相成的复杂关系。唐宋古文运动逐渐形成"文以载道"的观念，但载道文学观早在唐代之前就已形成，只不过古文运动使这种文学观更加强烈，并使之束缚于儒道之内。五四新文学企图摧毁文以载道观，新文学也的确在某种程度上突破了文以载道的束缚，获得了更大的自由。然而，新文学又很快陷入了新的载道的迷阵，难以自拔。从旧文以载道到新文以载道，中国文学始终未能摆脱"载道"的命运，这一方面是文学自身内在的矛盾，同时它又是深刻受制于社会政治的。然而，同样处于革命文化背景下，为什么俄国在1917年出现了消解内容的形式主义文论，中国却没有？为什么中国从古到今的文学，文以载道观念格外突出？因为，中国的"文以载道"，除了社会政治的制约

――――――――――――

　　①　胡适：《逼上梁山——文学革命的开始》，载姜义华主编《胡适学术文集·新文学运动》，中华书局，1993，第200页。

外，还有深刻的文化基因——儒家重政治、伦理、社会意识，务实而不注重远离社会意识的纯思辨，以及个人主义不发达的文化性格。古文运动和五四新文学最深刻的联系，就在于普泛意义上的"文以载道"观的一致和延续。但于古文运动而言，"文以载道"观是正面的促成力量，在五四新文学运动中，它却以负面的角色而反向地激发了新文学的发生。

其三：教育和考试制度的作用。

我们知道，唐宋古文运动经历了三百余年的曲折历程，而五四新文学运动则在十几年内使得中国文学产生了巨大的转变。这种差异，除了两大文学变革运动背后所蕴积的社会历史文化能量不同之外，还有一个不可忽视的因素，即国家权力的干预、教育和考试制度的改变。如中唐的古文运动，虽然与当时的政治革新相呼应，但中央政府没有颁布过任何改革文弊方面的指令，这或许也是中唐古文运动没能产生更大影响力的原因之一。而北宋的古文运动的成功，至少与这样几次国家指令行为有关：第一，仁宗天圣七年（1029）"申戒浮文"的诏令；第二，仁宗启用尚韩、柳古文的晏殊知贡举，结束了西昆大家过去十几年主持科举的局面；第三，庆历四年（1044）三月，仁宗下诏令州县立学校，同时科举考试改为三场，先策，后论，第三场试诗赋，这便把古文的地位提至最高；第四，欧阳修嘉祐二年（1057）知贡举，黜落时文，录用古文，这是北宋文风转变的一大关键。另外，神宗熙宁年间，王安石主持变法，罢诗赋而取经义，古文的地位进一步被巩固。不难设想，假如没有这些行政干预、科举改革，北宋古文运动的结果也会有所不同。新文学运动亦然。白话文早在19世纪末即被提倡，但一时间还不能产生广泛的效应。1905年科举废除，古文最重要的现实依托崩塌；1920年，北洋政府教育部颁令，凡国民学校低年级国文课教育统一采用语体文（白话），至此，"文学革命"与"国语统一"双潮合一。至于新式学校的建立，对新思潮、白话文的强有力的推行，就更不必说了。

通过以上史实的观察，可见文学运动、文学革命单靠文人的鼓吹是不行的，还要有政府指令、教育和考试制度的改变等硬性的文化制度的推动方可。教育改革是政治改革的一部分。现代以来的思想文化运动的密集和广泛程度远过于古代，这种"运动化"的特征在相当程度上是专制政治推动的。

总之，古文运动和五四新文学运动，虽相隔一千多年，但它们却有着复杂的联系，五四新文学运动是反古文运动传统的，但却不自觉地继承了古文运动的一些血脉，同时它们还共同呈现出"文学变革运动"这一文学现象的普遍规律。大的文学变革运动都有这样两个特点：第一，有广泛深刻的社会文化背景，它必然发生在社会文化大转变的时期；第二，就效应而言，大的文学变革运动都是促进文学发展的，是正流，而不是逆流。

第二节　中国文学古今通变刍议

以上对古文运动与五四新文学运动的比较，都是在中国文学与文化古今通变的视野中进行的。如同"绪论"中所言，历史就是通变史。文学史当然也是通变史。本书对"古文运动"的研究，即是在阐释学与"通变"观的理论视野下进行的。在书的末尾，笔者想在"古文运动"具体研究的基础上，对"中国文学古今通变"这一学术方向的学术意义、基本理路提出初步的看法。

中国古代文学研究和现代文学研究之间的严重割裂，势如鸿沟，已是有目共睹的事实。有鉴于此，最早由复旦大学教授章培恒（1934—2011）倡导，2001年，复旦大学中国古代文学研究中心与浙江师范大学中国文学与文化研究所联合举办了"中国文学古今演变研究"国际学术研讨会，标志着"中国文学古今演变"正式成为一个新的学术方向。截至2014年，已经召开了6次以"中国文学古今演变"为主题的学术会议（包括《文学评论》杂志的参与），并且出版了《中国文学古今演变研究论集》一编、二编、三编、四编等四本论文集，《中国文学古今演变研究通论》《中国文学古今演变研究读本》等著作。复旦大学古代文学研究中心经教育部批准，率先招收了"中国文学古今演变"专业博士研究生。"中国文学古今演变"成为与"中国古代文学""中国现代文学"并列的二级学科。

提出"中国文学古今演变"这一学术方向的初衷，是为了打破

50 年代以来古代文学研究和现代文学研究各自为阵导致的学术视野狭隘、学术境界难以提升的弊端。即中国文学古今演变研究的目标，是要把中国古代文学和现代文学看成一个整体，做打通古今的贯通研究。显然，这一学术目标是非常有意义的，因为当我们具备了更开阔、更具整体感的视野之后，我们对古代文学和现代文学的研究都将获得更多维、更深刻的视角，从而使得目前的中国文学研究进入更加高深的层次。

　　"中国文学古今演变"的提出，源于中国文学史的学科反思。新时期以来的文学史学科反思，主要体现为一股持续的"重写文学史"的潮流。这种思潮，首先出现于与现实更为相关的现代文学领域。1985 年，黄子平、陈平原、钱理群提出所谓"二十世纪中国文学"的概念①，其问题意识源于对"文革"文学史叙事框架的反拨，而它在方法论上的重要突破之一，则是对所谓近代文学、现代文学、当代文学，以及中国文学与世界文学研究的包容与整体观，即从纵向以及横向的各个关系的有机系统的视野来考察中国现代文学。后来，现代文学研究向晚清更加深入的开拓，其实是"二十世纪中国文学"思路的一种推进。然而，现代文学的上限推及晚清，已不宜再作上溯，现代文学研究更多地转向理论方法的突破。晚清正是古代文学和现代文学的交会期，古代文学界对于古代文学的现代转型研究相对滞后。90 年代之后，古代文学界陆续出现了很多重写的文学史，有通史、有断代史。其中，有很多是大学教育知识生产的产物，有少数是具有自觉认真的探索新的文学史叙述理念与框架的文学史著作。1997 年出版的章培恒、骆玉明合著的《中国文学史》，就是一部重写中国古代文学史较有突破的著作。这部文学史尤重元代以后通俗文学中表现出的注重欲望、个性，张扬人性的文学，认为这是现代文学意识的某种开端。虽然并未涉及现代文学，但这一理路隐含着古今贯通的意识。所以，章培恒在 21 世纪初发出"中国文学古今演变"的倡导，可以说是导源于 20 世纪 80 年代后期以来持续的"重写文学史"

---

　　①　黄子平、陈平原、钱理群：《论"二十世纪中国文学"》，《文学评论》1985 年第 5 期。

的"思潮"以及实践。① 现代文学史和古代文学史的"重写"走到一定地步之后,必然要"相遇",并产生"文学古今演变"的问题。现代文学是向上溯源(就历时性而言),古代文学则是向下寻找流变,以及流变中的古今贯通。文学史研究的对象,不是阶段历史之内的僵死之物,而是前后相续的时间之流中的精神生命,它永远是一个不断生发的过程,因而便是一个不断贯通、联系,互相对流的过程(有学者把中国文学史比成一条长河,"前水复后水,古今相续流"。就古今连贯而言,这是对的。但文学史其实更复杂,它还包括"今"对"古"的叙述、阐释、塑造,即如果文学史是水流的话,它是古今对流的)。而古今贯通的前提,是整体的视野。中国古代文学和现代文学原本即不可分的有机整体。就学理而言,不仅古今贯通的国别文学是一个整体,世界文学(World Literature)也本是一个整体——文学本身。文学是人类精神艺术化的呈现。国别文学、古代文学、现代文学等,只是我们为观察之便所做的局部划分。作为整体的世界文学是第一层级,国别文学则是第二层级的整体文学。所谓"世界文学"的整体性包含了空间和时间两个维度。当我们区别国别与民族文学时,是以空间为主轴;当我们划分古代文学与现代文学时,是以时间为主轴。"文学古今演变"是以时间向度为主轴的文学视域。文学史终究是以时间为纲的精神现象。古代、现代,这是人类前所未有的时间观念。古人也有古今意识,但现代人是以"现代"把自身和"古代"划分为两个具有重大转折意义的历史单元。换言之,"现代意识"是把现代以后的人类存在视为某种新的开端、转向,而不是惯性的延续——所谓"三千年未有之大变局"。这种时间意识的积极

---

① "中国文学古今演变"首先由章培恒、黄霖等复旦大学教授倡导,与上海的文学史研究氛围有关。1985 年,身在北京的黄子平、钱理群、陈平原等学者提出"二十世纪中国文学"概念之后,1988 年,上海的王晓明、陈思和在《上海文论》开设"重写文学史"栏目,正式打出了重写文学史的旗号。可是这个栏目没坚持多久,就停刊了。1991 年,由李陀在《今天》(第三、四期合刊)杂志主持的"重写文学史"栏目接过了《上海文论》的接力棒,至 2001 年夏季号终,历时十年。2001 年,正是"古今文学演变"被正式提出之时,所以它的较为直接的学术背景就是 80 年代后期以来,尤其是上海的"重写文学史"思潮。另,"古今文学演变"在 2001 年提出,与新世纪对 20 世纪学术史的回望与反思思潮也有关。21 世纪初,出现了许多总结 20 世纪古代文学和现代文学研究史的著作。这些学术反思,都涌动着对现代学术继往开来的历史动机,而继往开来就意味着要突破已有的学术格局。

意义，是它使得我们大幅度摆脱了传统的束缚，从而得以进入新的生长空间，但其弊端是我们（主要是激进思潮）也忽略了断裂背后无法真正摆脱的延续性。这是现代人历史意识的缺陷。而人为的诸如古代文学、现代文学、当代文学之类的学科划分，更加重了历史整体感的弱化。强调"文学古今演变"，便是要重新获得文学史的整体视域。只有站在整体的视野上，才能看清局部；也只有站在整体的视野上，才能洞察整体。任何文化探索，只有在整体中，才能找到制高点。

目前学界所倡导的"中国文学古今演变"，其具体的学术指向是什么呢？章培恒、胡明、梅新林合撰的《中国文学古今演变研究论集二编》"前言"说：

> 在古代文学研究与现代文学研究之间缺乏沟通，因而难于深入抉发我国文学从古代发展到现代的内在联系与脉络，包括古代文学对现代文学的影响与现代文学对古代文学的继承，在现代文学兴起和发展的过程中传统的影响与外来文化影响的交互作用，等等。而这些问题如不能得到深切的阐明，我国文学的总体发展过程也就难以得到清晰、具体而富于层次感与逻辑性的描述。①

可见，"中国文学古今演变"不只是要研究中国文学从古代向现代的转化，而且要研究整个古代文学与现代文学之间的内在联系，也就是文学的古今贯通研究。

章培恒在他的几篇关于中国文学古今演变的倡导性的文章里，时而说"演变"，时而说"通变"——"演变"居多，并且把这一新的学科方向命名为"中国文学古今演变"。但他并未阐明"演变"与"通变"的语义差异。"演变"与"通变"，虽只有一字之差，实则有不同的内涵。"演变"意为变化、发展，侧重于嬗递关系，是从 A 到 B 到 C 的顺延关系，演变即为演进（演进并非进化，而是变化），如所谓"近代文学"与现代文学之间的关系，即为"演变"；"通变"是具有更多方向与

---

① 章培恒、胡明、梅新林主编《中国文学古今演变论集二编》前言，上海古籍出版社，2005，第 1 页。

维度的关系概念，它既包括顺向的演变，也包括转折、分叉、否定、继承或者是这几种关系的组合，譬如五四新文学运动与古文运动之间，就有否定、继承、改造等多种复杂关系，这样的关系是无法用"演变"来描述的。"通变"更强调事物之间超越时空的内在的关联，如鲁迅的文章和嵇康的文章之间，就不是演变关系，而是通变关系。笔者对唐宋古文运动与五四新文学运动之间所做的比较，就是典型的中国文学通变研究。属于中国文学古今通变的问题很多，再如：现代文学与晚明文学的个性解放精神之间的关系、现代家族文学与《红楼梦》之间的关系、中国现代诗的智性和宋诗的"重意"之间有无关系，何种关系？中国古代的"文""文章"观念与现代的"文学""散文"观念之间的联系与区别是什么？为什么"载道文学"在中国，从古到今有如此深的根基？中国古典文学的载道传统与抒情传统对现代文学的影响是什么？现代文学语言应该怎样继承古汉语？民国以后的旧体文学与古典文学及现代文学之间的关系是什么？古今文学，除艺术形式之外，在题材上有何变化，它与中国人外在以及内在的生活有怎样的关联？现代文学到底应该继承和舍弃传统文学中的哪些东西？古代文学的作者（文人、士大夫、隐士、僧道等）与现代文学的作者（专业作家、学者、报人、文化官员、公务员以及广泛的从事其他职业的写作者等）的身份、生活及其心态、思维有何差异？从而对文学产生了怎样的影响？古代文学及现代文学的社会文化背景的重要差异是什么？……诸如此类，就是古代文学与现代文学之间内在的深层联系问题，这是真正意义上的"通古今之变"。在古今通变中，文学观、审美意识、文化心理等内在精神的问题尤为重要。

就《中国文学古今演变研究论集四编》所收论文来看，多位学者对"中国文学古今演变"学理内涵的阐释，其实就是"中国文学古今通变"的意思，一些具体问题的研究文章，也完全符合"古今通变"的旨意，如章培恒、谈蓓芳《论五四新文学与古代文学的关系》① 一文主要谈晚明李贽、袁宏道等人的文学思想与陈独秀、胡适的文学思想的异同，从而证明五四新文学有传统文学的根，虽然逻辑多少有点牵强，也未曾论

---

① 　章培恒、谈蓓芳：《论五四新文学与古代文学的关系》，《复旦学报》（社会科学版）1996 年第 4 期。

及 "古文运动" 以及更为广泛的古代文学与五四新文学运动之间的复杂关系，失之简单，但毕竟是把现代文学与古代文学进行整体贯通研究的尝试。赵敏俐的《"五四" 前后文学观念的变化对古代文学研究的影响》① 一文，论析了现代文学观念对古代文学研究的积极影响与消极影响，这是非常值得古代文学研究关注的问题。马大勇的《通古今之变：中国诗歌研究的一个重要视角》② 一文在题目中直接标以 "通古今之变"，说明他有非常明确的 "古今通变" 意识。"中国文学古今通变" 主要有两个向度，一是由现代文学观察其对古代文学的选择、继承、改造，或者古代文学对现代文学的影响；二是观察旧体文学在现代以后的发展状况。民国以后的旧体诗只是其中一端，还应包括现代以后的文言文、赋、章回小说、京剧等传统戏曲戏文的创作等，而以上内容，目前几乎尚未纳入中国现代文学史的视野。袁进的《中国现代文学中的旧体文学亟待研究》③ 一文对此有非常清晰、深刻的论述。没有这种研究，所谓 "现代文学" "现代性" 都是不完整、不合理的。尤其值得一提的，是年届八旬的著名古代文学学者罗宗强的《论海子诗中潜流的民族血脉》④ 一文——如此高龄，尚能突破自己的知识局限，对一位陌生的当代诗人做深刻的探究，可见 "中国文学古今通变研究" 并非多么艰巨之事，关键在于我们能否从自己固有的知识视野中向外张望——而我们常常是主动给自己的精神之窗贴上封条的。

　　由以上论述可知，就学理而言，"中国文学古今演变" 其实包含于 "中国文学古今通变" 当中，某些通变性的问题，用 "演变" 来形容并不恰当。"中国文学古今通变" 的思路，起源于 "中国文学古今演变" 这一说法（笔者对 "中国文学古今通变" 的研究受到博士导师邵宁宁教授的启发），但内涵更为深广，外延更为周延。所谓 "中国文学古今演

---

①　赵敏俐：《"五四" 前后文学观念的变化对古代文学研究的影响》，载章培恒、梅新林主编《中国文学古今演变研究论集》，上海古籍出版社，2002，第767~786页。

②　马大勇：《通古今之变：中国诗歌研究的一个重要视角》，载梅新林、黄霖、胡明等主编《中国文学古今演变研究论集三编》，上海古籍出版社，2010，第131~145页。

③　袁进：《中国现代文学中的旧体文学亟待研究》，载章培恒、梅新林主编《中国文学古今演变研究论集》，上海古籍出版社，2002，第852~862页。

④　罗宗强：《论海子诗中潜流的民族血脉》，《南开大学学报》2002年第2期，见章培恒、梅新林主编《中国文学古今演变研究论集》，上海古籍出版社，2002，第346~370页。

变"这一学术术语，或许用"中国文学古今通变"来描述更为恰当。

黄霖在《关于"中国文学古今演变"研究的三点感想》① 一文中也指出"变与通，要关注'通'的研究"，他说：

> 我们讲文学的"通变"，这个"通"字十分重要。……我们现在研究中国文学的古今演变，就不仅仅在于罗列一系列"变"的现象，而是要在"变"中探求其"通"。这个"通"也不仅仅是以今参古，或者是以古视今，将一系列文学现象像贯珍珠一样贯通起来而已，而更重要的是要在这"变"的过程中探究其贯通全局、通行古今的某些带有规律性的、普遍性的内在精神。……这种"通"，正是我们在研究中国文学古今演变中最值得加以关注的，因为这才是我们总结演变历史，建设当代文学最有价值的东西。

黄霖认为"变"是现象的，"通"则是内在联系，且不仅要看到古今之间的内在联系，而且要在此基础上总结出具有普遍性的规律。可以说，这便是"古今通变"的要义。

中国古人，如刘勰、叶燮等讲文学的"通变"，指文学创作。"中国文学古今通变研究"虽指学术，但其前提乃建基于中国文学作品、文学观念、文学现象古今之间的内在联系上。无论创作、研究，都当以"古今通变"为视野。其实，所谓"通变"，就历史观而言，历来都是以"古今通变"为重心、为旨归的，如司马迁所谓"通古今之变"，司马光所谓"通鉴"，都是为了通古达今，最终目的是获得当代的文化智慧。所谓"融会贯通"，按照阐释学理论，即为"视野融合"。视野融合是不同观察角度的融合。无论何种角度，就人的思想而言，任何创造性的思想都是在古今通变（历时性）的视野（也可能包括共时性的视野融合）中进行的，所以，"古今通变"实为人基本的思想方法之一。

文学史自不例外。刘师培说："文学史者，所以考历代文学之变迁也。"所谓"变迁"，相当于演变。这个说法，不能说不对。钱基博的文学史定义则更深一层，他说："盖文学史者，文学作业之记载也，所重

---

① 黄霖：《关于"中国文学古今演变"研究的三点感想》，《河北学刊》2011 年第 2 期。

者，在综贯百家，博通古今文学之嬗变，洞流索源。”① 又云：“文学史
者，则所以见历代文学之动，而通其变，观其会通者也。”② 刘师培的文
学史定义只指出了历代文学之“动”，钱基博则强调文学史在变动之下
的“会通”。会通，即挖掘事物的深层联系（有机性），甚至在联系与对
比中产生创造性的思想。假如没有会通的眼光，文学史就是僵死之物；
有会通的眼光，则如吴芳吉所说——“古今相孳乳以成”，即没有古代
文学，就没有当代文学，没有当代对古代文学的继承、阐释，古代也不
成其为古代——这句话深刻地揭示了古今之间相通、相成的道理。所谓
“中国文学古今通变研究”，首先，要打破拘于古代文学或现代文学一隅
的偏狭，获得对中国文学整体了解的视域；其次，要能在这种视域中，
发现并探究具有古今贯通性的有意义的问题。文学史好比一条长河，顺
流而下，有延续、有改道、有逆行、有干涸、有变质，这是千变万化的
风景，我们只有在长河上下自由驰骋时，才能看清这条河整体的内在呼
应，风景的奥妙所在。中国文学古今通变研究，正具有这种纵览长河般
的意义。

　　目前的态势是，不仅古代文学研究和现代文学研究判若鸿沟，甚至
在古代文学研究和现代文学研究内部，也越来越局部化、碎片化，很多
人大体只围绕某一阶段、某一方面或某文学大家做长期的窄而深的研究。
这种研究不利于学术境界的提升，很难获得有价值的、重要的创见。现
代文学与古代文学的割裂，首先源自五四新文学运动对传统文学的反叛，
及至后来现代文学成为一个学科之后，它与古代文学研究的疏离就不断
加剧了。另外，现代以后，古典文学研究和现代文学研究的内容、理念、
方法不断增多，日益繁杂，要在整体上打通古今文学研究，转变学术范
式，洵非易事。再加上学科建制的不断细化，许多人既无力也无意去通
古今之变。分工明确，深耕细作有其好处，但倘无整体视野，其实连很
多局部问题也看不清楚，宏观性的问题更毋论矣！尽管古今文学通变研
究难度颇高，古代文学研究与现代文学研究的分裂一时也难以改变，但
学界理应有少数人从事这一研究，努力勒马回缰，弥缝鸿沟。

---

① 钱基博：《现代中国文学史》，上海古籍出版社，2011，第 5 页。
② 钱基博：《现代中国文学史》，上海古籍出版社，2011，第 6 页。

　　自从有了比较文学概念之后，我们一直很注重中外文学的比较、会通。其实，从更宽泛的意义上说，古今比较，也属于比较文学。比较，是对既有联系又有差异的事物的对比。目前已有许多学者不认同"比较文学"这一说法，而认为比较本是一种研究方法、态度，不应是一种可以与中国文学、外国文学相并列的学科。就方法论而言，古今文学通变在相当程度上就是一种比较文学的方法。从"古今通变"的角度说，中国古代文学与现代文学之间的关系，不仅是中国文学内部的事情，同时也是中国文学与外国文学的会通，因为中国现代文学本身就包含了外国文学的影响，古典文学与外国文学两大传统同时汇入现代文学，所以，"中国文学古今通变研究"也就包含作为整体的中国文学与外国文学的比较、会通。如吴兴华（1921—1966）的"新格律诗"，既受中国古典诗词的影响，也深受西方格律诗的影响，通过研究吴兴华的新格律诗，就可以对中国格律诗与西方格律诗——譬如十四行诗之间的同、异进行观照，两种格律诗经过吴兴华的融合之后产生了怎样的新变，它具有怎样的可能性和限度？整个现代汉诗中的新格律派都包含着其与中国古典诗歌和外国诗歌格律的会通问题。与吴兴华诗歌创作相反的一个例子是穆旦（1918—1977），王佐良（1916—1995）在40年代用英文写的一篇介绍穆旦的文章《一个中国诗人》中说："穆旦的胜利在于他对古代经典的彻底的无知"[1]，穆旦本人也一再表达过对中国古代诗歌的拒斥态度（与穆旦类似的一个例子是海子。海子也有意疏远中国古代文学），而我们知道40年代的穆旦，写出了中国最好的现代诗。穆旦深受奥登（Wystan Hugh Auden，1907-1973）等西方现代诗人的影响。为什么一个对中国古代文学无知的年轻人写出了很好的现代诗？可是，既深受里尔克（Rainer Maria Rilke，1875-1926）等西方现代诗人影响，也深受杜甫等古典诗人影响的冯至，也写出了杰出的现代诗。然而，穆旦或冯至的诗，并不是中国现代诗歌的终极成熟形态。再如鲁迅，从古今通变的角度看，他与魏晋文学、与嵇康等作家颇有相似之处；而从世界文学的角度看，有人又把鲁迅与高尔基加以比较。周作人深受晚明性灵文学的影响，同时浸淫日本

---

① 王佐良：《一个中国诗人》，〔伦敦〕《生活与文学》1946年6月刊。

文学也很深。这种古典的以及外国文学的营养是如何汇聚并成为现代中国作家的精神质素的？它们如何塑造了现代中国文学？这是很值得研究的中国文学古今通变问题。因为，在相当程度上，外国文学对于中国古典文学来说，就是现代文学。

再从外国文学看，美国现代大诗人庞德（Ezra Pound，1885－1972）及意象主义诗派为什么钟情中国古代诗歌，并从中汲取营养？假如我们像穆旦那样有意切断现代诗与古典诗歌之间的联系，中国现代诗在体貌上与外国译诗如何区别？或者说，现代诗的"中国做派"如何成立？显然，中国现代诗之所以成立，就在于它不再重复古典诗歌的老路，但难题是——中国现代诗的创造性、发展方向与古代诗歌之间应保持怎样的距离以及态势？再以小说为例，莫言的小说深受拉美魔幻现实主义的影响，同时也深受古典章回小说及民间文学影响，这两个渊源，假如去掉任何一个，都不会成就今天的莫言。但是莫言的这种融合，除了优点之外，也有不足，譬如其艺术风貌在某种程度上雅正风格的缺失。所以，我们就应当探究：中国古典文学、现代文学、外国文学三者之间是怎样的（对学术研究而言）、应该是怎样的（对创作而言）融合关系？怎样融合才能使中国文学日趋完美？在这里，中国文学古今通变与中西会通不可分割。因此，研究中国文学古今通变，必须有世界文学的眼光，中外会通。不仅在文学史实上，在理论方法上，也要了解外国文学。例如，中国现代文学，正是在对进化论、现实主义、个人主义、浪漫主义、人道主义、马克思主义等西方哲学、文学思潮的借鉴之下，冲破传统文学观念，发展起来的。20世纪30年代，谭正璧的《中国文学史大纲》末章第一节"中国文学变迁的大势"，就是对中国古今文学总体大势的鸟瞰与总结。他在叙述完现代文学之后，又讲了"世界文坛的大势观"①，这便是把中国古代文学和现代文学加以贯通，并放到当代世界文学中加以观照。这种"世界意识"是中国文学古今通变研究的应有之义。立于现代世界，我们所有的意识都或多或少地被世界意识渗透，任何学术研究都不可能脱离"世界眼光"了。

目前提倡"中国文学古今演变研究"者，主要是古代文学研究领域

---

① 参见谭正璧《中国文学史大纲》第十一章"现代文学与将来的趋势"。

的学者。这说明许多学者意识到——没有现代的视野和意识，古代文学研究就有很大的局限性。有一些侧重中国文学史学研究的学者，如陈伯海、董乃斌、陈国球等教授，其学术视野和文学史研究著作是古今贯通的，如陈伯海的《文学史与文学史学》一书，从古今贯通的视野出发对中国文学史的基本特点、演进规律乃至文学史哲学做了宏观深入的探讨。现代文学研究领域的学者，虽然明确倡导"古今文学演变"者不多，但也有学者企图做中国文学古今通变的研究工作，至少在学术视野上是古今连贯的。如王瑶，这位现代文学研究的重要开创者，就曾致力于打通古代文学和现代文学研究。王瑶的这种学术作风受其老师朱自清的影响，朱自清以研究古代文学为主，而他写于 20 世纪 30 年代的《中国新文学研究纲要》则是最早的现代文学史，不过他并没有明确的通古今之变的意识。王瑶的弟子陈平原、赵园也有意突破现代文学的局限，而兼做明清文学、文化的研究；钱理群则做过民国旧体诗词的研究。杨义是现代文学研究的名家，后来写出《中国叙事学》《李杜诗学》等古代文学研究著作，他的古代文学研究颇有现代意识。再如，许多人都注意到中国现代诗歌与古典诗歌之间的重要关系，现代文学学者李怡撰写的《中国现代新诗与古典诗歌传统》① 一书，对现代新诗与古典诗歌的关系做了整体性的探究，这是很有益的尝试。古典文学学者蒋寅有篇文章《中国现代诗歌的传统因子》②，也是试图挖掘现代诗与古典诗歌的内在关系，这便是古今贯通的视野。但是，在散文、小说、戏曲、文论研究的领域，尚未出现通中国文学古今之变的学术著作。1932 年，周作人出版的《中国新文学的源流》可以说是中国文学古今通变研究的开山之作（虽然周作人并非有意贯通古今文学），可惜后继寥寥。所以，中国古今文学通变研究仍大有可为。

　　20 世纪三四十年代的很多《中国文学史》都是从古代叙述到现代——虽然彼时现代文学只有短暂的一二十年历史，说明那些作者的中国文学史视野是古今贯通的。可是，50 年代之后，所谓《中国文学史》都只叙述到清末为止，那其实是"中国古代文学史"，可谓文不对题。

---

①　李怡：《中国现代新诗与古典诗歌传统》，北京大学出版社，2008。
②　蒋寅：《中国现代诗歌的传统因子》，《文艺理论研究》2006 年第 3 期。

民国时期的学者，即有沟通中国古今文学的志愿，在现代文学已有百年历史的今天，中国文学古今通变有了更大的施展空间以及必要性。只有在古今贯通的整体视野中对中国文学有了更深刻的理解之后，我们才能更好地使中国文学焕发出新的光彩。

主要参考文献

古籍

（宋）姚铉编《唐文粹》，《四部丛刊》本。

《韩愈全集》，钱仲联、马茂元校点，上海古籍出版社，1997。

《柳宗元集校注》，尹占华、韩文奇校注，中华书局，2013。

（宋）穆修：《河南穆公集》，《四部丛刊》本。

（宋）欧阳修、宋祁：《新唐书》，中华书局，1975。

（宋）欧阳修：《集古录跋尾》，《四库全书》本。

（宋）苏轼：《苏轼文集》，孔凡礼注解，中华书局，2004。

（宋）李廌：《师友谈记》，中华书局，2002。

（宋）倪朴：《倪石陵书》，（明）毛凤韶辑，《四库全书》本。

（宋）史尧弼：《莲峰集》，《四库全书》本。

（宋）陆游：《渭南文集》，《四部丛刊》本。

（宋）杨万里：《诚斋集》，《四库全书》本。

（宋）朱熹集注《楚辞集注》，上海古籍出版社，1979。

（宋）吕祖谦：《古文关键》，中华书局，1985。

（金）王若虚：《滹南遗老集》，《四部丛刊》本。

（宋）刘克庄：《后村先生大全集》，《四部丛刊》本。

（宋）洪咨夔：《平斋文集》，《四部丛刊续编》本。

（宋）《国朝二百家名贤文粹》，庆元眉州书隐斋刊本。

（宋）黎靖德编《朱子语类》，中华书局，1994。

（元）脱脱等：《宋史》，中华书局，1985。

（明）祝允明：《祝子罪知录》，明刻本。

（明）李梦阳：《空同集》，文渊阁《四库全书》本。

（明）李攀龙：《沧溟集》，文渊阁《四库全书》本。

（明）王世贞：《弇州四部稿》，《四库全书》本。

（明）李贽：《续焚书》，中华书局，1974。

（明）焦竑：《焦氏澹园续集》，《四库禁毁书丛刊》本。

（明）汤显祖：《汤显祖诗文集》，徐朔方笺校，上海古籍出版社，1982。

（明）陶望龄：《歇庵集》，伟文图书出版社有限公司，1976。

（明）袁宏道：《袁宏道集笺校》，钱伯城笺校，上海古籍出版社，1981。

（明）钟惺：《隐秀轩集》，《续修四库全书》本。

（明）艾南英：《新刻天佣子全集》，道光十六年。

（清）钱谦益：《牧斋有学集》，上海古籍出版社，1996。

（清）黄宗羲：《黄宗羲全集》，沈善洪主编，浙江古籍出版社，2012。

（清）黄宗羲：《明文海》，上海古籍出版社，1994。

（清）张廷玉等：《明史》，中华书局，1974。

（清）袁枚：《小仓山房文集》，国学书局，1930。

（清）戴震：《戴震集》，上海古籍出版社，2009。

（清）董诰等编《全唐文》，中华书局，1983。

（清）纪昀等《四库全书总目》，中华书局，1956。

（清）方都秦：《梅溪文集》，《四库全书》本。

（清）朱彝尊：《曝书亭集》，《四部丛刊》本。

（清）阮元：《揅经室集》，《续修四库全书》本。

（清）包世臣：《艺舟双楫》，北京图书馆出版社，2004。

（清）梁启超：《清代学术概论》，朱维铮导读，上海古籍出版社，1998。

近现代著作

章太炎：《国学概论》，上海古籍出版社，1997。

章太炎：《章太炎经典文存》，上海大学出版社，2003。

章太炎：《章氏丛书》，台北世界书局，1958。

刘师培：《刘师培中古文学论集》，中国社会科学出版社，1997。

刘师培：《刘师培中古文学论集》，陈引驰编校，中国社会科学出版社，1997。

李茂肃等整理《林纾诗文选》，商务印书馆，1993。

吴仁华主编《林纾读本》，福建教育出版社，2016。

胡适：《胡适学术文集》，姜义华主编，中华书局，1998。

胡适：《国语文学史》，安徽教育出版社，2006。

胡适：《白话文学史》，上海古籍出版社，1998。

胡适：《胡适经典文存》，洪治纲主编，上海大学出版社，2004。

胡适：《藏晖室札记》，亚东图书馆，1939。

陈独秀：《独秀文存》，安徽人民出版社，1987。

朱希祖：《朱希祖文存》，上海古籍出版社，2007。

胡先骕：《胡先骕文存》，张大为等编，江西高校出版社，1995。

顾实：《中国文学大纲》，商务印书馆，1926。

刘经庵：《中国纯文学史》，江苏文艺出版社，2008。

谭正璧：《中国文学史大纲》，光明书局，1930。

刘大白：《中国文学史》，开明书店，1933。

柳亚子：《南社纪略》，柳无忌编，上海人民出版社，1983。

刘咸炘：《刘咸炘学术论集 文学讲义编》，广西师范大学出版社，2007。

吕思勉：《吕思勉文集·文学与文选四种》，上海古籍出版社，2010。

胡怀琛：《中国文学史概要》，商务印书馆，1931。

郑振铎：《插图本中国文学史》，朴社，1932。

赵家璧编《中国新文学大系》，上海良友图书印刷公司，1935。

胡云翼：《新著中国文学史》，华东师范大学出版社，2004。

郭绍虞：《中国文学批评史》，百花文艺出版社，1999。

郭绍虞主编《中国历代文论选》，上海古籍出版社，2003。

罗根泽：《中国文学批评史》，上海书店出版社，2003。

钱基博：《现代中国文学史》，上海古籍出版社，2011。

钱基博：《中国文学史》，上海古籍出版社，2011。

钱基博：《韩愈志》，上海古籍出版社，2012。

鲁迅：《鲁迅全集》，人民文学出版社，2005。

周作人：《周作人散文全集》，钟叔河编订，广西师范大学出版社，2009。

　　周作人：《中国新文学的源流》，江苏文艺出版社，2007。

　　陈柱：《中国散文史》，江苏文艺出版社，2008。

　　常乃惪：《常燕生先生遗集》，黄欣周编，沈云龙校，台北文海出版社，1967。

　　常乃惪：《中国近代思想家文库 常乃惪卷》，查晓英编，中国人民大学出版社，2015。

　　李长之：《韩愈传》，东方出版社，2010。

　　龚书炽：《韩愈及其古文运动》，商务印书馆，1945。

　　刘大杰：《中国文学发展史》，百花文艺出版社，1999。

　　林庚：《中国文学史》，国立厦门大学出版社，1947。

　　顾随：《顾随全集3 讲录卷》，河北教育出版社，2001。

　　顾随：《驼庵诗话》，三联书店，2018。

　　钱穆：《宋明理学概述》，台湾学生书局，1984。

　　钱穆：《中国学术思想史论丛》，三联书店，2009。

　　钱穆：《中国文学史》，钱穆讲述，叶龙记录整理，天地出版社，2015。

　　陈寅恪：《元白诗笺证稿》，三联书店，2001。

　　刘梦溪主编《中国现代学术经典 陈寅恪卷》，河北教育出版社，2002。

　　程千帆：《闲堂文薮》，齐鲁书社，1984。

　　罗联添：《唐代文学论集》，台湾学生书局，1989。

　　李妙根：《刘师培论学论政》，复旦大学出版社，1990。

　　邓绍基主编《元代文学史》，人民文学出版社，1991。

　　周策纵：《五四运动史》，岳麓书社，1999。

　　孙尚扬、郭兰芳编《国故新知论——学衡派文化论著辑要》，中国广播电视出版社，1995。

　　舒芜、陈迩冬、周绍良、王利器编选《中国近代文论选》，人民文学出版社，1999。

　　郭预衡：《中国散文史》，上海古籍出版社，2000。

　　章培恒、梅新林主编《中国文学古今演变研究论集》，上海古籍出版社，2002。

胡明、梅新林主编《中国文学古今演变研究论集二编》，上海古籍出版社，2005。

梅新林、黄霖、胡明等主编《中国文学古今演变研究论集三编》，上海古籍出版社，2010。

夏晓红、王风等：《文学语言与文章体式——从晚清到"五四"》，安徽教育出版社，2006。

谭家健：《中国古代散文史稿》，重庆出版社，2006。

王水照主编《历代文话》，复旦大学出版社，2007。

陈弱水：《唐代文士与中国思想的转型》，广西师范大学出版社，2009。

刘纳：《嬗变——辛亥革命时期至五四时期的中国文学》，人民大学出版社，2010。

王汎森：《中国近代思想与学术的系谱》，吉林出版集团有限责任公司，2011。

王汎森：《章太炎的思想》，上海人民出版社，2012。

刘方喜编《中华古文论释林·南宋金元卷》，北京大学出版社，2011。

黄克武：《惟适之安：严复与近代中国的文化转型》，社会科学文献出版社，2012。

李帆：《刘师培与中西学术——以其中西交融之学与学术史研究为核心》，北京师范大学出版社，2003。

《诚明古道照颜色——新亚书院55周年纪念文集》，香港中文大学新亚书院，2006。

余英时：《余英时英文论著汉译集·人文与理性的中国》，何俊编，程嫩生等译，联经出版事业股份有限公司，2008。

李怡：《中国现代新诗与古典诗歌传统》，北京大学出版社，2008。

罗宗强：《明代文学思想史》，中华书局，2019。

慈波：《文话流变研究》，复旦大学出版社，2020。

国外著作

〔日〕东英寿：《复古与创新——欧阳修散文与古文复兴》，上海古籍出版社，2006。

〔美〕霍埃（Hoy，D.C.）：《批评的循环》，兰金仁译，辽宁人民出版社，1987。

〔德〕黑格尔：《历史哲学》，王造时译，上海书店出版社，2006。

〔德〕尼采：《历史对于人生的利弊》，姚可昆译，商务印书馆，1998。

刊物论文

吴芳吉：《三论吾人眼中之新旧文学观》，《学衡》1924 年第 21 期。

罗根泽：《韩愈及其门弟子文学论》，《文艺月刊》1936 年第 4 期。

王佐良：《一个中国诗人》，〔伦敦〕《生活与文学》1946 年 6 月刊。

陈寅恪：《论韩愈》，《历史研究》1954 年第 2 期。

赵园：《说"戾气"——明清之际士人对一种文化现象的批判》，《中国文化》1984 年第 10 期。

黄子平、陈平原、钱理群：《论"二十世纪中国文学"》，《文学评论》1985 年第 5 期。

章培恒、谈蓓芳：《论五四新文学与古代文学的关系》，《复旦学报》（社会科学版）1996 年第 4 期。

蒋英豪：《林纾与桐城派、改良派及新文学的关系》，《文史哲》1997 年第 1 期。

汪春泓：《论刘师培、黄侃与姚永朴之〈文选〉派与桐城派的纷争》，《文学遗产》2002 年第 4 期。

黄乔生：《鲁迅周作人与韩愈——兼及韩愈在中国文化史上的评价》，《鲁迅研究月刊》2004 年第 10 期。

蒋寅：《中国现代诗歌的传统因子》，《文艺理论研究》2006 年第 3 期。

王本朝：《"文以载道"观的批判与新文学观念的确立》，《文学评论》2010 年第 1 期。

莫道才：《唐代"古文运动"概念平质》，《福州大学学报》（哲学社会科学版）2010 年第 5 期。

王鸿莉：《体系的假面——姚永朴从〈国文学〉到〈文学研究法〉

的转变及其接受》,《石河子大学学报》(哲学社会科学版) 2010 年 6 月刊。

资中筠:《知识分子对道统的承载与失落——建设新文化任重而道远》,《炎黄春秋》2010 年第 9 期。

吴炫:《文与道:百年中国文论的流变及问题》,《文艺争鸣》2011 年第 1 期。

黄霖:《关于"中国文学古今演变"研究的三点感想》,《河北学刊》2011 年第 2 期。

祝尚书:《论中国文章学正式成立的时限:南宋孝宗朝》,《文学遗产》2012 年第 1 期。

王泽龙、周文杰:《五四时期"文白"论争中的中间派》,《北京师范大学学报》(社会科学版) 2021 年第 1 期。

图书在版编目（CIP）数据

"古文运动"叙述与中国文学现代转型 / 赵鲲著
. -- 北京：社会科学文献出版社，2023.3（2024.2重印）
　ISBN 978-7-5228-0519-1

　Ⅰ.①古⋯　Ⅱ.①赵⋯　Ⅲ.①古文运动-研究-中国
-唐宋时期②中国文学-现代文学-文学研究　Ⅳ.
①I209.4②I206.6

　中国版本图书馆 CIP 数据核字（2022）第 143119 号

"古文运动"叙述与中国文学现代转型

著　　者 / 赵　鲲

出 版 人 / 冀祥德
责任编辑 / 李建廷
文稿编辑 / 张金木
责任印制 / 王京美

出　　版 / 社会科学文献出版社·人文分社（010）59367215
　　　　　地址：北京市北三环中路甲 29 号院华龙大厦　邮编：100029
　　　　　网址：www.ssap.com.cn
发　　行 / 社会科学文献出版社（010）59367028
印　　装 / 三河市尚艺印装有限公司

规　　格 / 开　本：787mm × 1092mm　1/16
　　　　　印　张：18.25　字　数：289 千字
版　　次 / 2023 年 3 月第 1 版　2024 年 2 月第 2 次印刷
书　　号 / ISBN 978-7-5228-0519-1
定　　价 / 98.00 元

读者服务电话：4008918866